月小似眉弯

YUE XIAO
SI MEI WAN

壹 人间风月

湖南文艺出版社
HUNAN LITERATURE AND ART PUBLISHING HOUSE　博集天卷
CS-BOOKY

图书在版编目（CIP）数据

月小似眉弯. 1，人间风月 / 白落梅著. —长沙：湖南文艺出版社，2017.3
ISBN 978-7-5404-8007-3

Ⅰ.①月… Ⅱ.①白… Ⅲ.①长篇小说—中国—当代 Ⅳ.①I247.5

中国版本图书馆CIP数据核字（2017）第043045号

上架建议：畅销书·文学

YUE XIAO SI MEI WAN.1 RENJIAN FENGYUE
月小似眉弯. 1 人间风月

作　　者：白落梅
出 版 人：曾赛丰
责任编辑：薛　健　刘诗哲
监　　制：于向勇　马占国
策划编辑：刘　毅
文字编辑：肖　莹
特约编辑：王槐鑫
营销编辑：刘晓晨　罗　昕　刘文昕
封面插图：画　措
封面设计：仙境书品
版式设计：潘雪琴
出版发行：湖南文艺出版社
　　　　　（长沙市雨花区东二环一段508号　邮编：410014）
网　　址：www.hnwy.net
印　　刷：北京天宇万达印刷有限公司
经　　销：新华书店
开　　本：875mm×1270mm　1/32
字　　数：328千字
印　　张：11.5
版　　次：2017年3月第1版
印　　次：2019年1月第2次印刷
书　　号：ISBN 978-7-5404-8007-3
定　　价：36.00元

若有质量问题，请致电质量监督电话：010-59096394
团购电话：010-59320018

若你安好　若我还在

　　良辰若水，新月留白。瓷瓶里盛上净水，插一枝瘦柳，清简空灵，素心天然。褪去岁月烟尘，卸下世事轻妆，原来每一次放下，都是重生。

　　这是一个烟火迷离的世界，万物各安其因缘天性，荣枯有序，起落无心。每个人心里都有一座城，世情熙攘，三千幻象，尽在其间。沦陷在城池久了，几乎辨不出真假。好在人世间的生灭故事，聚散情感，自古相通。假亦是真，真亦是假，千回百转，到底归尘。

　　生命的本身，充满了传奇和杜撰。所以无论是现世，还是戏中，或是梦里，我们都要平和对待，淡然相处。读一本书，演一出戏，爱一个人，都是缘分。你可以不相信永远，但不能疑惑它曾经真的存在过。

　　原谅一切，宽待所有，并非纵容，而是真的洗尽铅华，明心见性。佛说，红颜白骨皆是虚妄，青青翠竹尽是法身，郁郁黄花无非般若。

　　无论你我是陌路相逢，还是前缘已定，总之，能够守候的就只是今生。尽管日子山长水远，但风雨江湖，来去飘忽，我们都要天涯珍重。有一天，自会重逢，若你安好，若我还在。

白落梅

壬辰年春于太湖

目录

第二卷 ○ 宫深似海

第三卷 ○
春寒梦断

月小
似眉弯

第四卷 ○ 落英纷洒

楔子

玄乾八年农历七月，关外的武平王打着大齐的国号破韶关，战承陵，过淝水，兵临紫燕城下，大燕的旗号在如火的七月烧毁，连同那些誓死守城的战士也悲壮地倒下，殿里殿外硝烟弥漫，血流成河。

曾经富贵祥和的宫殿此时已纷乱不堪，厮杀声、逃窜声、哭喊声……月有盈亏，人有离合，鼎盛了几百年的大燕王朝，一朝倾尽所有的繁华与霸气。

一断臂老者抱着尚在襁褓中的婴孩，从皇宫后院的山洞里慌乱逃出，历经艰险，躲过了凶狠的追兵，终于倒在城外的山野水畔，鲜红的血染透了那镶着赤龙的小黄布。

…………

似血残阳，烽火燃烧浩瀚的苍穹，凛凛的朔风劲吹着大地。城外旌旗猎猎，戈戟林立，武平王铁甲银盔，站于城墙之上，气吞山河，三军山呼万岁，响震内外。

从此，另一个王朝建立，演绎着动人心魄的故事。

○ 第一卷 ○

人间风月

十五年后，金陵城。
隆元十五年农历三月初三，
历书上写，是个吉日。

金陵三月春犹怯

十五年后，金陵城。隆元十五年农历三月初三，历书上写，是个吉日。三月三为上巳节，历来是才子佳人游春踏青的日子，这一天也是金陵城一年一度选花魁之日。

碧云高天，杨柳飞花，整个金陵城浸染在一片流光溢彩的锦绣繁华中。轻扬的烟尘夹杂着珠粉的气息在街巷肆意铺展。路上行人如织，楚钏河上的画舫游船已排成长龙。盛隆街上香车宝马，络绎不绝，有摆卖字画的老者，有表演绝技的艺人，有称骨相面的术士。而平日里只有夜晚才热闹的烟花巷在今天竟比任何一处都要喧嚣。

这是我生命里第十六个春天，本该是花样年华，可菱花镜里，我似乎比往年要憔悴了些，不再有那般如花笑靥。

选花魁是金陵城每年都要举办的活动，要评选出一位才貌双全的佳人为花魁。自然，参选的女子不是官宦佳媛，亦非名门闺秀，而是金陵城中几家最为知名的妓院里的出色歌伎。这些名妓聚集在一处，比试琴棋书画，笙歌妙舞。而台下观赏的则为各处慕名而来的名流雅士，上有王孙子弟，下有市井凡夫。其中虽也有才高之辈，可大多是庸庸之客。

我是烟花巷迷月渡的一名歌伎，在此已有两年光景，去年选花魁时我染病在身，未曾参加，今年妈妈点名要我出场。说实话，这样的花魁之名对我来说并没有多大诱惑。

临窗而立，已见巷内的车轿整齐地排列，只待院中的姑娘收拾上轿了。

丫鬟红笺备好了胭脂珠粉待我梳妆打扮，我着一袭淡绿裙衫，胸前的绣花也甚为简约。坐在菱花镜前，轻轻说道："粉施薄些，眉画柳叶，鬓上插我素日里喜欢的那支碧玉的梅花簪便好。"

红笺望着镜中的我，笑道："小姐的心思旁人不知，我还不知吗？你平日就打扮得素净，不喜过于娇艳之色。"

红笺是我的贴身丫鬟，六岁便跟了我。那一年，我四岁。我本是金陵城外一普通人家的女儿，爹娘膝下只有我一人承欢。只是在我十二岁那年，爹娘双双饮下毒酒身亡，前来验尸的仵作说爹娘是自杀，至今我也不知二老为何要选择抛弃他们唯一的女儿离去。此后，我与红笺流落金陵，红笺染得重病，是迷月渡的妈妈借我五十两纹银为她治病。而我，就成了迷月渡卖艺不卖身的歌伎。

一阵急促的脚步声后，只听到妈妈在廊道嚷叫："眉弯，瑶沐，你们俩给我利索点，今日我们迷月渡定要争出个花魁。"

红笺朝门口吐着舌头："我当什么呢，还不是为了岳府那一千两的赏金。"

话音刚落，门被推开。妈妈匆匆走进来，打量我一番，喊道："你这装扮怎么行，太素了，鲜艳些，才能夺人眼目。瑶沐比你打扮得艳丽多了，今年我们迷月渡就你们二人参选，你要为妈妈我争点颜面回来。"

我对着镜子，将那朵新鲜的白牡丹斜簪在头上，说道："妈妈放心，我自会给他们一个别样容颜的沈眉弯。"

妈妈冷笑一声："要知道，我们是歌伎，不是名媛佳丽，看客喜欢的是柳娇桃红，不是阳春白雪。"随后转身甩帕而去，又丢下一句话："给我利索点，轿子在门外候着呢。"

我亦冷笑，我沈眉弯不屑于那些碌碌男儿的目光。

选花魁的地点是金陵城内所专设的一个毓秀阁，临着楚钏河，阁外的台子为歌伎们献技的场地，阁内为歇息之所。

我进毓秀阁的时候，各院的女子几乎已到齐，莺莺燕燕地站了一屋子，看得我眼花缭乱。

一屋子的歌伎，与我相熟的只有莹雪楼的画扇姑娘，她已连夺两年的花魁。我与她曾在翠梅庵进香时萍水相逢，此后便引为知己，情谊已非同一般。她看见我进阁，走过来执我的手，面含喜色细语道："几日不见妹妹，越发清新动人了，这般姿容，实在淡雅脱俗，让人看了心中洁净。"

我含笑道："姐姐这样说，要羞煞眉弯了。"

她笑看着我，依旧执着我的手。我方仔细打量她，一袭桃红裙装，身形婀娜，梳一个双环髻，插一支凤凰金钗，流珠摇曳，额上贴一朵镶金花钿，耳上吊一串红宝石坠子。见她眉黛间自有一种风流韵致，气度雍容高雅，又惊艳倾城。

我禁不住惊叹道："姐姐这等绝色佳人，任谁人看了都要永生难忘。"

画扇轻轻抿嘴一笑："妹妹莫要打趣我了，其实不过是来逢场作戏，不为开始，不为过程，只为那个结局罢了。"

画扇此间的话我自能领略几分，花魁这头衔虽不是多么大的荣耀，对一个歌伎来说，却算是用来显示身份的一道灵符。有了这道符，可以免去许多的屈辱，亦可以享受一般的歌伎所不能有的待遇。

因是等候开场，我便与画扇叨絮起这几日的事来。红笺也与画扇的丫鬟湘芩在一旁私语。

只听得尖锐的叫声从屋子那端传来："哎呀，你作死啊，这个时候搞出这事。"我和画扇转过头去，只见一老鸨四十出头模样，着一身大红的裙装，满头花饰，脸上涂抹着厚厚的胭脂，怒目圆睁，一手扯着一个小丫鬟呵斥着。

被扯住的小丫鬟着一身绿衫，眉目略显几分秀气，此时已吓得浑身发颤，低头垂泪道："我……我不是……不是有意的。"

那老鸨眼神越发地凶狠起来，扬起手来，对着小丫鬟就是一耳光："小蹄子，还敢顶嘴！"

小丫鬟被打得退了两步，赶紧"扑通"跪在地上："不敢了，妈妈饶命。"

只见一女子走过来，指着跪地的小丫鬟道："你这蹄子是该换了去，素来做事就不用心，偏生在这时候把我琴弦弄断，眼看着要到手的花魁被你这一弄……"她两眉轻蹙，脸色显得有些焦急。

老鸨用力地指着小丫鬟的脑袋，弄得她身子直往后仰，呵斥道："你这死丫头，你知道妈妈我今年为她选花魁费了多少心思吗，这紧要时候还给我坏事。"说完，又吼道："你给我死跪在这儿，选魁结束后再给我滚回去。"

跪在地上的小丫鬟吓得瑟瑟发抖，轻轻地哭泣。

我心中甚是恼怒，欲要上前阻止。画扇轻轻拉住我的手，轻声说道："莫去惹她们，她是翠琼楼的妈妈，可是出了名的凶悍。她身边那女子是翠琼楼的头牌殷羡羡，据说也是个冷美人，她琵琶弹得绝妙，这两年我得魁，都只是略胜她一点。"

"哦？怪不得方才她说眼看着花魁都要到手了，仿佛她们已做好了十分的准备。"我低声道。这才仔细打量殷羡羡，只见她一袭浅紫色裙装，髻上别一支碧玉簪，几颗珠子玲珑地镶嵌在上面，耳上一对幽蓝的宝石耳坠摇曳出冷光。她双眉似蹙，五官精致，神色里透出一丝冷韵。

一屋子的姑娘、老鸨，只是旁观，竟无一人上前劝阻。

我见跪地的小丫鬟低眉落泪，心有不忍，便走过去，笑着对老鸨说："妈妈您大人大量，何必跟一小丫鬟计较，今日选魁，莫扰了心情才是。"

老鸨打量着我，笑道："我道是谁呢，这不是迷月渡里的眉弯姑娘嘛，素闻你才貌清绝，不落流俗，今日一见，果然是名不虚传。"

我微微一笑："妈妈说笑了，眉弯不过是胭脂堆里的人物，何来清绝之说。只望妈妈饶过这不懂事的小丫鬟，大家也好高高兴兴地准备选魁了。"

随即，我又转向殷羡羡身边，柔声说道："姑娘也莫恼，我这里备有琵琶，虽不及姑娘那把名贵，只是凭姑娘的才艺，想来任何一把琵琶弹来都如若仙乐，玉坠珠倾。"

殷羡羡只不作声，冷冷一笑，拂袖转身。

站在一边的老鸨"哼"了一声也不再作声。

我抬手搀起了跪在一旁的小丫鬟，轻声道："起来吧。"

小丫鬟满脸感激，擦去眼泪，躬身垂首谢道："烟屏多谢姑娘今日解围，姑娘的恩情，烟屏会铭记于心。"

我薄薄一笑，招手唤来红笺，此时她已将琵琶取来递给烟屏。烟屏手抱琵琶，又躬身对我说："多谢姑娘。"

我笑了笑，拂一拂袖，转过身朝画扇走去。

画扇走来轻轻执我的手，说道："妹妹，一会儿选魁时你没有琵琶如何献艺？"

这边，站在我身旁的妈妈早已嚷嚷道："我看姑娘也太大方了，帮人把自己的琴都给帮没了，一会儿献艺莫不成了献丑。"转身又对着瑶沐说："看来我们迷月渡只得指望姑娘你了。"

我冷冷地瞟了妈妈一眼："这点不劳妈妈费心，眉弯自有打算。"

瑶沐对我微微一笑，我也朝她回了一个笑。两年来，我们虽同在一所妓院，素日里却极少有往来，她个性喜闹，整日里有许多王公子弟来迷月渡与她欢乐。她与其他姐妹也常一起说笑打闹，独我素来不爱言语，她也不多相扰。有时妈妈怪责我，她反而几番相助，这让我对她亦多了几分好感。

一旁看热闹的人也散了，各自去为自己做准备。

我与画扇相伴坐下，端过茶杯，饮一盏碧螺春润喉，淡定地与她说："姐姐莫要为我担心，琵琶虽赠人，于我来说倒也无碍。今日我亦无心争夺花魁，只当来充个数，免得又惹妈妈说三道四，扰我清净。再者我一贯不是太喜欢琵琶的音调，婉转有余，却难表心境，相比之下，我更喜玉笛，悠扬清润，直抒我意。"

画扇也端起茶杯，轻抿一口，说道："妹妹今日善举，愈显得你落落大方，再听此一席话，更令我心中豁然许多。"

我微笑说："姐姐莫听我胡言，我无意争夺花魁是平日来懒惰成性，且不说姐姐才情佳貌出类拔萃，那些院中的姑娘也不可轻视，我是不想费那个心思了。"

画扇为之动容，握紧我的手，感叹道："妹妹，你一片素心如月，只是我们身为歌伎，却无法过得顺意自如。若是机缘巧合，遇一良人，可以托付终身倒也作罢。倘若内敛于心，不得舒展，明珠蒙尘，久居风月场所，待到人老珠黄，谁人为我们擦拭风霜呢？"

我心中暗自惊叹，画扇竟是如此明白之人。想起当日在翠梅庵时妙尘师太对她说的话："欲将此生从头过，但看青天一缕云。"仿佛，这句话冥冥之中不仅暗示了她的命运，也扣住了我的因果。

毓秀阁外已是人山人海，沸腾声传来，我知道，争夺花魁的序幕就要开始了。

毓秀阁中琼花落

　　当我们站立在毓秀阁为选花魁所设的台上时，下面真是一片烦喧之景。前排的雅座坐着的都是金陵城内的王公子弟与才子名士。而正中间坐着的则是金陵城的首富岳承隍，他家财万贯、富可敌国，据说当年大齐灭大燕时他的功劳居首位，当朝皇帝欲封他为相，可他却拒绝在朝为官，所以皇帝为他建了一座豪华的府邸，赏赐黄金珠宝、良田美人，数不胜数。他在金陵城的地位也可说是一人之下，万人之上。这几年选花魁的赏金都是由他所出，他本人每年在毓秀阁主持这场选赛，因此选花魁虽为歌伎所设，名声却早已远播了。

　　我稍一抬眼望去，台下人声鼎沸，百态千姿。恰好又是初春明日，东风涤荡，楚钏河边的杨柳袅娜生烟。画舫排成长龙，连画舫上也站满了人。这样的场面我还是第一次见，热闹得让人眩晕。

前来参选的歌伎站成一排，画扇与我立在一起，因她是这两年的花魁，正中间的位置属她。

只听见莹雪楼的妈妈尖细的嗓音喊道："今日又是我们金陵城一年一度的选花魁之日，承蒙岳大人抬爱，让我们这些烟花巷的姑娘也有了展示才貌的机会，也可以让在场的王公贵胄、公子名士一睹姑娘们的风采。今日选出花魁，热闹一下，给各位大人怡情，也算是聊寄风雅了。"因为这两年都是画扇夺得花魁，想来莹雪楼的妈妈也因此沾了光，被选为主持了。

台下此刻已是一片欢呼之声。她举了举手，又继续说道："下面请岳大人为我们说上几句。"一片掌声响起。

红木雕花的镶金宝座上坐着的正是岳承隍，此刻他已站起。只见他穿一身赤红团蝠便服，头上并未戴冠，只是简约地插一支古拙玉簪，长身玉立，朗朗丰神，虽已过而立之年，却依旧风采灼灼，眉目俊美，与我想象中的富态体貌相去遥远。

他神韵温婉，朗朗道："岳某不才，得蒙各位不弃，接连几载为金陵城选举花魁，为的是与大家同乐。今日就让我们尽情欣赏佳人风采，得花魁者赏金千两，以示祝贺。"台下欢呼之声，一阵压过一阵。

他说完坐下，气定神闲地望着台上。

莹雪楼的妈妈再度站出来，大声喊道："比赛就此开始，请姑娘们按顺序各自展示才艺。"

只听见妈妈尖声嗓音喊道："莹雪楼头牌画扇姑娘。"

画扇朝大家微微福了下身，优雅地坐下，面前已有人为她摆好古筝。她轻拂衣袖，玉指晶莹，刚落到弦上，已是惊心，瞬间便是清泉流淌，淙淙泠泠。只听她边抚筝边唱道："古意寻来画未明，先推旧韵入新声。幽情还寄窗前竹，万紫千红依似青……芳帘微卷梦未真，细雨空庭烟景匀。剔露桃花树树泪，不及梨雪一枝春……"

一曲清筝，似潇湘水云，意浮山外，韵在天边。我心中暗自惊叹画扇的琴艺，更惊心的是她几首《竹枝词》婉转生动，风韵天然，似有寄意，却翩然盈巧。

只见画扇起身，案前早已设好了笔墨，她轻蘸玉墨，似春风铺展，明月莹怀，转瞬已将方才所唱的几首《竹枝词》挥洒出来，若梨花坠雪，蝴蝶纷飞。

妈妈顷刻间已将画扇的字夹于身后连好的丝线上，墨香随风倾洒，更显得字体风流飘逸。

画扇这领头一举，后面的人想要超越怕是难了。

"下一个迷月渡的瑶沐姑娘。"

话音刚落，只见瑶沐已舞动水袖，在台上似彩蝶翩跹，瞬间天上微云轻卷，波中碎影摇荡，飞花弄露，不胜妩媚。

一支舞毕，只见她海棠娇靥，梨花雪面，如会草长莺飞意，似融燕子归时雨。

瑶沐的这般惊艳之举，亦是我之前所不知的，确实出我意料，想必台下的看客，已是醉眼迷离，心扉荡漾。

"下一个慕彤院头牌施蓉蓉姑娘。"

"杏藜楼头牌流珠姑娘。"

"下一个翠琼楼头牌殷羡羡……翠琼楼头牌殷羡羡……殷羡羡……"只听到妈妈尖着嗓子大声喊了三遍，却不见殷羡羡上台来。大家屏住呼吸，等待开始变得焦躁起来。

不一会儿，就听到毓秀阁内传来尖叫之声，大家慌忙往里赶过去，我也随着走了进去。只见翠琼楼的妈妈在那儿大声哭喊："羡羡……羡羡……这是怎么了，啊……"

殷羡羡斜靠在椅子上，双手垂下，脸色惨白，已毫无血色。有人上前去，将手移至她鼻间，摇头叹息："已无呼吸了。"

此刻，翠琼楼的妈妈哭声更大，厉声道："这是作的什么孽啊，妈妈我费了这么多心思在你身上，你怎么就这样无缘无故地死了？"她边哭边摇晃着股羡羡的身子。

这时画扇走至我身旁，抓紧我的手，我见她脸上亦有些苍白，想必是被这突来的事件吓的。我心中也有些发颤，不知这事究竟为何。

围观的人越来越多了，毓秀阁内喧哗之声、喊叫之声夹杂在一起。岳承隍和前排几位官员也匆忙挤了进来，只见他一脸的疑惑，问道："发生何事了，这般喧闹？"

翠琼楼的妈妈对岳承隍大声哭道："岳大人，你可要为我们翠琼楼做主啊，查查这到底是哪个天杀的干的事，把我们羡羡姑娘给害死了……"她边哭边跪在岳承隍脚边，紧紧扯住他的袍子。

岳承隍弯身将她扶起，安慰道："妈妈放心，此事我定会查清。"说完，接着问道："今日可有什么蹊跷的事发生？"

妈妈思索片刻，道："并无蹊跷之事发生啊。"然后她眉头微皱，仿佛想起了些什么，尖声喊道："烟屏……烟屏这死丫头哪儿去了？"边说边四处张望。

此刻我心想，不好了，烟屏不会因方才之事受到牵连吧。我也四处望了望，却不见她。大家都嚷声道："烟屏……烟屏去哪儿了？"

一片嘈杂之间，只见烟屏从人群里挤了出来，额头渗出许多汗，神色慌张，呼吸急促，声音带着哭腔："怎么了？怎么了？"

"啪！"妈妈上前对着她就是一记耳光，呵斥道："怎么了？你干的好事你知道。"烟屏往后一个踉跄，转而看见靠在那儿面无血色的股羡羡，想来心里已明白几分。她"扑通"一声跪倒在地，一步一步移至股羡羡身边，扯着她的裙摆哭道："姑娘……姑娘……"

妈妈扯住烟屏一把头发，骂道："别猫哭耗子假慈悲，还不交代，你使了什么诡计，害死了羡羡。我怎么平日就没看出来，你竟这么毒辣。"

烟屏脸色苍白，已泣不成声："我……我没有……我没有害她啊。"

此刻，岳承隍走出来，对着妈妈问道："这究竟是怎么回事？你且说来。"

　　妈妈用手恶狠狠地指着烟屏，喊道："就是这丫头害死羡羡的，方才就使坏，有意将她琴弦弄断，我才责备她几句，竟这么心毒，要杀人了。"说完，又哭起来："天啊，这丫头竟这般狠毒，杀人了啊，快把她抓起来。"边喊边死死地拽住烟屏的衣裳。

　　我实在看不过去，上前说道："妈妈且莫这般武断，羡羡姑娘究竟是因何而死还不知晓，不能就这么断定是烟屏干的。"

　　妈妈眼神锋利地看着我，尖声道："我当谁呢，这不就是方才那位好心赠琵琶的眉弯姑娘嘛，你这般袒护烟屏这死丫头，究竟是为何？"

　　我冷冷一笑："妈妈这是说哪里的话？何来袒护，我不过是想请大人弄清事实，可不要冤枉了好人。"我边说边朝岳承隍点了一下头。

　　画扇赶紧走过来，看着岳承隍，为我辩护道："我看眉弯姑娘也是一片好心，她希望大人查清事实，一来免得出差错让好人受冤，再者弄清楚了也好让羡羡姑娘安心。"

　　岳承隍看了画扇一眼，沉思片刻，说道："眉弯姑娘与画扇姑娘说得对，这事需要查清楚再定夺。"他招手唤来身边的随从，道："派人去喊来仵作和衙役，先对此事做初步的了解。"

　　"是。"随从答应着离去。

　　岳承隍朝大家举了举手，道："这事就先这样，闲杂人等一概散去，等衙役和仵作来了之后，有了初步的结果，再做打算。"他朝莹雪楼的妈妈使了个眼色，妈妈大声嚷道："都散了吧。姑娘们，你们各自准备，一会儿选魁还得继续。"

　　那些闲人都逐渐走出了毓秀阁，只剩下参选的歌伎，还有随来的丫鬟和妈妈们。

　　我越想此事越觉得疑惑，便走到烟屏跟前，问道："你方才去了哪里？"烟屏轻声抽泣着："刚才我弄断了琴弦被责罚后，小姐说她觉得头疼，忘了带药，让我赶紧回翠琼楼去为她取药。"说完，她从袖子里取出一个精巧的小红瓶子。

"头疼？这是何药？"我指着那瓶子问道。

"雪香丸。我家姑娘有头疾，一直服用这药。"烟屏说着。

我沉思了一会儿，道："那就是说翠琼楼里有人见你回去取药了？"

"是的，是的。"烟屏赶紧点头。

翠琼楼的妈妈急忙走过来，对着我说："听眉弯姑娘这话，是说此事与烟屏这死丫头无关了？"

我看了一眼大家，道："我只是想问清楚事实。"

妈妈冷笑道："我看事实就是烟屏这死丫头害人，故意找借口离开此处，以为去了翠琼楼就有了不在场的证据。"妈妈仿佛悟到了些什么，用手指着烟屏，惊声喊道："哎呀，我怎么没想到你竟有这心机，还知道为自己设计不在场的证据。"吓得烟屏直往后退，身子抖得更厉害。

我心想，这妈妈果真是厉害，她竟可以脱口就给人扣罪，歪理一大堆，跟她说话只会更加纠扯不清，莫如等仵作衙役来了再想计策。

这时，只见一拨衙役匆匆行来，有七八人，手持佩刀，面目严肃。领头的衙役长飞快地扫了一眼现场，眼神落到岳承隍身上，表情随和起来，弯腰唤了一声："岳大人。"岳承隍点了一下头，朝着殷羡羡的尸体说："让仵作先看看。"

"是。"衙役长点头。他一挥手，身后的仵作走上前来。仵作朝岳大人行过礼，走至殷羡羡身旁，打开随手携带的箱子，取出几样检验的工具，摆弄一番，转身朝岳承隍说道："岳大人，初步检验，尸体并无什么发现，还需抬回衙门仔细检验。"

岳承隍朝大家扫了一眼："也罢，就照你说的办。"

此时翠琼楼的妈妈朝衙役长行了一个礼，怒目指着烟屏："大人，你得把她抓起来，她是杀人的凶手。"烟屏脸色煞白，腿也软了，哭诉道："我没有……我没有……"不停地摇着头，甚是可怜。

衙役长朝岳承隍看了一眼，问道："岳大人，这……"岳承隍皱了皱眉头，道："这样吧，你先把烟屏带走，等仵作最后的检验结果出来再做定夺。"

我闻言大为吃惊，欲上前理论，画扇已紧紧握住我的手。她对我使了个眼色，我心中明白她是想让我暂时不要再争论。于是，只能看着烟屏被一群衙役匆匆带走，她那无助的眼神与翠琼楼妈妈那得意的神情对比，让我心中纠结着难言的滋味。

衙役带着烟屏走后，寂静片刻，才闻得岳承隍说："好了，方才的事就此作罢，大家准备一下，选魁继续进行。"

众人听后散了，画扇也执着我的手走开。我坐下，饮一盏茶。此时的毓秀阁又回到之前那般喧闹，那些歌伎在一旁嬉笑着，仿佛殷羡羡不曾死去，死亡对她们来说，竟然漠然至此。

我吸了一口气，在嘈杂的氛围中，脑子里竟是一片空白。

楚钏河畔折双魁

　　走上台前，又回到方才的情景，参选的歌伎站成一排，个个面容娇艳，至于殷羡羡来与不来，无关紧要。想来有些人倒希望她不来，也算是少了个竞争对手。于我来说，也不重要，面对她的死，我似乎也是那般木然。

　　依旧是初春明景，河水融碧，柳幕垂烟，东风摇花枝而动荡，晴光耀波水而璀璨。这样的景致踏青赏春是再好不过，台下的看客笑语盈盈，画舫的游人浅饮低酌，只待欣赏花魁的无边风韵。

　　坐在前排的岳承隍满面笑容，只见他起身，双臂一举，朝大家说道："方才因一点意外耽搁了比赛，现在选魁继续，大家敞开心怀，尽情赏阅佳人风采。"说完，大家奋力鼓掌，情绪激昂。

　　莹雪楼的妈妈一脸的笑意，朗声宣布："下一个——春柳院头牌柳无凭姑娘。"

"柳无凭。"我在心中低低念道，这名字倒十分别致。柳无凭轻移莲步，一袭柔软浅翠裙衫，珠钗摇曳，袅娜身姿，娟娟人儿，果真如弱柳凭风，幽幽楚韵，甚是动人。她端坐下来，怀抱琵琶，朝看客轻柔微笑。只见她玉指轻拨，珠落滑吟，边弹边唱道："乍暖芳洲寻翠缕，凭桥人迹香踪。罗衣闲步两从容，青山花若梦，碧水柳痕空……漫把杏衫芳露记，凌波多是前衷。琴丝拂乱月蒙蒙，风残知梦远，春上小桃红。"

一首《临江仙》看似热闹，实则娇懒，看似馨欢，又生愁怨。她翠冷的琵琶，拨响了莺声柳浪，嘹亮的轻歌，独醉于蝶梦春光。这位柳无凭美人的才艺，确实令我刮目相看。我又想起了殷羡羡，不知她漫抚琵琶又会是怎样的韵致。琵琶，我想起了我的琵琶，她死了，我赠予她的琵琶去了哪儿？大概是被遗弃在毓秀阁内某个角落里了，只是随了我两年的琵琶而已，我可以做到对它漠然。

再看一眼柳无凭，娇羞盈盈，楚楚动人。看来这秦楼楚馆，虽为烟花之地，却不乏国色佳人。想我虽生在普通人家，可自幼爹娘亦请好的师傅教我琴棋书画，虽不及富家小姐那般高贵，却也天资聪慧，不落人后。奈何命运摆布，无端落入青楼，说得好听，选夺花魁，实则不过是在人前卖笑，供人赏玩罢了。

我低低叹息一声，告诉自己，一会儿我取这春景题一首诗就作罢，这莺燕婉转、轻歌曼舞我虽也喜欢，却实在不爱在人前摆弄。况我本无心争夺什么花魁，又何必为难自己。

正当凝思之际，已听见妈妈尖细之声喊道："下一个——鸳鸯阁头牌许墨荷姑娘。"

我抬头看去，且见这女子着绿荷色裙装，头上插一朵翠芙蓉，耳上垂着翠玉清珠，一袭碧绿，袅袅青幡，又是另一番风味。上苍造就这些冰清骨肉，却也真是费了不少心思，各取其色，各得其韵。

不知这位墨荷女子展示的又是何等风采。她临于案前，携起素笔，轻蘸水墨，转身往摆设好的屏风内侧的白丝帛上幽点一蕊绿墨，接着轻轻点点，一朵荷叶已绽开。只见她并未再点荷露，却另择一处描摹画桥，之后又转回荷叶处描上轻舟。再蘸墨时却不再落笔，眉间似蹙，面露难色。台上台下之人屏住呼吸，且等她继续泼墨挥洒。但见她脸上一青一白，玉手一颤，毛笔竟然落地，瞬间墨色飞溅。

我双眉挑起，心中暗想：不好，这许墨荷定是哪里不舒适，今日若出此败笔，日后恐对她不利，鸳鸯阁的头牌封号也难保住了。

我不等思索，拔下玉簪，几根青丝也随着一齐带下，我将青丝绕上，且当羊毫，轻蘸颜色，便在丝帛上一阵飞花琼舞，刹那间一幅初夏暖景映在眼前。只见画境在春风中徐徐展开，清波点漪，露玉含银，碧荷舒卷，菡萏香飞。池外芙蓉凝雪袖，桥上烟云逐明霞，舟下白鹅啄碧水。更有莺歌穿柳，浣女临池，盈盈娇笑，落落翠裳，或撩水相戏，或嬉闹逐波。偶有白蝶翩舞，逐香而去；玄燕斜徊，戏水争飞。

画笔一落，已听见一声清朗之音高喊："绝妙！绝妙！墨添高咏之趣，景浓卧画之姿。池中菡萏点波，水上舟箫远韵，真乃人间绝画！"话音刚落，只见这一年轻男子已站在离我不远的前端，穿一袭锦绣华服，头戴赤金簪冠，丰神俊朗，气宇轩昂，面如粉玉，美目灼灼。

我赶紧低下头，已觉得面上灼热，想来已是红若流霞。此时方觉得自己已在无意间露了锋芒，赶忙说道："我与墨荷姑娘本说好，二人合画一幅夏日之景，她已为我描好底色，而我只是稍加修饰罢了。"

话才说完，更觉后悔，我与墨荷素日并无来往，且明眼人知道她方才已出差错。若是了解的便说我为她解难，不知的人还以为我故意争显锋芒，夺人眼目。于是，便不再作声。

后面几位姑娘所显的才艺，我也无心观赏。只是挨着画扇站着，她时不时朝我微笑。而方才那男子也向我频频传来眼波，画扇亦朝他微笑，我只当不见，低头沉思。

待所有的人都展示完毕，只听到岳承隍和几位雅士在那儿私语，然后见他起身，微笑着点点头，朝大家喊道："今年的花魁已选出，她就是莹雪楼的头牌画扇姑娘，恭喜她接连三年夺魁，盈盈风采，当之无愧。"

她站于我们中间，桃红的裙衫如同粉嫩的桃花。画扇此刻，像是一块晶莹剔透的美玉，是那种夺目的美，她夺去了所有人的眼目，而我们这一排莺燕，只是她的陪衬。

我看到莹雪楼妈妈那灿烂的笑容，在明媚的春光下，竟也年轻了那么几岁。我看到岳承隍将千两赏金交付于她，那灼灼灿灿的光芒刺疼了看客的眼睛。

这么安静的时刻，却见方才那赏画的年轻公子站了出来，朗声道："且慢！在下有几句话要说。"

岳承隍朝那年轻公子看去，面露喜色，那神情好像他们是旧识。只听得岳承隍说道："敢问公子有何指教，岳某洗耳恭听。"

年轻公子上前，微微一笑："画扇姑娘才貌双全，被选为花魁，当之无愧。不过在下欲选一人，与其并列花魁。"说完，见他表情神秘。

岳承隍疑惑地问道："哦？不知是哪位佳人？"

只见大家互相争看着，竟也猜不出是谁，我心中细想，莫不是柳无凭。

年轻公子微笑地看着我，脱口而出："此人就是迷月渡的沈眉弯姑娘，她今日所作之画令在下大开眼界，几缕青丝挥洒自如，得韵于水墨，会意于幽景。其画工之笔与画扇姑娘的才客之诗可谓是珠联璧合，令人沉醉。所以，本人欲拿出黄金千两，作为她的赏金。"说完，他看着画扇，转而又看着我，只是微笑。

台下一片欢呼之声，仿佛将这场夺魁推向极致。而立于我身后的妈妈快速上前，大声笑道："这位公子实在是慧眼识珠，我们迷月渡早就认眉弯姑娘为头牌，她花容月貌，琴棋书画样样皆通，今日的花魁她可是当之无愧啊。"

这突如其来的变化我还不曾醒转过来，却见岳承隍拱手对那位年轻公子笑道："公子果然好眼力，岳某人也极为赞同。"他转而朝大家说道："今年的花魁并列，那就是莹雪楼的画扇姑娘与迷月渡的眉弯姑娘。"

台下掌声一片，大家欢呼喝彩。想来这样的热闹是未曾有过的，我朝那位公子看了一眼，见他对着大家举手欢笑，心中竟然生出几许感慨，他此番之举，究竟是我衬托了他，还是他衬托了我？或许是彼此衬托，才有了这样的热闹。尽管，这热闹并不是我所衷于的。

画扇过来执着我的手，我与她相视一笑。她说道："妹妹，我今日真是开心，能与妹妹并列花魁，实在是我们姐妹俩的缘分，这比任何一年的花魁都要让我难忘啊。"

我握着她的手，低低说道："姐姐，我当真是不想的。"

她轻轻地扶一扶我头上那支碧玉梅花簪，柔柔地说："我都明白，妹妹，想必这都是天意，你如此才貌，想要不露锋芒也是难的，既然避不开，莫若坦然接受。"她停了一会儿，接着说："说不定今日之后宿命别有安排，柳暗花明又一村呢。"

画扇劝慰我时，已见她那边的妈妈和我这边的妈妈笑盈盈地走过来，向我们说："恭喜两位姑娘夺得花魁。"

我和画扇只淡淡一笑，便打算朝毓秀阁内走去。

只听见那年轻公子朝两个随从喊道："且慢！"我转过身去，只见两个随从正将我方才在屏风上作的画取下。

年轻公子对我这边的妈妈说道："妈妈，在下有一事相求。"

妈妈面上堆满笑容："公子有何事尽管说来。"

年轻公子看了我一眼，继而说道："在下欲拿出黄金千两，买下姑娘这幅画。"

我心中一惊，低头，默不作声。

妈妈更是惊喜万分，嚷声道："使得，使得，公子如此慷慨，真乃眉弯姑娘有幸了。"说完，赶紧从随从手上将丝帛夺来，交予那年轻公子。

我转身离去。

又听见妈妈笑道："公子若有闲暇，欢迎到我们迷月渡来，妈妈我定好生招待。"

我没有回头，与画扇往毓秀阁内走去。

画扇扯了扯我的衣袖，低低说："妹妹……"见画扇欲言又止，我却不知她这是何意。

回到阁内，歇息一会儿，方才阁内那紧张的气氛早已消失得无踪，难道殷羡羡的死真的没有在任何人心中激起一点涟漪？我又想起了烟屏，乍一眼却见了那把琵琶，孤独地搁在案几上，而我却决定不再要它了。我第一次发觉，自己的心竟是坚硬的。

待毓秀阁的人海退去，我便起身往迎接我们的轿子走去。恰好遇见许墨荷欲走向轿前，我与她点头微笑，她也还了我一个微笑。

转身，红笺为我披好了白色锦缎披风，轻声说："小姐，今日可要累坏了。"我朝她微微一笑。

此时画扇的轿子也立在跟前，她轻轻走过来对我说："妹妹，改日我再到迷月渡来寻你，或约好一同去翠梅庵也行，到时我让丫鬟幔儿过来传话，你自己好生保重。"

我点了点头，轻声道："姐姐也好生保重。"心中却想着画扇还未说完的话，再看她一眼，她已坐入轿中。

红笺搀扶我上了轿子，我掀开帘子往外看去，只见方才围观的人已然散去，正值晌午，融融的暖阳轻泻，将楚钏河的水映照得璀璨夺目，而画舫上的人继续饮酒欢歌，竟引风骚。烟浮浦渡，柳醉莺飞，鲤跃萍繁，这样锦瀑香湍、繁华绮丽的金陵城有种说不出的震撼，夺人心魄。可是如此鼎盛的春华韶时又让我觉得过于浓烈，那争艳竞放的百花似要溅出血泪来。我心中徒然生出几许惶惶之感，却又说不出究竟为何。

夕沉惊梦迷月渡

　　轿子还未到烟花巷，一路上已听到遥遥的鼓乐声传来，风吹过帘子，我隐隐看到身后尾随了许多的看客。这些人只是来烟花巷看热闹的，每年的今日是烟花巷最盛大隆重的一天，更况今日巷中有两名歌伎夺魁，这是往年都不曾有过的事。

　　轿子停在迷月渡，画扇等其他妓院的姑娘还往前走，各寻自己的院子去了。红笺为我掀开车帘，妈妈一张笑脸喜迎我。鞭炮噼啪作响，舞狮子，结彩灯，据说这是迷月渡第一次有人夺得花魁，而我就是这里的第一人。

　　还未进门，迷月渡的姐妹们已经围拢过来，她们脂粉铺叠，浓彩鲜艳，齐声喊道："恭喜眉弯妹妹夺魁，恭喜妈妈。"我看着她们的笑脸，心中有种说不出的滋味，想起往日里她们的淡漠，和今日的恭迎实在是天渊之别。

想来这一切都是人之常情，我也无心计较。

于是我朝她们笑了笑："姐妹们客气了。"转身朝妈妈一笑："妈妈，眉弯今天有些劳累，想回房休息了。"随后便扶着红笺的手上楼朝我房间走去。

只听见身后妈妈大声喊道："是要好好休息，今夜恐怕还要招待一些来祝贺的贵客呢。"我没有回头，只顾自己离去。

一上午的劳累，有些心烦，关上门，我坐在躺椅上歇息。窗外喧嚣一片，鼓乐声声，我让红笺连窗也关上，想静心歇会儿。

红笺为我燃了沉香屑，泡了一壶碧螺春。我闭目养神，脑中却骤然浮现出那位年轻公子的面容，朗朗眉目，落落神采。想来是名流雅士，或是王孙公子，否则不会有那般高雅的气度。他选举我为花魁，也许只为夺一时之意气，于人前显山露水罢了。

我轻轻摇头，不愿再想，他今日的卓尔不凡，我也只当是过眼之客。

稍歇一会儿，听见敲门声，妈妈已推门进来，她亲自为我送来了一碗雪莲燕窝羹，笑吟吟道："姑娘，趁热吃了这雪莲燕窝羹，美容养颜、提神益气的。"

我起身微微笑道："多谢妈妈，劳烦妈妈亲自送来，眉弯不敢当。"

妈妈赶紧挽我坐回椅子上，笑道："姑娘莫起身，你好生歇着，让红笺喂你就好，如有什么需要，尽管遣她来管我要。"说完，朝红笺笑笑："听到没有，好生照料你家姑娘。"

红笺点头道："是，妈妈。"

妈妈转身离去，边走边说："姑娘好好歇一下午，今晚我们迷月渡还要宴客，到时还得请你出面招待，今日你一举成名，日后少不得财源广进了。"

门已掩上，还听得见她的笑声在廊道回转。我心间甚觉落寞，暗自低语："沈眉弯，任你才貌出众，也不过是迷月渡的一名歌伎，空将寒夜催漏，辜负了韶华流年。想来万般皆是命，然我沈眉弯的人生又似乎不应如此。"

今日想得太多，我喝了几口燕窝，便躺在椅子上迷糊睡去了。

恍惚间，我好似到了一处庭园，但见朱栏玉柱，琼阶白石，画桥烟柳，绿树溪流，百花争妍。一缕祥云挂在青天，眼前现出一幢金碧辉煌的宫殿，翘卷的飞檐直冲云霄，眉弯翠瓦在阳光下折射出粼粼的金波，长长的殿宇若赤色长龙，蜿蜒起伏，又深不见尾。

只见得大殿门口站着威严的御林护卫，不一会儿，一排排内监宫女执着仪仗浩浩荡荡地走来，步辇上坐着一位年轻霸气的君王，他身着龙袍，头戴赤金通天冠，冠上镶嵌着一串白玉珠，垂在面前，摇曳生风，又模糊得看不清龙颜。他身旁坐着一位头戴凤冠、身着凤裳的皇后，端庄高雅，眉目和善。这些服饰像是我朝又不似我朝，只是一派富贵祥和的盛世之景尽现眼前。

刹那间，这些人突然模样皆变，面目狰狞。方才的祥云已化作一团乌烟，辉煌的宫殿在一片烟雾中弥漫，似血残阳如红红的火焰烧透了整片天空，清澈的涧水瞬间化了鲜血，葱茏的万物已枯朽不堪。仿佛听到一婴孩凄厉的哭泣，声音传透了整个宫殿，接着许多人乱成一团，四处奔走，不一会儿那些人渐渐地模糊，渐渐地远去。

我欲要转身，却已无路可去。正在焦急无措之时，猛然惊醒，方知只是大梦一场。只见红笺紧握我的手，急急唤道："小姐，小姐，怎么了，别怕，我在这儿呢。"

我睁开了眼，感觉额头渗出少许的汗丝，手足无力，看着红笺，轻声道："方才我做了个噩梦，无妨了，你给我端杯茶来。"

红笺转身为我倒来一杯茶，我急急饮下，深深吸一口气，方觉得舒缓了些，只是心中仍是有些不安，这个梦仿佛预示着什么。我想起了白天殷羡羡那毫无血色的脸，她的死是意外，还是自杀，或是有人谋杀？又想起了烟屏，我有种感觉，殷羡羡的死与她无关，也许待我闲时，该去一趟衙门。

此时，楼下仍是一片喧闹之声，我起身推窗，已是黄昏，夜幕微垂，一弯朗月挂在柳梢，一排红灯笼挂满了整个烟花巷，将街景映衬得璀璨透彻。

这样的绚丽对烟花巷来说，应该是一种殊荣，这令许多良家女子厌恶的风月场所，却又是许多男儿的缱绻风流之地。两年来，我坐在纱帘后，漠视这些用金钱来买醉的男人，他们急于表现对我的迷恋与倾慕，而我却视他们为浊物。

红笺为我披上了白色的锦缎披肩，柔声道："小姐，当心夜凉风重，我去厨房给你取些点心来吧。"

我看着月色，轻声道："不用了，我不饿。"

红笺摆上了一对仙鹤腾云的荷花烛台，为我燃上了新烛。顿时满室流莹，那闪闪的光亮仿佛浸透了每一个角落，而我却在这样的莹亮中觉得眩晕。

妈妈的脚步声在廊道里响起，只一会儿她推门而入，依旧是那副笑脸，似要绽出花来，朝着我说道："眉弯，你让红笺为你打扮一下，一会儿岳大人和一些贵客都要来我们迷月渡，指不定有多热闹呢。"说完，她笑嘻嘻地离去。

红笺掩好门，走过来，说道："小姐，我来为你梳洗。"我点了点头。

红笺为我端来水，我坐在菱花镜前，觉得自己面容疲倦，头上那朵白牡丹亦显得有些柔软，不似早晨那般清新娇嫩。我轻轻取下，搁在一旁。

红笺为我梳理长发，不一会儿绾了一个公主髻，从窗台摘一朵粉色的芙蓉插上，斜插一支宝珠玲珑簪，倒觉得娇媚动人。

我看着镜中的自己，轻轻道："红笺，今晚为我换上那件大红的裙装。"

立于屏风后，轻褪薄衫，只觉柔弱无力。一袭红衣，像一团流火，粉色芙蓉，坐下再略施薄粉，今夜就这样见那些男子了。

短短时间，妈妈已上来催过几回。

夜色渐浓，梨花不语。红笺搀扶我下楼，而我也是在一片掌声中走过一步步阶梯。闪烁的红烛将妈妈精心设好的厅堂映衬得分外辉煌，大红的灯笼，大红的地毯。我没有看那些前来祝贺的男子，尽管他们带来了厚重的礼金，我却不屑。

满桌的海味山珍，都是极品菜肴，而在座的几位是金陵城里的鼎盛世家子弟。岳承隍笑着对我说："眉弯姑娘请坐。"我轻轻坐下，眼神掠过这几位公子，却不见白天那个华贵公子。

岳承隍举起了手上精致的百蝶酒杯，而杯中是我们迷月渡最名贵的凝月酒，朗声道："来，大家干上一杯，为眉弯姑娘夺得花魁助兴。"

大家举起手中酒杯，各自饮下，我也微微抿了一小口，甚觉清冽醇香。

见岳承隍与妈妈在一旁私语几句，再转向大家："各位大人今晚尽兴，岳某要去莹雪楼为画扇姑娘祝贺去了。"说完朝大家举了举手，又对着我说道："眉弯姑娘，岳某改日再来迷月渡拜访你。"

我微微福了一福，柔声道："谢过岳大人。"不知为何，他并没有在朝为官，可是见妈妈这般称呼，我也随口叫了。

岳承隍走后，其余的几位男子欲向我敬酒，我连声推托。其中一位刘大人笑道："今日眉弯姑娘一展画技，不知今夜能否为我们漫抚琴弦，高歌一曲，若能如此，真是荣幸万分了。"他话音刚落，其他几个人也喝彩。

其实平日里，那些男子只要给银子，点我的名字，我都要为他们抚琴，轻歌曼舞，可今夜我却了无心绪。

我举起酒杯，笑脸对着他们，柔声道："各位大人，实在抱歉，今日眉弯有些疲累，想要歇息，改日定为大人们抚琴高歌，为你们助兴。"说完，我一口饮下杯中的酒。

妈妈赶忙过来，招呼着大家，笑着说："各位大人，今日我们眉弯姑娘确实疲倦，我让其他的姑娘来招呼大人。"说完，招手喊道："瑶沐，如眉，玉灵，素颦，你们都过来招呼大人。"

只见一群莺莺燕燕一拥而上，瞬间将他们围住，有些搭着肩膀，有些坐在他们腿上，极尽妖媚妖娆。

我看了瑶沐一眼，她也瞟了我一下，就已经端起手中的酒杯朝那位刘大人嘴边送去。

　　我趁此时转身离去，红笺走在我身旁，我们穿过人流，穿过灯花，走上台阶，走过廊道，消失在喧哗的厅堂。这一刻，我觉得自己离他们越来越远，我深刻地明白自己并不属于这里。

　　躺在摇椅上，只等夜色深浓，迷月渡的许多客人散场，烟花巷的繁华退尽。我想起了白日里的华服公子，想起了此时的画扇，想起了死去的殷羡羡，想起了烟屏，想起了父母死时安静地躺在床上，如睡着一般，甚至想起了岳承隍，想起了翠梅庵的妙尘师太，还有午后梦中那些玄离的情景。这一切的一切，都在脑中涌现，将我的思绪填得满满的。

　　正在恍惚之际，只听见轻轻的推门声，妈妈走进来，轻声在我的耳边说道："白天那位年轻的公子来访，我已将他安排在我们这里的满月阁，你过去见他一见吧。"

　　我轻轻地朝妈妈推了推手，说道："我甚觉疲倦，劳烦妈妈叫他改日再来吧。"

　　妈妈一脸的不快，支吾地说："这……这……"再看我一眼，我默不作声。只听她失望地说："好吧，我这就去回话。"

　　望着妈妈离去的背影，我心中陡然生出几许莫名的失落。红笺一边为我倒茶，一边低低地问道："小姐，你真不去见他吗？"

　　"嗯，我谁都不想见。"我突然握住红笺的手，有些迷茫，道，"红笺，不知为何，我隐隐有种感觉，仿佛有什么事要发生。"

　　红笺笑了笑，安慰道："小姐，没事的，要有事也是好事，你看今日你一举夺魁，名动金陵，只怕日后会好运不断。"

　　我朝她微微一笑，心中想着，这么明媚的春日，繁华的盛世，像是被粉饰过的太平，而我却想揭开那层华丽的色彩，去看背后隐藏的迷离。然而，这一切又有多少与我相关？

　　正当思索之际，又听到"咚咚"的敲门声。

华服公子露端倪

红笺走过去开门，门口站着的却是瑶沐。我唤她进来，她一身的酒味，步子摇晃，似有醉意。两年来，她不曾来过我的房间，我也不曾去过她的房间。

她一口喝下红笺为她倒的茶，看着我，醉意模糊，只是笑，却不说话。

我心中疑惑，轻轻问道："姐姐有何事？"

她突然握着我的手，说道："妹妹，若有机缘，还是离开这里的好。只是姐姐想要告诉你，外面的世界纷纷扰扰，却也未必能及这烟花之地。"说完，她淡淡一笑，转身离开，袅娜的背影给了我一种迷离的感觉。

推窗望月，明月清朗，初春的夜风带着薄薄的凉意，仿佛要浸入骨子里。烟花巷此刻人流已散去，那排红红的灯笼更加衬托了夜色的沉静，我看到了喧闹的开场与岑寂的落幕。街道上，只有伶仃的男子打路巷行来，那些花红柳绿的姐妹在门前执着帕子迎接。这样的情景我看了两年，也厌倦了两年，直到此刻已无感觉。

又是推门声，妈妈轻轻走至我跟前："眉弯姑娘，我看你还是亲自去满月阁跟那位公子说声吧，他说不见姑娘就不离去。"

我心中凌乱不已，这已经是妈妈第五次过来催我了。

看着妈妈焦急的面色，就明白她不想得罪这位出手阔绰的华服公子。于是叹息道："罢了，劳烦妈妈再去跟那位公子传个话，就说我稍后便来。"

妈妈顿时欣喜万分，点头道："那姑娘快点，我这就去回话。"说完，轻快地走出房门，急急而去。

我看着她的背影，半晌，轻声跟红笺说："你帮我将那件白色真丝裙装取来。"

红笺为我换上裙装，我坐在镜前，略整鬓发，将宝珠玲珑簪换下，从凤凰香盒里取出那支碧玉荷花簪，斜插在头上，再将一对荷花耳坠别上，抿了一点唇红，便起身。

红笺随在我身边，穿过廊道，来到了满月阁。

我已见着他的背影，玉立长身，站在窗前。还未待我喊话，他转过身来，眉宇间露出温和笑意："得见眉弯姑娘，心中不胜欢喜。"

我微微福了一福："让公子久候，眉弯在此道歉。"

他赶紧朝前走来，欲执我的手，转而又轻笑："姑娘言重了，是在下唐突佳人，还请姑娘见谅。"

他为我轻移红木椅子，我轻轻坐下，桌上摆放着精致的酒菜，用赤金的游龙戏凤酒杯和碗碟盛着。我心中暗自惊叹，妈妈平日是不轻易拿这酒杯来待客的，却不知这公子是何来历，她定是拿了他不少的银两。自我来到这迷月渡，妈妈一直是喜好钱的，金钱对这纸醉金迷的社会来说，的确是不可缺少的。当日若不是为了五十两纹银，我也不会来到这儿。只是进来容易出去难，如今的妈妈又怎么会轻易让我离开呢？就算她让我离开，一时间，我竟也无处可去。

红笺为我们斟上酒，见那公子端起酒杯，柔声道："在下先敬姑娘一杯。"说完，一饮而尽，倒也干脆。

我并不打量他，端起酒杯，抿了一小口，还是凝月酒，清冽醇香，这一小口酒，仿佛往身子的各个经脉流去。

他也不说话，自斟自饮，接连好几杯。我只顾低眉，却不想言语。

他细细地看着我，眼神里流露出点点柔情，手上把玩着酒杯，微笑道："今日姑娘的才貌令在下倾心，识得如此绝色佳人，心中万分惊喜。"说完，他将手上那杯酒又一口饮下。

这样的话，这样的情景，对我这样一个青楼歌伎来说，实在是过于熟悉。

敲门声传来，红笺轻启门扉，一小厮模样的少年躬身朝里面笑道："小爷，天色已晚，我们是不是该回去了？"他说话声音极轻，似有惧怕。

年轻公子将手一挥，轻声道："一边候着去，别惊扰了眉弯姑娘。"话音虽轻，却极具威慑力。那少年赶紧躬身退后，轻轻掩门。

我心中暗想，不知眼前这男儿是哪家公子，却是给人一种不凡的感觉。我平日里在迷月渡也算阅人无数，这般气质的倒也少见。那年轻公子看着我，似有话说，却又不启齿。

红笺朝我看了一眼，轻声说道："小姐，我到门外候着，若需要红笺侍候，再唤来，可好？"我轻轻点头，想来红笺是怕扰了我与他谈天。红笺轻轻退出，低低道："公子，小姐，红笺去门外候着。"

红笺掩上门的那一刻，我觉得屋子里极静，仿佛连彼此的心跳都听得到。这虽不是我第一次与陌生男子独处一室，可今夜我心却不如往日那般平静。以往，我只当他们是看客，从来就不落在我眼里，我只顾抚自己的琴，他们懂与不懂都不重要。今夜，有种莫名的慌乱闯入心中，想来是因为白日太过劳累，心绪不宁，我这样告诉自己。

年轻公子起身立于窗前，只是看着那月色，柔声道："今晚的月色仿佛也知晓人心，竟是这般的温润清明。"

迷月渡每一个雅室里都备好了各种乐器，只为平日里供客人赏乐，我朝案几上的古琴看了一眼，淡淡说道："就让我为公子抚上一曲，方不辜负这明月良宵。"其实我说这句话，并未带着怎样的情怀，只是为了消解这沉静的气氛，况我本为歌伎，除了抚琴奏曲，实在不知还能做什么。

他转身看向我，眼神里尽是柔情欣喜："好。"

我端坐在琴前，看红烛高焰，极尽热烈地燃烧，看明月苍穹，令人生出怀远之心。一袭白色轻纱水袖，在清风下飘出幽香，指端才落在弦上，心中已有万千之感。轻拨幽弦，低声唱道："闲庭幽月近栏杆，莺老人归春未还……最是东风无意绪，篱头惹却数丛烟……"古琴徽雅，冰弦雪韵，袖长风而高吟，怀明月而悲心。七弦幻影，指划烟飞，思高山流水之雅事，忆春江花月之清音。一曲琴罢，幽幽轻叹。

抬头，方见那公子凝神看着我，我转而低头沉思，心中不禁叹道，今日如何吐露心中哀怨，想起往日在迷月渡对着那些男儿唱的都是些明词丽曲，纵然心有愁思，亦是不能流露的。

年轻公子走至我面前，我这才起身相迎，他突然握住我的手，柔声道："你放心，我会将你赎出去，做我的……我的……娘子。"他前段话说得那般坚定，后段话却隐闪断续。其实，这样的话，我听过千百遍，那么多的男子对我说过，可是至今没有任何一个人做到了。纵然有人做到，也未必是我想要的。

我轻轻抽出手，低叹道："公子，不过是眉弯一首曲子，听过作罢，不必当真。"他又执起我的手，神色有些急："姑娘切莫如此说，你放心，我一定会做到的。"我淡淡一笑："我没有什么不放心的，尘岁如烟而过，来来去去皆没有什么两样。"

他将我的手握得更紧，与我贴得那么近，我听得到他的呼吸，急促中又带有几分闲定。他唇角微微翘着，又道："姑娘，我知道这些年你受了委屈，日后小王定待你如珍似宝，不辜负你这绝代佳颜。"

我迟疑一下，道："小王？"

他微微一愣，立刻笑道："差点忘了，在下……姓王，家中排最小，时而有人称呼小王。"

我略想了想，不禁笑道："原来如此。"与这王公子说话有种轻松之感，竟不是从前那般与人周旋时的厌倦，不过也仅是一种无端的感觉，仅此而已。想起以往常去翠梅庵听经，妙尘师太总会说起，聚散离合皆为缘。仿佛这个缘字不仅是佛家所喜好，世间许多的人亦相信。我也信，只是这缘向来都是那般迷幻，总是似是而非。我与爹娘，我与红笺，我与画扇，我与妙尘师太，我与这迷月渡，我与面前这位王公子，究竟谁人是缘深，谁人又是缘浅？想起妙尘师太，一袭飘逸玄裳，容颜可谓是倾城绝色，又是为何看破尘事，遁入庵庙，幻化一身的道骨仙风？世间有许多事，都不可参透。

正陷入沉思，听见王公子轻声唤道："姑娘……"我略一怔，微微发窘，轻轻应了一声："嗯。"只见我的手还被他执着，便红着脸，细细抽出，竟不知该如何言语。

他颔首一笑，走至桌前，说："姑娘请坐，与在下再饮几杯如何？"我轻移莲步，缓缓坐下。

"在下有一个不情之请。"他边说着边为我斟酒。"公子但说无妨。"我低声道。

他微微一笑："可否邀请姑娘明日共游楚钏河，赏阅这春日佳景，只当怡情寄兴，也算是风雅之事。"见他眼中莹亮，似乎很是期待。

我没有迟疑，随口说道："好。"话才出口，反而觉得有趣，以往我是不与客人出外郊游的，不过应了就应了，不需要理由。我沈眉弯向来都是如此，想要做的，任是谁人也阻挡不了；不想做的，任是谁人也无法勉强。这几年，妈妈因我的个性，没少叨叨我。

他甚是惊喜："那就说定了，明日我遣人来接姑娘。"说完，又是一杯酒饮入腹中。

我微微点头，只觉得夜色已深，方说道："夜已深，公子不妨早些归去，我也有些倦了。"说完，我已起身。

他赶忙起身，道："好，我这就归去，姑娘早些歇息，明日再见。"

我唤道："红笺……"此时红笺已推门进来，我挽着她的手，径自离去，只丢下身后的他。

穿过廊道回到房中，才坐下，我立即与红笺说道："你去将妈妈唤来。"红笺答应着出去了。

只一会儿，红笺与妈妈已来至我房中。妈妈问道："姑娘唤我来有何事？"

我道："妈妈，你可知这位公子是何来历？"

妈妈略想了想："这……我竟不知，以往是不曾见他到过我们迷月渡的，但见他出手阔绰，且气质高贵，来头定不小。不过这也无妨，来头越大越好，什么人物妈妈我没见过，只是姑娘自己要把握好机会，有些事错过了就很难再寻。"

妈妈话中之意我已明白几分，于是点了点头："谢过妈妈，眉弯知道，有劳妈妈特意过来。"

妈妈笑了笑："无妨，你今儿个也累了，早点歇息，我先走了。"说完，朝房外走去。

红笺掩上房门，侧到我身边，疑道："怎么？那公子的身份让小姐生疑？"

我略一思索："这倒也不，只是有种说不出的感觉。"我深吸一口气，叹道："不理了，今日很累，你再去厨房找她们为我烧些热水，我想沐浴。"

"是。"红笺转身要离去。"记得给她们几十钱，免得回头又多话。"我说道。红笺朝我笑了笑，开门出去。

斜倚在雕着海棠花的红木浴桶里，看氤氲的水雾将夜色蒸腾，红笺为我撒了好多花瓣，有海棠、芙蓉、月季……柔软的肌肤触在温热幽香的花瓣上，轻轻地撩拨我万千的心事。那么多的热气往心里裹着，清湿的白烟将我的意识慢慢舒缓。我很喜欢沐浴，躲在屏风后面，一层层白纱的幔帐阻隔了一切的侵扰，这个时候，赤裸着身子，轻松地呼吸，轻松地思想，可以放下一切。

红笺轻轻地拿花瓣为我擦拭身子，细声道："小姐，你真美。"我看着红笺，她在水雾与烛光下显得朦胧绝秀，这许多年，我竟忽略了她的美貌，红笺是个极美的女子，莫说有十分绝色，却亦有七分倾城。想来她今年已十八，是跟了我这样的主子，才耽搁了年华。日后有机缘，我定要将她许配给一户好人家。我想起了瑶沐的话，也许我终是要离开这迷月渡的，只是不知是以怎样的方式离开。因为我一直相信，我沈眉弯的命运不是如此，断不是如此。

倚着，闭目养神。热气涌上来，额头渗出细细的汗珠，长发浸在水里，柔柔地漂游。起来的时候，红笺为我披上了真丝浴衣，立于镜前，袅袅婷婷。

没有再去看窗外的明月，只是擦干长发，上床就寝。

沉沉地入梦，恍恍惚惚，许多的人朝我走来，许多的景致在梦里出现。小时候那简朴的竹篱院落，禅韵氤氲的庵庙，鲜艳明媚的楚钏河，还有那金碧辉煌的宫殿。许多的花，开到了极尽，似要溢出血来。又是血，又是血……

镜湖风波遇白衣

醒来的时候，阳光已透过珠帘洒在妆台上，我睁开双眼，只觉得那光亮有些刺眼。红笺为我打来了洗脸水，我起床坐在镜前，觉得形容还是有些憔悴。

红笺边为我梳理长发边说道："小姐，那位王公子已遣人来接你，轿子在楼下备着。"

"嗯。"我低低应道。不知为何，心中竟觉得慵懒得很，全无了昨日的兴致，想到已答应了他，亦是不可失约。

只是简约地梳理了一番，我向来喜爱素净，过于艳丽觉得繁复。只是一袭纯白裙装，仍然是昨日的碧玉梅花簪，发间插一朵刚折下的白芙蓉，还凝着淡露，清新夺人。看一眼手上的翠玉镯子，还是那么的剔透莹亮，这是娘留给我的唯一遗物，我说过要终生佩戴。

披上了白色的锦缎披风，出门前妈妈上前叮嘱道："姑娘，你今日自可尽兴玩。"我点头。

上轿，且往那楚钏画舫，与桃花翠柳同笑春风。一路上我轻轻掀开帘子，金陵城一如往日地繁华，商贾游人，公子佳丽，拥拥挤挤地来往。仿佛昨日的一切已经相隔遥远，梦里的纠缠亦是前世，而我，不是一名歌伎，更不是昨日的花魁，只是一位富家小姐，随着丫鬟去河岸踏青，阅尽人间春色，赏叹金陵繁华。

轿子才落，只见昨日那公子已行至轿前，为我挽起轿帘。我搭着他的手，轻轻下轿。只见春日明景，碧云高天，侵入眼帘。东风袅娜，芮芮浅草弄远绿，流云飘荡，渺渺烟柳竟浮花。

我打量着眼前的公子，一袭白衣飘袂，黑发用白丝带束于耳后，已不再是昨日那般金冠簪发，少了几许华贵高卓，更多几分倜傥风流。他身后跟随着昨日那个小厮，一袭青衣，满脸的稚气。

走在楚钏河畔，春风拂袖，晴光溅落在河面，透洒着粼粼金波。公子朝前处一大气堂皇的画舫指去，道："姑娘，我已在船上备好清茶，我们且游船赏春吧。"

我轻轻点头，却只朝河边的画舫望去。透过一座画舫的镂花窗棂，却见画扇坐于船中，一旁的岳承隍正为她轻捋鬓发，看上去分外的亲密。心中甚是疑惑，难道画扇与岳承隍早有暧昧？正抬头时，乍看王公子也向那窗棂望去，表情也颇是迟疑。他转而看我，又淡淡一笑，只当方才什么也没看见。

上得船舫，却见侍婢一层层撩开纱帐，而我随着公子一路走进去。船内装饰得极为豪华高雅，我们临窗而坐，桌上摆放着各色糕点，茶具、酒具皆为金饰，雕龙刻凤，极尽奢华。我只是打量窗外的明媚春景，得韵河畔，一点飞花开翠漪，会意桥边，十分烟柳幻如纱。

一盏香茶，举杯对饮，无关风月，只是闲情。他望着船窗外，满怀兴致地说："趁这明朗的春日，我们对诗联句如何？"

　　我淡淡微笑，打趣道："公子莫不是哪年的簪花状元，如今封官加爵，才有这般的雍容华贵，又有这般的风雅诗韵。"他知我是玩笑话，也只是笑而不答。

　　我起身朝书案走去，案上早已备好了笔墨纸砚。我临窗看人间春色，江河之景，那万千情思，顿时化入指间笔下。但见纸上龙行凤走，水墨飘香，字玉词珠，瞬间已是书成。见公子双手捧起宣纸，朗声读道："花逐春风迹，翩然落锦枝。风归久无信，写罢多情词。"

　　读后赞道："妙哉！妙哉！水光摇碧，翠柳噙芳，似那袅娜的佳人，翩然的秀色舞动这一江的春水。"我只是莞尔一笑。

　　他亦提起狼毫，欲往白宣上落去，却见得他随身的小厮带一个年约四十岁的男子匆匆进来，男子面色焦急，躬身施礼道："公子……"见那男子抬眼望了我一下，欲言又止。我心中暗想，怕是有急事相告。

　　公子对我笑道："姑娘，我与家仆出去一下，一会儿便来，失礼了。"

　　我道："公子请便。"

　　见公子随着小厮和那男子走出船舫，我不知道究竟发生了何事，亦不想知道。只一会儿，公子已匆匆回来，面带忧色，眉结深锁，急急说道："姑娘，在下有急事需回家去，改日再到迷月渡约你。"

　　我点头："好，公子多保重。"他看了我一眼，便急急地离开。我知道，定是有事发生了，我不愿去猜想。

　　我沉思的时候，红笺已走至我身边。我抬头看着她，微笑道："红笺，我们去河边走走。"

　　走出船舫，温暖的阳光落在身上，我一眼就看到了毓秀阁，临着河畔，辉煌的建筑此时却是那般的寂寞。我想起了选花魁之日，又骤然地想起了殷羡羡，想起了烟屏。是的，我要去一趟衙门。

　　与红笺匆匆上轿，往衙门的方向走去。心中想着也不知殷羡羡的死因是否查出，而我又该如何为烟屏辩解。缘分，许是因为缘分，我对烟屏竟生出怜意。

走进府衙的时候，接见我的是那日去毓秀阁的衙役长，其实之前就见过他，听说他姓何，亦是迷月渡的常客，与我们那儿的凝袖姑娘是相好的。而我，于他，想必是那天上的月亮，可以望着，却清冷又遥不可及。

我的到来亦给他增添几分疑惑，他对我很恭敬，热情地笑着，问道："眉弯姑娘，请问是何事劳烦你亲自来此？"

"我是来见烟屏的，亦想知道殷羡羡的真实死因。"说完，我朝红笺使了一个眼色，她已将十两纹银递上。

"不，不，姑娘你太见外了，这可使不得。"他急忙推辞道。红笺往他手里塞去，道："你就拿着吧。"他这才接过银子，笑盈盈地看着我。

他带着神秘的表情悄声对我说："姑娘，请里屋讲去。"我随着他走至里屋，小小的房间，却很隐秘，应该是他们平日的谈话室。

他朝四下张望，又看了红笺一眼。我道："她是我的贴身丫鬟。"他这才放心说来："姑娘，这事我也只对你一人讲，你切莫传出去。"我点了点头。他甚是紧张地说道："其实殷羡羡的死因很奇怪，仵作查出她是中毒而死，那毒无色无味，是何毒还未查清，且她腹中还有一个三个月的胎儿。"

我听后甚是惊讶，想来此事定有内情，便问道："那是否查清与烟屏无关？"他摇了摇头，说道："府尹大人根本不让查，只说就定烟屏的罪。"

我心中颇是气愤，皱眉道："怎能如此办案，这么多的疑点，不去查清，就定烟屏的罪，实在太过武断了。"

他紧张地朝四下张望，低声说："姑娘，切莫声张，若被他人知道，你我都要有麻烦的。"

我心中有诸多疑惑，想来府尹不会因为找不到凶手，而随意拿烟屏来顶罪，且听这衙役长说府尹并未去查，就此定罪，这里一定有别的隐情。我朝红笺使了个眼色，红笺又取出十两纹银往衙役长手中递去。他慌忙推托，低声急道："这可万万使不得了。"

红笺低声说："你且拿着，我们家小姐还有话要问。"

他将钱藏于怀中，道："不知姑娘还有何事要问？"

"你可知近日府尹大人是否与谁有密切来往？"我低声问道。

"这……"他思索着，随后摇了摇头，道，"并无与谁有密切来往。"

"你且再想想。"

他低头沉思，片刻方道："除了岳大人，我实在想不出还有谁了，只是以往府尹大人也常请岳大人过府的。"

岳承隍，难道此事会与他有关？我没再问下去，随后淡淡一笑，道："今日谢谢你了，只是我还有一事相求，不知是否可以。"

"姑娘有事尽管道来。"他笑着看我。

"我想见烟屏一面。"

"好，姑娘请随我来。"

我与红笺跟随在他后面，转过大堂，走至后门的牢房。

进去的时候，里边一片阴暗潮湿，外面已是暖风徐徐，牢内却是春寒料峭。见着烟屏，她被木栅栏隔着，孤独地坐在角落，十分堪怜。

开门进去，她跪在我的脚下，哭泣道："谢谢眉弯姑娘来看我。"

红笺将她扶起，我见她衣衫单薄，脱下身上的披风，为她披上。我嘱咐道："你莫心急，我知道你蒙冤，且待我想办法，一定查清此事，将你解救出去。"

她抽泣道："姑娘的大恩大德，烟屏没齿难忘。"说完，又要跪下，我将她搀起。

"你放心，我会尽快。"我坚定地对她说，说的时候，其实心里也是空空的。"明日我会让红笺为你送些衣物和饭菜来，你自己多珍重。"我满是怜惜地看着她。

她感激地点着头，眼里噙着泪。

我有些不忍看，转身便要离去。我知道，面对我们的背影，她是孤独害怕的，而我只能如此。

走出监牢的时候，我看到红笺眼中有泪，而我没有，我早已没有眼泪。阳光明晃晃地照耀大地，街上的行人摩肩接踵，我无心留恋这样的风景，只是匆匆上轿，回迷月渡。

转过热闹的街道，来到一处深巷，坐在轿内只听到一阵急促的马蹄声愈来愈近，然后听见红笺大喊："啊……当心！"我赶紧掀开帘子，见一黑衣男子骑着一匹高大的棕色马，朝我的轿子飞奔而来，眼看已经无法躲闪，轿夫吓得放下轿子恐慌而逃。

这时只见一道白衣飘忽而过，那骑在马上的黑衣男子已从马上重重摔下，而那白衣已骑在马背上，紧紧地勒住缰绳，总算稳住了那匹马。

我赶紧掀帘下轿，红笺紧紧地扶着我，她脸色苍白，惊魂未定，头上的珠钗也落在地上。而我的脸色想必也不好看，毕竟刚才那一幕让人无法沉静下来。

那黑衣男子从地上爬起，慌忙逃跑。我这才看清马上的白衣，乃一年轻男子。这时，他从马上下来，向我走来，施礼道："让姑娘受惊了。"

我也朝他福了一福："多谢公子搭救。"这才仔细打量他，一袭素净白衣，风度翩然，青发用白丝带束于耳后，随风飘逸，眉目俊朗，温润如玉，很是气宇不凡，那清澈的眼神，仿佛这世俗与他无关，又对这世间之事无所不知。

他微微一笑，很是亲和，说道："就让在下护送姑娘一程吧。"

我们三人走在长长的深巷，一切又回复到方才的平静。那公子一边行走一边对我说："姑娘日后要多当心，今日之事不是偶然，显然是有心之人算计的。"

"哦？我素来与人无仇，何人要算计于我？"我疑惑地看着他，走在我身边的红笺一脸的惊恐。

"你还是多加小心为好，世间许多的事，一半是注定，另一半就是有人在操纵。况你身处烟花场所，所遇到的风险亦比寻常人家要多。"

我满脸的惊讶，道："你怎知我是烟花女子？"他只是笑了笑，不答。

不经意间已来到烟花巷，看着前面的迷月渡，我们停下了脚步。

他笑着看我："在下就此告别，姑娘你多珍重。"

我道："多谢公子，有缘再见。"

"会再见的。"说完，他已飘然离去。

我亦和红笺前行，边走边想起他方才的话，"会再见的"，仿佛他知晓些什么。我不曾问他姓名，亦不知他是何来历，只是萍水之逢，莫问来处，也不问归处。

也许真的会如他所说，还会有再见之时，只是也许。

带着满腹的疑团归来，迷月渡同往常没有任何的不同，从午后开始就已经是人来客往。妈妈一见到我，就赶紧迎来，问道："姑娘，怎么这么早就归来，没有同那公子多玩一会儿？"

早吗？我看了眼外面，已经是午后了。我说道："有些累了，妈妈我先回房。"说完，我与红笺回到房里。

只是稍做歇息，窗外已是月上柳梢，而白日那么多纠结的事，我一件也不愿去想。楼下喧闹声不断，莺歌燕舞，曲苑酒觞，仿佛永远都是烟花之地的主题。

我让红笺下楼去跟妈妈说，今晚我不想见任何的客人。许是因为得了个花魁，妈妈竟不像往日那般上楼来催我。她心中纵有怪怨，也由着她去。

沐浴更衣，只吃了少许点心，便早早睡去。

玄机谁悟翠梅庵

醒来又见阳光，一夜无梦，这一夜也是我来迷月渡最安静的一夜，不像往日每个夜晚都要接见客人。纵然没有客人，亦要焚香守候，像我们这样的地方，夜晚是当白天过的。

我坐在镜前梳洗，想起昨日的种种，无论背后是谁在操纵这些事，我如今要做的就是先救出烟屏。

简约的装扮，一袭淡紫色裙装，一朵白芙蓉插鬓，略施胭脂。

"红笺，今日我们去翠梅庵，你且去备轿。"我对红笺说道。

"是。"她答应着离去。

翠梅庵坐落在城外十里处的翠梅山上，还不到半山处。一路上，我提高了些警惕，穿过热闹的街巷，走过丛林的山道，不消多少工夫，就到了翠梅庵。

走进庵内，烟雾迷离，这庙宇独特的建筑可以让人忘却俗尘。每次我心中有事，都来此处静心，来来往往的香客想必也是如此，都是来佛前求一份心宁，许下心中所愿。

燃烛，点香，站在佛前，我什么愿也没许，什么也没求，只是空空地看着佛，佛也看着我。

红笺取出二十两纹银，捐为香油钱。

与红笺朝后院走去，院内的桃花已绽出花蕾，几株银杏也长出嫩芽。走至妙尘师太的门口，叩门。开门的是妙尘师父，一袭飘逸的玄衫，还是那样的风清俊骨。

"真是巧了，方才说到你，你就来了。"她双手合十。

"哦？师太与谁说起我？"我笑道。

只见画扇从里屋走来，见到我，表情甚是惊喜，笑道："早晨来的时候路过迷月渡，就想和湘芩说唤妹妹同来，又怕打扰妹妹，终是自己来了。"

红笺见到湘芩，二人很是高兴，便牵着手，齐说道："小姐，你们和师太聊，我们到庵中走走。"说完，二人出得门去。

三人围坐一起，品茶。我看着画扇，笑道："方才与师太说我什么呢？"

画扇抿着嘴："还能说什么呢，说你一幅画夺得花魁，真是出手不凡。"

"姐姐真是取笑了，你那日的《竹枝词》我记忆犹新，你一人独领风骚，我只是做个陪衬。"我喝了一小口茶，清新宜人。

我看了看师太，想她不是外人，且见识渊博，于是对着画扇说道："今日见姐姐，有一事想要商谈。"

"何事？妹妹只管说来。"

"那日殷羡羡之死你可还记得？"

画扇惊异道："记得。怎么问起这个？"

"我觉得事有蹊跷，他们抓了烟屏去顶罪，我昨日到衙门，里面的人竟不放了她，只说案子已经定下，而犯人就是烟屏。"我皱眉道。

"怎可如此草率，实在令人气愤。"画扇的话音有些重。

一旁的妙尘师太叹息一声道："这样的事在官府里实属平常，你们还年轻，以后就会明白了。"

"可也不能案子不查，就定人罪呀。"我急道。

"若是查了，还能这么轻易定罪吗？"师太一边说，一边手捻佛珠，珠子为檀木所做，每粒珠子都雕刻着莲花，很是精致。

我看着画扇，道："我有一事，不知当不当讲。"

画扇问道："何事？妹妹且勿客气，尽管说来。"

"我知你与岳承隍大人素日来有些交情，你能否请他出面，帮这个忙，姑且不说查出真凶是谁，先把烟屏救出，免得她蒙受不白之冤。昨日在狱中见她清瘦不少，只怕府尹就要定她死罪了。"我说得有些急。

画扇安慰道："妹妹先别急，此事我会去找岳大人帮忙，到时有结果我立刻通知你。"

我吸了一口气，道："那就先拜托姐姐了，我素日不与人交往，认识的人太少了。"接着说道："我打听到殷羡羡是中毒而死，且已怀孕三月之久，想来此事不太简单。"

画扇叹息了一声："世间的事从来都是复杂，有时也想剪了头发，遁入空门算了。"

妙尘师太笑道："纵是姑娘有这想法，也不能如愿，命中有定数，姑娘是大富大贵的命，将来会青云直上。"

画扇淡淡一笑："只怕今生就老死在青楼了。"

我握着她的手，安慰道："姐姐莫伤怀，师太的话定有缘由，说不定日后姐姐真的大富大贵呢。"

师太看着我，笑道："你亦如此。"

我惊讶道："我？"

"是的，还记得我跟你们说过吗？欲将此生从头过，但看青天一缕云。你们都是如此，不过其间亦有许多磨难，凡事都有两面，在情义与权力面前，就看你们到时如何抉择了。"师太的话意味深长，让我心中疑惑。

师太淡淡而笑，一只手持佛珠，一只手往杯中斟茶，道："且不说这些，日后你们才会明白，人生定要尝透喜怒哀乐，方能体味到现在的平静。现在不如品茶参禅，来得闲逸。"

我饮下一杯茶，想到师太话中有玄机，我这一生，真不知会怎么打发了。

吃过斋饭，我与画扇便辞别师太，回烟花巷去。

到达迷月渡，与画扇分手。才一下轿，只见迷月渡里围着许多官兵，不知道发生何事。

只见领头的官兵举起一张纸，喊道："这是官府发来的公文，皇上驾崩，举国上下哀悼三日，所有游艺场所皆休业七日，七日后方可营业。"

妈妈带领迷月渡的姐妹一齐跪下，接过公文，答应道："是。"

一群官兵往门口走来，一个个表情严肃，到对面的流莺阁去了。

进门，妈妈愁苦着脸，叹息道："七日，这七日要丢了多少生意啊。"又对姐妹们喊道："姑娘们，这七日你们各自拿些银两出来，妈妈我可白养不起你们。"

迷月渡的姐妹围在一起叽叽喳喳，想来是有怨言。只听得瑶沐笑道："妈妈，我们姐妹也不容易呀。"之后，另外几个姐妹也叫嚷起来。

妈妈气恼地说道："停业七天，难不成要老娘白养你们啊……"

我只当没听见，径自上楼而去，这些事，我从来都不在乎。七日，这七日的闲情又该如何消磨。想来有些嘲笑自己，难道烟花非要绽放才算是烟花吗？而我，却从未真正地绽放过。只怕待到绽放时，已被岁月风霜浸染得潮湿了，再也无法璀璨。

坐在镜前，日日都是这般模样，老去的只是这时光。我让红笺备好二十两银子，权当这七日在迷月渡的支出。

果真，敲门声响，妈妈来得真是快啊。红笺将二十两银子递到她手上，她嬉笑着脸，说道："姑娘，我这不也是没办法。"边说边将银子揣入怀中，往门外走去。

坐在房内等着天黑，仿佛与从前并无两样，只是天黑后，我还是属于我自己。

看晴光一点一点地消退，而月色交替着行来，屋内的烛光随着夜幕的到来更加地明亮。推窗迎月，望星光闪烁，寥廓天际，思春风花影，闲愁独倚。想此时身边竟无知韵之人，聊寄心怀。

叫人送来热水，在氤氲的水雾中蒸腾心事，洗去尘埃。雪白的肌肤浸在花瓣里，还记得幼年时在柳前月下，静院庭轩，我清纯烂漫，笑靥如花，可如今人却飘零，误落风尘。

披一袭薄衫，凉露涤尘。红笺细细地为我梳理齐腰长发，轻声说道："小姐，你莫要想太多，这几日倒是发生了不少的事。昨日那王公子匆匆离去，也不知发生了何事，到现在还不见音信。"

"我并没有想他。"我看着红笺，道，"这些男儿都只能当作过客，在他们眼中，我只是烟花女子，烟花的美只是瞬间，过后就是灰烬。"

红笺垂着头，神情甚是感伤，道："小姐，都是我连累了你，当初若不是我生病，你也不会借妈妈银子，也不会流落到这种地方。"她眼中闪着泪花。

我轻握她的手，安慰道："傻丫头，不关你的事，纵然不落风尘，也不见得会有多好的结果。师太告诉我，这是命定，劫数是逃不过的。"

"只是，只是小姐的命不该如此的。"她有些哽咽。

"没有该与不该，我沈眉弯纵然一生堕落，又何妨。"我分明感觉到自己的话音有些冷，阵阵的寒意随夜风袭来。

"对了，小姐，自从昨日在巷子遇到那骑马的黑衣人，我心里就一直志忐不安。加上那白衣公子离开时说的话，更是让人心慌。我看以后我们还是谨慎些的好，这事只怕与烟屏那事有关呢。"红笺神情甚为凝重，想她昨日定是受了惊吓。

"嗯，暂且不想这许多，烟屏的事我已托画扇去找岳承隍帮忙，只是不知为何，想起那日衙役长的话，总感觉此事与岳承隍有关。如今只能走一步算一步，只求不要弄巧成拙的好。不然，我们可真的要陷入险境了。"我一边思索一边说来。

"我看我们还是想办法救烟屏，其他的事不要管了。"红笺有些惊慌。

"是的，我原本就是这么想，其他的事我没想过要去管的。至于殷羡羡腹中胎儿是何人的，以及她是如何中毒而死的，都不重要，人已死去，知道了又能如何。只是想要救烟屏，就必会牵涉到这许多，到时想要全身而退，都怕难了。"我叹息道。

"那……如何是好？"

"且不管了，车到山前必有路。"

抬头，看弯月如钩，今夜的烟花巷极为安静，门口没有那些接客的姑娘，街巷连一个路人都没有。想来也是，那些寻花问柳的男子不得来此，又还会有什么人来这种地方。

我转身看墙上挂的七弦古琴，仿佛已生尘埃，轻轻取下，借着明月窗台，试调音律，寄几首竹枝。只唱道："柳絮拂汀水如烟，杨枝青青洗碧天。侬携渔火轻舟荡，半踏明月半采莲……霜老秋去鬓如云，一朵幽香雨样新。试问门前数株柳，往来谁似梦中人？"一曲琴罢，古调清波，只余瑟冷。

很冷，紧了紧方才红笺为我披的披风，陷入沉思中。

猛地，听见嗖的一声，从窗外飞进一把匕首，准确地插在墙壁上。我走过取下，上面钉着一张纸条，打开，上面写道："明日去府衙接烟屏。"这么几个字，字迹虽然草草，却落笔潇洒，极为写意。没有落款，什么都没有。

我赶紧朝窗外看去，一片寂静，不见任何人影。

"小姐，你说这是何人所为？"红笺一脸的疑惑。

"我也不知道。是画扇？不对，她不会以如此方式转达给我的，况字迹亦不是她的。"我喃喃道。

"可这……真是怪异。"红笺也朝四下张望一番。

"难道是他？"我思忖着。

"谁呢？"红笺赶忙问道。

"昨日的那白衣公子……可是也不太可能。"

"那我们明日是否要去府衙接烟屏？"

"自然是要去，我觉得此人并无恶意，明日先去再说，你且备些银两。"我说道。

"是。"

看着字条，我往窗外看去，依旧不见人影。于是，关窗，与红笺熄灯睡下。

两人一夜辗转难眠。

一丝恻隐救烟屏

晨起时又见艳阳高照，都说春日多雨，本应绵绵的小雨淅沥地落着，而这么多的日子，仿佛每日都是阳光。其实我并不喜好阳光，在迷月渡两年之久，早已习惯了那沉沉的黑夜，仿佛在黑暗里，谁也看不清谁，任你有多丑陋，都可以遮掩。

坐在镜前，梳洗更衣，珠钗插鬓，胭脂扑面，似乎日日都是如此。只是容颜会一日一日地改变，还有那心境。其实这个世界一切都在转变，昨日的帝王已死，新帝登基，一切又将改变。莫说是帝王更换，连朝代亦是如此。记事的时候，爹告诉我，我出生的那年，恰好是大齐灭大燕之年岁，可见百代浮沉皆有数，许多的事，都不是常人所能更改的。气数尽时，自是亡时。

立于窗外，烟花巷仿佛在一夜之间清冷了许多。垂柳影翠，薄薄的烟尘在风中轻扬。长长的巷陌，青石相连，只有散落的几个行人漫步，皆为这风月场中的姐妹。

红笺为我披上了披风，看着窗外的暖阳说道："小姐，这几日的天气真好啊，还记得我们以前的庭院，篱笆里种着桃杏，门外是满野的油菜花开。"她眼中充满无限的回忆，而这回忆，也惊扰了我的乡愁。金陵城外，小村烟薄，几户人家隐隐，此时已是桑芽初嫩，莺飞蝶舞了。

我低头，淡淡笑道："不去想这些了，过去已经太遥远。"我转而说道："轿子备好了吗？"

红笺点点头："好了，已在楼下等候。"

下楼之时，妈妈迎来，笑道："姑娘今日有约，可是那华贵公子？"

我笑而不答，走出门外，上轿，只往府衙行去。

一路上掀帘看户外，见杏花已开，春意浮软，飞鸢起处，恍若流莺惊梦。行至闹市，见游人无数，这烟柳繁华地，来往的商贾贵人络绎不绝，不因帝王的驾崩而有丝毫的清冷。

我无心观赏这春日佳景，心中思忖着一会儿到衙门会有何种情况。凭昨夜一张字条，就如此贸然前往，会不会过于草率？且不顾那后果怎样，到那儿见机行事吧。我问自己：沈眉弯，你虽不是什么恶人，可是自小娘说你生性淡漠，并不是那般热心之人，如今又为何为一个丫鬟而如此费尽心力？也许从赠琴解围之日开始，就注定我要管烟屏这事，总觉得此事或多或少与自己相关。

行至衙门口，轿子在门外候着，我与红笺进去。已见何衙役长在内堂等候，他一见我，便快步迎来，笑道："眉弯姑娘，来得这般早啊。"

我对他点头微笑："有劳衙役长亲自相迎。"

他笑道："姑娘见外了。"说完，伸手朝那日的里屋引去，道："姑娘请随我来。"

走至里屋，坐下。

　　我问道："何大人，请问你怎知眉弯今日会来此？"

　　何衙役长道："昨夜府尹传我到他府上，告知我的。他说案件已查清，羡羡姑娘是自杀而死，此事与烟屏无关。又说今日姑娘会来衙门接她回去，让我早早在此等候。至于其他，我就不知了。"

　　我迟疑片刻，觉得此事费人思量，府尹大人没理由突然改变以前的观点，而这般轻易地改判烟屏无罪，却又想不出究竟为何，想必何衙役长也是问不出缘由的。不管此间到底是谁人在暗中相助，先将烟屏带回便好。

　　我看着何衙役长，笑道："那就有劳何大人带路，我去狱中将烟屏带出来。"

　　"哪儿要劳烦姑娘亲自再去那种地方。"只见他走至门口，唤来两名衙役，道，"你们这就去将烟屏从狱中带来此处。"

　　"是。"他们答应着离去。

　　我朝红笺使了个眼色，她取出备好的五十两纹银，往何衙役长的手中递去。何衙役长连忙推辞，道："姑娘，万万不可，这是府尹大人交代的事，我怎敢不从！"

　　"何大人别客气，此事也多亏你费力帮助。且日后眉弯还少不了有事要何大人帮助，这点酒钱你只当我们交个朋友。"我笑道，觉得这不该是我沈眉弯说的话，人啊，是不能不被环境所改变的，我也不例外。

　　他朝四下张望，将那沉甸甸的银子往怀中揣去，笑道："那就多谢姑娘美意，日后姑娘如有难事，只要我何某人做得到，定当竭尽全力，为姑娘解忧。"

　　"那就多谢何大人了。"

　　话音方落，已见两名衙役将烟屏带来，烟屏头发蓬松，面容憔悴，一见我，就立刻下跪，哽咽道："多谢姑娘这番相救，烟屏愿意一生一世跟随姑娘，为奴为婢。"转而她又朝何衙役长下跪叩头道："谢谢大人。"红笺将她扶起。

　　我对何衙役长说道："谢过何大人了，我这就将烟屏带回去，改日再见了。"

说完，我往门外走去，红笺与烟屏随后。

行至门口，何衙役长道："眉弯姑娘慢走，在下就不远送了。"

"何大人客气了，就此留步。"我走出衙门，见烟屏形容甚为窘迫，便让她与我共轿，而红笺随在轿边，一同回去。

坐于轿中，我见烟屏低眉不语，想她是有些心慌，便握着她的手，道："如今没事，你已是自由之身了。你且放心，日后你就跟随我，回去我会与翠琼楼的妈妈说，让你以后跟在我身边。"

她眼中凝泪，道："烟屏多谢姑娘搭救……"

"别再说这些了，我帮你也只是随心之举。"我淡淡地说。

归来已是正午，一进迷月渡，妈妈见身后的烟屏就尖声喊道："我说眉弯哪，你这是怎么回事，怎么将这死丫头给带来了，她可是杀人犯啊。"这一声叫喊，惊动了所有的姐妹，全围过来看热闹。

我冷冷地说道："妈妈切莫如此说，是府尹大人将她放出来的，现已查清殷羡羡死于自杀，与烟屏无关。"说完，我命红笺将烟屏带回我房中去梳洗，她们只往楼上走去。

妈妈急了，喊道："这，这可怎么行？就算烟屏没杀人，她也是翠琼楼的人，怎么可以随便到我们迷月渡来啊。"

"妈妈莫急，这事我会与翠琼楼的妈妈商量的，至于我们这边，多一个人干活，对妈妈来说并无损失啊。"我将话抛下，也只顾上楼去，留下身后那些看热闹的人。

于房中静坐片刻，红笺已带烟屏站在我面前。见她一袭翠衫，没有施粉，天然之姿，甚为动人。

我从镜匣中取出一个精美的盒子，打开，里面放着一串珍珠项链，大颗大颗的珠子，闪亮夺目。这珍珠是旧年一位来金陵城行商的富人给的，他来迷月渡，我曾为他抚琴高歌，他颇为开心，临走时送我这串项链，也是作为我的赏赐。

我朝烟屏望去，道："你且在这儿休息，我这就与红笺去翠琼楼。"

下楼，不去看妈妈的眼神，只是径自出门，朝翠琼楼走去。

才跨进门槛，只见翠琼楼的妈妈与几名姑娘围坐在堂前，喝茶嗑瓜子嬉笑着。一见到我，妈妈脸色立刻变了，尖细着嗓音："哟，这是吹的哪门子风啊，居然将迷月渡的头牌、今年的花魁眉弯姑娘吹到我们翠琼楼来了。"她说到头牌和花魁的时候，嗓音提得更高。

我看着她们，笑道："妈妈过奖了，今日眉弯有事，要打扰妈妈了。"

"何事呀？"她嗑着瓜子，语气懒散。

"请妈妈找个静处说话。"我看着她身边那几个女子，个个极尽妖媚。

"那姑娘这边请。"她斜着眼睛，边说边往堂内走去。

来到一处雅室，室内甚为奢华，想来这是平日里妈妈待客之处。我先张口说道："不瞒妈妈，眉弯今日已到衙门将烟屏带回，府尹大人已查清此案，羡羡姑娘是自杀，与烟屏无关。"

妈妈惊讶道："哦，自杀？"迟疑一会儿，又大声说道："不会的，羡羡是不会自杀的，定是有人将她害死，想定羡羡自杀，那我翠琼楼的损失谁来弥补？"

"既然府尹大人如是说，想来就不会有错了。"我说道。

"等等，你方才说烟屏什么？"她仿佛想起了什么，问道。

"我说我将烟屏带回了迷月渡，以后她就跟了我。"

"这怎么行，就算烟屏没杀人，她也是我们翠琼楼的人，怎能白白便宜你们迷月渡。"她瞪大双眼，尖叫着。

我笑了笑，道："妈妈莫急。烟屏如今虽已出来，可是前些日子市井传闻说她杀人，已是沸沸扬扬，难道妈妈还要留她在翠琼楼，这岂不是影响了翠琼楼的声誉？"

她眼睛转了一转，看着我，道："那我也不能白白地就这么放她走了呀。"

我说道："妈妈放心，我怎么能让妈妈吃亏呢。"这时红笺已将那精美的盒子取出，对着她打开，见妈妈眼睛看着那串珍珠项链发亮，然后转向我，笑道："姑娘这是……"

"这是你的。"我笑道。

她赶紧接过红笺手中的盒子，用手摸着那珠子，笑道："哟，那妈妈就不客气了，谢谢眉弯姑娘的美意。"

"那眉弯就此告辞了。"我与红笺朝门外走去。

"那我就不远送了。"身后传来妈妈的叫喊。

离开翠琼楼，我吸了一口气，恼自己为何要与这些人言谈，实在有违我沈眉弯初衷。

走至迷月渡，也不去看妈妈的眼色，只是回自己房中。见得烟屏，道："你放心留下了，我已跟翠琼楼的妈妈说好了。"

烟屏又跪在我脚下，感激地磕头："谢谢姑娘……谢谢姑娘……"

红笺将她扶起，道："以后你就随我一同好好照顾小姐吧。"

我望着窗外，阳光下飞尘点点，脑中想到了什么，唤道："红笺，你此刻去莹雪楼将画扇请来，就说我有话要与她谈。"

"是。"她答应着离去。

躺在摇椅上，烟屏为我斟好茶，我闭目养神。

听烟屏说道："姑娘，烟屏今年十五岁，羡羡是我小姐，我自小就卖与她府中。她家本是做药材生意，后因有一批药材出了差错，害死几条人命，其中有一位是县长夫人，羡羡小姐的爹娘及兄长就因此受牵累被定死罪。我与羡羡小姐是被管家所救得以逃脱，后与她来到这翠琼楼……"

我并未问她身世，关于她的过去，我也不想知道。听后只觉得她与羡羡之间同我与红笺之间多少有几分相似之处。但想起羡羡因一根琴弦责怪于她，未免有些心冷。不过各人有各人的性情，热情之人有温热之心，冷漠之人有冷淡之心。除了红笺，我对他人亦是过于冷漠的。

　　正在迷糊思索之际，只听到推门声，红笺喊道："小姐，我已将画扇姑娘请来。"

　　我睁开眼，见画扇已携丫鬟湘芩走进房内，我赶忙从摇椅上起身。

世相苍茫皆迷幻

　　画扇拂着锦帕，徐徐走过来，问道："妹妹唤我来有何事？"

　　我唤她临桌坐下，此时红笺已为我们斟好了茶水，道："小姐，你们慢聊，我去厨房里做几道点心来。"说完，带上烟屏和湘芩一起出去。

　　窗外已是红日斜照，将桌案上的白纸也染成了烟霞色，像是洇着淡淡的血迹。一直以来，我都喜欢黄昏，我喜欢这种萧索苍凉的意境，仿佛可以沉淀所有轻浮的物象。而我，就在这霞光的底色里等待那一轮弯月的到来。娘说，她第一眼见着我时，窗外的月牙细细地弯着，像我的眉，所以我的名字叫眉弯，沈眉弯。自我记事以来，我就极爱这名字，这名字注定要跟随我一生。

　　"妹妹……妹妹……"画扇轻唤我。

　　我回过神来，看着她笑笑，道："姐姐，我是极爱这夕阳的，因为夕阳沉落，我就可以看到月色，黑沉沉的夜晚，只有那枚月亮最是温润。"

　　画扇朝窗外望去，淡淡一笑："妹妹，日落是黄昏，像你这样的年龄，不该喜欢这样的沉重之调。你且看这春光，柔翠清新，才应是我们的心境。"

　　我笑道："姐姐，先不说这些，今日找你来，是想问清个事。"

　　"何事？我也刚想问你，烟屏如何在这迷月渡？"

　　"我要说的亦是此事。昨夜我收到一字条，让我今日去衙门接回烟屏，当时就觉得怪异，也不曾通知你，今晨到衙门将她接回。"我娓娓道来。

　　"哦，竟有此事？"她惊讶地问道。

　　此时我心中可以断定昨日的字条跟画扇无关了。于是问道："你可有将我那日托付你的事与岳大人提起过？"

　　画扇摇了摇头，道："并无，因昨日收到官府的公文，我们这里的场所全部休业七日，也不便遣人去寻岳大人。"

　　"嗯。此事究竟是何人所为，实在令人费解，不过总算将烟屏救出，其他的事，我也无心多问了。"我淡淡说来。

　　"你去衙门时他们怎么说？"画扇继续问道。

　　"何衙役长告诉我，府尹说已查清殷羡羡之死是自杀，所以烟屏无罪释放。"我说道。

　　"既然如此，那我们就不去猜测什么了，背后隐藏的事，无须我们去揭开。世间许多事，迷蒙些会比透明更让人觉得安全。"画扇沉沉说道。

　　我看见她眼中的智慧，心中更加佩服画扇的沉静，竟可以将世态看得如此分明，而我却没有她的慧根。

　　端坐品茗，见霞色渐次隐退，暮色悠悠来临，有凉风从窗外徐徐吹来，携着几缕幽清的月光。见画扇低眉凝思，而此刻的我却什么也不想。

　　叩门声响，只听到红笺唤道："小姐，点心已做好，我端进来了。"

　　"嗯。"

　　红笺携烟屏与湘芩进房，手上托着几样红绿糕点，颜色甚是诱人。摆在桌上，见碟子上印着几朵素净的花，盘内装着玫瑰软糕、绿豆小饼、芝麻香酥、翡翠果子……

　　画扇笑道："还是红笺的手艺好，湘芩你也多学着点，看眉弯姑娘多有口福。"

　　湘芩羞涩地低头，笑道："是了，遵命。"

　　红笺道："我看画扇姑娘就别取笑我了，这点小手艺，难登大雅，只是会做几样小姐平日喜爱吃的小点心罢了。"一边说着一边取来象牙筷子，夹了一块玫瑰软糕至画扇的碟中。

　　我微笑地看着画扇，道："吃吧，这个柔软香糯，我很是爱吃。"

　　我命红笺、烟屏、湘芩也围桌坐下，一起品尝点心。

　　时间在闲聊中轻轻滑走，安静下来，窗外已是柳月初斜，盈盈玉魄，遥挂中天，以圆缺的姿态看着世间的圆缺。风月无边，徒留氤氲容颜。知留有限，空负缥缈云烟。

　　画扇望着窗外的月色，起身道："妹妹，我该回去了。"

　　"夜色已浓，我就不多留姐姐了。"我命红笺从衣柜里取出我的粉红锦缎披风，披在画扇肩上。

　　"妹妹，不用了，才几步路而已。"画扇推辞道。

　　我帮她系好了颈边披风的带子，说道："夜凉露重，不要着凉才好。"

　　画扇与湘芩往门口走去，道："妹妹不要送了，改日再来相约。"

　　我走至门口，握着她的手："我不送了，不想下楼看到她们。"

　　"妹妹，切要记住我方才说的话，许多事不知道要比知道的好。"她叮嘱着我。

　　"我记住了，难为姐姐如此关心。"

　　看着画扇飘然离去的背影，那一刻，我竟然有不舍，好多的不舍。仿佛冥冥之中，我与她已经有了莫名的纠缠，只是这纠缠，不知能维系多久。许是因了身边无有知音，而她却能如此交心。

　　摇曳的红烛照亮了整个室内，只是那红红的周身已经垂满了斑驳的泪痕。也不知道它们是为自己垂泪，还是替别人泪垂。

　　如此寂静的夜，也不知这烟花巷的女子是否可以习惯。

　　静。

　　一时间，听到许多脚步匆匆上楼，喧闹的叫喊声。

　　我命红笺出去看看究竟发生了何事。不一会儿，见她神色慌张地进来，道："小姐，瑶沐姑娘小产了。"

　　我大惊，道："她在房中？"

　　"是……"红笺连忙点头，神色依旧惊慌。

　　"你们且随我看看去。"红笺与烟屏伴着我朝瑶沐的房中走去。

　　走至房门口，只见瑶沐的丫鬟碧痕端着一盆血水匆匆走出来，几乎与我们迎面相撞。看着那猩红的血，我一阵眩晕，烟屏和红笺赶紧一左一右地扶着我。

　　瑶沐的房中已挤满了前来探望的姐妹，透过人群的缝隙，我看见她痛苦地躺在床上，脸色苍白如纸，汗水洇湿了鬓发。那么痛苦的表情，那么无力的挣扎。

　　妈妈坐在床沿，一边为她拭汗，一边嚷道："这是哪个天杀的造的孽，把你弄成这样子。我们这迷月渡，就你和眉弯两人是卖艺不卖身，你说说看，这到底是怎么回事！"

　　"快把止血安神特效药拿来。"妈妈朝她的小丫鬟伶儿喊道。

　　只见伶儿取出几粒黑色的小药丸，端得水来。妈妈亲自将药给瑶沐喂下，又轻轻地让她平躺在床上。

　　"瑶沐姐姐也太不小心了……"

　　"是啊……就算是服药也要当心些的。"

　　"听碧痕说她把配置的好几份藏红花全煎了喝下去了。"

　　众姐妹你一言我一语地围在瑶沐的床边说道。

看着床上痛苦的瑶沐，想起她平日对我的微笑，心有不忍。于是喊道："你们都散了去吧，好好让瑶沐姐姐静会儿，她需要休息。"

众人的眼睛齐齐向我看来，我表情严肃。她们看着床上气息奄奄的瑶沐，终究作罢，各自拂着手帕，冷哼离去。

"慢着！"妈妈的声音极为有力，将她们都镇住了。"今晚的事，谁也不许喧嚷一句出去，若是被我发现谁嚼舌根，我定要扒了她的皮！"妈妈一字一句地说着。

她们齐声道："是。"转身往门外走去。

房内只余下我、丫鬟和妈妈，还有刚进门来的碧痕。

我不想询问什么，看着她毫无血色的脸，想来此刻的瑶沐定是不愿听到任何人再度提起方才所发生的事。

只是坐在她的床边，轻轻握着她的手，冰凉入骨，我低低道："你好生静养，莫要多想。纵有多少的不快，都会过去的。"

她嘴唇苍白，欲要说什么，终究无力作罢。

我看到身旁的妈妈一直握着瑶沐的另一只手，眼中流露出许多的怜惜，这样的神情我还是第一次在她那里见到。平日里见惯了她的冷漠与怒色，这些许的柔情让人看了着实觉得珍贵。想她平日里对瑶沐就格外照顾，而瑶沐也一直是我们迷月渡的头牌，也许她们之间有着一些难以割舍的缘分吧。

我叹息一声，起身便要离开。看着碧痕，我叮嘱道："好生照顾你家姑娘。"

走出房外，方才那浓浓的血腥味才渐渐散去。自那日见过争艳的百花，加之梦里的情景，我对血似乎特别敏感。那醒目的红色令我心中不安，仿佛带着几许悲壮的杀机与锐利的光影。那么那么多的人，都要付出血的代价。

回到房中，我神情有些恍惚。红笺掩上门，轻轻地对我说："小姐，有件事我藏在心中有几月了，不知当不当讲。"

我见她表情甚为神秘，心中疑惑，道："何事，你且说来。"

"旧年冬天的事了，那日你从翠梅庵折来几枝梅花，让我给楼上几名走得稍微亲近些的姑娘送去。当我送至瑶沐姑娘的门口，见房外的门牌上挂着'待客，勿扰'，便转身要离去，却听见屋内传来异样的响声，出于好奇，我用手指捅破了窗纸，却看见令人惊心的一幕。"红笺细细说来，此时见她面色红热。

我心中已猜着几分，却仍问道："怎的？"

"我……见……见瑶沐姑娘与一男子赤裸着身子在床上翻滚。虽然白纱帐落下，可是透过那薄薄的轻纱，我看得很清楚。"红笺的脸色越来越红。

我脸上却十分镇静，道："那男子是谁？"

"是……是岳承隍……岳大人。"红笺吞吐说来。

"你之前为何不说？"我问道。

"这样的事很是羞于启齿，小姐你又冰清玉洁，我怎能与你说这些事。"

"罢了，这事以后不要再对任何人提起。"我表情严肃。

"是，我知道的。"她低头应道。

站在一旁的烟屏表情也甚为怪异，她对我低低说道："姑娘，其实我也有一事，本来不打算再说出来，可今日听红笺姐姐这么一说，我心中亦觉不安。"

"你且说来吧。"我心中猜想着，难道会与岳承隍有关？

我看着烟屏回忆道："就在选举花魁的一周前，我无意间听到我们家小姐与岳大人的对话。当时隔着一扇门，我隐约听到岳大人对我家小姐说：'你放心，今年的花魁我定尽全力为你争取，只是这秘密你切不可泄露半句出去，不然我也不会轻饶了你的。'然后又听到小姐说：'只要大人说话算话，我羡羡定是守信之人。'之后我就不敢再听，急忙离开了。"

又是岳承隍，"秘密"，他有什么秘密被殷羡羡所知？岳承隍居然答应帮她争取到花魁，难怪那日殷羡羡似乎胸有成竹，原来她心中已有答案。可是她又怎么会在选魁之时无缘无故地死去？府尹说是自杀，很显然只是搪塞过去。难道背后的凶手会是岳承隍？他为了不受殷羡羡要挟，而将其杀害？

难道殷羡羡腹中所怀的胎儿也是他的？可是那日从窗外传递字条的人又是谁呢？如果真是岳承隍杀人，他又为何不干脆让烟屏做替罪羔羊，反而由得她被放出？这岳承隍究竟是何来历？人人都知道他迷恋烟花之地，喜好风月之情。这件事真是越想越迷离。

"小姐……小姐……"红笺轻轻地推了我一下，我这才醒悟过来，对着烟屏低声说道："今日这话你只当没说，日后再也不要对任何人提起。"

她见我神情严肃，点头道："是……是……"

我想起画扇临走时叮嘱我的话，许多事不知道要比知道的好。看来这些事我也要隐藏在心中，不能提起，况且其中究竟有何缘由，我一概不知，不能凭自己的猜想而任意去判断什么。

我再次叮嘱了红笺与烟屏，她们亦知此事关系重大，定是不敢再提的了。

窗外夜色如墨，只有浅淡的月光斜斜地透照微弱的光晕。起风了，那层层的夜幕，仿佛隐藏着太多不为人知的秘密。

可我又想起了画扇的话：背后隐藏的事，无须我们去揭开。世间许多事，迷蒙些会比透明更让人觉得安全。

似乎画扇才是那个真正明了的人，而我，又何必庸人自扰。

长知此后掩重门

　　的确如此，世间万相迷离，你只要不去揭出隐藏在背后的真实，而那些华丽的表象依旧可以让你自由呼吸。我就是在这片粉饰的太平里平静地度过两月有余，不只是我，还有这烟花巷的所有女子，以及世间芸芸众生。

　　新帝登基，又是太平盛世，国泰民安。金陵还是那般锦簇繁华，烟花巷早已恢复了曾经的歌舞升平，只是渐渐地忘记了那场花魁之争，忘记了死去的殷羡羡。我看到瑶沐重拾往日的欢颜，依旧周旋在来往的客人中，时间无情，可它有一点好，可以愈合流血的伤痕，尽管结着粗粝的伤痂，只要不去撕扯，就不会再有疼痛。岳承隍一如既往地光临烟花巷的许多楼阁，还是那般风度翩翩，全然觉察不出他有丝毫的冷酷。或许他本多情，处处留香，折尽金陵枝头花。只是，唯独我沈眉弯还是冰冷如初。

临于窗前，感春秋易替，见花飞处处，落红铺径，已是春残。任你花样颜色，百媚千红，终究还是做了凋零之客，想我如今韶华当头，沦落风尘，他年亦不知东西南北，更莫说埋骨何处了。

焚一炷清香，品一盏荷花露，拂去琴弦上的尘埃，看窗外细雨纷落，榴花染径，生了惜春之心，试调一曲，边抚琴边吟唱："春似惊鸿去也从，不知归路与谁同？榴花尽染相思色，杨柳空摇寂寞风。宿鸟沿堤寻旧梦，牵萝绕户觅芳踪。几回凝望天涯远，山黛无言细雨中。"琴声溅韵，清歌传意，似觉流水起落跌宕，人心归遥，渺入有无间。似觉回风驰骋飘逸，情思追远，已过千万里。似觉南国水意，草木茵茵，看那翡翠垂眉，荷露含泪。似觉风华鼎盛，万物欣欣，看那青山泼韵，绿水流波。

"小姐，你的琴我听了这十余年，虽听不懂其间的深韵，可真的好舒心。"红笺打断了我的沉思。

我停顿片刻，盈盈一笑："不过是消磨光阴，聊寄心怀，实在不知还有何用。"

"小姐，自从那日游河，那位王公子临时匆匆离去，之后两月有余，却杳无音信了。"红笺有意无意地说着，仿佛要挑起我行将遗忘的记忆。

我递给她一个淡定的目光，沉吟道："今日如何提起他来了？"我随意地拨动琴弦，懒懒地说："像我们这样的人，遇见的人最好都忘记，因为他们都是过客，过客从来不会在这样的地方停留。如果连遗忘都做不到，那就注定我们要接受记忆的惩罚。"我说这么多，也不知道红笺能听进去多少。

烟屏坐在床边低眉刺绣，这丫头有一双巧手，十指玲珑，袖底生花，我每块帕子左小角都有她绣的一枝绿梅，那么清绝傲世。

脚步声响，妈妈甩着一块丝帕，摇晃着丰腴的身段进得门来，挑起妩媚的凤眼，笑道："眉弯啊，方才岳承隍大人遣人来说晚上请你过去赴宴。"

我有些惊讶，问道："赴什么宴？除了我，还有何人？"

"这我就不知了，反正我们迷月渡就请你一人过去，黄昏时候，会有专轿来接，你自己准备一下吧。"她也不多逗留，丢下这句话，甩着帕子出门去。

"小姐……"红笺神情有些紧张。

我面色平静，淡淡一笑："无妨。"心想不过是宴会，我素来与他无扰，他也不会为难于我。

落了一天的雨，窗外被苍茫的烟雾萦绕，沉闷的空气，让人呼吸都有些吃力。红红的灯笼在氤氲的烟雨中也显得那么暗淡，可是街巷来往的客人却不比平日少。

黄昏就这么来了。

坐在菱花镜前，涂脂抹粉，女为悦己者容，我今夜的打扮也不知是给谁看。流云髻发，秀眉如冰雪裁叶，芳心似月梦霜烟，我第一次发觉自己竟然是这么美，不媚不艳，却足以倾国倾城。在这风月之地，我保有那份不与人同的洁净，隐隐之中，我总能感觉得到自己的身上流淌着高贵的血液，尽管我只是生长在金陵城一户普通的人家。

今夜赴宴，我只带着贴身丫鬟红笺。坐上岳府的轿子，一路上凉风习习，给这浮躁的初夏带来了清新的气息。

这是我第一次来到岳府，门口两头大狮子被雨水浸润得没有了凌然的气势。门外灯笼高挂，像一朵朵红云，徐徐飘荡，将整个府邸照耀得通透明亮。岳承隍及金陵城内几位高官亲自来门口迎接我，这样的气派亦是我从来不曾见过的。

从门外到厅堂都是大红的地毯，朱栏玉柱，金碧辉煌的雕饰，恍若进了梦里的皇家宫殿。偌大的酒桌上，摆满了美酒佳肴，桌边站满了丫鬟，个个都比平日看见的要端庄秀丽。席上那么多的华衣贵族，尽是男子，却无一人是故人。任我如何地猜测，都不知道这宴会究竟是为何。

我被丫鬟指引着坐在岳承隍身边，仿佛隐隐暗示着，今夜我要成为这里的焦点。只见岳承隍着一袭藏青双蛟夺珠的华服，头戴赤金冠，眉斜挑鬈之剑，腮凝渥玉之丹，丰采灼灼，武库心藏。他站立起来，举起酒杯，朝大家笑道："今夜劳烦各位大人与名士来到岳府，实则有一要事宣布，那就是我要收沈眉弯为义女。"

一石激起千层浪，这件事来得实在太突然了。我望着众人你一言我一语不问缘由的道贺，心里经过短暂的惊诧，被汹涌的波浪冲击，很快又恢复了平静。我将惊诧藏于盈盈的笑语中："承蒙岳大人如此抬爱，眉弯自问无才无德，实在高攀不起。"

岳承隍扬声大笑，道："我岳承隍可不会看错人，眉弯姑娘乃今年花魁之主，虽在迷月渡却玉洁冰清，高贵典雅，与我岳某可称得上忘年之交。我膝下无女，又怜你才情，故认你为女。勿再多言，日后你就是我岳府的千金了。"

他此番之话似有别意，望着在座的人，都是大有来历，可见他早已做好安排，我自知拒绝反而无益，于是对着岳承隍福了一福："女儿在此谢过爹爹！"话刚说出，我心中深吸一口气，有些忐忑，隐约又有一丝快意在升腾，我自认并非那种攀龙附凤之人，只是今日这局面，实在是出人意料。若是一场戏，我就配合着演完，且不管结局如何。

那么多的道贺声一齐向我涌来，酒一杯接一杯地喝，而我竟然可以熟练地周旋于他们之间。不知从何时开始，我已经习惯了这些场合，不再只是那个坐于房中抚琴吟唱的沈眉弯。隐隐记得以前听人说过，人是会改变的，我知道我并没有变，变的是这世情百态。

终于安静了，宴席散了，人去堂空。只余我与岳承隍对坐，谁也不看谁，谁也不说话。

我终究还是开口了："多谢爹爹这般善待于我。"说到"爹爹"二字时，我竟没有丝毫的别扭。

他凝目，很是平静，笑道："一切都是注定的，不过我可以告诉你，日后你荣华富贵要享用不尽了。"

"是吗？你要的结果我已给你了。今日在众人面前，我欣然地接受你为我做的安排。"我将言语的锋芒悉数藏于温软的笑靥中，说得这么坦荡。

"请允许我今夜回迷月渡，只一晚，明日那里再也不属于我了。"我沉吟道。

"好，我明日会遣人去接你，岳府已为你设好了院落。"他看上去很温和，语气也是那么柔顺。

我不知这一切究竟是如何发生的，只是我告诉自己，不可规避就不用规避，顺其自然。迷月渡我都去了，还会怕这堂堂岳府？况他这般隆重设宴，在众人面前，认我为义女，定会以礼相待。

我莞尔一笑，柔声道："好，女儿暂且拜别爹爹。"我福了一福，带着身后的红笺缓缓走出门去，感觉身后有灼灼的目光在凝视着。

雨已停息，虽是黑夜，天空却明净如洗。掀开轿帘，我看见一枚弯弯的新月斜斜地挂在天边。世间之物，瞬息万变，人事亦是如此。我明白，今夜之后，我再也不是那个从来卖艺不卖身的沈眉弯，而等待我的是什么，却全然不知。许多人可以改变自己的选择，可是转来转去，依旧改不了命定的结局。

下轿的时候，见迷月渡的姐妹拉扯着路边行走的男子，极尽妖媚去蛊惑，却往往还是迎来蔑视的目光。那一刻，我很是酸楚。没有人觉察到我，我与红笺悄然回房，不想与任何人告别。今夜，是我在迷月渡的最后一晚，我只想安静地收拾行囊，然后转身离去，决绝。

我告诉红笺，该丢的都给我丢了去，我不是个长情的人，我也决不要那些琐碎的旧物。

烟屏怯怯地对我说："姑娘，其实我挺怕去岳府的。"

"呵呵，莫怕，有何可怕的。你以为，在这种地方就不可怕吗？"我有种莫名的坚定，又夹杂着几许清冷。

"小姐，其实我也挺怕的，我不知道这期间到底发生了什么事。不过小姐去哪儿我也去哪儿，前面是风是浪，是富是贵，我们一起走过去。"红笺一席话虽不深刻，却说到了要点，这么明了，这么坚定，这么温馨。

我们三人的手紧紧地握在了一起。

叩门声响，进来的是妈妈，她满面笑容："姑娘，你猜今天我们迷月渡来了什么贵客？"

我淡淡一笑："什么贵客都不重要了，妈妈。"话一出口，觉得真是轻松，我再也不用周旋于那些所谓的贵客之间，无端地消耗我的青春。

妈妈眼睛倏然一挑，冷笑："你这是什么话呀，快去满月阁看看吧。"

满月阁。这三字稍稍触动了我的心弦。妈妈笑着看我一眼，便往门外走去。

满月阁又如何，王公子又如何，我并没有坐立不安。倒想再去会会这个华服公子，就当是我在迷月渡见的最后一个客人，从此，任何人也休想。

我独自前往，让红笺与烟屏留下打点行装。

我是那么欣然、舒坦。满月阁的门是开的，那位王公子依旧立在窗前，听见我轻盈的脚步声，赶紧转身相迎。

他羽扇轻摇，白衣袂展，青发随风，年轻俊朗，几月不见，愈加地成熟稳重了。他握着我的手，深情道："眉弯姑娘，可算是见到你了。"

我只是稍稍触动，之后便无丝毫的波澜，打趣地笑道："公子，是不是如隔三秋？"

"何止三秋，恍若隔世啊。"看他眉眼间一片柔情，似乎并无虚意。

我轻轻抽出手，坐下。

饮下一杯凝月酒，这该是我最后一次喝这清冽香醇的酒了，放下杯盏，道："公子来去匆匆，不留痕迹，今夜是如何想起来迷月渡了？"

他站在我身边，笑道："我有姑娘说的那么神秘吗？早就想来看姑娘，只是实在有要事耽搁。"

我冷冷一笑，只是自斟自饮。

他也斟饮起来，温和地说道："你放心，我说过的话算数，很快我就会带你离开这里，从此长相厮守，不再分离。"

好深情的话呀，不过已然打动不了我。我微微一笑："只怕已经晚了。"

"不晚，相信我。"他语气那么坚定，有些慑人。

我居然有那么一点触动，转而又笑道："且不管那将来，就说今夜吧，今夜还可以把酒闲聊，已然是缘分了。"

"你也相信缘分？"他递给我一个清亮的目光。

"信，为何不信？"我答道。

他默默地望着我，那眼神，让我心慌，却又有一种莫名的欢喜，在心底潜伏着。彼此有那么一瞬间的陶醉，他柔声道："姑娘，今夜还能为在下抚琴吗？"

"可以，不过只是今夜，没有以后了。"我说得决绝。

他只是看着我，一字一顿地吐出："会有以后，而且以后你只为我一人抚琴。"

我仍淡淡一笑，不想再去言语，因为只有我知道，明日我就要离开这里，去岳府。岳府，我仿佛想到些什么。可我有些醉了，被酒精浇醉了。

看窗外柳月弯弯，暖风开处，已有蝉儿催夜，稍知暑意。我低低说道："这蝉儿为何总也赶不上春光呢？只是在春残时才出现，在清秋时又隐没。"

"因为它只属于夏季。"他看着窗外，似乎若有所思。

我起身，坐于琴旁，拨动琴弦，直抒心意，边弹边唱道："梦里春光何处见？由来只遇春残。嫣香寥落一声寒。十年心事老，梦语也相关……薄翼堪禁风露重，怎飞万里蓬山。相留不易觅寻难。春踪归渺杳，长伴月儿弯。"琴声起处，似觉云烟漫起，遥传山水之音。

他只是静静地听着，不忍作得半点声息。

我顿时万千思绪齐上心头，不知悲从何处来，手抚琴弦，换一曲调："绰约风姿谁顾影，云裳未忍加身。闲愁渐苦渐伤神。凭栏伤远目，弄曲惹啼痕……未若平湖烟水处，韶华寄与残春。长知此后掩重门，君成千里客，我做葬花人。"歌声方落，琴弦突断，我目中有惊色，心中有乱意。起身，便急急往门外走去。

他从后面追来，急唤道："姑娘……"

我停住脚步，背对着他，道："莫要追来！"

踏出门槛，匆匆走在廊道上，再不回头。

醒来已是梦中身

　　月色如洗，看浩瀚的苍穹蕴藏着无限的奥妙，那迢迢的银汉牵引出无穷的幻想。我敞窗夜坐，只待消磨这寥落的长夜。明天我就要离开这迷月渡，就在我刚才与那公子道别之时，就已经决意要毫无眷念地离开这里，无论岳承隍背后隐藏了怎样的想法，或者利用我做些什么，我都不介意。我要离开这儿，不再做那个隐没在烟花之地的沈眉弯。

　　烛光在夜风中摇曳，灯花极尽璀璨地燃烧。我从没有见过这样热烈焚烧的火焰，仿佛要将所有的光芒绽放。我想，我应该带着喜悦的心情离开，像灯花一样地，释放我的灿烂，倾尽我所有的繁华，所有的光彩。

　　我将红笺与烟屏唤至身边，煞有介事地说道："明日就要离开这里了，是福是祸我如今还不知道。倘若是福，我定也不亏待你们。如果是祸，那就只能一起承担了。"

红笺坚定地说："小姐，红笺与你一路走来，定是不离不弃，无论将来你的命运如何，我永远都是你的红笺。"

烟屏亦坚定地说："姑娘当日为我解围，我就想到日后定报答您的恩情。后来又设法救我出狱中，我烟屏今生今世都不会忘记您的大恩，誓死都要跟随您。"

我微微一笑："但愿我不让你们失望。"随后又说道："东西不要收拾太多，只带几样随身之物就好，到了岳府什么都会有。"

红笺转过身一边收拾镜匣一边答道："是，我知道，只带几件物品。"

烟屏给我倒了一杯茶，道："小姐，你早些歇着吧，明日怕是要早起。"

我看着窗外的夜色，清凉的夏夜，风来似沐，流萤数点，的确是一个催人入睡的夜晚。我没有再去想明日去了岳府会是怎样的情景，既然已经如此安排，多想亦是徒劳。

醒来已是霞映东窗，夏日的早晨清凉明净，清风穿窗而来，夹杂着晨露与花草的芬芳。我慵懒地坐在镜前，一袭薄纱轻衫，看上去清凉无骨。

妈妈已不知何时推门进来，尖着嗓音，笑吟吟地站在我身边："眉弯姑娘，昨夜你有那般喜事怎么也不对妈妈我说呀，我也好办桌酒宴，让大家为你饯行。如今我这迷月渡少了你这台柱，日后定要清冷不少了。"

我知妈妈话中之意，只盈盈一笑："妈妈过奖了，我沈眉弯也没给迷月渡带来多少繁华，只是今日之去想必妈妈也不会吃亏多少的。"我知道定是岳承隍遣人与妈妈说了收我为义女之事，也知道岳承隍定给了她一笔丰厚的赏金。再说，岳承隍要的人，妈妈又能如何？

妈妈词穷，转而笑道："我就不打扰姑娘了，你收拾一下，岳府的轿子已在楼下等候。"见她已出得房门，径自离去。

我笑笑，心想有什么好收拾的，你以为我沈眉弯还留恋这种地方？于是拂一拂衣袖，唤道："红笺，为我穿衣打扮，我要以最亮丽的姿容走进岳府。"

大红的锦缎薄衫，绣着艳丽的牡丹，穿在身上明媚鲜妍，飘逸如风。浓淡有致的水胭脂，将我面容涂抹得更加灵秀动人。高贵典雅公主髻，斜插一支凤凰金钗，鬓边一朵粉芙蓉，耳坠上镶坠着精致的蓝宝珠，在阳光与镜子的折射下闪烁晶莹。手腕上的翠玉镯子更衬得我肌肤似雪，想我这等容貌也足以配得上岳承隍华贵府邸，当得了那绣户侯门的千金。

我下楼的时候，没有看那些惊羡的目光，每个人都有属于自己的人生，她们也未必会永远在这迷月渡。我要洒脱地离开，不带任何留恋的纠缠。瑶沐的眼光与我有短暂的相撞，随后我便转开，记得她曾经告诉过我，若是有机会便离开此地，可她还说过，外面的世界纷纷扰扰，却未必能及这烟花之地。都不重要了，一切都不重要，我要离开。

再见，迷月渡。再见，妈妈。再见，各位姐妹。再见，瑶沐。

我心中与她们告别，踏上富丽锦绣的轿子，决绝地离开。

到达岳府大门，我下轿的时候，第一眼就看到那两头石狮子，睁着滚圆的双目，凌然地看着我这个外来之客。我不怕你们，以后你们要唤我主人。

岳承隍亲自出门相迎，华服翩翩，神采奕奕，这般俊朗非凡之人，居然做了我的爹，冥冥之中的安排有时让人啼笑皆非。我对他行过礼，而所有的家仆与婢女对我施礼，一时间，我成了岳府高贵的小姐，再也不是风尘中那个卖唱陪酒陪笑的沈眉弯。

我笑意盈盈地走进去，岳承隍吩咐婢女带我去我的住馆。想这般富丽堂皇的厅堂，自然少不了繁琼锦紫的别院。从厅堂穿过长廊，过得碧月长廊，一路上古柏耸立，白杨参天，令人心怀浩荡，意念舒达。

见一处朱门粉墙，石围青瓦，匾上写着"翠韵阁"。往里望去，有翠柳探枝，移影园外，有隔院花香，飘忽入梦。我与红笺、烟屏随那婢女踏入院中，见幽篁阵阵，芭蕉成林，泠泠风语，顿时觉得翠色迷眼，意静心纯，果然不负翠韵阁这名号。

"小姐，这就是你的别院了。"那婢女笑道。

我的别院这般清雅隔尘啊，真是没住过这么好的屋子，我见身旁的红笺与烟屏也在赏阅着这别院景致，想必也是大开眼界。"哦。"我只是淡淡地答道。

信步前行，小径苔幽，一旁抱水，几面竹影，见画亭古栋，静波荷塘。塘中有荷叶千株，浓翠映心，荷香盈荡，蝶梦悠长。一弯木舟，系于柳畔，巧夺天然之韵。

走至一扇大门前，门匾上写着"芙蓉汀"，却见堂内装置得典雅清凉，玉润舒心，堂内已有几个婢女站在那儿候着。右侧，就是我的闺房了，婢女挽起珠帘，我进得房内，闻得幽香阵阵。窗户倚竹，轩风通敞，绿绮临案，想得夜里我可以对月抚琴，竹影入画，真是风雅无边啊。

菱花镜前，梳妆台上摆放着各种绮丽的胭脂水粉，罗帐里香枕软被，衣橱里凌罗绸缎，这日子过得可真是奢华。

我朝那带我来的婢女淡淡说道："你先出去吧，我有些累了。"她答应着退出房外。

随后我便躺在一把竹椅上，上面铺上玉毡子，下面垫着柔软的丝锦缎，果然比我在迷月渡的椅子清凉舒适，又对着红笺与烟屏笑道："这里还真是惬意，你们坐下歇息吧。"

红笺舒了一口气，笑道："小姐，我还以为是在梦里呢。"

烟屏放下手上的行囊，也似如梦初醒般说道："我还以为自己进了皇宫呢。"

三人相视而笑。其实我知道，岳承隍不会白白地给我这么好的住处，收我做什么义女，不过先住下来，不管那许多。

我对红笺说："你拿点银子，赏给房外的那几个婢女。另外将刚才带我们进来的婢女带进屋来，我有话要问。"我之所以赏她们，并不是想要拉拢她们，只当个见面礼，反正都知道我是个假小姐。

方才那婢女随红笺走进来，开口便说道："榴影谢谢小姐赏赐。"

原来叫榴影，我也不拐弯，直接问道："且问你，我两次来府中，怎不见你家夫人？"其实夫人，就是我现在的娘亲了。

榴影轻声道："我家夫人素来不见客，她整日都在府中的佛堂，念经拜佛。"哦，原来是个信佛之人，不过也太深居简出了，我好歹是她丈夫新收的义女，面也不见。

我点了点头："没事了，你且出去，有事再唤你。"

歇息一会儿了，只怕后面还有许多事等待着我去应付。

午饭就吃了一点点心，让红笺为我冲了杯荷花露，静静地躺在椅子上，在蝉鸣声中慢慢地睡去。

我做了一个模糊且纷乱的梦，仿佛把我这么多年见过、没见过的情景都梦了进去。我梦见以前梦见的那座宫殿，又是那个皇帝和皇后，又是如血残阳，又是厮杀逃窜声。寂寥的荒野，有婴孩的哭泣声，我见到了我儿时的爹娘，他们抱着我，那么慈善地笑着。迷月渡、翠梅庵、妙尘师太、画扇、那位王公子、救我的白衣公子、岳承隍，还有许多不曾见过的面孔，都在梦里浮现着，挥之不散地浮现着……

醒来时已是黄昏，房内早早地燃起了烛光。睁开眼，看到这陌生的地方，在薄暮的黄昏有些莫名的寥落。

岳承隍遣人让我去厅堂用晚膳，被我拒绝了。只命榴影去厨房给我弄几道可口的小菜，我在芙蓉汀吃过就好。

沐浴焚香，坐在琴前感受着清凉的夜色。心中空落，亦无欢喜亦无忧。于是试抚绿绮，调一首《临江仙》，沐着翠竹清风、明月花露唱道："我在红尘深处住，十年云水生涯。轻妆淡抹碧无瑕。青苔扫冷月，素雪作梨花……烟火世情皆幻影，春风洗去铅华。疏篱茅舍两三家。山河无颜色，彼岸是烟霞。"在弦声中感绿纱淡淡，芭蕉疏卷，灵风窃语，琴韵敲窗。

琴声刚止，却听到身后传来一声："好美的琴音，好美的歌喉。"

我慌忙转身，岳承隍已不知何时立在我身后，这两个丫头也不知道通传一声。岳承隍永远都是那般风采翩然，儒雅俊逸，他手执羽扇，递给我一个赞赏的目光。

我起身施礼，盈盈一笑："爹爹过奖了，眉弯只是试一试这把绿绮，果然是精纯圆润，琴声若玉坠珠倾。"

其实我知道岳承隍来此定是有事要与我说，因为我至今还不知道为何来到岳府，于是屏退了红笺与烟屏。

临窗对坐，开口道："不知爹爹来此找我有何事？"这爹爹二字挂在嘴边真是别扭，无奈，谁让我做了人家的小姐。

他品了一口茶，笑道："果然是兰心蕙质的姑娘。"

真不知道他这是夸我，还是有别意，我只微微一笑："说吧，我听着。"

他放下手上的杯子，郑重地说道："好，言归正传。三月后，宫里要选秀，我膝下无女，今你已是我的女儿，到时我会安排你入宫，凭你这等绝代才貌，被选中那是定局了。日后，你就安心服侍皇上，坐享荣华。"

他只是简单的几语，却着实将我震惊了。脑中迅速地闪过许多念头，他这般费心将我收作义女，原来是派我去充实后宫。可是他若为自己，也无须找一个歌伎去。也罢，大户人家的女儿也不好白白做他义女，况还得要我这等才貌。可是烟花巷女子众多，我与他来往甚少，为何偏偏选我？也罢，出众的歌伎虽多，像我这等卖艺不卖身的花魁却真的难求。不对，画扇连夺三年花魁，且才貌该算得在我之上，为何不选她？想起他与画扇以前游河，难道他们……还有，还有那许多的理由，我一时竟想不下去了。

他唤道："眉弯……眉弯……"

我思忖了半晌，依旧找不到合适的理由，却叨念着："哦，原来如此……原来如此……"

他反而看上去有些疑惑，问道："原来如此？难道你知道？"

"我知道什么？我什么也不知道，方才听你说要将我送进宫里，坐享荣华。"我想"荣华"二字说得极重，我问自己，我有那么贪恋荣华吗？真是莫名其妙地卷进了这里。

他略有所思，缓缓说道："是的，不过以后你会知道缘由。日后你进得宫里，万事小心，不过凭你的聪慧，许多事都牵制不住你的。"

我依旧仔细地搜寻着理由，却真的让人费解。我冷冷道："我——可以——不去吗？"一字一句，说出来是需要力量的。

他不语，很久，才说道："不可以。"说得那么坚定。"你也知道，其实这事已不是我所能改变的。几日前你的名单就已呈上，而且我也只能这么做。"他似乎很无奈，只是他的无奈就可以随意决定我的命运，我那不知是福还是祸的命运，而这次，远比进岳府要复杂得多，那是皇宫，进得去出不来的皇宫。

他已起身，道："离去宫里还有些时日，你安心住下，有任何需要只管跟下人说。"

我点了点头，思绪还沉浸在他方才的话中。他什么时候离去的，我都不知道，一会儿才醒转过来，红笺与烟屏已站在我身边，看着她们疑惑的表情，我真不知道该如何告诉她们。

只是简单地叙述一番，她们脸上惊愕的表情远胜过我。一切已定，任我如何地冷傲，也不能违抗皇命。

我命红笺陪我去庭院走走。

明月苔影，幽篁清韵，芭蕉写意，荷盘呈露。看亭亭曲连，竹桥架波，看瀑飞珠溅，泻作玉雪。还以为可以在这样融尽人间画意的府邸住上几年，当几年千金大小姐，想不到这么快就要离开，而且还是去皇宫。难道梦里的一切都要应验，我的去处会是梦里的宫殿吗？为何又会有那么多的血？我隐隐地感到有些不祥。

一入宫门深似海，他日想要自由恐是难了。真怕是要应了瑶沐的话，不如守在迷月渡来得快活自在。

挨着假山亭边的飞瀑走过，空惹得雨雾满身。

人生何处不惜别

　　时光飞逝令人触目惊心，流年似水让人垂首轻叹。转眼已从酷暑，到了初秋。三个月的时间已到，明日就是进宫选秀的日子，岳府上下忙里忙外地为我做好了充足的准备。而我，就任凭他们做着华丽的安排。

　　在这样喧闹繁华的日子里，仿佛已经忘记从前的一切。忘记与画扇一同去翠梅庵的日子，忘记那场惊艳无比的选魁，亦忘记了那些生生死死的玄迷，还有那华服公子，那白衣青年。我不知道，将来这些人是否会与我再有关联，我也不知道，那些不曾揭开的谜是否会有真相大白的一天。明天以后，我再也不是曾经的沈眉弯。也许，我会在后宫守着自己的别院，孤独度日，也许，我会卷入一些莫名其妙的宫斗里，也许……谁又知道呢，但我相信，自己会淡然而坚强地迎接一切。

信步于庭园，感受着清秋的景致，梧桐焚铎，海棠绽焰，苍柏翠松，玉桂香影。在池边观赏枯荷时，见榴影匆匆走来，唤道："小姐。"

我回过头去，看她面带急色，问道："发生了何事？"

她走至我身边，舒了一口气："老爷让你到厅堂接旨，宫里传旨了。"

跟随着榴影转过亭台曲榭，走过长长的廊道，来至厅堂。已见大家都排列在那儿等候，我也急忙走至前去。面前站着一四十岁出头的内监，手执黄色绣龙纹的布卷。见我到来，哑着尖细的嗓音喊道："圣旨到。"

岳承隍带领着我及岳府几位重要家人跪地接旨。内监宣道："奉天承运，皇帝诏曰：南清王岳承隍十六岁女岳眉弯，明日无须参加选秀，只待半月后随入选的第一批秀女一同进宫。着封为正三品婕妤，赐号'湄'，于玄乾元年九月十五日进宫。钦此。"

心中真的不知是喜还是悲，只是静静地接旨谢恩。心中思索着，岳承隍几时成了南清王，他的身世实在太令人费解，当初听说拜他为相不从，半壁江山也不要，估计这王爷也只是个封号，他不爱实权，只喜好在这金陵城内自在逍遥。而我沈眉弯好端端的名字改成了岳眉弯，听起来真是不习惯。谁让我平白地做了人家的女儿，只能对不起亲生爹娘了。

岳承隍将金锭子与礼物送于宣旨的内监，并邀请他到客房去饮茶。

我手拿着圣旨，心里却是万千滋味，一时间却无处诉说。

只听一个平和又冷静的声音道："把小姐带到我的静梧轩去。"

我抬眼望去，只见一个轻逸幽雅的背影，那整齐的髻发上，别着一支翠玉簪，同她的步子闪闪摇摇。而我就随着一个婢女走在她后面，从厅堂过另一处长廊，辗转几座亭台楼阁，才到得一僻静之所。匆匆走进去，牌匾上"静梧轩"三个字一晃而过。果然是清净之处，洁净的青苔，连落花都是无尘的，几径翠竹，几丛芭蕉，几树银杏，都是那般简洁明净，仿佛没有一处景致是多余的。进得青莲斋，一缕淡淡的檀香萦绕而来，里面飘荡着幽幽的佛乐，这里的摆设竟和翠梅庵妙尘师太的厅堂有些相似，简朴而带禅意，与这堂皇的岳府实在大相径庭，虽偏居一隅，却幽静逼人。

那女子已转身坐在正堂的椅子上，我这才打量她，三十出头的年龄，端的是好相貌，肌肤胜雪，慈眉善目，一袭简洁素净的绿裙，更显得她飘逸出尘，落落大方。她手持一串纯白砑碟的莲花佛珠，神情淡定，并不看我，却淡淡说道："坐吧。"

我知道这人是岳承隍那个整日在佛堂念经的夫人，她把自己的别院也装修成佛堂，禅韵悠悠。我坐在侧边的椅子上，她数着一粒粒莲花珠子，闭目念语。

她突地睁开眼，看着我，低低地念着："像，太像了……"而后，她眼神在我的手腕上有那么一瞬间的停留，想来是我雪白的肌肤将那枚翠玉镯子衬托得更加夺目。

我不解她话中之意，亦不言语。她招手，我走至她身边，她将手上的莲花佛珠交到我手上，那么柔软的手，有些许的凉意，她低低道："带着它，佛会保佑你平安。"

就是这样一个刹那，深深地触动了我的心，我竟然有泪在眼眶里涌动，只是极力不让泪落下来，我不应该为一个陌生女子这样平实的举止而过于感怀。

手握佛珠，一粒一粒的白莲花，温润洁净，我抬头对她微微一笑，一时间，竟不知该说些什么好。岳承隍收我为义女，眼前这女子就是我的义母了，我实在是唤不出口。除了微笑，我不能再给她什么。

微笑，没有任何的言语，我走出静梧轩的时候，她还是静坐在那儿，也不再看我一眼。

凉风习习，看碧梧幽静，枯荷敛眉，偶有落花飘洒，也许将来的心境就不再是如此的了。

册封后规矩严谨，我已是皇家的嫔妃，岳府中许多的人都不得再与我相见，只有红笺和烟屏是我要带进宫的侍婢，可以一直贴身地跟随我。岳承隍要见我也须得隔着帘子在门外说话，除了我居住的翠韵阁可以走动，不能再踏出这里一步了。

　　长日寂寞，虽仅只有半个月时日，我却觉得寥落清寂。想到日后进了宫中，只怕比这更无自由，也无人来告诉我那新帝是何模样，性情如何，还有那后宫到底藏着多少佳丽。都说宫廷争议多，后宫中的女子更甚，我不想卷入那无常的纷扰中。婕妤，这皇帝居然给了我正三品的封号，想来是岳承隍这南清王的身份让我初入宫便可以拥有这么高的宫阶。我自认是个淡漠的女子，却绝非懦弱，至于过去，已经成为过去，至于将来，我会等待那未可知的将来。

　　想起了画扇，她是我这几年唯一的知交。我告诉岳承隍，我要见她，只一次。此后，我与她不知是否还有缘分再见。岳承隍允了我，派人去接画扇。

　　画扇跪在软垫上唤我："湄婕妤吉祥，愿婕妤娘娘福寿康宁。"那一刻，我竟是心酸不已，想起从前与她姐姐妹妹相称，何等亲密，如今却因这身份，疏离了许多。

　　我将她扶起，坐至身旁，许久不见，她还是那样风华绝代。执着她的手，我低低道："姐姐，那日眉弯进得岳府，未曾来得及与你道别。此后，住在这高墙之内，也不曾再出门去，真是辜负了我们姐妹的情谊。"

　　她眉眼间似有凄楚，却只低低唤了我一声："妹妹……"

　　这一声竟让我落下泪来，我知她有万语千言，却空空地不知从何说起。望着她，我道："姐姐，你不曾说的，我知道，你要说的，我也知道。此去深宫，他日再要相见，却不知是何时，万望你多保重。"

　　她点头道："妹妹，深宫似海，你要时刻保持清醒，不要迷失了自己。能宠冠后宫纵然是好，就算不能，也要淡然面对，毕竟，高处不胜寒。"

　　画扇终究是画扇，她思想圆熟，若是她可以与我一起进宫又该多好，那样我也不会孤立无援，姐妹在一起有个伴。再者深宫虽不好，总比青楼要安稳得多的。我不禁问道："姐姐，若是有那么一天，让你离开莹雪楼，你可愿意？"

　　画扇叹息道："妹妹，旁人不知，你还不知吗？青楼岂是眷留之地，只是我已沦陷，碌碌难脱啊。"

　　我与画扇就这样聊到夜晚，待到她起身要告别的时候，是那般地不舍。可我始终相信，我与她不会缘尽于此，我们一定还会有重见之日。也许那一天很遥远，也许就在眼前，这一切都只是也许。

　　送她至院内，夜幕已深，走在鹅卵石铺就的小径上，凉风吹起。一声珍重，我止步，站在柳树下，见她挽着丫鬟湘芩的手走过石桥，直到那盏宫灯渐渐地远去，再也看不到一丝光亮。

　　我紧了紧披风，还有三日，我就要离开这里，去那镏金镶玉的深宫。

月小
似眉弯

○ 第二卷 ○

宫深似海

玄乾元年九月十五日，
是我进宫的日子。

一入宫门深似海

玄乾元年九月十五日，是我进宫的日子。

早在凌晨，岳府上下就忙碌不已，为我进宫做了充足的准备。我用花瓣沐浴，更衣，坐在镜前装扮了几个时辰。梳着飞云髻，穿着宫里婕妤的服饰，可我还是不喜欢珠钗满头，只是斜插我最爱的翠玉梅花簪，一朵白芙蓉。镜中的我，华贵高雅，又飘逸出尘，我不再是迷月渡那个未出阁却又落风尘的歌伎，也不是岳府娇柔又负虚名的千金，而是皇宫里尊贵的婕妤，我有封号，有宫阶。

宫中的执礼大臣、内监宫女执着仪仗浩浩荡荡地来岳府接我，我是名动金陵的岳府千金，又是正三品的婕妤，这样大气豪华的排场，可谓是极尽铺张，引得金陵官民如潮涌般过来看热闹。这样的场面，远胜三月选魁时的繁锦。只是数月的时间，我已经从青楼跃到皇宫，从歌伎成了宫嫔。回首前尘，真是恍然如梦，而我要让自己在梦中清醒，去面对那个陌生的宫殿，那些陌生的人。

我坐上轿子，没有什么值得我留恋，亦没有什么人让我不舍。红笺与烟屏是我的贴身丫鬟，随我一同入宫，以后在宫里我需要她们的陪伴，因为我知道，在那高冷的地方生存，一定要有属于自己的亲信，否则将步履艰辛。

花炮与鼓乐喧腾地追了一路，这样盛极的场面要到宫门口才会稍稍歇止。吉时一到，我便在宫女的搀扶下落轿，第一眼看到的就是安庆门，朱红的大门，赤金的雕饰，琉璃瓦，白玉石，偌大的宫殿像长龙一样起伏地延伸。而我所见到的，只是紫金城的一个角，我虽是正三品婕妤，却并非正宫娘娘，也只能从偏门进入。前朝大燕国称这皇宫为紫燕城，后大齐灭大燕，并无重建宫殿，只是修复一番，改宫殿为紫金城。这般富丽繁华，俨然找不到当年残败的痕迹，历史就是这样，万顷苍池可以填为平地，可是朝代更迭，却从来不缺帝王。

才下轿便见第一批与我同时进宫的嫔妃，她们的身份都比我低，略看一眼，个个都端庄秀丽，姿色非凡。因不相识，且还在门外，都不打招呼，只是相互微笑作罢。

天空湛蓝如洗，清秋的暖阳洒落在明净的大地上，折射的光芒将紫金城映衬得粼粼闪烁，在这刺眼的璀璨中，那些飞檐翘角往不同的方向伸展，直冲云霄，冲向大雁飞过的澄净的天空。而我，以后便要在这繁华的盛景中生存，起落浮沉，就随命运了。

安庆门外有着紫红衣袍的内侍恭候，有銮仪卫和御前侍卫引领着我们往各自的宫室走去。过安庆门，步入后宫的深深庭院，长长的御街望不到尽头，两旁高高的宫墙以巨龙的姿态朝远处延伸，大小的楼台殿宇星罗棋布，错落有致。少许，在御街的路口往南转去，观两边浓景，松柏参天，垂柳撩烟，桐花疏落，坠香软砌。约莫一盏茶的光景，便到了一处盛大的殿宇前，正门上的匾额镶着几个赤金的大字：月央宫。这名字很合我心意，让我想起了给自己名字题的联：春寒知柳瘦，月小似眉弯。

月央宫是后宫里一座不小的宫室，居上林苑的东南角，是一处别具风格的皇宫庭园。亭台水榭，曲径幽阁，竹桥兰桨，菊圃桂苑，画梅蕉影，虽是深宫，却遥世隔云，春夏秋冬皆入园中。我由宫女与内监拥簇着进门，走过一个洁净宽敞的院落便来到了正殿——梅韵堂。正殿两侧还有东西配殿，一般是居住别的嫔妃小主。悠长的廊道上面搭着两座整洁的楼阁，供嫔妃饮茶观景之用。梅韵堂后面还有一个大花园，内有梅园丹圃，芍药织锦，海棠怒焰，牡丹芳骨，亭台曲连，画桥烟波，藤萝挽架，幽篁掩径。因是初秋，已有早桂绽开，蕊蕊金黄缀于绿叶枝头，芬芳馥郁，加之白色的茉莉清影，幽香怡人。这皇宫内院，果然比岳府更气派华丽。

宫女小心地搀扶我走入正殿坐下，大红的地毯，洁净无尘，雕着牡丹的刺绣屏风前，设着蟠龙宝座，紫檀木的香案上摆放着宫扇，紫玉香炉，青瓷花瓶，而这里就是皇上临幸时正式接驾的地方，也是皇上平日来梅韵堂小坐之地。

我端坐在梅韵堂正间，随身丫鬟红笺与烟屏侍立在两侧，已有两名梳着宫髻的小宫女上前斟茶。一个首领内监和掌事姑姑上前，向我叩头请安，说着："奴才月央宫首领内监正五品宫殿监正侍刘奎贵参见湄婕好，愿婕好娘娘福寿安康。""奴婢掌事姑姑正五品奚官夏秋樨参见湄婕好，愿婕好娘娘福寿安康。"

那刘奎贵年纪不到四十，看上去颇诚恳稳重，让人觉得踏实，倒不像我想象中的那般阴气过重。夏秋樨三十岁上下，发髻整洁光鲜，皮肤白皙，双眸澄净，很见风韵，看上去也是个端庄温和的女子。这两人给我的感觉都不错，尤其是夏秋樨，一见就喜欢。想到以后被这两人侍候，倒也还算安心。

他们参拜完，又带领着六名内监和八名宫女向我叩头参见，那么多的人一一报名，我实在是记不住，略微看过他们一眼，也不说话，只是安稳地喝着碧螺春，这茶和红笺泡的倒有些相似，挺巧的，我极爱雨前的碧螺春。

他们跪在地下，低眉垂首，屏住呼吸，我知道，在我回话之前，他们是不敢言语的。宫廷非一般府邸，有着极严格的规矩。奇怪的是，我在岳府那么多日，宫中竟没有派人来教习我一些宫里的礼节，我对这些亦不是太懂得。

我抿了一口茶，将青花瓷盖轻轻盖上，微笑道："都起来吧。"沉了一会儿，又道："今后你们就是我月央宫的人了，在我名下当差，首先要做到的就是忠心，若是脑子里想着旁的，我定不会轻饶。若是聪明机警又忠心不贰，我也是要厚待你们的。"我说这些话，有重有轻，第一次在他们面前，我也要显露出自己的威信，不然日后这些人很难管教。

站在下边的人已经感觉到新主子的威信，齐声道："奴才（奴婢）定当忠心耿耿侍奉娘娘。"

我说了一句"赏"。红笺和烟屏将准备好的银两分发给他们，这些内监和宫女谢恩退下。

折腾了一上午，我也觉得有些倦意。那秋榉也甚是伶俐，过来扶我，恭顺道："娘娘也累了，先随奴婢去后堂休息。"

我点头，随她往后堂走去，而两侧分成东西暖阁，东暖阁则是皇上驾幸时的歇息之所，西暖阁是我平日歇息之处，后堂才是寝殿。

一入后堂，见摆设布置得十分整洁清致，又高贵典雅，那花梨木的屏风上用金丝绣着梅兰竹菊，将后堂分成正次两间。而我，以后就在这里度过我漫长的青春岁月，得宠与否就只能靠我的造化了。可我究竟想要什么，我自己都不知道。我是否真的期待皇上早早地遇见我，宠幸我，让我做这后宫风云不尽的女子？还是在这月央宫独守着一份安稳的寂寞，过着四季淡泊的流年？若能安稳如此，也未尝不是件好事。

思忖良久，我方回过神来，坐在椅子上，看着夏秋榉，便和颜问道："夏奚官，这宫的主位就是婕妤吗？"

她立即跪下说："奴婢惶恐，娘娘直呼奴婢贱名就好了。"接着又说："月央宫的主位就是娘娘，您在这儿身份最高，而且配殿没有居住别的小主。"

　　我心想，这下倒也自在，以后这月央宫除了皇上，就唯我独尊了。皇上，关于这个皇上，我是一无所知，看来回头还要请教秋樨，不弄清后宫的一些事，以后怕是会遇到许多麻烦。于是将她扶起，道："你不必惶恐，日后这月央宫的大小事务，都有劳你和刘公公料理。想必你在宫中年份已久，经事又多，我还需要你的扶持。"

　　她听后恳切地说："奴婢日后定当尽心侍奉娘娘。"

　　我命红笺取出一对金镯子和一串东海水晶项链赏与秋樨，又命烟屏将一锭金元宝拿出去赏给刘奎贵。

　　待他们谢过恩，方觉得这月央宫的事可以暂时停下。而我需要好好地歇息，然后再来慢慢适应这里的环境，了解宫中的一些事情，学习一些简单的规矩。

前缘欲向梦中寻

换了一个陌生之处，连午休都觉得不安稳，红笺一直守在我身旁，烟屏在屋里简单地整理一些旧物。

迷糊中被说话的声音闹醒，秋槿从门外进来，轻声道："娘娘，邻院羚雀宫的谢容华和锦秀宫的萧贵人携着她宫里的江常在过来看你了。"

我起身，甚觉秋日午后慵懒。秋槿带着宫女梅心、兰心、竹心和菊心服侍我穿衣起床，这四位姑娘长相十分相似，都只是十四五岁的样子，装扮又一般模样，不仔细看，竟有些认不出来。看她们动作也算机灵轻巧，想来也是经过长时间调教的。

红笺为我梳妆，这些年，我已经习惯了她为我梳洗。只是淡淡地描抹，着一件白色的裙装，倒也淡雅清丽。

走至梅韵堂，她们十分客气地对我行礼，我微笑唤她们同坐。谢容华十五岁，身材窈窕，纤腰如细柳，明眸皓齿，是个娇细清灵的姑娘。看她温婉美丽，竟是十分地让人喜欢。萧贵人是今日与我一同进宫的秀女，在初选的秀女中，有正六品贵人的身份也是挺不错的，她才十四岁，一脸的稚嫩，看上去天真烂漫，属于活泼开朗的那类性情。她身边的江常在也是今日一同进宫的，看上去有点怯生生，姿色倒也不俗。

秋榫已命手下的宫女端来了各色点心，多种糖饼、梅花糕、炸香芋、芝麻酥……我们边喝着玫瑰花茶边吃着点心，她们见我十分礼让，且亲善随和，方才的拘谨亦没了，一下子亲切了许多。

她们走后，又来了几位初进宫的小主，身份都比较低，我亦是随和地对待。待来的人都起身辞回时，天色已近黄昏。

秋榫点数着她们送来的礼盒，我说道："你备好几份礼盒，把今日来的那几位小主点上名，遣人一一送去，也算是还了人情。"

独自坐在梅韵堂，感受着那份喧闹后的沉静，在陌生中体悟那份熟悉，心中竟豁然了许多。

晚膳自然是我一个人独自享用，而秋榫携着红笺与烟屏侍立在身旁，其余的宫女与内监都在门外候着。我一个人面对着一大桌子的菜，吃起来却不太习惯，想着宫中的规矩确实严谨，以往我与红笺是主仆不分，常在一张桌子上吃饭，入了宫倒成了孤人。

简单地吃完，便起身往西暖阁走去，秋榫忙过来搀扶我，我朝着门外的宫女、内监说道："饭菜也别撤了，你们就着这些菜吃了去。"然后看着秋榫和身边的红笺、烟屏，又说道："你们也去吃吧，我自己去歇着就可以。"

暖阁里红烛已点亮，燃烧的沉香屑满屋子萦绕着，浸人心骨。我躺在花梨木的椅子上，盖一件绣着并蒂莲的薄巾，看着窗外那一弯细细的月牙，思绪如潮涌。我想起了宫外的那些人，此时的烟花巷一定是纷繁似锦，酒色沉迷。而我，已不再是迷月渡卖艺的歌伎，而是深宫里尊贵的娘娘。我看着案几上的七弦琴，竟已无心弹起，还有桌上的棋盘，也无人与我对弈。原来宫中的嫔妃，平日亦过着这样闲雅的生活。

秋榉和红笺已不知何时立在我身边，我依旧慵懒地躺在椅子上。看着秋榉，我微微笑道："秋榉你且坐下，我有些事倒想请教你。"

她缓缓坐在我身旁，说道："娘娘有事尽管吩咐，切莫说请教。"

我莞尔一笑："你且将宫中一些人事简单地说与我听，比如皇上与一些主要的嫔妃，日后见了他们，我也好有个尺度。"

对着烛光，听她细诉后，我对后宫有了大致的了解。

皇上淳翌二十有二，自先皇驾崩后，继位才几月。我朝是论长幼秩序继位的，皇上与陵亲王淳祯本是孪生，同为当今太后所出，且陵亲王比他年长一点，原本应是陵亲王继任皇位，可陵亲王一向不问朝政，生性淡泊，平日喜欢纵情山水风月，专于诗词曲乐，他自推孪生弟弟渊亲王淳翌为帝，也就是如今的圣上。当今皇后是以前的王妃，皇上继位就立她为后，虽不是国色，却贤良淑德，可她身子一直不太好，且一心向佛，极少过问后宫之事，皇上虽不十分宠她，却也十分敬重。而圣上身边最受宠爱的就是云霄宫的云妃上官流云和翩然宫的舞妃傅春雪。云妃之父长翼侯为开国元勋，手握天下大半兵权，且云妃倾城之貌，行事出众干练，颇具锋芒，后宫之事多为她主管，甚得皇上欢心，宫中的嫔妃都不敢与她相对。而舞妃的舞姿天下难得一见，她虽无庞大的家势，可她舞姿翩然，美丽妩媚，听说她就是因一支《霓裳舞》，短短时间从婕妤晋升为舞妃，深得皇上宠爱。还有一人就是正四品的谢容华，温柔灵秀，皇上还是渊亲王的时候，就对她宠爱有加。如今皇上虽不是娇宠于她，可是每月总有那么几日会临幸她的羚雀宫。而正一品的贵、淑、贤、德四妃的位置暂时还虚空着，只待日后再选定。

此番选秀就是从宫外选一些贤惠的嫔妃，充实后宫。而我，就是其中的一个，也是这些秀女中地位最高的嫔妃。

其实，我并不想对她们有过多的了解，只是已入后宫，许多的事就难免会纠缠于己，想要置身于外，是很难做到的。

夜色渐深，烛光在秋风中摇曳，明明暗暗的光影令人心中迷离。我留下红笺与烟屏为我沐浴更衣，命秋榭为我打理一些事务，其他的人都在外面候着。

静静地躺在帷帐里，这是我在月央宫的第一个夜晚，我想着皇上淳翌的模样，想着那些未曾谋面的后宫嫔妃，想着画扇，此刻我是多想她能进宫，陪着我一起度过这漫长的后宫生活。而烟花巷的那些女子，还有那位掷千金选我为花魁的公子，那在巷道中救我于危难的白衣公子，许多许多的人都已经成为我的前生。

在迷糊中入梦，梦里，我又进了那座锦绣繁琼的皇宫，梦见一派歌舞升平的景象，梦见那位君王与皇后，每一次我都能清晰地看见他们的容颜，仿佛在前生见过，那么亲切。那宫殿与我今日走进的宫殿这般相似，明媚的宫殿在夕阳下渐渐模糊，成了一副黑白的影像，继而又被红云燃烧。火，宫殿起火，厮杀声，逃窜的人，婴孩的哭泣，血，流淌……

半夜，我从梦里惊醒，一身的冷汗。秋榭和红笺陪在我身边，握紧我的手，可我还是在抖，一直抖，我的脸色一定很苍白，我觉得很眩晕。这个梦，我接连做过好几次，可是今日仿佛比从前更加真实，仿佛那一切就发生在我身边，仿佛就发生在我居住的宫殿里，仿佛就是这儿。

我喝过安神茶，又迷糊地睡去，只要合上眼，就是梦里的情景。我斜靠在枕头上，再也不想入眠，只是拉着秋榭与红笺的手，生怕她们离开似的。

就这样折腾着到了天亮，不得安稳，而我，已是疲惫不堪，全身柔软无力。这就是我在月央宫的第一个晚上，梦魇缠绕的夜晚。

月央宫中礼往来

　　我在月央宫迎接了第一缕晨曦的秋阳，那一束束淡白色的光芒，透过雕花的窗牖倾洒在桌案上、琴台间。那些镶着金丝的帷帐与阳光相撞，折射出七彩粼粼的光影，而我恍若处在晶莹虚幻的梦中。

　　红笺与烟屏侍候我穿衣，秋榍带着梅心、菊心早已端来了水为我梳洗。一夜不曾睡得安稳，坐在镜前我觉得自己有些苍白，红笺为我将胭脂抹得稍微厚些，遮掩住那份虚弱。

　　早膳是秋榍亲自为我熬的冰糖燕窝，我吃了一小盅，另外喝了少许的参茶，觉得神气清爽了些。

　　只听到门外刘奎贵尖细着嗓子禀报凤祥宫内监杨明康来传旨，我匆忙来到梅韵堂正殿接旨。

见一四十岁出头的内监，穿戴甚为气派，知他是皇后宫里的首领，遂跪地听旨："奉皇后懿旨，传新晋宫嫔于三日后卯时至凤祥宫丹霞殿参见皇后娘娘和后宫嫔妃。"

我恭谨地接过旨，命秋樨取了两锭金元宝好生送他出宫。进宫前，岳承隍为我准备了不少的金锭和珠宝，他知道我初进宫，这些赏金是免不了的。适者求存，我虽做不到奉承迎合，但基本的人情也是知道的。

秋樨回来后才告诉我，新晋宫嫔都要在三日后参见皇后和后宫嫔妃，行过此礼，就可以安排侍寝。

我趁着这秋日的暖阳信步至月央宫后殿的大花园游赏，身边只随着秋樨、红笺和烟屏。穿过梅韵堂，有一长廊直抵园中。石栏苔影，画亭古栋，庭园的桂花开得异常繁盛，金黄的细蕊缀满枝头，散发馥郁的芳香，见画眉、鹦鹉、黄鹂、白鹤在阳光下拍打着彩羽，巧舌弄慧，有鸳鸯在池中戏水，悠闲对浴，染碧空映。

过桂林，曲径幽回，见大片梅园，虽不是梅开之季，想到他日梅开，一片香雪，更是奇雅。还记得旧年的暮冬，我与画扇相约至翠梅庵，踏雪寻梅，吟诗对句，品茗参禅，无尽风雅。看着梅园中有一座幽亭，想是用来赏梅品茗之处，而我形单影只，无了那相伴的知音。

过一石桥，桥下鸳鸯追戏，自在欢娱。有紫薇成列，花开纷繁，缥缈流香。梧桐树下，不知是谁扎了一个秋藤和杜若的秋千架，细细的绿叶上开着淡紫色的小花，在微风中轻荡。我坐在秋千架上，烟屏轻轻地推那秋千架子，我在暖暖的秋风中闻着幽淡的桂香，渐渐地露出了笑脸。她一下一下地轻推，秋千一浪高过一浪，我嬉笑着，衣袂在风中轻扬，闭着眼，如临云端，感受着清新的凉风与花香，全然忘记了昨夜的梦。

秋樨在一旁笑道："娘娘该下来歇会儿，当心累坏身子。"烟屏这才停住了推荡，而我等待秋千的节奏由快逐渐地变慢，缓止时，她们才小心地将我扶下。

我深吸了一口气，看着蓝天白云，澄净如洗。秋樨笑着为我绾鬓边的发梢，柔和地说道："脸色红润多了，这样子真美。"那一刻，我感觉到温暖，她的举动带来小时候母亲抚摸我时的柔情。我微笑地看着她，深切地感觉到我可以与这个人走得很近，她给我犹若亲人般的和暖。而红笺的眼神与我有瞬间的相视，我明白她眼中流露的欣喜，她亦感觉到秋棨对我的忠心，还有那种有别于主仆的亲切。

我心里想着，纵然我在后宫不得宠，纵然我会被封寂在月央宫，也是无妨，因为我身边还有红笺与烟屏可以推心。而秋棨给我的感觉也很亲切随和，只是相处时间还太短，我不能贸然对她付以真心，只待日后再细处。

正说笑着，我宫里的小太监小行子匆匆走来，禀报道："婕妤娘娘，云妃娘娘宫中的首领内监张喜宁命人送来了几盒大礼。"

我心想着，云妃娘娘遣人来，我不可不见，遂带着秋棨等人，一并朝梅韵堂走去。

走至梅韵堂正间，只见首领内监张喜宁已站在那儿等候。他行过礼，又笑着说："云妃娘娘特地命奴才将这些赏赐给湄婕妤。"

我含笑道："多谢云妃娘娘美意，请公公向娘娘转达本宫的谢意。"接着又命人为他斟茶。

他推辞道："多谢婕妤娘娘盛情，只是奴才还要到别的小主那里去，娘娘的话奴才一定转达。"

我笑道："那就有劳公公，不耽误公公办正事了。"我朝红笺看了一眼，她立即取出两个金元宝送上，张喜宁躬着身谢恩，随后垂着双目，轻轻将元宝揣入袖中，转身笑着辞去。

看着几大盒的礼物，我是没感觉的。秋棨命梅心和竹心她们打开，尽是些珠宝绸缎，耀人眼目，我只扫了一眼便命内监将东西抬到库房去登记。

只一会儿，刘奎贵又通报舞妃有赏赐来。

舞妃宫中的首领内监周福海向我行礼问好，随后挥手命身后的小太监将礼盒抬上，笑着说："舞妃娘娘特地命奴才将这些赏赐给湄婕妤。"

我说完刚才对张喜宁的那番话，又命红笺取两个金元宝送去，他谢恩笑着离去。

待内监将东西抬去库房，听梅心和竹心她们喜滋滋地说道："恭喜主子，最受宠的两位娘娘对主子真是青睐有加呢。"

我也不作答，想来我虽初进宫，皇上却赐我正三品婕妤的封号，又是岳承隍的千金，她们自是不敢轻易怠慢，而此时收拢人心，想必也是最好的时机。而我只想保持中立，不敌不友也是我为人处世的原则。这些都还是后话，一切见机行事。

只过了一盏茶的时间，兰昭容和许贵嫔的赏赐又到了。她们的首领内监走了之后，才听秋榭跟我说，此二人是云妃的心腹，皇上还是王爷的时候就跟随在云妃后面，皇上登基后，被提拔上来。她们此番送礼之意，我大致也明白了些。

一上午，又有几位新晋的宫嫔前来访候，我一一接待，甚觉疲累。

过了晌午，我的月央宫总算安静下来了。用过午膳，便回暖阁休息。

躺在花梨木的椅子上闭目养神，烟屏坐在我身边绣花，红笺为我斟茶，屋内很安静，这样的情景就像当初在迷月渡一样，清闲悠宁。

秋榭轻轻从外堂走进来，在我耳边细语道："湄主子，我刚才命人出去打听了一下，就我们月央宫得的赏赐最多，其余新晋的宫嫔那儿都甚是清冷。"

我点点头，道："这并不是好事，初进宫太过招摇会引来新晋宫嫔的嫉妒，以后我们要多加小心。"

秋榭回答道："是。"

就这样静躺着，直到夕阳的光影洒落在窗台，屋内的烛光燃起时才知道夜幕已经来临。她们侍候我用晚膳，我沐浴后回寝殿休息。

想起昨日的梦，我不敢早睡，于是坐下来捧起一本书随意翻阅着。喝下

了秋樨为我准备的安神茶，慢慢已有睡意，便上床歇息，而秋樨和红笺贴身
陪伴着我。

　　迷糊中，又入梦境，梦里又是那番情景，宫殿、纷扰的声音、流淌的
血。而我在安神茶的作用下，迷迷糊糊，似睡非睡，似醒非醒，又是这样折
腾了一夜。

百鸟朝凤丹霞殿

接连几夜都做这样的梦，竟如此频繁，令我好生心慌。

这一天是去凤祥宫觐见皇后和各嫔妃的日子，我反正也睡不安稳，不如早些起床，吃些东西，养养气神。

喝下秋棨为我熬的冰糖燕窝和人参汤，精神才好些。因是第一次觐见后宫的嫔妃，我也不能太疏散，还需严谨些好。四更天，月央宫的下人都分外紧张，忙里忙外地为我准备。

坐在镜前，我面容苍白，似有倦色，也怪这接连几夜的折腾，若不是秋棨细心地调养，只怕要更憔悴。秋棨一边为我担忧，一边又将此事压着，除了她和红笺、烟屏三人，无人知道我夜里做噩梦。因为，此事一旦传出去，我的月央宫只怕会惹来许多的传言。

　　红笺和烟屏细致地为我抹上胭脂水粉，描着弯弯的柳叶眉。梅心在身后为我梳理长发，我淡淡说："梳一个随云髻即可。"这种发髻如随云卷动，看上去生动灵转，又简洁清丽。我在竹心端来的首饰里取了一支绿雪含芳簪，插在髻上更加地灵秀婉转，鬓边插一朵菊心刚为我摘的白色木芙蓉，上面还凝着露珠，清新欲滴。我又命心心为我挑那件浅红色水云暗花的丝锦宫装穿上。这样一装扮，我方才的苍白与憔悴已被掩饰得荡然无存。而镜前，是一个灵秀飘逸、轻盈雅致的绝色女子，高雅中含有婉秀，素洁中又带有冷艳。

　　听得梅心惊叹道："湄主子今日一定可以艳冠群芳。"其他的人也用欣赏的目光看着我，我知道，我的确是很美，并不是那种夺目绚丽的美，而是一种清新淡雅的美。今日与那些宫妃相见，我不宜过于出众，低调沉稳才是在宫中的生存之道。我深记画扇那日的嘱咐，宫门深似海，而我不能迷失了自己，若是站在清冽的高处看风景，只会不胜寒凉。

　　待整理完毕，已近卯时，宫轿早已在门外候着。我上了轿子，刘奎贵和秋榉随着轿子一路跟去。清秋的晓风拂动着轿帘，丝丝缕缕地钻入轿子，我感到淡淡的薄凉袭过心头。坐在轿子里，我无心掀帘观赏外面的风景，心中思索着什么，回想却又是空的。

　　过了好一会儿，才听到轿外有人高声喊道："凤祥宫到，请湄婕妤下轿。"轿子才落，已有内监掀开轿帘，刘奎贵躬着身子向前扶着我的手，我抬眼一看，"凤祥宫"三个字在拂晓的淡淡烟雾中那么醒目，不知是谁的笔墨将这三个字搭配得那么有力度，赫然挂在正殿的门上，尊贵祥和。这凤祥宫比我的月央宫显得气派得多，站在门前会被一种高贵的力量慑住，那些赤金的装饰，尽现皇家的威严。

　　我搭着刘奎贵的手一路走进丹霞殿，其余的秀女也陆续地到了正殿，各自按身份悄然坐下。只一会儿，听到细细的脚步声传来，一阵璎珞叮当的声响，已看到皇后在众多宫女的簇拥下先上了凤座，而她的身后跟随着几位妃子。众人慌忙跪下请安，齐声道："皇后娘娘千岁金安。"

皇后头戴赤金凤冠，着一身黄色的鸾鸟朝凤的朝服，身材有些偏瘦，看得出她身子有些弱，却不失高贵沉静的气度。她微笑道："妹妹们平身。"

杨明康领着众新晋宫妃向皇后正式行叩拜大礼，她们在选秀的时候都见过皇后，唯独我没有参加选秀，而是直接赐封入宫的。我感觉到皇后凝视我的专注目光，我低眉，亦不敢多看她。众人收下皇后赏赐的礼物，齐声谢恩。

杨明康又引着我们见过坐在皇后右边前座的上官流云，众人忙跪下请安道："参见云妃娘娘，愿娘娘吉祥。"

我悄悄抬眼看这位皇上面前的大红人，一双丹凤眼妩媚中带着凌厉，梳着凌虚髻，如云盘回，凌托顶上，摇而不脱落，愈显她的高贵与锋芒，着一件绛红色用金丝刺绣的服饰，面若粉桃，肌肤凝雪。这等丽质，确是让人倾叹。

她并没叫我们起身，而是意态闲闲地一一看过来，眼神似有似无地望着，随后才说道："众位妹妹快快起来。"

我心想这云妃果真不是一般人物，这样轻微的举动，慑住了众位新秀，日后在她面前，更要谨慎才是。做她心腹就要任由她摆布，不站她这一边只怕要横生许多枝节，我也只能小心行事了。

还不曾参见坐在皇后左首前座的舞妃，云妃已朝着我们大家扫一眼，笑着问道："湄婕妤是哪一位？"

居然这么快就觅寻我了，也难怪，我是唯一没有参加选秀就高坐婕妤之位的人，她岂能不生出好奇之心？

我立刻上前行礼道："臣妾婕妤岳眉弯参见云妃娘娘。"我差点将"沈眉弯"三个字脱口而出，换了姓还真是不太适应。

云妃笑吟吟地仔细打量着我，那目光仿佛要将我的心穿透，看我究竟为何可以不通过选秀直接晋升正三品的婕妤之位。其实这点，我亦不知。来此之前我就想过，难道皇上不怕我相貌丑陋，无品无德？或许是岳承隍在他面前举荐我，又或许是其他，这件事对我来说至今还是个参不透的谜。

她打量我一番，才说道："湄婕妤果然是姿色出众，气度不凡，难怪皇上这般施恩于你。"

这句话倒令我有些不明白，皇上并未见过我，虽是施恩，却有些没来由，思来想去，我也只能断定为岳承隍的身份的确不一般。我微微笑道："臣妾不敢，娘娘雍容华贵，才深得皇上恩宠。"

她不再言语，淡然一笑。

杨明康这才领着众人参见舞妃，行过礼，她笑容可掬，让大家起身。

我抬眉看她，真真是个尤物，那细柳的身段，看上去就好像要翩翩起舞似的，盈盈娇态，楚楚动人，这样的女子见了让人心软。我明白皇上为何宠爱于她，纵然我是女子，亦对她有几分心动。

——参见完其他的嫔妃，我已觉疲倦。体弱的皇后坐在凤椅上也露倦色，她对大家说道："以后大家同在宫中要和睦相处，尽心竭力地侍候皇上，为皇家繁衍子孙。"

众人恭敬答道："是。"

皇后又道："大家都累了，先跪安吧。"

待众人相继散去，我才慢慢走出丹霞殿。只听身后有人轻唤："湄婕妤。"我转过头，见是舞妃，忙对她施礼，她微笑着过来扶我的手，竟这般亲切待我。

"妹妹真是好相貌，骨子里流露出卓然不俗的气度。"她开口道。

"娘娘过奖了，娘娘的姿色令人心动。"我微笑着。

舞妃才要再说话，已听到身后有人笑道："舞妃真是不一般啊，这才多久，就与湄婕妤这般亲热了，平日里倒看不出你还有这等本事，这么快就学会收拢人心了。"只见云妃信步过来，身边跟随着兰昭容和许贵嫔。

舞妃忙低眉不语，窘在那里。

云妃这几句话说得实在太尖锐，也太不聪明了，竟说舞妃是收拢人心，岂不是一下子将我推到舞妃一边了吗？

我欲要上前说话，身后的衣襟却被人轻轻扯住，我乍一看，竟是那日来月央宫的谢容华,她对我使了眼色,我明白她的意思,让我不可与云妃争锋。

云妃走至我面前,笑道:"好妹妹,我方才话说得不该了。他日有空,欢迎妹妹来我的云霄宫做客。"

我道:"定去娘娘宫中叨扰。"

她嫣然一笑,径自离去,方才身后只跟随着兰昭容和许贵嫔,可是一时间,在丹霞殿里的那些新晋的宫嫔,竟有一大半的人随在她身后了,浩浩荡荡地朝前走去。

看着她们的身影,我心中暗叹着,真不知是如何选秀的,竟选了这么一批秀女,真是枉费了皇上与皇后的一片心了。

其余的人也各自散去,只留下我和舞妃,还有谢容华三人。舞妃对我莞尔一笑,我知她是个不存心机的人,只是过于善良柔弱。她本与云妃的身份相般,却如此忍让于她,可见云妃平日在后宫是多么不可一世。

因舞妃的翩然宫与我的月央宫和谢容华的羚雀宫不同路,我和谢容华同舞妃道别后,便一起信步走着。

起风了,清凉的秋风仿佛要将薄薄的阳光吹散,有叶子悄然无声地飘落,似乎也带着某种无法思量的心事。我与谢容华并没有再说话,可我们都深知彼此内心在想些什么。

独向桂华语情愫

　　我和谢容华在上林苑里漫步，择僻静之处，曲径苔幽，路旁的梧桐花树，犹如紫雾腾株，坠香软砌。撩开柳幕，往一亭台走去，看柳疏寒条，枯荷沉影，短松古柏，皆为秋景。

　　我们坐在亭子里，看着这清冷秋光，闲逸白云，心中亦觉慵懒了许多。

　　谢容华一边望着秋景，一边叹息道："人在宫中，却缥缈如寄，春秋几度，空将飞云漫数。"

　　她似乎有些感伤，可我记得秋棨说过，皇上还是甚为宠她的，每月都有几日临幸她的羚雀宫。想来是见这冷落的秋景，生了伤怀之心。我安慰道："妹妹正是韶华当头，又深受皇上宠爱，切莫如此感怀。"

　　她微微一笑："只是一时见景伤怀，姐姐莫放在心上。"

其实我们才初相识，在这深宫谁也不敢轻易地对谁推心，她不想将心事诉说，我也不便多问。

"姐姐，其实我是喜欢秋季的，我的名字叫谢疏桐，就是生在这个清冷的季节。"她看着石径上疏落的桐花说道。

我却看着园中的月季说道："妹妹，你看这月季四季都绽放，粉嫩争韵，娇羞倚风，妹妹这等清灵柔美的姿色，看了让人如沐春风，流香盈袖。"

她果真含羞笑了，又说道："姐姐，你今日才是出众，真真是落落芳骨夺尽后宫粉黛颜色。"

我心中甚惊，我已经算是轻描淡妆，不料竟还是给人这样的感觉。想到今日云妃特意寻我说的话，又借此在舞妃面前示威，不禁觉得有些心悸。我淡淡道："我本平庸，也不想引人注目。"

"可是姐姐高雅绝俗的气质已经引人注目了，任你掩饰也是不能的。"她脱口而出，可见是出于肺腑。

我明白疏桐的话中之意，她在提醒我，我已经惹得云妃和舞妃的注意。尤其是云妃，她那么倨傲凌厉，走的时候仿佛给我丢下一话：是敌是友你自己选吧。今日表露出来的是云妃，还有许多藏着掖着的人，更是防不胜防。我没有参加选秀，就位列新秀之首，倘若日后真被圣上宠爱，岂不是要处处防人。

我没有再说什么，只是对她笑道："妹妹，我们也该回寝宫了，不然宫里的人该着急了。"

于是两人携手回去，在一路口才道别，她去她的羚雀宫，我回我的月央宫。

还未到月央宫，小行子和小源子已在门口候着，见我回来，一边急急相迎，一边往里面通报："湄主子回来了。"

秋榉和红笺带着菊心她们也走出来，我笑道："怎么回事？"

秋榫舒了一口气，说道："湄主子总算回来了。"

我知道他们是担心我了，红笺挽着我的手，说道："去了这么长时间还不见小姐回来，命小行子他们去接，说是早就离开了凤祥宫，又命人去打听，又说您在凤祥宫外还与云妃娘娘起了冲突，大家都担心得紧。"红笺一直习惯唤我小姐，在月央宫里她还是唤我小姐，在外人面前跟着秋榫她们唤我一声湄主子。

我在他们的簇拥下来到梅韵堂，秋榫是聪明人，将身边的人都驱散了，让我静静地坐会儿。我喝了一盏西洋参茶，便回暖阁歇息去了。

躺在椅子上，秋榫一边细心地为我剥橘子，一边轻声说道："方才皇后那边传来懿旨，明晚开始新晋的宫嫔就要准备侍寝。"

我听后点点头，心里却凌乱不堪。

她递给我一瓣橘子，似有话说，却终究未说出口。其实她想要问的，我知道，她忧心我今日在凤祥宫外与云妃之间的冲突。

我吃着橘子，淡淡说道："我没事，今日与云妃只是不冷不热地相识一下，定是下边的奴才把话传得重了。"

站在一边的红笺随即看了我一眼，我只当无事般吃着橘子。

接连几夜的梦让我很是疲倦，加之今日早起，又到皇后那儿参见许多的嫔妃，确实很累。躺在椅子上闭目养神，心中却无法安静。我至今还不明白皇上为何不让我参加选秀，就直接召入宫中，又赐我婕妤的封号。自那日从迷月渡的歌伎做了岳府的千金，我就隐隐地感觉到此事非同寻常，这许久以来，我连自己做了谁的棋子都不知道，怎能不忧心？加之我这特殊的身份已令后宫的嫔妃注目，若是明日皇上再召我侍寝，到时只怕会惹来更多的非议。真的是如谢容华所说，想要尽力掩饰，也是不能了。

她是明白人，而我亦不糊涂。

就这样在忧心中迎来了晚霞，窗外已是暮色疏浅，寒鸦衣啼冷，似在悲秋。晚膳我吃得很少，一来没有什么胃口，再者近日噩梦缠身，暮色来临心里就有种无名的恐慌。以前我最喜在明月下抚琴读书，可如今，却这般怕黑。

独自走在庭院，清幽的月光洒落在苍苔古石上，桂花香影在风中摇曳。看着这深深的楼台殿宇，仿佛与儿时的篱笆小院隔了万水千山，想起那白云掩亲舍，桑梓故庭园。如今，人在宫中，心却如漂萍，迷惘怅然。此刻的我，是深深地体悟到了白天谢容华为何而叹，想必也是看到这重重叠叠的楼台殿宇，却被困入其中，不得解脱。都说一切是命定，可是也有人说命运可以改变，聪明如我，却不知如何改变我目前的处境。

皇宫纵然繁华鼎盛，只是绝不是安逸度日的地方，存在太多的争斗。尤其是后宫，自古后宫多纷争，这许多的女子，一生只能钟情于一个男子，为其付出，为其守候，从红颜熬到白发，集万千宠爱于一身的能有几人？纵然一时取媚得宠，也难保他日不失宠。

我需要想个办法，尽量地避开这些纷争，安静地守在月央宫，做当年的沈眉弯。也许我一生孤寂，可总是好过在刀尖上行走。如果说在后宫的生存是一场豪赌，那么，我认输。

秋樨不知何时站在我身后，为我披上锦缎披风，细心说道："娘娘，屋外凉，还是进暖阁去歇着吧。"

我看了她一眼，心中顿时有了想法。

走进暖阁，我低声对她说："你且去交代小行子，命他为我请个太医，我近几日夜夜做梦，甚觉精神恍惚，很是疲惫。"

她有些焦虑，急急说道："娘娘，只怕这一请太医，会对您有所影响。"

我淡淡一笑："你怕我生病的事传出去，会受冷落，而皇上亦是不能临幸于我。"

她颔首，道："是的，你初来宫中，有些事不可不防。"

"你且去吧，只是令太医把脉，开几帖安神养气的药，无妨。"我依旧是平淡的语气，仿佛不曾将此事放在心上。

"是。"她答应着退下。

红笺走至我身边，轻声道："小姐……"

我朝她会意地点头，只不再言语。红笺与我多年，我的心事她一看便明了。事实上，我是真的病了，但我明白我的病不是太医所能治好的，那夜夜重复的梦太过玄离，可惜我不懂得卜卦，不然倒要看看这梦是吉是凶。可我隐隐地感到，那盛极后的衰败，定不是好兆头。

正在思索之际，小行子急急在门外禀报，我唤他进来。见他行色慌张，匆匆说道："湄主子，我刚在路上听皇上身边的小玄子说，皇上昨夜受了风寒，今日更严重些了。"

我心中一震，转瞬又归复平静，问道："那你没请太医了？"

"是的，我听到消息后就回来，先禀告主子。"他说道。我略看了他一眼，这小行子倒还有几分机灵。

"嗯。这事且搁着，也不要与人提起。"

"是。奴才遵命。"

我挥一挥手，他退出门外去。

皇上在这个时候受了风寒，真不知是喜还是忧。对我来说，该是喜，至少眼下的事可以缓缓，只是其他那些新嫔未必这么想。一切都是暂时的，以后的事还需从长计议。

窗外夜色已深，一弯如钩的霜月倾洒着淡淡的光晕，将那琴弦也浸染得寒凉。一灯如豆，仿佛那红烛的焰火也不如从前的莹亮。可我不悲凉，生命如同这烛焰，无论是明还是暗，我都要让自己燃烧到最后，最后……

心魔辗转不由人

一连几日，月央宫都很平静，可以说整个后宫都沉浸在一片平静中，尽管这些只是表象。皇上生病的消息并没有传出来，但是相信后宫的那些嫔妃都知道。而我们这些新晋的嫔妃，就守在自己的宫中，有时彼此间走动一番，一起闲聊，只有皇后和云妃她们会经常去探望皇上。我宫里的小行子经常出去打听消息，我从他那儿得知皇上只是染了风寒，卧床休养，并无大碍。

已是深秋，叶子纷纷飘落，院子里的落叶一天要打扫几遍。只有那几株繁芜鲜妍的月季给落寂萧索的深秋带来一丝生命的鲜活。我闲数落叶，时而到后院的秋千架上坐坐，那秋藤扎的秋千，我是极爱的，每次夜里被噩梦纠缠后，我就想去荡秋千。坐在秋千架上，长发轻扬，衣衫飘袂，凉凉的风拂过我的面容，看那秋日洁净的云彩，打我的身边走过，不留一缕痕迹。

其实，进宫只是月余，我却清减了不少。每夜都做着同样一个梦，不知这是我的前生还是今世，为何会这般无休止地纠缠。一到夜晚，我屋内的烛光就燃得通亮，我是那么怕黑，我怕在沉沉的黑夜入梦。

秋樨看着我一日日消瘦，气色也不如从前，只是为我着急，又不敢将此事说与人听，太医也未曾惊动，就自己为我熬汤药安神滋补。

这日，我躺在暖阁的椅子上歇息，她轻轻走至我身边，在我耳畔说道："主子，有一事奴婢想与您商量。"她表情神秘。

我知她是有要事，见她立在我身旁，说道："你且坐下来说吧。"

她临着我的椅子坐下，轻声道："主子，您进宫已有些时日，可是夜里却一直发梦，闹得心神不宁。我在宫里认识一个掌事姑姑，略通玄门法术，您看是否要请她到月央宫来一次？"

我知道秋樨这句话是经过深思才说出口的，自是肺腑之言，可我看得出她的神色还是有些胆怯，毕竟在宫里说这些是犯忌的。我看着她，平和地说道："且让我想想。"

她起身告退，望着窗外萧索的秋景，我陷入沉思。

若是画扇在此定会给我出个主意，当日去翠梅庵竟不曾将发梦的事说与妙尘师太，也好让她为我占卜一卦。那时她说我和画扇会平步青云，如今我误入宫中，算不上扶摇万里，却也是平步青云了。而画扇仍然留在烟花巷，继续做她的花魁，难道她与我一样，将来也要接受全新的命运？师太亦说过，这期间会有许多磨难。如今想来，许多事真的是要经历才明白，而我入宫是青云的开始，也是磨难的开始。

我不再思索，唤来了秋樨。我问道："你与那掌事姑姑有何交情？"

秋樨很坚定地说道："主子放心，她是我的姨妈，以前是容德太妃那里的掌事姑姑，大家都称她胡妈妈，如今上了年岁，已经退下歇息，平日里不再掌管宫中事宜。"

我点了点头："你去打理好，今夜请她过来，对外就说请你姨妈小聚闲聊。"

"是，奴婢明白。"她答应着退下。

一下午，我都躺在椅子上，想起宫里的种种，如今还未见着皇上，却被魇梦缠身，闹得心绪迷乱，精神恍惚，若不尽快寻出原因，怕日后要病死在这月央宫了。

秋榈回来的时候，已是黄昏，她朝我点头，我知道事情已办妥。

才用过晚膳，小行子报胡妈妈来了。

秋榈引领她走至我身边，胡妈妈忙跪下行礼："参见婕妤娘娘，愿娘娘福寿康宁。"

我和颜道："胡妈妈请起。"

她起身抬头，略打量她，五十出头的年纪，却并不显老，素净的衣裳，面容清爽，往那儿一站，让人觉得她有种历经沧桑后的淡定。

我也不说话，往暖阁里走去。她与秋榈尾随而来，其余的人都在外面候着。此事除了我身边的红笺与烟屏，旁人一概不知。

坐在屏风后，胡妈妈问过我的生辰，占了一卦，见她神情略有惊色，我心想定是不好。

秋榈慌忙问道："姨妈，究竟是何因？"

她饮一口茶，慢慢说道："无碍，是心魔。"

"心魔？我未曾有此心魔。"我疑惑地说道。

"这是定数，你不曾有此心魔，可这心魔却会纠缠于你。"她的话很玄，我不能明白。

秋榈继续问道："姨妈，是不是湄主子的八字与这月央宫不合？"

胡妈妈淡淡说道："娘娘本来就属于此处，又怎会不合？"

"那是不是这里有不干净之物在作祟？"秋榈急切地想知道缘由，紧追着问。

"不是，这些都不是，我说了是心魔。"胡妈妈说完后，叹息了一声。

我定定神，轻问道："妈妈可否明言？"的确，胡妈妈的话我不懂。何来心魔？而这心魔为何要纠缠于我？我为何本来属于此处？难道我命里就注定要来这月央宫，或是这皇宫？这么多的疑问，我无法清楚。

胡妈妈看着我，说道："娘娘，许多事我也道不明白，但我知道这是你命里的劫数，其实你已经躲过一场大劫。命相里的说法本来就是如此，多说反而不好。"

我想起这几年妙尘师太说过的一些禅理，确实是可悟不可言，于是不再多问，只是沉默。

秋榉为胡妈妈再斟一杯茶，问道："姨妈，既然无法道明，那你能指点一个方法，让我们家主子躲过这劫数吗？"

"可以。"她掐指一算，说道，"若想避开噩梦的纠缠，那就要远离皇宫，离开这里，过回你平淡的生活，一切梦像自然就会消失。"

"你这不等于没说？谁都知道，被选入宫来，做了皇上的妃子，一生都不可能再离开此地了。"秋榉急道。

我思忖片刻，说道："罢了，莫要再问，我明白了。因为我梦中的情景总是与皇宫相关，与血腥相关，莫不是将来这里要出现一场浩劫？"我说出此话，禁不住打了一个冷战。

胡妈妈道："娘娘过虑了，过去的早已过去，将来的还不曾到来。您若放宽心，学会遗忘，学会宽容，学会忍耐，一切的心魔自会消解，无须忧心。"

秋榉问道："那姨妈还有何良药可以解除湄主子暂时的烦扰？"

"别无他法，素日里吃些安神的汤药，放宽心胸，多到上林苑走走，将心神移至自然之景物，或是其他，皆可。梦由他梦，您不去理会，长此以往，亦可消除。"胡妈妈的话我明白，她是让我转移心神，克服梦境。

我微微笑道："多谢胡妈妈指点。"说完，朝秋榉看了一眼。

秋榉取出早已准备好的一对金镯子和一个小巧的玉如意递给胡妈妈，胡妈妈推辞道："这些身外之物我定是不要的，有幸结识娘娘也算是缘分，我胡妈妈能与娘娘有此缘分，很是心悦。"

胡妈妈的话竟让我有些惭愧，于是说道："胡妈妈的气度令人敬佩，我竟是个俗人了。"

她立即摇手说道："娘娘这身气韵又岂是一般人可比的，您只需宽心在此，莫做他想，像您这样的绝色佳人，宠冠后宫指日可待。"她边说边起身，我知她要告辞离开。

我说道："秋榉，你替我送胡妈妈，我就不出去了。"

看着她们离去的身影，我又陷入一片迷茫。仿佛自那次入选花魁，这一路走来，许多事都是我自己不能把握，又不能真正明白的，其中隐藏着太多的悬疑，令我费解。

我不知道殷羡羡是如何死的，我不知道烟屏是被何人所救，我不知道岳承隍为何收我为义女，我更不知道我是如何入宫，又是从何时有了这所谓的心魔。妙尘师太的话我无法真正参透，胡妈妈的话我不能深刻明白，自问聪明如我，又怎么让自己陷入如此不清不楚的境地？

但我明白一点，这一切都与皇宫有关，因为梦里的情景从来都是与皇宫有关。而我第一次做的梦，就是我入宫的前兆。冥冥之中早已安排好了一切，我只是随着命定的方向，一步一步走下去，而前面等待我的是什么，还是未知。

桌台上的灯花在跳跃，我立在窗前，听着窗外的风声，感觉到秋夜萧萧的凉意。寒鸦啼冷，今夜，这偌大的紫金城，悲秋的又有几人？

红笺为我披上风衣，柔声道："小姐，夜深了，还是早点歇息。"

我越来越怕这黑夜，但我知道，今夜，我又将在那个旧梦中沉沦。

一怀尘梦幻疑真

又过几日，小行子不时地打听皇上的病情，回来传话，说是日渐好转，再休养几日便可复原。我知道，这些都是从皇上身边的小玄子那儿打听出来的，至于皇上病情具体如何无从知晓，但是小行子告诉我，他可以确定皇上龙体无大碍。

这样的日子，我是清闲的，不必担忧皇上的传命，不曾与皇上相缠，嫔妃之间也相安无事。可是每当我站在楼台上，望着那层层叠叠的深宫后院，总能感觉到一份蠢蠢欲动的怨气，仿佛这怨气萦绕在整个深宫，无法消散。

放下手上的书本，立在窗前，秋日的暖阳透过窗格洒落在桌案上，那白色的光亮刺疼了我的双目。竹叶萧萧，在光影间徘徊，仿佛在诉说衷肠。闲逸寂寥的时候，总是会陷入过往的回忆中。而那些前尘过往于我，早已恍若隔世。生命中的人和事，离我越来越遥远。

菊心进来传话，谢容华在梅韵堂等候。我出门朝正堂走去。

谢容华见我走出来，立即行礼："参见婕妤娘娘。"

"妹妹，几日不见，真是生分了。"我迎道。

坐下，梅心和竹心已端上茶来。我打量着谢容华，与前些日子并无差别，依旧那般清灵美丽，似乎她永远都可以不蒙粉尘。

她看着我，关切地说道："好些日子不来看姐姐，姐姐清减了不少，身子可有哪儿不适？"

我微微一笑："不曾有哪儿不适，许是来宫中，换了环境，加之气候的转变，才有所清减了。"

"这样便好，姐姐保重身子才是。"她点头道。

我回道："多谢妹妹关心，你也多保重。"

她饮下一口茶，说道："姐姐，方才我从羚雀宫出来，一路上秋阳暖照，虽无春日明景，却也是秋高气爽，令人精神倍增。你我不如去上林苑走走，免得久居室内，多生疲倦。"

我看向前院的秋阳，亦觉心中暖和许多，想起前几日胡妈妈的话，她亦让我多出去走走，于是答道："好，这些日子，我多在暖阁歇息，今日难得妹妹邀请，就一同出去走走。"

红笺为我取来了披风，伴着我一同出去，谢容华身边也有贴身宫女丹如随侍。

走出月央宫，深吸一口气，仿佛阳光也被吸进腹中，顿觉神清气爽。

一路信步前行，曲径幽栏，石桥香暖，落花布茵迎雅步，波水荡碧映诗心。虽是深秋，万物疏冷，上林苑却依旧呈现出一派风物灼华的景致。

谢容华一边行走，一边轻声对我说道："姐姐，我感觉你气色不如先前，是否身子有哪儿不适？我有一位相识的太医，可请来为你诊治。"

我轻轻回道："妹妹，真的无妨，许因心事纠结，加之入宫不久，很多事还不能很好地适应。"

她用手撩过柳枝，说道："这样便好。昨日我到舞妃那儿，她病卧在床，身子也清减不少。"

我眼前拂过舞妃那楚楚动人的模样，心中生出怜意，说道："她身子看上去是有些柔弱，只盼着宽心养病，早日康复。"

谢容华见四周无人，在我耳边低声道："皇上也龙体欠安，新晋的宫嫔至今还无一人侍过寝，想必姐姐也得知了这消息吧。"

我心想谢容华并不是那种多事之人，她能将此话说与我听，也算是认这份交情。我转而说道："是，听说只是偶感风寒，歇息几日便可龙体康复。"

她点点头："是的，我前几日去探望过皇上，并无大碍，再休养几日便好了。"

除了这些新秀不曾被皇上临幸召见，其余那些宫嫔是可以去探望皇上的。听谢容华所说，便可确定皇上无事了。

我心中仿佛舒了一口气，不知为何，对这个从未谋面的男人，我有些许的牵挂。难道因他是我夫君？不，他是九五之尊，他是后宫这些嫔妃的夫君，于我，他还是陌生的。

我与谢容华又往前去，过一石桥，见桥下鸳鸯成群，在秋阳下沐浴嬉戏，隔岸花影，融碧池中，云天连成一线。观那燕点皱波，玄羽轻啄，又展翅飞向云霄，它们可以自由地飞过深宫后院，飞过迢渺千山，而我只能守在宫里，等待命运的安排。

正在思忖之际，见两名小内监匆匆行来，跪下叩头道："参见婕妤娘娘，参见主子。"

谢容华问道："小寇子，小扎子，何事这般匆忙？"

听她此话，我知道这两名小内监是羚雀宫的人。

他们答道："方才舞妃娘娘命人到羚雀宫，传令让您去翩然宫一趟，奴才们这才寻来禀报。"

谢容华看了我一眼："姐姐，我先去一趟翩然宫，改日再到月央宫去找你。"

我回道："去吧，见到舞妃就替我问个好，让她安心休养，祝她早日康复。"

谢容华答应着急急离开，瞬间转过曲径回廊，掩映在幽篁阵里。

我独自穿梭在花叶枝影间，看楼台层错，危亭曲栏，观水阁清池，波清似琉璃，锦鱼看落花。漫天白云，杨柳风迹，逐尽天涯随落叶。

忽闻玉笛轻吹，似觉云烟漫起，仙曲飘逸。寻笛声而往，转过假山亭台，见一男子凭栏扬笛吹彻，惹得群花探首，双蝶起舞。

因是男子，我又是宫里的嫔妃，不便相留，欲转身离去。

刹那间，笛音止住，那男子转过身来，与我迎面相望。我心中乍惊，顿时失色，这男子不是他人，却是那位选我为花魁，且对我许诺过的华服公子。如今，他为何会出现在上林苑，在此处横吹玉笛，寄兴风雅？

他身着白色锦衣，头戴赤金华冠，眉目比以往更加俊朗，气度比从前更加翩然。他亦打量着我，惊立在那儿，眼中的含义却又让我觉得陌生，想来他定是不能料到我与他会在皇宫相遇。

我面若红霞，顿觉灼热，见他不吱声，又不便上前，二人窘在那儿片刻。我回过头，攒着红笺的手急急地离去。

他不曾出言相留，但我感知得到身后那惊异的目光。

一路上与红笺不说话，匆匆赶回月央宫。

走至暖阁，只留下红笺相陪。红笺已迫不及待地说道："小姐，方才真是吓我一大跳，那位王公子如何会出现在此处？"

"王公子……王公子……"我低语道，仿佛想到些什么，可是心里凌乱不已。

他如何会出现在皇宫？这皇宫重地，除了天子与大臣，其余人等是无法进入的。可是一般的大臣又怎会在上林苑横笛寄兴，难不成他是……我心中越想越乱。可皇上卧病在床，方才那公子神采奕奕，不像是身体欠安之人。

我让红笺唤来小行子，命小行子速去打听，皇上龙体是否安好些。

只片刻时间，小行子来报，皇上比前几日好些，可是还在卧床调养。

这位公子突如其来的出现，彻底打乱我心中的平静。他知我出自烟花之地，又与我秉烛夜谈，还曾许诺过要将我带离迷月渡。他究竟是何种身份，究竟是何许之人？但有一点，我可以断定，他不是当今天子。仅此一点，日后若再不期相逢，我就要与他保持距离，我是皇上的妃子，不能与任何陌生男子有甚密的交往，否则会生出祸端。

心中迷乱，想到当初他在迷月渡信誓旦旦，今日在上林苑中相遇，却不曾有过片语交谈。姑且不说这个，日后我与他要形同陌路，想起那日我在迷月渡最后一个夜晚，为他抚琴高歌，那一句"君成千里客，我做葬花人"真真是应验了，如今虽不是千里客，却胜似万里之遥。他那般坚定地告诉我，我与他会有以后，且以后只为他一人抚琴。这一切都成了空话，让人心生怅惘。

他虽还不是我所爱的男子，却有过心灵的相交，在我心中，他与别的男子是不同的。我虽不曾许过他什么，可是事实却离开了他，入宫做别人的妃子，他亦没有对我守诺。我不知，我与他之间，究竟是谁薄幸。

许多的事涌上心头，令我无法排解，无法理清。我知道我需要休息，待歇息好之后，要将这事彻底地想一想，这其中的环环扣扣，到底是何起因，我如何让自己一步一步地落入这般境地，迷迷惘惘地不知所以。

看着红笺一脸的迷茫，我知道，她与我一样，无法理清这一切。

秋凉零落翩然宫

我又一次在沉沉的夜色里被噩梦惊醒，一灯如豆，它用那微细的光芒支撑着我柔弱的生命。我感觉得到我曾经坚强的意志随着这暗淡的光焰渐次地消磨，我告诉自己，这一切都是暂时的，只要梦一消解，我又会做回从前的沈眉弯，那般孤傲淡然。

立于窗前，在寂静的黑夜里听飒飒秋风，看竹影摇曳，想起白日在上林苑遇见的他，疑虑绕在心间无法排遣。

看着伏在床沿与桌案边轻轻打盹的红笺、烟屏和秋棹，心中顿生怜惜，自我入宫以来，夜夜发梦，她们就一直陪伴着我，不曾离开。

一阵急促的敲门声将我从沉思中惊醒，不一会儿，听到小行子从外面匆匆来报，说道："娘娘，羚雀宫的小寇子说有要事禀报。"

秋榈她们也被惊醒，同我一起走去梅韵堂。此时梅韵堂的烛火通亮，一屋子的宫女内监站立在那儿。

见小寇子躬身立于正堂等候，我一上前，他立即跪下行礼。

我见他面容焦虑，便急问道："何事如此惊慌，你们家主子怎么了？"

小寇子上前往四周一望，我知他意，便屏退了身边的人。他这才轻声道："回娘娘的话，我们家主子没事，她请娘娘赶紧去翩然宫一趟。"

我心中一惊，难道舞妃出什么事了？于是不假思索，只带了秋榈和小行子随我出月央宫。

一路匆匆行走，两盏灯笼在沉沉的秋夜里显得更加恍惚迷离。我不曾去过翩然宫，只是跟在小寇子和小行子身后，在幽暗的曲径里穿行，偶有寒鸦啼叫，凉风拂过，身子一阵比一阵发紧。

我握紧秋榈的手，感觉得到她给我的力量。

大约一盏茶的工夫，才来到翩然宫门口，我无心留意宫门的风格雕饰，行至门前，已有内监相迎。他对我行过礼，匆匆带我进殿。

一宫女又将我引至后堂的寝殿，还没进门，已听到一阵急促的咳嗽声从屋内传来。我不等宫女进门回报，便急急进去，见谢容华坐在床边，床上的舞妃形容憔悴，斜倚在那儿咳嗽，身旁还有几名宫女在忙碌地服侍着。

我走至舞妃身旁，看到她面色苍白，头发松乱，与那次在丹霞殿相见的舞妃判若两人，不觉心中酸楚，似要落下泪来。

于是轻唤谢容华，低声问道："舞妃到底如何了？"

她朝桌案望去，我这才看到一名太医正在调配药材。太医转头看见我，忙放下手中药材，对我叩头行礼，我立即说道："免礼，抓紧配药才是。"

他答应着，一会儿工夫药已配好，谢容华命一名宫女速去煎煮。

我将这名太医唤至一旁，轻声问道："舞妃娘娘所得何病？"

他看了一眼躺在床上的舞妃，低声道："有中毒的迹象，昨日我前来诊治，还不能确认，今日的迹象我可以确定舞妃娘娘中了慢性之毒，但还不知道所中的是何毒。"

我心中一惊，究竟是何人对她下毒？看着病榻上的舞妃，让人好生怜惜，转而问道："可有性命之忧？"

太医答道："幸好舞妃娘娘身子偏弱，中毒不深就已有了极强的反应，若是一般人的体质，此毒侵入肺腑，才能彻底地显现出来。"

"好狠的心肠。"我脱口而出。

谢容华继续朝太医问道："那就是说舞妃娘娘暂无性命之忧，只是她体内所摄入的毒如何化解呢？"

"我先用针灸扎她的重要穴位，避免毒性传散，而且还能很好地将毒液逼出体外，再服解毒之药，想来将毒性止住还是可以的。"太医似乎很有把握地说道。

"可你还不知她所中的是何毒，如何服解毒之药？"我似有疑问。

他回道："这个婕妤娘娘大可放心，尽管我不知舞妃娘娘所中何毒，但是我所配制的解毒之药可解百毒，尽管不能直接达到立竿见影的效果，但是也可以起到明显的辅助作用。况且解毒最主要的就是针灸，药物倒还是其次了。"

谢容华将我唤至一边，低语道："姐姐放心，他就是我昨日所说的那位相识的太医，他叫贺慕寒，祖上世代行医，医术精湛高超。"

我点点头，道："那你尽快安排他给舞妃针灸，我们就在一旁候着。"

我来到舞妃床前，她看着我，眼中含着泪，却说不出话来。我安慰道："姐姐放宽心，方才我问过贺太医，只是一般的风寒之症，扎针服药便可没事。"

贺太医已准备好一切，舞妃须得坐起身，伏在一人肩上，他才好在舞妃的头部及背部施针。

我让她伏在我肩上，谢容华屏退了舞妃的贴身宫女，屋里只剩我们四人。

看着贺太医细致地将针一根根扎进舞妃的穴位，她头冒冷汗，身子微颤，我似乎能感觉到她的痛苦。心想着这样一位柔弱动人的女子，竟是因何被人所害，落得如此凄凉之境。

不一会儿，听到舞妃一阵急切地咳嗽，一口毒血吐出，人就晕死过去了。

我和谢容华大惊，慌忙问道："怎么回事？"

贺太医舒了一口气，笑道："舞妃娘娘体内的毒基本已被逼出，再服下我方才配制的药，休养些时日便可好起来了。"

我和谢容华也相继舒了一口气。

贺太医见舞妃没事，便告退离开。我和谢容华还不放心，待门外的宫女进来为她擦洗，又在她昏睡时喂下汤药，看着她气色渐渐好转，才安心了些。

我命翩然宫的宫女内监不许将舞妃生病之事宣扬出去，我虽不是他们的主子，又不曾被皇上临幸过，但我毕竟是正三品婕妤，传令之时又神情严肃，想必他们心中也有几分惧怕。我又将一些事情交代给舞妃的贴身侍婢，才和谢容华一道离去。

在萧瑟的秋夜里，我们各怀心事。我先打破了沉默，朝谢容华说道："妹妹，你且随我去月央宫，我有事相问。"

一路上我们不再言语，清冷的月光洒落在石径上，裙裳随风飘荡，凉意阵阵袭来。

到月央宫时已是四更天，红笺和烟屏焦急迎来，在她们的惊叫下，我才发觉自己背上染上了舞妃所吐的毒血。

红笺她们去准备热水给我沐浴，我将谢容华唤至后堂的暖阁。

才进暖阁，谢容华已开口道："姐姐是想问谁人对舞妃下毒的吗？"

我摇头道："不是，此事非同一般，舞妃究竟是如何中毒，下毒的又是何人，这些暂时都只能先搁下。我虽有婕妤封号，但至今连圣上都未曾见过，在后宫行事还需谨慎。"

谢容华点头道："姐姐说得甚是，后宫之斗由来酷冷，我是不愿卷入那些是非的。"

我叹了一口气，问道："你之前与舞妃是否走得甚近？"

谢容华答道："不曾很近，舞妃是个内秀的人，素日极少与别的嫔妃来往。况圣上对她极为宠爱，我若总去翩然宫寻访，难免会惹来碎语闲言。"

我点点头，道："妹妹说得也是。这次舞妃生病，她不曾去找别人，只派人去寻你，看来她是认你为可信之人。"

谢容华摆手，说道："若是平日，定是皇上去探望舞妃，这次皇上也卧病在床，她素日又与人交往甚少，而我与她交情虽不深，一直以来亦甚为和睦，因此前来寻我。"她叹息一声，又说道："就像今夜，我见舞妃病情加重，心中甚慌，亦要去找寻其他的娘娘商量，可是想到皇后身子一直不适，不便惊扰，而云妃等其余几位嫔妃，与舞妃很是不和，只得派人到月央宫来找姐姐商议了。"

听完谢容华一席话，才明白在后宫想要找寻个可以说真心话的人确是不易，圣上纵然深宠舞妃，待她如珍似宝，却也不能处处保她周全。想来她此次中毒，亦是与其受宠有关，有人想趁皇上病时，将舞妃除掉。念及此，一阵寒冷划过心头，有那么些许的疼痛。

看着沉思的谢容华，我说道："舞妃这次中毒的事，要缄口不提，只怕事情一传出，流言沸沸扬扬，反而对她不利。若是被圣上知道，定要彻查此事，那时候，对舞妃来说，未必就是幸事。"

谢容华叹道："只怕舞妃自己是知道的。"

我答道："你放心，她是聪明人，她知道该如何处理。"

红笺推门进来，道："小姐，热水已备好，你先沐浴更衣，晚了该受凉了。"

谢容华起身告辞："姐姐，我先回去了，你沐浴完也好好歇息，不要太累，明日我再来月央宫看你。"

褪下衣裳，看着那褐色的血，又生出痛楚。如今，我是怕极了这血迹，斑斑驳驳的印痕，染上了，就再也无法洗净。

　　赤裸着身子浸泡在温热的水里，闻着淡淡的花香，氤氲的水雾将我绷紧的神经慢慢地舒缓。红笺她们不断地添加温水，我就这样缓缓地睡去，在温暖的水里睡去。这一夜，我没有做梦。

　　我在月央宫第一次没有做那个可怕的梦，就是在今夜，舞妃中毒之夜。

往来谁似梦中人

红笺将我唤醒的时候，天色微曚，白云出岫，朝霞映窗。我浸泡几个时辰才出浴，披衣推窗，一缕晨风吹过，夹杂着露水与花香，清新宜人，全无了秋味。但是凉意依旧，我禁不住打了个喷嚏。

秋榭取过一件蚕丝睡袍，裹在我身上，叹息道："娘娘，奴婢们就怕您受凉，不断地添热水，见您睡得那般安稳又不忍唤醒。这么几个时辰泡在水里，起来又吹了凉风，怕是着凉了。"

秋榭因为心急说了长长的一串话，我从话中体味到她对我的忠心。这么多夜晚不曾安稳入睡，我唯一安稳的好觉竟然是在氤氲的水雾中。我记得秋榭给我在水里放了煎煮的灵芝汤，灵芝对安神定志有很好的效果。

躺在花梨木椅上，喝下一杯现煮的热姜茶，暖意渐渐地拂过全身。

才用过早膳，谢容华就来到月央宫。

尽管昨夜忙碌到很晚，而我却安心地睡了几个时辰。她看着我，温和地笑道："姐姐今日气色比往日竟好了许多。"

我微微一笑："今日是感觉不错。"

"我过来是想约姐姐同去翩然宫的。"看得出她心中甚念舞妃，想知道她的病情。

我轻抿一口茶，缓缓说道："今日我就不去翩然宫了。"

看着谢容华疑惑的表情，我不禁笑道："妹妹，你别误会。以我的身份，和翩然宫走得过近不太合适。"事实上本就如此，我是新入宫的，又不曾参加选秀，却被赐封婕妤，到如今还不曾被皇上召见。更何况上次在丹霞殿外，云妃见我和舞妃一起已经话露锋芒。这次舞妃中毒，定是有人设计安排好的，怕是她身边的人都不可靠了，想到舞妃的处境，我也为她心忧。这些话，我不便过于明显地说出。

谢容华闻听此言，大致也明白我话中之意，轻声启齿："姐姐的话我明白，回头我去过翩然宫，就遣人把消息传与你。"

我对自己想要置身事外之举有些惭愧，其实我是不想因为我而让舞妃陷入更困险的境地。而谢容华的身份不同，她在皇上身边已久，且一直保持中立，她出于平常的探视，也惹不来什么闲话。以我如今的身份，关注我的怕是大有人在。

谢容华离开之后，我看着前院的秋景，明丽的阳光下，让我生出游园之心。

唤上红笺，二人径自走出月央宫。虽是深秋，凉风拂过，落叶飘零，却仍见得许多绿树葱郁，花围流香。抬眼望宫殿飞檐，试想这偌大的紫金城，关住了多少人的魂魄。

沿着清幽的曲径，漫无目的地行走，柳抱花丛，竹倚高墙，见落叶飞处，乍离枝瘦，纷散红尘，顿生叹惋之心。

穿过花影，走过石桥，见池中浮萍数点，枯荷伶仃，一木舟系于柳下，几只飞鸟栖在堤岸。想夏日之时，坐于凉亭，观荷赏月，对花解语，十分闲雅。

倚着栏杆，才惊觉自己来至前日游赏的上林苑，而我所立之处，恰是那位王公子当日吹笛的地方。许多的念头在脑中浮现，我本无心，可是不经意地来到此处。

有紫藤挽架，兰花香草，清韵飘摇，临着池亭水榭，更是奇雅。想着他日春暖花开，让小行子在此处扎一个秋千，临风赏景，该是何等惬意。

清泉自假山处汩汩流出，泠泠水声，泻作玉雪。假山上有一古亭，燕然独立，我禁不住循石径而上。

坐于亭中，却见石桌上摆好了几道酒菜，还有几碟点心。我朝四下一望，并没有人，心想不知何人有如此雅兴，在此浅酌。

怕惊扰他人雅兴，正欲离开，忽又听得玉笛声起，悠扬之音应在近处，却观望不得。我心中一惊，知吹笛人是他，便携着红笺匆匆离去。

"姑娘且慢。"一声轻唤，从耳畔传来，我想要前行，却有种无法抗拒的力量让我止住步子。

当他立在我身旁的时候，已不敢抬眼望他。

红笺看了我一眼，说道："小姐，我在下面候着。"我知红笺之意，一来好让我与他独处，二来可以看着路边来往之人，毕竟以我的身份，在上林苑与一男子独聚，是一件冒险的事。但我心底已经知道，这位王公子当日自称小王，他又几度在宫里出现，定是大齐朝的王爷了。

我告诉自己，只此一次，日后，我与他便再无瓜葛。前缘旧梦，尽随风去。

坐在亭内，一直不愿抬眼细看他，只觉心里慌乱。

他却和颜道："姑娘不必拘谨，小王一贯喜好山水风月，不拘泥于一些礼节，你我在此饮酒赏景，自是无碍的。"

他话说得极为轻巧，我已是后宫嫔妃，虽不曾被皇上召见，又怎可在此与他单独相会。想起在迷月渡他对我许诺，要将我带离，不做飘零客，而今日却是此番情景，不禁心生叹怨，冷笑道："是啊，自是无碍，对王爷您来说，许多的事都是无碍的。"

他轻蹙眉宇，不过须臾，神色又平静如常，温和说道："哦，此番之语是说小王唐突佳人了。"

我低头，想起他往日深情的眼神，心中竟有瞬间的陶醉，不禁面若流霞，一时间，却说不出话。

他为我斟酒，笑道："小王最喜欢饮酒赏景，今日得遇湄婕妤，该浅酌几杯才是。"

湄婕妤。这三个字深深地触动了我。原来他已知我是后宫的湄婕妤，想必我是如何进宫，如何不经过选秀便赐封婕妤之事在后宫已被许多人知晓。

他既知我是湄婕妤，却依旧如此平静自如，仿佛没有丝毫的隐痛。且他声音不似往日那般柔情，更多了一些散漫。

我抬眼望他，见他笑意吟吟，仿佛我与他不曾相识，只是在后宫里不经意相遇的一个陌生之人。想到昨日种种，我从心底到脊背，都是冷的。

"人心竟可以如此。"我一字一句吐出，声音极低，嘴角有一丝冷漠轻扬。

他递给我一个不解的目光，还是和颜道："湄婕妤何须为俗事烦扰，且看这园中秋景，你我吟诗对句如何？"

他如此轻慢，令我心中愈为不悦，于是蹙眉道："不曾有王爷这般雅兴。"我话音极冷。心想，他怎能这般薄幸，竟将往日一切视作烟云，还如此淡定自若地邀我与他吟诗对句，全然不顾我如今的身份。我与他可谓是流水中两枚落叶，任由我们如何漂转，都无法再有片刻的交集了。

我虽对他无爱意，却想起当日选魁之遇，迷月渡良夜抚琴相惜，更觉心中十分压抑，随即起身，没有片语道别，就拂袖离去。

或许是我这举动来得太过突兀，待我匆匆走下石阶，红笺忙上前搀扶我，我用眼睛的余光看到他还伫立在亭台。那时候，我告诉自己，但愿不曾认识这个人。

转过花丛树影，匆忙远离。

一路急走，直到月央宫，回到暖阁，我才松了一口气。

待平静下来，这才唤来秋榈，轻声问道："你可知皇室哪位王爷喜吹玉笛？"

秋榈不假思索，便脱口而出："陵亲王。"

"陵亲王淳祯。"我自语道。

"是的，他喜吹玉笛，平日也乐好山水，又专于诗词。虽然不关心朝政，但经常会入宫探望太后。"秋榈似乎对这个陵亲王很是了解。

我点点头，淡淡回道："嗯。"

秋榈见我立在窗前，似有心事，也不再多问什么，转身退下。

一时间，许多的疑虑涌上心头。陵亲王淳祯……陵亲王淳祯……我反复地念叨着这个名字，一道闪光划过我脑际，我似乎想到了些什么。

他不是我所认识的华服公子，定然不是。难道那华服公子是皇上淳翌？那个与我在迷月渡品谈的人是皇上？淳祯与淳翌乃是孪生兄弟，凭我的直觉，我已经可以断定今日与前日所见之人不是那位华服公子。

倘若华服公子真是皇上，我从迷月渡到岳府，直至这月央宫，一路行来倒是有些眉目。他如此安排，确实费尽苦心。当初岳承隍收我为义女，亦说过日后会知道缘由，他若不是受人所托，也不会莫名其妙地收我为义女。若所托之人是皇上，这一切就顺理成章了。更况我不曾参加选秀就被赐封为正三品婕妤，这并不合乎常理，若是皇上曾见过我，且对我生出好感，之后的许多安排，就顺理成章了。

只是，进宫已有月余，我还不曾见过皇上，倘若他真是皇上，必定会想见我。只恐他病得不轻，卧病在床或许不能召见新晋的嫔妃，又或许他不想让我见着他病时的模样？

一念及此，我不知是喜还是忧。若他果真是皇上，想到昔日他在迷月渡对我的柔情，身为一国之君不介怀我歌伎的身份，又百般设法将我召入宫中，确为有心之人了。这样的人，虽有三宫六院，不可能做那个一心一意待我的良人，可是也好过一个对我来说一无所知的君王。若此人不是皇上，那这所发生的一切，我又该如何理清？

思绪伴随着窗外的落叶纷乱无声，进宫这么久，从来没有一刻这么地盼望见到皇上淳翌。

淳翌，你真的是皇上淳翌吗？

冷落梅花向雪开

这个秋日的下午似乎特别漫长，我捧着一本书，静品清茶，看似闲逸，然而心中却纷乱不已。

坐到黄昏，晚霞将窗外的景致渲染成酡红色，撩人心醉。景致随心而定，倘若心情是愉悦舒适的，景物也随之鲜活生动；倘若心情是落寞寂寥的，所看到的景物亦会惹来更多的愁怨。可我有时，竟然喜欢上这样的愁怨，关于黄昏，这样苍凉壮丽的背景，本不该是一个女子喜爱的。

有的时候，我喜欢柔软的事物，可有的时候，我却能深刻地感觉到自己骨子里的寒冷，透人心骨的冷。

谢容华来的时候，我正好在用晚膳。秋榍招呼她坐下，与我一同用膳。

一桌子的菜，我们都吃得很少。知她有事要与我说，用完膳便一同走进暖阁。

临桌坐下，红笺端上茶来。谢容华已开口说道："姐姐，今日见得舞妃，贺太医诊治后，说毒性基本已解，只是舞妃的心情很差，我在那儿陪了整整一天。"

"只要毒解了就好，心情需慢慢调养。"我舒缓地叹了一口气。

"是的，原本打算让小寇子过来传话，又怕你心忧，就自己过来了。"她缓缓地说着，实在是个心细之人。

我沉默着，脑子里空白，竟不知在想什么。

"姐姐可是有心事？"她似乎察觉到什么，是我的心神不宁出卖了自己。

我微微一笑："不曾有的，这不都说秋天生愁吗？我也学人家悲秋了。"

"这些夜晚，我也是不能安睡，秋夜漫长，一个晚上我要醒来好些次。"

我看她面带愁色，似乎也有心事，只是不想多问。

闲聊了一会儿，她便起身告辞，我送她至前院，已觉秋风瑟冷，看夜色灰蒙，想到过几日就要入冬了。

归去临于窗前，看着久未拂拭的琴弦，想起以前在迷月渡夜夜笙歌，与如今后宫的清寂，仿佛是两个世界。两个世界的我，有着两种不同的命运。

触抚琴弦，万千思绪涌上心头，看窗外冷月如钩，边弹边调寄一曲，唱道："欲寻春迹已难看，问取丛花几瓣寒……回道春风因恨处，扫来伤锦送流年……"此时琴音高作，铿锵湍流，似孤雁惊飞，落影寒塘，似冷月清照，犹葬花魂。虽尽萧索之意，却又不失悲壮之势。

起身又临着水墨，在纸上写下一首绝句："夜寒桂露湿秋千，独坐良宵懒拂弦。多情侬似楼台月，只记相思不记年。"

就这样书不成行、曲不成调地度过了这个漫长的秋季，迎来了我在宫中的第一个冬天。

院子里的蜡梅已凝结着蓓蕾，偶尔几朵绽放，散发着清幽的芬芳。

我至今仍未见着皇上，这些日子，不曾走出月央宫，昔日的梦亦不曾间断，许多时候，我总会想，我就这样被冰封在月央宫，说不定就如此寂寞地老去。

倘若可以如此安静地活着，也未尝不是件好事。

这些日子，我不停地派小行子去小玄子那儿打听皇上的病情，得到的结果都是一样：皇上卧床休养。其实我有些忧心，总觉得普通的风寒不至于卧床这么久，可事实如何我也无从知晓。

整个后宫呈现出一种萧索的安宁，我的月央宫就云妃带着她的心腹兰昭容和许贵嫔来过两次，因我没被皇上召见过，她们对我也保持着友好的态度，我知道这是为将来拉拢人心做好准备。

谢容华时不时会来月央宫小坐，告诉我关于舞妃的消息，她体内的毒已解，只是伤了元气，需要长时间的调理才能复原。而下毒之人是谁，也没有去追查，似乎就这样不了了之。

第一场雪落下来的时候，已是腊月，整个月央宫都飘溢着疏梅的暗香。

到了傍晚，雪下得更大，片刻工夫前院就已经攒上了积雪，月央宫里炉火烧得很旺。

用过晚膳，我就披上那件纯白的狐裘大衣，在院子里临雪赏梅，秋榉怕我着凉，为我准备了一个精致的暖手炉。

我是极爱梅花的，看着这梅花，就想起了翠梅庵的梅，那里的梅沾染禅韵，比月央宫里的更为脱俗。前院的梅花不及后院那片梅园的多，但秋榉告诉我，上林苑有一处香雪海，才是真真的梅花世界。我打算改日去那梅林赏梅，折几枝插入青花瓷瓶中，聊寄春情。

飞雪漫空，梅花盈绽，只身没入花影之间，衣袖缠香。忽听到院外有敲门声传来，守院的开门，只见谢容华偕同锦秀宫的萧贵人和江常在一道进来。

她们都披着狐裘大衣，沾着一身碎雪。萧贵人一见我，就朗声笑道："湄姐姐真是有雅兴，独自在这里雪夜赏梅。"

我立即走过去相迎，笑道："真真是稀客，怎么这么巧碰到一起来了？"

谢容华指着萧贵人说道："是这丫头，今儿个看到大雪，就到我羚雀宫来，说要一起饮酒赏梅，我没法子，只好带着她们一起来叨扰姐姐了。"

我笑道："看你说的哪里话，我此刻正郁闷着独自赏梅有些太孤独了呢。"

我看雪越来越大，便说道："妹妹们还是先随我进屋去吧，烹炉煮酒暖暖身子。"

大家相拥着一同进屋，我见一旁的江常在仍然怯怯的，便走过去挽住她的手，她朝我羞涩地微笑。

走过梅韵堂，进暖阁坐下，热热闹闹地围了一桌子，秋棵已备好许多精致的吃食：绿豆糕、玫瑰饼、水果软糖、脆皮花生、核桃酥。

炉子上温着桂花佳酿，淡雅的清香充盈着整个室内，我这暖阁竟是许久不曾有过这么多的温暖与笑意了。

大家边饮酒边吃着点心，窗外的雪簌簌地落，一片银琼，给这个夜晚增添了无限的诗意。

吃得正欢时，红笺突然进来喊道："小姐，你看是谁来了。"

我们朝门口望去，见舞妃笑意吟吟地走进来，她身后的宫女为她褪去身上的金丝雀裘，雪花落在地毯上，瞬间消融。

大家齐起身相迎，我笑道："今儿个一场雪真是下得好，竟让月央宫迎来了这么些稀客。"

舞妃盈盈一笑："我见这雪下得正欢，便想到来月央宫看看湄妹妹。料不到你们好雅兴，竟聚在这里饮酒赏雪。"

我打量着她的气色，红润了许多，曾经那场中毒之事竟恍若在前生。

临桌而坐，为她斟了一小盏桂花酒，热热地喝下去，可以暖身子。

雪花凝点，几树寒梅在窗外竞放。萧贵人抓起一把水果软糖吃着，看着窗外的梅雪之景，笑道："这么美的夜晚，倘若只吃酒不吟诗那就真个是可惜了。"

谢容华走过去笑道："看来我们的萧妹妹犯了诗瘾了。"

萧贵人将几颗糖往谢容华嘴里塞去："看你取笑我，罚你先吟一首梅花诗。"

一旁不爱言语的江常在此时也拍手欢道："就是，谢姐姐先来一首。"

谢容华笑着说："我便我吧，先来一首打油的。对了，限韵吗？"

萧贵人笑道："自然是限了。"

江常在说道："我看还是别限，我本不会吟诗，一限韵我更说不好了。"

谢容华朝江常在微微一笑："好，就依你，我也烦限这限那的。"

谢容华走至窗前，玉手随意撩拨我搁在案上的琴，随即吟道："琴韵风歌透画屏，琼花碎瓣扑窗棂。遥知驿路今无讯，且寄相思到梅亭。"

萧贵人取上一杯酒递给谢容华，嬉笑道："诗韵婉转，琴音绕梁，不知姐姐的相思为谁种？"

谢容华啐道："看我把你惯的，这般没有规矩。"

萧贵人捂着嘴笑："玩笑嘛。"说完，又朝着舞妃看去："下一个该是舞妃娘娘了，然后再是湄姐姐，再是江妹妹，最后就是我自己了。"她咯咯大笑，极为开朗。

舞妃也不推拒，浅酌一杯酒，吟道："不尽新愁入酒杯，经年老病赴楼台。风流明月随云转，冷落梅花向雪开。"

我叹道："果然是好诗，风流明月随云转，冷落梅花向雪开。姐姐已病愈，气色很好，莫要再生出如此叹息。"

萧贵人打岔道："现在该湄姐姐你了。"

我脑中想着舞妃的诗，看着窗外的飞雪，几树红梅绽放，想起他日落花漫散，玉瓣香殒，不禁心生感慨，吟道："零落芳菲已断肠，红泥掩却梦魂伤。来生乞得梅园住，觅我前缘一段香。"我端起一杯酒，饮下。

谢容华叹道："好一个来生乞得梅园住，觅我前缘一段香。姐姐是真的爱梅之人，竟有如此诚心。"

吟过之后，我只望着窗外相映的梅雪。后来听江常在也吟了一首："无边风雪莫相拦，一意倾心送记牵。艳色乍开疑是梦，阶前却步泪嫣然。"心想这丫头还说自己不会作诗，小小年纪，有如此诗情，甚是难得。

最后才是萧贵人，她笑道："你们的诗都过于伤怀，且听我吟一首。"她行至窗前，将手伸出窗外，捧到几枚雪花，指着梅树，吟道："对雪开颜满树红，芳心独洁问谁同。无边艳色为春种，引得春深不见踪。"

果然是轻灵些。吟罢，大家又坐在一起饮酒闲聊。

见那头谢容华与舞妃在轻声谈话，似乎提到关于皇上的什么，我也不便多问。她们都是皇上以前的嫔妃，我过问皇上的事总是不大好。

这边萧贵人喝酒吃着点心都有些醉了，江常在倒是一直安静地坐在那儿。

端坐着听更漏声响，已至午夜。舞妃起身含笑道："时候不早了，我们先告辞。"

我送她们出了月央宫，在雪院中站了一小会儿，才转回后堂歇息。辗转在床榻上，隐约地听见更鼓声响了一回又一回，不敢入梦。心中却思索着今夜她们所吟的诗句，人说诗可言志，诗能抒心，诗可寄情，的确是如此，她们诗中所表达的都是自己的所思所想，我亦然。

这是一个漫天飞雪的冬夜，不知明日醒来外面会是怎样迷人的景致……

踏雪寻梅遇故人

　　醒来的时候，窗外已是一片银琼冰雪的世界，雪花还在飘着，已不似昨晚那么大了。室内洋溢着炉火的暖意，室外飘盈着疏梅的幽香。冬天，这个被视为寒冷的季节，却有着一种安逸的温暖。

　　我坐在镜前梳洗，命红笺给我梳了一个飞仙髻，这样飘逸出尘的发髻，适合雪花轻扬的浪漫时节。斜插我心爱的翠玉梅花簪，梅花耳坠，就连我身着的白色裙衫上也绣着梅花。

　　匆匆用过早膳，披上我的白色狐裘，只命秋榫一人随我去她昨日所说的香雪海，今日我要真的踏雪寻梅。

　　走出月央宫，御街上的积雪已被人清扫干净，只路面很是湿滑。而两畔的风景都被白雪遮掩，让人如游仙境。

听秋榭说，去香雪海的路程并不远，我一路观赏着雪景，走过石桥，穿过假山亭台，看雪色入清泉而余韵，碎玉敲翠竹而长吟。在飘飞的白羽中穿行近两刻钟，就到了香雪海。

香雪海是一座偌大的梅园，还没进园，已远远地闻到阵阵的幽香，似梦一般地萦绕，越近越沁人心骨。园中的积雪厚厚的，只有伶仃的几排脚印，因为时候尚早，来此处赏梅的人还不多。我的羊皮绣花暖靴踩在积雪上发出轻微的响声，这洁净的世界，令人有些不忍踏过。

立于花影飞雪之间，有若隔世遥云，百树梅花，竞相绽放。风扫瘦枝，芳瓣共絮雪齐零，白羽映红朵添香，不曾携樽，却已然醉乎其间，不能醒转了。

我往梅林深处走去，看那寒梅映雪，更添清丽傲骨，有的傍石古拙，有的临水曲斜，盈盈姿影，令人流连。

见一树红梅，十分俏丽，我情不自禁走近两步，那清冽的梅香扑鼻而来。举起素手，轻轻折了最艳的一段枝丫，顿觉一片冰清玉洁，融入骨髓。

禁不住轻吟道："人间花簇锦，云影亦犹然。欲把春心解，还须付琴弦。"

话音刚落，远远地听到花树后面有一男子的轻微咳嗽声传来。我心中一惊，不知是谁也在这梅园赏梅，而且又是个男子。

正欲离开，却见从花影后走出两个人，那一刻，我呆立在雪地里，这短暂的惊诧，被汹涌的迷乱与惊喜冲击着。思绪是如此强烈地翻转，久久无法平静。

眼前的男子，披一身黄色锦绣金袍，上面镶嵌着赤色盘龙，头戴皇冠，剑眉挑鬓，面如美玉。就是他，他就是那位与我在迷月渡秉烛夜谈的公子，他比以前显得更加沉稳，只是看得出气色不佳，似在病中。

他身旁的那个小内监，就是当初随他身边的小厮。此刻，我可以断定，真的是他，我所认识的华服公子，是当今的圣上。而认识我的时候，他是大齐国的渊亲王。那些积压在我心底的所有疑团，因为他的出现彻底地破裂。

　　我动弹不得，他用深邃的目光看着我，似乎要将我融进去，那是一种不容抗拒的力量。因为激动，他咳得更厉害了，身旁的小内监为他轻拍胸口。

　　我暗自匀了匀气息，已听到身边的秋樨叩头行礼："奴婢参见皇上，愿皇上万岁万福。"

　　我亦盈盈拜倒，垂首道："眉弯参见皇上，愿皇上万岁万福。"

　　他向前两步，轻轻将我扶起，那温暖的双手，与我的手交叠，我能感觉到他掌心的纹路。那一刻，有种恍若隔世的喜悦与痛楚，眼神中隐含着万语千言，不知从何说起。

　　手执梅花，偎依在他身旁，漫看飞雪。他指着那处亭台说："湄卿，随朕到亭子里小坐好吗？"

　　湄卿。朕。他这样唤我，令我与他之间有了一种温柔的交集。我明白，我是真的属于他了，他守了诺言，真的将我带离迷月渡，娶我为妻，我虽是后宫三千佳丽之一，却感到了从未有过的满足。因为往日种种不安的猜测，如今得到缓解，纵是他人的棋子，也算是知道自己的着落。

　　雪中行走，一路恍若雪莲的绽放。进了亭子，他的手才松开，这么冷的天，我的手心却是温湿的。

　　他轻轻咳嗽，有如锥在心间，望着我，柔声道："朕前段时间淋了场雨，受了风寒，卧病休养，这几日尚好些。"他的话语我明白，似在告诉我，我入宫这么久不曾被召见，是因为他病了。

　　我低首轻声回道："是，皇上要好生保重龙体。"说完，不由得红了脸，头低得更下。

　　他靠近我，轻轻地托起我的下巴，我望着他清冽温柔的目光，那深不可测的黑，似一潭清泉，照见了我自己，还有我身后的飞雪与娇艳的梅花。我的心怦怦直跳，似要跳出心口，呼吸微喘，自觉两腮酡红如同醉酒。他嘴角上扬，温和说道："几月不见，湄卿更加姣美动人了。"

　　我羞涩道："皇上笑话臣妾了。"

他微笑："想不到朕今日踏雪寻梅，还可以与湄卿重逢，真不得不信缘分了。"

我心想着，若是你真心想见我，又岂要等到这几月后的偶然相逢，当初就可以召见我了。心中虽如此想，却不敢说出，低首回道："是。"又道："臣妾也不知今日来此梅园，可以得见圣颜。"

他突然伸出双臂，将我拥入怀中，我偎依着他，感觉到柔情与安稳。他在我耳畔喃喃："怪朕不好，早该召见你了，只是怕你见了朕病中憔悴的模样，心生怜惜。"

他果真是不想让我见他病时的模样，按捺着相思将我等待，此番情意，铭感于心。我柔柔答道："不，怪臣妾不好。"眼目相对，那柔情可以将冰雪融化。

他拥紧我的腰身，柔声笑道："记得当日湄卿抚琴吟唱：长知此后掩重门，君成千里客，我做葬花人。那婉转的歌喉，幽怨的情思，还在眼前，如今，一切都已改变。朕说过，不负你。现在可信了？"

我脑中闪现出那个初夏的夜晚，我在迷月渡的最后一个夜晚。看着白雪曼妙地飞舞，寒梅疏绽，往事如同流莺惊梦，不禁莞尔一笑："世事迷幻，亦真亦假。"说完后，才发觉此话有些唐突，低头看着脚下沾了碎雪的靴子。

他并未怪我，反而诚然地说："一切都是真的。"然后握紧我的手，转而问道："手怎么这么凉？天太冷了，你也出来这许久，朕送你回去。"

我急道："皇上身子还未痊愈，臣妾自己回去就好。"

他不容我拒绝，用臂弯将我拥紧，我本能地偎依在他怀里。就这样将梅林抛在身后，踩着积雪前行，那串长长的脚印，相依相守。

我贴紧他，感受他的温度，闻着他身上的香气，心中陶然。穿过亭台水榭，走上御街，路边有宫女内监见我们慌忙跪下连呼"万岁"，就这样浩浩荡荡地走了一路，径直朝月央宫走去。

风声里听见我钗环轻微相撞的声响，还有那散漫在飞雪中的淡淡梅香。

不觉荣光照庭门

　　走进月央宫，那些在院中扫雪的宫女内监见着我们都呆立在那儿，转瞬又喜又惊地跪下请安。我来月央宫几月，不曾有任何男子前来，如今皇上与我相拥走进，给这平静的月央宫惊起了激荡的浪花。

　　乍见了我宫里的人，觉得羞窘，想要挣脱淳翌的臂弯，他却将我拥得更紧。他也不看他们，径直拥着我走过前院，直至梅韵堂，才松手。一路随在身后的秋樨忙为我脱下狐裘，抖落衣裳上的雪花。

　　淳翌坐在蟠龙宝座上，虽然病未痊愈，但那种高贵典雅的帝王气度，摄人心魄。一屋子的宫女内监都跪地叩头正式行礼，他淡淡道："平身。"

　　红笺端来清茶，我抬眼看到她讶异的表情，知她是见了淳翌后心中有许多不解的疑问。

淳翌一挥手，令所有的人都退下，而后笑着看我，启齿道："朕自从病后，就愈加喜欢安静，看到这些人站在身边，觉得心烦。"

我关切道："皇上千万要保重龙体。"

他温和地微笑："已经无碍了，一见到湄卿，朕就觉得身子舒适，病都好了。看来是朕糊涂了，总想着病好了，再召见你，白白地煎熬了这些时日。"

我含羞道："看皇上说的，臣妾只恨自己没有妙手，可以令你立即康复。"

他握紧我的手，柔声道："眉弯……"

我低眉娇羞不语，心里怦然直跳，他竟唤我这名字，他温和的神情，让我觉得他还是当初我在迷月渡见着的那个人，全然没有帝王的霸气与骄横。

静了一会儿，他微笑道："朕许久没有听你的琴音了，今日可否为朕弹唱一曲？"

我看他饶有兴致，不忍拒绝，可一想他身子尚未完全复原，又在风雪中立了那么久，恐他疲倦，于是婉转道："改天好吗？皇上出来这么久，想必也累了，该早些休息。"

他笑道："朕不累，一见到湄卿，往日的困意全消了。只是你今儿个也累了，要好生歇着，那朕就不久留了，过两日再来看你。"说完，起身朝前院走去。

我跟随他走到宫门前，见宫外已停着明黄的车辇，有銮仪卫和御前侍卫，还有十多名宫女齐齐地立在那儿等候。

待他坐上车辇，我方屈膝恭谨道："恭送皇上。"

一群人浩浩荡荡地离去，渐渐地隐没在风雪之中，直到看不到一丝影子，我才转身回到梅韵堂。

一屋子的宫女与内监在堂前欢喜，朝我跪下叩头："恭喜湄主子。"

我微微一笑："都起来吧。"

随后便说身子疲乏，命他们散了，径自朝暖阁走去。

躺在花梨木的椅子上，红笺为我端来一杯蜡梅花和蜂蜜烹煮的香茶，沁骨的幽香扑鼻而来。我知她是有话要问，方才我和淳翌那样走进月央宫确实令所有的人都出乎意料。

她终于还是问了我，轻轻启齿道："小姐，原来王公子真的是皇上？"

我点点头，算是默认了。

她双手合十，朝窗口念道："阿弥陀佛，一切总算是豁然明朗了。"

看着她那傻傻的样子，我不禁笑道："你这丫头，几时信起佛来了。"

"人家这不是为小姐忧心嘛。今日一见到皇上，思前想后，才知道原来这一切都是他安排好了的。皇上为小姐真是煞费苦心，也不枉小姐这些日子疑虑重重。您说这算不算是守得云开见月明呢？"

想不到红笺这丫头几句话说得这么干脆，也确实把我心中所想的道出。当初他在迷月渡对我许诺，但因是王公子弟，不能与歌伎婚配。后他登基为帝，特命岳承隍收我为义女，而我做了岳府千金，也就可以名正言顺地入宫选秀。淳翌知我人品容貌，连选秀都免了，直接晋封我为正三品婕妤，如今想来这一切都合乎情理了。当初他将这一切隐瞒于我，许是要给我一个惊喜，只是让我等待了这么些时日。

我对淳翌虽无刻骨之爱，却亦心生好感，如今不用沦落风尘，可以在后宫受他宠爱，未尝不是一种幸福。

一念及此，心中也安然。忽看到谢容华和萧贵人，还有江常在，三人携手进来，谢容华满脸笑容，朗声道："湄姐姐，我特地携两位妹妹到月央宫来贺喜。"

接着，见萧贵人和江常在对我福一福，笑道："参见湄婕妤。"

我慌忙扶起她们，羞道："妹妹们怎么这么生分了？"

萧贵人哈哈大笑起来："湄姐姐竟不知吗？你的事已经传遍宫中了。"

我一惊，皇上才走了不久，此事传得如此之快，于是说道："并无什么稀奇之事。"

谢容华走过来说："这还不稀奇吗？皇上与湄姐姐踏雪寻梅，而后一路相拥着抵至月央宫。要知道，新秀进宫这么久，皇上未曾召见谁，唯独这一次，竟如此不同凡响。且这人是未经过选秀，就赐封的婕妤娘娘。"

我笑道："妹妹说得愈发是奇了，我不过是赏梅时遇见了皇上。"

萧贵人打趣道："也难怪，凭我们湄姐姐倾城之貌，谁见了能不动心呢？"

江常在也笑道："是啊，湄姐姐这叫'不鸣则已，一鸣惊人'。"

我并不如她们那般欢喜，低低地说了一声："我不想一鸣惊人，只怕过于显露锋芒，反而不妙。"

谢容华握紧我的手，沉思片刻，才道："姐姐不必忧心，你如今深受皇上宠爱，只要小心行事，她们也不能怎么样。"

萧贵人接口道："就是，怕她们做甚！"

谢容华转过头，看着她，呵斥道："你这丫头，就是这样口没遮拦，尽说这些犯忌的话，幸而是在湄姐姐这儿，若是别处，这话传出去有你受的。"

萧贵人噘起小嘴，说道："我也是不服嘛，岂不知连舞妃娘娘都差点遭人害了。"

我慌忙看谢容华，她看着我摇头。我又转向萧贵人，问道："此话你从何听来的？"

她不解道："什么话？舞妃娘娘遭人算计的事？"

我点点头。

"还不是后宫里那些嚼舌根的人传的，我也是听我宫里的淡妆说的。"她漫不经心地说道。在她看来，这只是件小事，实在是个没有心机的人。

我叮嘱道："以后此事不可在他人面前提起。"

她会意地点头："我知道了。"

谢容华看着我，正色道："看来这后宫要想隐瞒什么事，还真是不易，如今你已受人瞩目，日后处处都须谨慎，尽量不要让人抓住什么把柄。"

萧贵人笑道："湄姐姐如今已是大红人了，有皇上宠着，还怕什么。"

随后，又叹息道："我进宫这么久，连皇上的面都没见过，日后皇上独宠姐姐一人，只怕我们这些新秀都要成望夫石了。"

谢容华指着她的脑袋，怒道："你这丫头，怎么这么不长记性，尽说些胡话。"

一旁的江常在仍怯怯的，低头不语，脸上却泛着红晕。

我也不由得面红耳赤，不知说什么好。

稍坐一会儿，谢容华便携着她们起身告辞。我送她们至门口，转身回来，心里一直牵念这些事，欣喜中又带着隐隐的不安。

心韵轻托焦尾琴

　　窗外的雪还在下，将那几枝翠竹沉沉地压着，唯有几树梅花傲雪绽放，不畏严寒。才要歇下，月央宫又热闹起来了。

　　皇上遣内务府总管冯清全抬来了几箱精美的御赐之物，珠宝绸缎，应有尽有，还有各色丰富的菜肴。我命人塞给他两锭金元宝，直到看着他满脸堆着笑离去，才松了一口气。

　　这不，还没坐稳，云妃又带着兰昭容和许贵嫔到来。未见其人，先闻其声，云妃朗声笑道："恭喜妹妹，贺喜妹妹了。"

　　我慌忙起身迎过去，问道："姐姐，何来之喜？"

　　她将帕子一甩，笑道："妹妹这不明知故问吗？皇上带病亲自护送湄婕好至月央宫，此事后宫已经无人不晓了。"

我忙掩饰道："臣妾不过是在梅园偶遇皇上罢了。"

云妃带着疑惑的神情看着我，转而笑道："如今妹妹可说是皇上身边的红人了，日后我们姐妹要同心照顾好皇上。"

她话中之意，我甚是明白，拉拢人心一直是她的目的。于是低眉答道："是。"

云妃欲再说什么，只是又有几位嫔妃上门道喜。一时间，我的月央宫门庭若市，热闹程度远远超越了我刚来宫里时的情景。

皇上突如其来的介入，令这月央宫变得不寻常了。平静了这么久的后宫，也开始泛起微微波澜，许多好事之人议论纷纷。嫔妃们上门来道贺，言语间带着妒忌与羡慕。待她们走后，已是日暮时分。皇上特地命冯清全过来下了一道旨，让我闭门谢客，安心休养。此时月央宫才在雪花盈盈的夜色中寂静下来。

这个夜晚，我把自己独自关在寝殿里，点燃所有的红烛，静静地看它们垂泪。临着镜子，看镜子里年轻的容颜，素净的衣饰遮掩不住我高贵的气质。自从淳翌将我送至月央宫，我就知道，自己再也不可能这样沉寂下去了。当我折下风雪中那枝最艳丽的红梅，淳翌就已经悄然地将我带进一个旖旎绮丽、充满诱惑的世界——后宫，隐含着血腥与脂粉的地方。皇帝对我的宠爱，还有那些后宫嫔妃的争斗，温柔与酷冷，都让我无限地向往。

我心中蛰伏已久的渴望，压抑已久的冷漠，需要一次彻底的释放。

这一夜，我又做梦了，这从来不曾消止的梦如藤般依附着我，倘若哪一天丢了它，我也许会觉得不习惯。

梦里除了皇宫那绚丽繁华的景致，那如血残阳的悲壮，还有淳翌，他俊朗温柔的脸，也在残阳下变得暴戾与凶残，还有后宫里我见过的、没见过的嫔妃，花样容貌在瞬间变成了骷髅，一片嗜血的惨景，不忍目睹。

醒过来的时候，衣衫尽湿。唤来秋檠，她见我如此虚弱，亦觉心痛，慌忙问道："主子，是否要去请胡妈妈来一趟，看看有什么法子可以令你安神定惊？"

我淡淡回道："不必，我没事。"

红笺细心地为我换下潮湿的衣衫，叹息道："这么下去，该如何是好。"

烟屏却在一旁垂泪。

我想我的脸色一定很不好看，却强作微笑："傻丫头，好好的你落什么泪，今儿个可是喜事。"

室内的炉火烧得很旺，所有的烛都点着，燃着沉香屑，丝毫感觉不到冬日的寒凉。我的确有些虚弱，喝下秋檗为我煮的安神茶，倚在枕垫上，闭目养神，却不敢再睡了。

清晨起来，推窗，雪已止住，只是院内被积雪覆盖，一片洁白银琼，几树梅花也被白雪冰封，全然看不见里面娇艳的容颜。

身子虽有些乏力，却仍被这份美丽震撼。院内已有早起的宫女内监在清理积雪，嬉笑欢快之声传至后堂。

坐在镜前，我让红笺为我好好地装扮，我想掩饰住憔悴的倦容。用上淳翌赏赐的脂粉，果然是比平日用的要温润娇艳得多。服饰依旧素净，我不喜欢太过华丽的衣裳，因为在宫里所见的都是华丽旖旎，似繁花迷人眼目，失了天然风韵。

一上午月央宫都是安静的，没有了来客，我就独自坐在暖阁看书，读《诗经》中那些美妙的诗句，望着窗外的雪景，心中感觉到安逸。

躺在花梨木的椅子上闭目养神，迷糊中，有一双温暖的手轻抚着我的头发，触抚我的脸颊。我睁开眼睛，看到淳翌深情地凝视着我，心中一惊，立刻起身相迎。

请过安，忙问秋檗："皇上来了，怎么不通传一声！"

淳翌柔声道："是朕不让通传的，免得惊扰了你。"

听他还有轻微的咳嗽，便关切道："天太冷，皇上应该好好在殿里休息。"

淳翌笑道:"你竟不知,不见你时也就罢了,可昨日见你后,朕就无法再安稳地歇息了。"

我含羞不语,片刻后说道:"请皇上稍等,臣妾去为你煮一壶茶来。"说完,我取出昨夜在梅花瓣上收集的雪水,再取出用蜜糖腌制的蜡梅花,调配好放在银铫子上烹煮。少顷,捧一盏梅花玉露至淳翌面前。

茶香袅袅,沁人心脾,见淳翌接过茶盏,浅饮一口,又饮一口,眉头舒展,脸上露出喜悦的微笑。他递给我一个欣赏的目光,笑道:"湄卿亲手调配的茶果然清冽醇香,朕以前从未品过这样的琼浆玉液,喝惯了,以后可要离不开了。"

我笑道:"皇上喜欢,臣妾每日都为你烹煮这梅花茶。"话一出口,才觉得这个每日说得暧昧了,脸上顿时红若流霞。

他放下杯盏,握紧我的手,笑道:"湄卿说话可是当真?朕以后每日都要喝你煮的茶。"

秋棬和红笺她们不知几时退出了屋子,只剩下我和淳翌,他拉着我的手站起来,临着窗,拥紧我,看着窗外的雪景。瓷瓶里那枝折来的梅花,似乎在室内开得更加鲜妍,花也知人心意。

偎依在他怀里,闻着他身上淡淡的清香,那种盛年男子的气味竟让我沉溺。我突然想起了诗中的一句"只羡鸳鸯不羡仙",仿佛很适合这样温情的画面。

轻轻地挣脱他的怀抱,我走近琴案,缓缓地坐下,素手抚弦,边弹边唱道:"婉转莺歌静宫闱,伤春柳袂舞枝垂……芳心已乱随香落,点点丝丝处处飞……"琴音止住,窗外的白雪又纷纷扬扬地飘洒,如同曼妙的精灵,舞动着如絮的倩影。

起身,淳翌握紧我的手,有一种温软的甜蜜在心底蔓延。他拥紧我,在他怀里,我闭着双目,久久地沉醉。

漫天烟火明如此

　　腊月二十九日，明日就是除夕夜，这是我来宫里的第一个新年。年赏早在前几日就发了下来，我是正三品婕妤，加之皇上的特别照顾，赏赐很是丰厚。我给月央宫里的人也发了厚厚的赏赐，主子得宠，下人也随着沾光。

　　大雪落落停停，这个冬天的雪似乎不肯间断，寒意愈加地浓了。月央宫里的火炉每天都燃得通旺，烧的都是皇上御赐的银炭，干净而温暖。炉火里用银铫子煮上雪水，以备泡茶时用。皇帝这些日子隔一两天必到月央宫小坐，这样的尊荣是任何一宫都无法比拟的。

　　眼看他风雪里来去，身子却一日好似一日。蜜糖腌制的梅花茶有清肺舒气的效果，皇上来时我为他烹煮，不来时，我煮好用暖壶温着，命小行子送去，喝的时候也是新鲜又滚烫，与现烹的一样清香甘醇。

月央宫早几日就被他们打扫得整洁干净，悬挂起了一排排吉祥如意灯，到处张贴着"福"字，看上去喜气洋洋。

这日，梅心和竹心她们又取出一大堆的彩纸，大家围坐在榻上剪纸，个个心灵手巧，剪出了形态万千的图案。我也剪了几幅梅花图，贴在窗棂上，尽现梅花傲然的姿态，可与院内的寒梅争艳。

皇上命内务府冯清全到月央宫来传旨，明日大年三十到乾清宫参加皇上与皇后主持的内廷家宴。

待冯清全走后，宫里便喧闹起来，大家你一言我一语："主子，明日要好好地打扮，你一定可以艳冠后宫。"

"主子，明日可是个难得的好机会。"

"主子……"

我只微笑不作答，继续剪着窗花，又命小行子和小源子取一些剪好的花样送去给谢容华和萧贵人她们。

这一晚，我特意命秋棹为我准备好灵芝汤沐浴，又点上催眠的熏香，喝了安神茶。斜靠在馨香的睡枕上，虽然还有梦，可是迷迷糊糊的很浅，总算是顺利地安睡了一夜。

次日清晨，我依旧躺在床上闭目歇息，为的是养好精神，晚上可以有好的气色赴宴。

晌午刚过，宫里的宫女内监就忙碌不停，为我赴宴做好了准备。虽然只是家宴，可是皇家的家宴非同寻常，且又是我在宫里的第一个新年，到时所见的会有许多王爷公主，以及一些重要的内务大臣。

坐在镜前，我命红笺给我梳一个随云髻，随云卷动，灵转些好。斜插七宝玲珑簪，摘几朵白水仙穿在一起别在发髻上，清香馥郁，秀丽自然。挑了一件蚕丝织就的浅红暗花云锦宫装，披上御赐的孔雀裘，看上去高贵又雅致。

秋棹看完我的打扮，朝我会心一笑，我明白她很赞成我的装扮。

　　准备妥当，稍歇一会儿，到乾清宫的时间不宜过早，也不宜过晚，算好了时间，便上轿，随着銮仪卫一路走去。身边只携了秋榭和首领内监刘奎贵，其他的人命他们自己在月央宫吃年夜饭欢聚。

　　路上遇到几辆轿子，都是赶去乾清宫赴宴，有的颇为简朴，有的极尽奢华。璀璨的宫灯映衬着晶莹的白雪，整个宫殿宛若童话里的世界，然而这样一个纯净的世界，却处处隐含着阴谋与杀机。

　　抵达乾清宫，一片繁华绮丽的景象落入眼帘，因为宴会盛大，殿内的场地太过狭小，便将宴席设置到宽敞的殿外。皇上皇后端坐在正中那金碧辉煌的龙椅凤座上，我上前叩头行礼，一直没有抬眉看淳翌，我还不习惯在这样的场合与他有任何的交集。

　　我感觉到许多的目光在注视着我，他们不会放弃这样一次机会来看看这个不曾参加选秀却晋封正三品婕妤，不曾被皇上临幸却又与皇上踏雪寻梅，被皇上恩宠的女子。我能猜测到他们的心思，有好奇，有妒忌，有仰慕，有疑惑……

　　云妃和舞妃分别坐在左右两侧，我的位置是淳翌后排右手的第三个座位。

　　宴席一开始，就看到王爷公主等人相继给皇上皇后敬酒，热闹了一阵才作罢。

　　安静片刻，只听到锣鼓声响，戏台上拉开了红红的序幕，许多孩童穿着喜庆的服饰，在舞台上整齐地欢跳，跳罢跪地欢呼："恭祝皇上皇后新春快乐，阖家幸福。"

　　一群大齐装束的侍卫上台表演醉酒舞，气势磅礴，醉倒河山……

　　一群西域女子在戏台上展现着翩翩舞姿，极尽婀娜又带着野性的狂热。那位领头的女子娇媚盈盈，热情奔放，相隔这么远，我都能看见她幽蓝眼眸里的粼粼波光，撩起了在座王公子弟蠢蠢欲动的心怀……

　　我偏生不喜欢这样热闹的场景，不愿意看到许多欢颜后面所掩饰的真实本性。这个后宫，我在内心深处向往的同时又在努力地拒绝，我想要抛掷，却又被一股强大的力量深深地吸引。我不知道这种力量是来自淳翌，还是这后宫皇皇的气势。

当烟花绽放在夜空中的时候，那些璀璨的光华在瞬间消散，继而化作一堆残雪，我突然感到一种不祥，但愿只是错觉。物极必反，所有灿烂的开始都是为了另一段消亡的结局。

在宴会最热闹的时候，我悄然退出了座席，大家都在入神地观赏杂技表演，没有人会去在意一个婕妤的离开，虽然，我不是一个普通的婕妤。

独自往上林苑走去，路上还有残留的积雪，踩上去有些湿滑，我走得极为小心。穿过朱红金丝雕绘的长廊，过翠屏桥、弯月桥、飞云桥，风中飘盈的都是梅花薄冷的幽香。

倚着长栏，看池中枯荷，凋朽的荷叶上还积着白雪，一尾红鱼跃出水面，我好怕它会冻死在这个寒冷的夜晚。

遥望夜空，那些烟花以七色的光彩在高空绽放，溅落的火花刺疼我的眼目。

只闻得一声鸣叫，有黑影扑腾着翅膀从枯荷间飞蹿而出，又迅速没入树林，抖落了一地细碎的残雪。

我不由得发出一声惊叫，又听到不远处花树后面传来一个男子沉沉的叫唤："谁？谁在那儿？发生什么事了？"

隐约地，我看到一个湖蓝的身影在白雪的映衬下格外醒目。我大吃一惊，这里竟然还有别人，且是个男子！我立刻噤声，闪在一根庭柱后面。半晌，那人又问道："是谁？"

我立住不动，四周一片寂静，只听到风吹落枝丫上的积雪簌簌落下的声音。我拥紧了雀裘，屏住呼吸，试着轻移步子慢慢地离去。我不想让人在这里遇见我，更况是个男人。

那人的脚步却渐渐地近了，隐隐约约看到湖蓝的缎衣下有一双青藏色的蛟龙出海纹样的靴子，它忽然停了下来，只听到："出来吧。"

我不搭理，拥紧衣裘，沿着长廊，径自离去，丢给那人一个飘逸如风的背影，还有环佩叮当的声响。

无求知遇今又逢

才走几步，后面的人已匆匆追上，喊道："湄婕妤，请留步。"

此人看我背影竟知道我是湄婕妤，于是停下脚步，想探个究竟。

他已走至我面前，我抬眉看去，是陵亲王淳祯，见他一手执玉笛，一手挽佩剑，面带笑容望着我。他说道："果真是你，沈眉弯。"

他竟唤我沈眉弯，这王爷真是不拘礼节，性情散漫，我不与他计较，淡淡答道："是，陵亲王。"

他呵呵笑道："别这般冷漠，我不喜人多，故离宴到此处看雪景，想必你也是如此？"

我点点头，方才的恼意尽消，说实话，这么寂静的雪夜，想要气恼也是不容易的。

凉风乍起，碎玉飘零，苍木虬枝，数苞红梅点胭脂，画栋雕檐，一尺琼冰耀水晶。他深吸了一口气，笑道："今年的几场雪下得好大，琼碎河山，令人欣喜。"

我看着那数株梅花，破冰雪而冷俏，起寒树而飞烟，不禁低吟道："平生冰做骨，无花自也香。"

"好，好一句'平生冰做骨，无花自也香'，也只有这句才配得起湄婕妤的绝尘气质。"他在一旁赞赏道。

我顿觉自己失言，窘在那儿片刻，随后说道："眉弯先告辞了。"说完，转身便要离开。

他举起执笛的手，唤道："且慢，湄婕妤听完本王吟诗一首，再走也不迟啊。"

出于礼貌与好奇，我停住了步子。只见他望着几树寒梅，思追远山，缓缓吟道："一树琼瑶似雪时，不须冰霜与梦痴。绘形千古皆寄此，雪似梅花花似衣。"

我朝他微微一笑，并不说话，心中却思索着他诗中的意境。

他叹息一声，轻轻启齿道："若是得一知己梅园对饮，或笑傲山水，或琴剑论心，那真真是逍遥闲逸。"

这陵亲王尽说些胡话，我不理睬，拂袖离去，他亦不再唤我。

隐隐地听到身后玉笛声起，梅影捉风，一韵彤香轻点。走得甚远，再转过身望去，见雪境中陵亲王淳祯在梅花树下，舞起剑来，身影如青松般卓然远逸，瑟瑟吹雪伴剑姿。

我不由得叹道："这样的夜晚，若是可以和淳翌在月央宫青梅煮酒，推杯寄怀，该是多美的意境啊。任他红尘千载，只求知音一人。"

我问自己，难道我在想淳翌吗？此时的他，该是在夜宴上左拥右抱，举樽痛饮，全然忘记我沈眉弯了吧。

回到月央宫，他们正在堂前赌钱娱乐，见我独自归来，红笺上前问道："小姐怎么这么早就回来了？"

我勉强挤出一个微笑："有些累了，一路漫步回来，挺闲逸的。"随后，又对他们说道："你们玩吧，大过年的，都开开心心才好。"

我命小行子去乾清宫将秋榍和刘奎贵唤回，免得找不着我有所担忧，同时叮嘱他记得千万不要惊扰他人。

又觉得有些腹饥，才想起今晚在宴会上我什么也没吃。于是命梅心为我煮一小碗元宵，吃完后，我坐下来同他们一起守岁，看他们赌钱，打发时光。

这一个夜晚，就这样淡然无声地过去了，新的一年行将开始。

醒来的时候，天已放晴，一束束阳光照耀在晶莹的白雪上，折射出刺眼的光晕。

才梳洗完，皇上身边的小玄子至月央宫传话："皇上在明月殿等候婕妤娘娘。"

我问道："可知有何事？"

小玄子回道："这奴才就不知了，还有许多娘娘和皇上一起在明月殿喝茶。"说罢，便引了我与他同去。

明月殿建于月湖中央，是一座水中楼阁，在楼阁处观明月最是清雅，去此殿需涉桥而过。才进殿，便见得淳翌与云妃，还有舞妃等人，齐坐在那儿。淳翌见我，含笑道："你来了。"

我行过礼，皇上招手命我坐在他身边。

见他取出一颗新鲜的荔枝，剥去外壳，将新鲜的荔枝肉递往我嘴边。我想着身边宫妃都在，忙羞涩道："皇上……"

他微笑："吃吧，这可是皇兄命人送至宫来的，一共也就这么几颗。"

我望着桌子上几盘荔枝，外壳红润，甚觉疑惑，不禁问道："这个季节如何会有这样新鲜的荔枝呢？"

皇上笑道："这可是皇兄的功劳了，他将旧年快马从岭南运来的荔枝，取新鲜的用冰镇了起来，封了口，今日特命人送进宫来让朕与众妃尝个鲜。"

他口中的皇兄，应该就是陵亲王淳祯，想起昨夜，我的心竟有些凌乱，再转头笑对淳翌："陵亲王果然有心。"

皇上又说道："是的。皇兄还命人送来了几株冰山上的雪莲，那可是生长在极北的寒冷之地，在险峻的雪峰上才能采摘得到，回头朕命人送一株去你宫里。"

我忙推辞道："不，这么珍贵的雪莲，臣妾受不起。"

坐在一旁的云妃将一颗剥了皮的荔枝往皇上嘴边送去，朝我笑道："湄妹妹受不起，还有谁能受得起啊？"

皇上含着荔枝，皱眉笑道："呵呵，云妃你也有。"

云妃忙笑道："那臣妾就谢过皇上了。"

此时，云妃边上的兰昭容盈盈浅笑："古人有诗云：'一骑红尘妃子笑。'皇上对湄妹妹也算是荣宠了。"

皇上怒目转向兰昭容："你把朕比作唐明皇？"继而又笑道："不过唐明皇也算是一代明君，他与杨贵妃的浪漫爱情倒让朕感动。"

兰昭容方才脸上的惧色这才隐去，将话题转开，说道："这陵亲王真是有心人，新年给皇上送来这么珍贵的礼物。陵亲王倜傥多情，朝中不知道多少官宦小姐仰慕于他，想必湄妹妹也听闻过陵亲王的盛名吧？"

她突然问出此话，令我暗暗心惊。我抬眉望着淳翌，他目光里闪过一丝疑问，转瞬又回复平和的神色。我心中慌乱不已，却镇定道："兰姐姐，恕妹妹孤陋寡闻，不曾听闻陵亲王大名。"话说出口，心里却扑通地乱跳。

兰昭容似乎不依不饶，浅笑道："是啊，像妹妹这样冰做的骨头，玉洁的芬芳，自是许多人都入不了你的心。"

我顿觉不妙，兰昭容话中暗藏凌厉的锋芒，且她说的"冰做的骨头，玉洁的芬芳"同我昨夜和陵亲王说的那句"平生冰做骨，无花自也香"语出一句，难道昨夜……我仍极力撇清，镇静道："兰姐姐真是说笑了，妹妹乃愚钝之人，怎敢自傲。"

　　我暗暗朝淳翌望去，他似乎并没有在意我们的对话，可是我心中波浪迭起，只怕淳翌会因此疑我。

　　正在惆怅之际，舞妃走过来，拉着我的手说道："妹妹，听说你精通音律，琴技高妙，这里恰好有古筝，何不弹奏一曲，让皇上和诸位姐妹欣赏呢？"

　　我知舞妃是有意为我解围，忙微笑着起身迎过去。

明月殿中累沉浮

　　我与舞妃握着手会心一笑，眼神轻轻掠过淳翌，见他嘴角凝着浅淡的笑意。随即他朝我说道："朕此时也想听湄卿的琴声，临着碧湖清波，月桥残雪，更难得的是这么多的爱妃相聚于此，真乃人生乐事。"

　　我盈盈浅笑，款款坐下，撩拨琴弦，弹奏一曲《御街行》。其实此时我心不在焉，没有心思放在弦音上，也不知他们听出了何种感觉。

　　一曲终了，大家似乎沉浸在琴音中。安静片刻，才听到淳翌朗声笑道："湄卿的琴果然弹得妙，朕都陶醉其中了。"

　　皇上话一落，其余的妃子也相继笑道："湄妹妹（湄姐姐）弹得真是精妙！"

　　我忙应道："臣妾对音律曲调并不精通，只是闲时打发时光罢了。"

　　淳翌用他深邃的目光看着我，淡淡笑道："湄卿的曲调很有情致，朕就喜欢这种不同流俗的情致。"

一边的兰昭容笑道："我也是喜欢极了湄妹妹曲中的情致，若是再有玉笛相伴，就更加令人迷醉了。"

这兰昭容似乎不挑起争斗不肯罢休。宫中人人知道陵亲王爱吹玉笛，如今她说我的琴音要与玉笛相伴，这么咄咄逼人，看来她是有意如此了。

我还不曾回话，云妃已将话接过去："我也这般认为，可惜陵亲王不在此，不然可以听一听琴笛合奏，一定恍如天籁之音。"

看来她们已经商议好了，今日是场鸿门宴，难道皇上也早就听她们的话疑我了？念及此，难免有些心冷。

我启齿微笑："两位姐姐真是说笑了，眉弯琴技粗略，今日献丑，已怕污了你们的耳，哪儿还敢与陵亲王合奏，就别取笑我了。"

虽周旋于她们，却暗暗地看淳翌，见他脸上显现出些许的不快，只不作声，视线若有若无地看着月湖。

兰昭容不肯作罢，继续争锋："我知湄妹妹是个好静之人，不像我们这般喜欢热闹。昨夜除夕烟花灿烂，极为繁盛，后面姐妹们在一起猜灯谜，却找不到湄妹妹人了。"

好厉害的兰昭容，她见皇上不作声，越发地放肆，直逼她想要说的主题了。

我仍强作镇静，微笑道："昨夜的烟花我看了，漫天烟火，璀璨迷人。后来因头疼病犯了，原要与皇上和姐妹们告辞，见你们正欢，不便打扰，便独自回月央宫去了。"

此时，舞妃又走过来，笑盈盈地说道："这不，我昨夜在宴席上多喝了些酒，有些头晕，听说湄妹妹煮的梅花茶清醇甘甜，恰巧见她要离开，便随她去了月央宫，特意讨了几杯香茶喝。"

我心底一愣，又忙着迎过去，笑着说："姐姐说哪儿的话，难得姐姐不嫌弃妹妹煮的梅花茶，以后欢迎常来月央宫品尝。"

舞妃盈盈笑道："妹妹说哪里的话，听说皇上也极爱你煮的梅花茶，能喝到妹妹亲手煮的茶，那是我的福气。"

淳翌听后爽朗笑道："是啊，湄卿的梅花茶朕极爱喝，喝惯了就要离不开了。"说完，他起身，走至我身边，握着我的手，微笑道："朕此时都想喝了，不知湄卿可愿为朕煮一壶？"

我笑道："当然可以，能为皇上煮茗是臣妾的福气。"我心想，淳翌此刻的豁然定是听了舞妃的话，知道舞妃昨夜与我在一起，他才安心。尽管如此，可是方才他听信兰昭容与云妃的挑拨，还是让我有些灰心。幸好舞妃昨夜也离席，不然今日很难给个交代。回头还得跟底下的人说好，免得将此事透露出去，被云妃的人一问，知昨夜舞妃不曾来过月央宫，到时会惹来更大的麻烦。

我转而又朝着那些嫔妃问道："各位姐妹可愿去月央宫小坐，让眉弯煮茶待客？"

云妃自知已无法争执下去，微微一笑："我就不去打扰皇上和妹妹的雅兴了，出来已久，也想回云霄宫歇息。"云妃话一出，其余的嫔妃也随即告辞。

这时明月殿只剩下我和淳翌，看着远远近近的残雪，凉风吹拂，我紧了紧风衣。他拥紧了我，眼中动容之情油然而增，轻声问道："湄儿，你可知朕对你的情意？"

我心中不由得又一慌，他第一次唤我这名，且又问我这样的话。于是低眉，柔声道："湄儿知道。"本想说出我对他的情意，可是方才的事令我的心绪一时无法好转起来，话在嘴边，怎么也说不出口了。

淳翌心疼地将我拥在怀里，我偎依在他的胸前，感到一丝暖意。

他拒绝坐轿子，要与我步行至月央宫，就这样一路拥紧我的腰身，只是今日的甜蜜却不及那日多。

晴光淡远，晶莹的白雪在阳光下渐次消融，再过几日，一切景致又会回到最初，暂时遮掩的，只是表象。就像这后宫，也许我所看到的，也都只是表象。但我希望这白雪永远不要褪去，我宁愿看不到锦绣斑斓的色彩，一年四季只闻梅花的幽香，尽管，我深爱其他的景致，可是却宁愿如此。我怕揭开后宫那层表象，看到斑驳的伤痂，还流着红红的血。

也许淳翌看出我怀着心事，将我拥得更紧，我整个身子都贴在他的龙袍上，那些交错的金线，细密的花样与纹路，让我感到一种肃穆与神圣，在我面前的人，是帝王，是天子，而我是天子的女人，这样想着，心底隐隐地疼痛，却又有了一丝淡淡的甜蜜。

回到月央宫，宫里的人见皇上来了，像平日一样不敢惊扰。

暖阁里只余我和淳翌，他坐在那儿，看着我在炉火上煮茶，眼神里尽是柔情，方才的淡漠仿佛在瞬间烟消云散。

当我看着他细品我为他烹煮的茶，心里也柔软起来，想着我与陵亲王原本就是清清白白，又有何忧？纵然被淳翌知晓，只不过是路上偶遇，闲聊几句，又能如何？

想到这些，心中明朗起来，脸上浮现笑容。

淳翌见我微笑，立在我面前，指尖轻柔地滑过我的脸颊，撩起我鬓角的细发，那炽热的温度由我的脸颊刹那间传遍我的全身，羞得我脸更加红了。

他笑意更浓，柔声道："湄儿，你知吗？你害羞与微笑的样子，都让朕爱不释手。"

我更加羞急："皇上……"

他突然搂紧我的腰身，我与他的距离贴得那么近，眉对眉，眼对眼，近乎贴在一起，我感觉到他的呼吸，从柔缓到急促，起伏都落在我心里，荡起一波一波的涟漪。

窗外风起，残雪簌簌地落，我听到银铫子里茶水沸腾的声音，轻轻转头，笑道："皇上，水沸腾了，让臣妾再为你泡一壶茶。"

他不舍地松开手，笑道："好，朕就再品一壶湄儿的梅花茶。"

我细致地取出腌好的梅花香瓣，舀一勺子放进精致莹白的瓷壶里，待银铫子里烧滚的茶稍稍凉却后，倒入瓷壶中，我就这样欢喜地看着，那些馥郁洁净的芳瓣，在水中翻涌着滚热的甜蜜……

秋千架上舞风情

　　这梅花茶，一煮就是两月，辞别了雪花轻扬的寒冬，迎来了千红万紫的时节。春意浮软，杏花发处，暖霭飘尘。闲窗下，几多垂柳新翠。庭院中，满树桃花疏影。

　　东风如沐，借春日之明景，写就千古辞章。花影迷迭，抚琴弦之柔软，调尽四时清韵。这些日子，我闲坐在花下，看莺飞蝶舞，暖阳漫照，昏昏欲睡。

　　皇上隔三岔五地来月央宫，他的旧疾随着几度寒雪，时好时坏，梅花茶喝了几月，咳嗽好了许多，加之喝了御医的汤药，也有效果，待到春暖，身子已大好。这几日随我游上林苑，观百花争韵，看飞鸟沉鱼，白日消磨。

　　其实，这些夜晚，我依旧无法安睡，那个自我入宫以来就纠缠不休的梦至今也没有消散。只是随着淳翌的出现，我的生活不再那么清寂，梦也比从前模糊些，不是那么狰狞。

　　每日用脂粉涂抹，也无法掩饰我的苍白。淳翌见我瘦弱，特命太医来瞧过几回，只是脉象有些虚，身子骨是好的。他又命人炖了许多补品，让我按时服下。

　　这日，在暖阁里看烟屏刺绣，一幅细腻精致的白雪春梅图在她的针下灵活生动地显现。我看后不禁吟诗一首："线排百色眼生花，始信佳人会挽霞。十指游天拈老树，一针渡锦点朱芽。红云碎落伤春冷，白雪飞沾梦月斜。袖底幽香开绝艳，奴家技艺斗诗家。"

　　坐在一旁的秋樨突然跟我说道："主子，近日宫里一直传言着一件事，奴婢也不知当不当讲。"

　　我微微一笑："何事？你且说来。"

　　秋樨在我耳畔低语道："宫里最近传言皇上犯了隐疾，因为新晋的嫔妃至今尚无一人侍寝过。"

　　我听后心中暗笑，不禁又严肃道："此话休要胡说！"其实我明白，秋樨不是那种搬弄是非的人，她在为我心急，皇上平日虽待我好，可是迟迟不临幸我，对一个妃子来说，这是莫大隐忧。可是只有我明白，皇上这段日子确实身子不大好，却并不是她们所传言的那样。想来因为皇上龙体不适，后宫那些久未沾得雨露的嫔妃怨气冲天了。这些话，在宫里是犯了大忌的，但我知道秋樨是个谨慎之人。

　　见秋樨低头在那儿不敢言语，我微笑道："无妨的，这儿又无外人。"

　　接连几日，皇上总是要到我月央宫小坐。他身子已大好，身着龙袍，头戴金冠，更是英气逼人。与平时一般，与我品茗对弈，或听我弹琴论诗，其余的事，并不提及。

　　这日晨起，忽得阵阵幽香自窗外飘来，和暖的春风将我昨夜的倦意吹散，清新怡人。

坐在镜前梳洗，穿薄薄的绿纱衣，梳我最爱的随云髻，插我心爱的翠玉梅花簪。走出寝殿，来到庭院，见百花竞艳，玉蝶起舞，一片春浓。我穿行于花丛中，静倚春风之柔媚，闲听鸟雀之清音。

我顿觉神清气爽，便想起要游上林苑。小行子兴冲冲从门外走来，笑道："主子，奴才方才给您在上林苑的紫藤轩扎了个秋千，您想不想去看看？"

这小行子倒还真知我心意，记得那次游园回来跟他说起过，待到春暖，给我去紫藤轩扎个秋千。紫藤轩这名是我自己拟的，当初那地方是我和陵亲王初遇时偶然去的，因景色宜人，十分喜欢。

带上红笺和烟屏，还有小行子、小源子几人，往紫藤轩走去。春日早晨的空气是湿润清新的，柔暖的阳光倾泻在湖面上，泛着粼粼的波光，一路倾听风语，看蜂过蝶起，流莺绕树，令人迷醉。

我见到那个秋千，用柳条和紫藤扎的，缠绕着香草与淡紫色的小花，心里爱极了。我坐上去，随风轻轻摇荡，两岸的柳条在我的荡漾中摇曳，还有那一树繁密的杏花，花瓣轻缓地落在我的发梢、衣裳上。闭上眼，听早莺啼啭，享受这春日美好的晨光。

仰头看流动的白云，大口大口地吃着阳光。秋千在红笺她们的推动下一浪高过一浪，我双手握紧秋千索，聆听风语，觉得自己就像一只展翅欲飞的蝴蝶，想要飞过这重重的宫殿，飞过迢递的千山，做一次彻底的放逐。我在风中朗声大笑："红笺，高点，我要再高点！"我用脚轻踢一树的繁花，催得花瓣纷落，流莺惊飞。

"这么高，当心摔着了……"有个声音在旁边轻唤道。

我一惊，秋千往后荡去，我看到一个身影，穿着便服，头束金冠，因为秋千摇荡的频率很快，一时间我竟分辨不出他是淳翌还是淳祯。

花瓣似雨般纷飞，在我的眼前飘闪，我心中一慌，只顾想要看清底下的人是谁，忽略了秋千摇晃的高度，一个不稳从秋千上直坠而下。这一落，心想着要惨了，可是掉下去却被一双大而有力的手接着，我飘逸的长发，还有轻薄的衣裳随风倾洒。待我睁开眼，有一双深邃的眼眸温柔地凝视着我，这眸子我是认识的。相视了一会儿，我才惊觉自己还在他的怀里，于是轻轻地挣脱，羞涩地喊道："皇上……"

他将我放下，柔声笑道："这会儿怕了吧。"

我盈盈一笑："皇上怎知臣妾在此处？"

他笑道："凭直觉啊，朕凭直觉就能感觉到朕的湄儿在此。"

我羞红了脸："皇上就会取笑湄儿。"

他朗声道："朕到月央宫，才知你来了此处，于是独自踱步而来，远远地就听到你的笑声，让人心醉的笑声。"说到此，他一手搂着我的腰身，一手拂着我飘散的细发。

我含羞低眉。

"真是人比花娇。"他声音轻柔，竟是如此美妙，熨帖在心底深处。

我两偎依在柳树下看池中波清鲤红，争绚春情，数点杏花入水里，暖风吹拂，携着湿润的水气与馥郁的花香，令人心神荡漾。

逗留了一会儿，他柔声对我说："湄儿，朕还有事，就不随你去月央宫了。你出来这么久，当心风凉，早些回宫去歇息。"

我看着他的身影穿过低垂的柳条，渐渐地隐没在几树繁花里，只是那行走的清风，久久不肯散去。

回到月央宫，在暖阁里临着明净的窗台捧书静读，脑中一直闪现着杏花树下淳翌那双柔情的眼眸。整日闲闲，一会儿抚琴轻歌，一会儿在宣纸上作画，就这样到了黄昏。

窗外暮影沉沉，庭院里漫溢着清郁的芳香。抬头望月，一弯细细的月牙贞静地镶嵌在柳梢上，像极了我的弯眉。

沉浸在这样春日的黄昏里，忽听到小行子在门口禀道："主子，快到梅韵堂接旨。"

走至梅韵堂，已有一名内监在等候，见我行来，宣旨道："皇上有旨，赐湄婕妤好清露池浴。"接旨谢恩后，我心里明白，这是我侍寝的前兆，因为只有侍寝的妃子，才会有去清露池沐浴的待遇。

　　秋榍陪同着我，坐上了宫门外来接我的车轿，在没有任何预兆与准备的情况下，迎着初春的晚风，一路徐徐而去。

长乐宫里缱绻梦

掀开轿帘，那弯细细的月亮就这样一路追随我至清露宫。而我的心里，怀着隐隐的恐慌，还有一种莫名的期许。

清露池。还未进殿，已听到潺潺的流水声，似婉转轻歌，泠泠溅韵。氤氲的水雾萦绕着整个宫殿，缥缈如仙境。整个宫殿用温润的白玉砌就，洁净中又隐现出无穷的高雅。清露池里是天然的仙瑶山温泉，一年四季，流溢不止，这是皇宫里仅有的一处仙露，被赐浴清露池对嫔妃来说是莫大的荣宠。

柔软的白纱帐轻轻飘扬，弥漫的水雾蒸腾着我如幻的梦呓。我褪去那层薄薄雪纺罗裳，盈盈地走进水苑瑶池，那澄净的水波泛起了柔软的涟漪，一圈一圈的螺纹，荡漾着少女娇羞的心事。整个宫殿焚着宁神静气的香，白烟与水雾飘忽，清心舒意。白玉池中雕琢着并蒂莲的图案，朵朵白莲绽放，荷香盈荡，疏影悠长，还有海棠连枝的图案，柔媚嫣红，极尽妖娆。有鸳鸟从嘴里轻吐玉露，缓缓地流进池中，那一潭池水清澈无声，宛如皓月，而我在月露中洗去尘埃。

柔软的肌肤浸泡在温热的清泉里，洁净芬芳的花瓣漫溢在水中，我轻轻擦拭胜雪的肌肤，面对即将到来的侍寝，心中有着无比的慌乱，还有那无穷的幻想。热气徐徐地往脸上扑来，我闭着眼深深地呼吸。

忽觉白纱的软帷外有影子轻晃，睁开眼，心中无由地慌乱，想着我不能这样赤裸地见驾。那身影不是别人，是淳翌，他的身影我是认得的，也只有他可以这样无声无息地走进来。他立在软帷外，不作声，亦没有进来。于是我缓缓起身，在帷内的秋榉立即为我披上雪纺罗裳。

见我要出来，帘幕外侍浴的宫女掀开了软帷。淳翌着一件柔软的黄色锦绸内衣，并不着外袍，第一次与他这样对视，我大感窘迫，瞬时羞红了脸。

他见我娇羞模样，笑道："清水出芙蓉，天然去雕饰。此时用来比喻湄卿，再合适不过了。"我低眉垂首，他缓缓走至我身边，手指轻轻抚过我的湿发，水珠顺着发梢流淌，打湿了罗裳，将我的身子贴紧，尽露我优美的曲线，我心跳不语，他喃喃道："湄卿，你可是仙子？"

我娇羞低语："皇上又说笑了，妾身蒲柳之姿，怎能与仙子相比！"

"那为何这般飘逸出尘，清婉动人？"他边说边抚摸我的鬓角。

我低眉，见罗裳已被水雾和发梢的水浸透，有如赤裸，更觉羞窘，轻声道："皇上，请容臣妾换了衣饰再来见驾。"

他轻轻扯过我的手，紧紧地握住，不许我离开，与我贴得那么近，我几乎能感觉到他身体的热气淌过我的身体，只觉得全身柔软无力。身旁有那么多的宫女，还有秋榉，我极力让自己清醒平静。

皇上伸出一只手，站在旁边的秋榉慌忙将拿在手中的外袍递过来。他将外袍轻轻裹在我身上，然后拦腰将我一抱，我本能地伸出双臂抱着他的颈，不敢挣扎，只是偎依在他怀里，宽松的长袍摇曳在地，随着他的脚步徐徐张开，在轻逸的风中飘袂。

迷糊中，我只听到"长乐宫"三个字。

走在汉白玉阶上，他飘忽的衣袂在风中行迹无声，那一树树的白玉兰，一树树的桃杏，在月光下隐现着典雅蕴藉的光辉。掠过一盏一盏的宫灯，抵达长乐宫的时候，我已经醉了。

淳翌抱紧我，我静静地偎在他怀里，斜斜地睁开眼目，打量这长乐宫有着怎样的瑰丽与风华。金砖铺就的正殿，光平如镜，我看得到淳翌抱着我，衣香鬓影只属于我们两个人。穿过一处朱红门槛，馥郁的清香弥漫过来，有一种氤氲的暖意不可追摹。朱红的地毯铺就着高贵的浪漫，雪白的纱帐被金钩挽起。淳翌抱着我一步步向寝殿深处走去，每走过一层，便有宫女将金钩放下，我看着雪白的纱帐在微风中翩然起舞，又缓缓垂落。越往里去，那烟雾与雪帐让我觉得与外界相隔越远。

精致的麒麟铜炉，散出袅袅的轻烟，宽敞明净的御榻，腾龙的黄绫帷帐，榻上一双蟠龙烛台，烛影摇红，那闪烁的烛焰隐忍着欢愉。雕花的床上纹饰着百子千孙与莲藕图案，绣着并蒂莲的锦被整齐地铺叠着。看着这一切，我的心闪闪地跳荡。

我曾经想过，在我洞房花烛夜，应该是大红的凤鸾床，鲜艳的鸳鸯枕，与我的夫君行洞房合卺之礼，一对龙凤烛燃烧到天明。而如今我的夫君是皇上，与他行合卺之礼的是皇后，对他来说，我只是众多嫔妃中的一个，而于我，却是一个女子的新婚之夜。

不知何时，身旁那些侍候的宫人都已退下，只余我与他，静得可以听到彼此的呼吸。烛光沉醉，闪烁着脉脉温情，晶莹剔透的烛泪是幸福的。

他触到我冰凉的手，低低问道："这么凉，你心里害怕？"

"不，臣妾不怕。"我声音平和，又带着几许傲然。

他微微笑道："可是你又为何不怕？第一次侍寝的嫔妃不都该害怕吗？"

我缓缓说道："如若我把你当君上看待，自然是紧张的；如若我将你当作我的夫君，心里就平和多了。"

他将我拥在怀里，暖暖地在我耳边低语："湄儿，你知吗？朕当初亦是被你这种出尘的气质所吸引的。你将是朕登基以来第一个临幸的妃子，之前那些嫔妃都还是朕身为渊亲王时所拥有的。"

我心中暗惊，一种细密柔软的欢喜在心里荡漾，柔声道："湄儿何其有幸，得皇上如此荣宠。"

他笑道："朕这几月被风露所欺，身子一直不大好，几度想让湄卿侍寝，又恐委屈了你。如今，朕要用神采焕然来配你的明媚风韵。"

我含羞道："皇上……"

拉下帷帐，帐内立即被一团璀璨无垠的光芒照耀，一颗幽蓝的皓蓝明珠如夜色里闪烁的星辰，可以照亮永夜的天空。两个人的眼神深沉，两个人的光影沉沉。这样的美景良宵，这样的姹紫嫣红，我如花美眷，他风华盛年。

他缓缓褪去我丝薄的罗裳，雪白的肌肤在皓蓝明珠的辉映下更显无瑕，我羞涩地垂眉，不敢看他莹亮的双眸。他柔软光滑的锦衾贴在我的肌肤上，温热的唇贴紧我的唇，开启了一个醇厚绵长的热吻，我的心尖仿佛被一团热焰燃烧，呼吸愈来愈重，在这个明黄的天地里，两个光影缓缓地重叠在一起。他说要给我恩爱与纯净的结合，他说要我彻彻底底地属于他。

璀璨夺目的明珠在倾泻着绮丽的光芒，温软的肌肤缠绕在一起，我痛得身体弓起来，发出轻轻的声响。他温柔地抚去我额头细密的冷汗，唇齿滑过我的耳垂、颈项，闻着淡淡的幽香，我渐渐坠入如梦似幻的云雾里……

红烛夜话知君意

夜半的长乐宫，静谧无声。帷帐内，那颗皓蓝明珠仿佛要倾尽它所有的光泽，只为这一夜的欢娱。帐幕外的那对红烛依旧温暖熠熠，只是这么多的璀璨都无法遮掩夜色的沉寂。

身体的痛楚还未退尽，我看着躺在身边的男子闭眼沉睡，平缓柔和的呼吸让我感到从未有过的安稳。纷纭的往事在脑中浮现，忆起与他初识的那日，三月金陵，风和日丽，至今已近一年。流年似水，不经意的邂逅注定了今日的结合。我细细地看着他，当日他许我诺言，将我带离迷月渡，而今他贵为君王，让我真实地做了他的妃子。此后，深居后宫，是荣是辱，一切就随命定了。

我悄然起身，柔软的锦被滑落一半，转过头去看他，还在睡梦中。轻轻为他压好被角，披衣立于窗前，夜凉如水，幽幽的窗棂掩不住月光倾洒下的深院花痕。

正在凝神之际，淳翌从后边轻搂我的腰身，贴着我的耳畔，柔柔地说道："湄儿，在想什么呢？"他声音疏懒，比平时更加温柔。

我转身盈盈浅笑："在看月亮。"

窗外的月亮澄净明亮。还是那么一弯月，镶嵌在幽蓝的苍穹。他拥着我，笑道："眉弯，月似眉弯，你知吗？朕特意为你居住的宫殿写了匾额——月央宫。"

我心一惊，居住在月央宫几月，也曾看过那三个赤金大字，却不曾仔细看那侧边的落款。当初一见这三个字，就觉得似曾相识，熨帖我心。我感激道："难为皇上有心如此，湄儿是极爱这三个字。"说完，我又想起了月央宫的摆设，及后院种的草木、桂苑、梅林、莲池，都是我所爱的。

淳翌，难为你多情如此。

我斜倚在他怀里，心中软软的。他轻抚我的弯眉，柔声道："湄儿，朕这一生，还不曾这样迷恋过一个女子。于你，朕纠结了许多无法言喻的情愫，只是那一次选魁，你的盈盈风采，就让朕陷入相思的泥淖中，从此，就再也无法挣脱。"

他是这样深情地诉说，一字一句，锥入心间。我轻轻叹息，道："可是皇上，湄儿不知，这么多的嫔妃，你为何独恋于我？论高贵，我不及皇后雍容贞静；论家势，我不如云妃显赫望族；论美貌，我不及舞妃温婉娇柔……"

他轻捂我的唇，不许我再说下去，低语道："湄儿，你竟不知，自古情感皆无缘由吗？况你有的她们都没有，那就是冷傲出尘，你在朕的心里，就像一朵傲雪寒梅，清冷却又惊艳。这种感觉，也只有朕的心才能明白。"

我举目凝视他，这个男子，贵为天子，对我说出这么一番话，让我的心升上欣喜与怅惘的云端，搅得隐隐地疼，却又疼得让人欢喜。我竟不知该如何言语，只是凝神望着他，望着他。

他拥紧我，诚恳地道："湄儿，朕会待你如珍似宝，定不负你。"

我在心底幽幽地叹息，我问自己：沈眉弯，你感动吗？是的，我感动了。沈眉弯，你爱上他了吗？也许，也许我真的对他有了爱意。在我十二岁那年，父母双亡，后沦为歌伎，从此，欢情如梦，我再也没有真正地开心过。面对那些男子，我冷若冰霜，如今，淳翌，大齐王朝的君主，我真的对他心动吗？难道我拥有一颗世俗的心，我慕他是因为他是坐拥天下的一国之君？不，我沈眉弯的爱，是不会沾染任何尘埃的。

我有泪，却落不下来。

看着他，我柔声道："皇上，请早些安寝，明日还要早朝。"

他笑道："湄儿，你在朕身边，朕如何能安寝？"

我含羞笑道："湄儿可不能耽搁皇上的政事。"

明黄的帷帐内，柔软的榻上，我躺在他的臂弯里，安静地睡去。

可还是做梦了，这么舒适的臂弯，这么高贵的御榻，竟无法镇住我的心魔。我又梦见了那金碧辉煌的皇宫，梦见了那一对年轻的帝后，梦见那繁华绮丽转瞬化作纷乱硝烟，那似血残阳燃烧的苍穹，还有那醒目的鲜血……

醒来的时候天已微明，我独自睡在御榻上，身边的淳翌已不见身影。许是听见我的叫喊声，已有宫女掀帘将我轻唤。见到秋桠在身旁，我才心安。

一领头的姑姑带着一群宫女齐齐下跪："婕妤娘娘金安。"

我示意她们起来，那位领头的姑姑笑道："奴婢静棠，是这里的掌事姑姑。皇上五更天就去早朝了，见娘娘还在睡梦中，特吩咐奴婢不许惊扰您。"

我轻轻点头。

坐在镜前，那些宫女为我梳理完毕，静棠说道："请婕妤娘娘先去用早膳，用完早膳要去丹霞殿给皇后娘娘请安。"

我心想这是我第一次侍寝，宜早些去皇后那儿请安。喝下一碗雪莲羹，便随着她们往丹霞殿走去。

清晨的丹霞殿沉浸在一片祥和的春色中，进殿，一股淡淡的草药清香弥漫过来。皇后一直多病，连这殿里都闻得到煎药的香气。

皇后端坐在凤座上，我对她行三跪九叩大礼。礼毕，有宫女将我搀扶起来。

缓缓坐下，皇后温和道："真是委屈了妹妹，行如此大礼。"

我轻轻说道："皇后母仪天下，臣妾能给皇后请安，是臣妾的福气。"

皇后和悦道："难怪妹妹能得到皇上的荣宠，这模样、这言语竟是这么讨人喜欢。"她饮了一口茶，又道："妹妹如今侍奉皇上，要尽心尽力为皇家繁衍子嗣，与其他的嫔妃也要和睦相处。"

"臣妾谨记皇后娘娘的教诲。"

我又关切道："请皇后娘娘保重凤体。"

她微微叹气："这身子是一日不如一日了，难为妹妹有心。"

小坐一会儿，安慰一番，已陆续有嫔妃前来请安。

才要起身告辞，却见云妃走来。她一见我，便扬声笑道："湄妹妹，真是早啊，昨夜妹妹侍寝，也不多歇息会儿，这么早就来给皇后娘娘请安了。"

我对她行礼，回道："娘娘见笑了，臣妾惭愧。娘娘这么早就来给皇后娘娘请安，让臣妾钦佩。"

她欲要再说下去，已听到皇后说道："湄妹妹出来已久，还是让她早些回去歇息。"说完，对身旁的一名宫女唤道："晴筝，替我送送湄婕妤。"

我知道皇后是为我解忧，免去云妃的话语，于是跪安。

晴筝引在我前面，轻轻说道："婕妤娘娘今日这么早来请安，皇后娘娘心里一定非常高兴。"

我莞尔一笑。

她继续说道："云妃娘娘素来请安都比别的嫔妃要晚，今儿个怎偏生来得这么早？"

我不知晴筝对我说此话是何意，只不作答，始终保持着微笑。

走出丹霞殿，晴筝才转身回去。

早有轿子在丹霞殿门口等候，我看着清晨的阳光，空气清新，想步行回月央宫，于是遣散了他们，只留下秋樨与我漫步同行。

早春的上林苑尽现清新自然的景致，精致的殿宇楼台古意盎然，嫩绿的杨柳临风飘扬，三月的花事正盛，整个上林苑都弥漫着花露的馨香。我想着昨晚在长乐宫与淳翌红烛夜话，心中温温软软的，再看着这满园春色，渐渐地在景致中迷醉。

镜里君描眉两弯

回到月央宫，首领内监已携着宫里的内监，红笺携着宫女齐刷刷地跪了一地迎接我，各个眉间都带着喜色。我唤他们起身，这才随我一同进了庭院。

梅韵堂已经被他们布置了一番，大红的地毯打扫得洁净无尘，紫檀木的香案上摆放着两盆娇媚的海棠，刺绣屏风换成了并蒂莲的图案，窗棂上还贴着一对大红的喜字。

我转头对他们说道："将那对喜字撕下来吧，现在不宜太引人注意。"

还未坐下，内务府总管冯清全领着一批内监宫女整整齐齐地进来，他们手上托着许多精致的礼盒，行过礼，便传道："皇上赐皓蓝明珠一颗，赐玉观音一尊，赐玉如意一对，赐黄金锁一对，赐天然海水珍珠一箱，赐金线鸳鸯被两套，赐锦绣红罗裳两套……"

那么多的礼盒，整整摆满了一桌子，我依礼谢恩。

冯清全笑道："奴才给婕妤娘娘道喜了。"

我招呼他坐下喝茶，他回礼道："娘娘客气了，奴才一早就接了皇上的旨意，现在还要回去复旨，就先行一步了。"

待一行人走后，秋榉又命内监和宫女将礼盒收好，我示意将那颗皓蓝明珠和鸳鸯被，还有锦绣红罗裳，拿到我寝殿去。

一切收拾妥当，我只命秋榉、红笺、烟屏三人留下来服侍我，其余的先行退下。

看着那颗皓蓝，想起昨晚我赤裸着身子躺在淳翌的面前，他说他借着皓蓝的光泽在欣赏国宝。在他眼里，我真的是国宝吗？倘若有一天，他告诉我，他可以丢弃一切，却不能丢弃我沈眉弯，我又当如何？

床榻上，红笺和烟屏已铺好大红的鸳鸯被，一针一针的金线绣着鲜活的鸳鸯，又忆昨夜，红绡帐里风流梦，说不尽，袅娜万种风情。

坠入自己的沉思里。秋榉欢喜地说道："听说这颗皓蓝明珠是稀世珍宝，价值连城，是从前朝大燕国的皇宫里寻来的，先皇视若珍宝，如今皇上将它赐予您，可见您在他心中有多么重要。"

我亦听说过皓蓝明珠，听完秋榉一席话，心中万千感慨，我沈眉弯究竟有何长处，可以令皇上如此待我，难道仅仅就凭那份虚渺的感觉吗？纵然是，又能维系多久？一生吗？要一个帝王将一份情感维系一生，恐怕太痴傻了。

关上门窗，拉上帐幕，秋榉和红笺、烟屏三人在黑暗的屋子里欣赏着皓蓝明珠神奇的璀璨，我却在幽蓝的光芒里读出了一种盛世的薄凉。

鸳鸯，这成双成对的鸳鸯，伴随了昨日，又伴随了今朝，还能伴随到明天吗？

次日黄昏，天色垂暮，早有凤鸾宫车在月央宫外等候，我在镜前细致地打扮了一番，带着那颗皓蓝，还有秋樨，一同朝长乐宫行去。皓月当空，好风如水，宫车缓缓地碾过石板路，那滚轮的声音响彻在春夜悠长的御街。我知道，这样并不算张扬，却依旧会引来无数人的目光，宫车将我带向帝王的宝殿，等待我的是靡丽盛极的风花雪月。

我见到淳翌的时候，他正在窗前观赏院内的海棠，我轻轻走至他的跟前，一步宛若一朵莲开。他转头轻唤我："湄儿……"

我迎上去，行礼，他挽起我的手，柔声道："这一日真是漫长，朕好不容易才等到月上柳梢。"

他的话说到我的心尖里，仿佛这一日我也觉得格外漫长，是几时我也开始学会了等待？看着他，我含羞唤道："皇上……"

他轻撩我的鬓发，笑道："湄儿，自昨夜后，你让朕的相思更加深了。"

"可是湄儿不曾离开。"我低语。

"朕不会让你离开。"他搂过我的腰身。

"湄儿，朕今夜为你描眉好吗？"

坐于镜前，他长身而立，为我细细地描眉，他说要描得跟那弯月亮一样纤细。在这样繁密的柔情里，我的眼睛竟有些湿润。

我取出皓蓝明珠，诚然地说："皇上，请您收起来吧，这皓蓝太贵重了，臣妾消受不起。"

"不，就在昨夜，我觉得，这皓蓝只有你一人才配得起，它给我一种强烈的感觉，这原本就属于你。"他坚定地说，句句真挚，不容我再拒绝。

"那臣妾就替皇上收藏着，待皇上要时，再来臣妾这儿取。"我只好这么说。

他微笑地看着我，眼神里流溢着温和的光亮。烛影摇红，又是烛影摇红，他拥紧我的腰身，一只手轻轻抚摸我的发髻，那流转的随云髻傲然地挺立。他拔下我的翠玉梅花簪，万缕青丝就那么倾泻下来，落在他的肩上，落在我的腰身。

他用力将我横抱，长发如瀑垂落，缓缓走向床榻，卸下罗帐，两个身影紧紧地贴在一起……

半月，我整整侍寝了半月。每晚我坐着凤鸾宫车，行驶在春风细细的御街，夺尽了所有人惊羡的目光，当然，我知道，换来的是更多的嫉妒与仇视。

淳翌，他根本听不进我的劝说，对于他的恩宠，我难以消受，却又无法逆了他的意。夜夜的耳鬓厮磨，若非是因了爱，又何以至此？若是寻常百姓，这样的爱，自是眉弯有幸，可他是帝王，这样高贵的爱，纵然我要得起，他人呢？他人会做何感想？

他人见皇上宠我如此，自是有怨亦不敢露，表面上对我极尽奉承。

我纠缠于淳翌如水的柔情与夜梦凌乱的惶惶里，被噩梦啃噬，而淳翌又不断地输给我炽热的暖意。尽管如此，我还是在一点一滴地憔悴。淳翌只当我是长夜消磨，耗尽体力，心疼我，准我在月央宫好生休养。

半月后，我去丹霞殿给皇后请安。

才进殿内，却见得许多嫔妃聚集于此，我自问并没有来迟，想来今日她们的早到是有缘由的。向皇后行过礼，便坐到谢容华身边与她闲聊。

坐在那里的云妃早已按捺不住，起身向我问道："湄妹妹呀，今儿个身子是不是哪里不舒服，我看你脸色不大好。"

我起身迎道："多谢娘娘关心，臣妾没有哪儿不适。"

这边的兰昭容走过来，冷笑道："想来是湄妹妹接连半月伺候皇上，过于劳累，才面带倦色。"

我心中气恼，正要回她，却见舞妃含笑道："兰妹妹也侍奉皇上已久，当知谨言慎行这几个字的道理。"

云妃嗤笑一声，向舞妃道："我看舞妃最近也清闲得很，空了又该编几支舞庆祝皇上的寿辰吧。"

舞妃不紧不慢地答道："多谢姐姐提醒，只是不知今年你又该用什么方式来为皇上祝寿？"

云妃正欲启齿，皇后已发话："妹妹们也不要在此争闹，大家姐妹要同心同德，尽心竭力地服侍皇上，让皇上雨露均沾，为皇家繁衍子孙。"

皇后此话看似调和，然则也在提醒我，皇上已接连临幸我半月，恐怕连她这个皇后也怠慢了，如此一来，倒给人落下口舌。我暗暗抬眉看了她一眼，她似乎并无在打量我，依旧保持着她温和的笑脸。

云妃嘴角扬起一抹微笑："臣妾不打扰皇后娘娘歇息了，这就先行告退。"

说完，跪安，偕同兰昭容和许贵嫔先行出去，其余的嫔妃也跪安相继告辞，我和舞妃、谢容华走在后面。

六宫专宠于一身

走出丹霞殿，见云妃和兰昭容、许贵嫔缓缓地走在前面，我和舞妃、谢容华走过去，彼此打了招呼，正欲离去，云妃轻笑道："湄妹妹，如今你可算是皇上身边的红人，姐姐我以后许多地方还要多请教你。"

云妃终究还是忍不住，不放过一丝奚落我的机会。我转头微笑："娘娘谦虚了，臣妾得蒙皇上恩宠，自是不敢恃宠而骄，若说请教，应是臣妾要多跟娘娘学习。"

云妃抬眉一笑："若说请教，莫如请教舞妃，当年她以一支《霓裳舞》令皇上迷醉三日三夜，不过当时皇上还是渊亲王，风光自是不及今日的妹妹了。"

云妃话中锋芒不减，舞妃上前反唇相讥："我当云妃是个明白人，怎也糊涂至此。这话在我们面前说也就罢了，若是传了出去，皇上定然不饶。如今皇上贵为九五之尊，岂可再提当年渊亲王府旧事。"

兰昭容冷冷一笑："舞妃这是拿皇上来压我们了。"

云妃眼角斜看她："兰昭容休要话多，当心闪了舌头。"兰昭容眉角轻蹙，忍气默默退后。

云妃朝舞妃盈盈一笑："舞妃的嘴皮子功夫日见伶俐了，你与湄婕妤相处得这般近，如今她得皇上荣宠，你也风光了。"说完，她深吸一口气："出来这么久，也有些乏了，我回宫歇息去，就不打扰你们了。"

她不待我们回话，挽着宫女的手径自离去，兰昭容和许贵嫔抛下一个不屑的眼神，也随在她身后。

我心中不禁暗笑，像兰昭容和许贵嫔这样的女子，真不知淳翌是如何喜欢的，还得宠坐了高位，真真是有些可笑了。

我挽着舞妃的手，边走边低声道："姐姐可会怪我？"

舞妃莞尔一笑："我为何要怪你？"

"方才云妃的话句句意有所指，她之所以为难姐姐，也全是因为我。"我叹息道。

舞妃撩开面前的柳幕，微笑道："妹妹莫要多想，云妃早已视我为仇敌，纵然没有你，她亦如此，难道妹妹忘了我先前无由中毒之事？"

一旁的谢容华接过话："难道娘娘知道是谁人下毒？"

舞妃迟疑片刻，淡淡说道："我也不曾去细查，但心中多少有点底，在这宫里，可以轻易毒害我的，也没几人。"

我脑中又浮现出舞妃病中模样，如今看她已经瘦怯娇弱，想到淳翌这般宠我，难免会冷落了她。若淳翌真将过去对她的宠爱移至我身上，那实在是我的不该了。看到她，又念及自己如今宠幸太过，日后又会不会重走了她的路？自古得宠容易固宠难，谁又可以挨过那么多的明日朝朝？

我想起那么一句话，人生若只如初见。

穿枝拂叶，静静地行走在上林苑，我与舞妃终不再言语，或许我们心底都明白，很多时候言语是苍白的，说了反而无力。

　　回到月央宫，路过庭院，见往日绽艳的梅花已纷落，它的花期总是与别的不一样，万物凋零时，它独挺严寒，傲然霜雪，待百花舒妍，它又暗自飘零，不与世群。而我，是否也是一朵清傲的梅花，遗世独立在这后宫？只是我的花期会有多长？

　　坐到午后，天空飘起了细雨，春雨无声，淅淅沥沥，见落花飞处，斑斑点点，宛若涕泪。烟雨楼台，是南国的景致，此时的后宫沉浸在一片迷蒙的烟雨中。坐观这样柔软的春雨，不知谁的心还会生出那些邪恶的争斗？

　　直到夜里，雨也不肯停歇。半月不曾在月央宫的床榻歇息，如今竟有些疏离了。披衣起身，捧起一本《诗经》，无心读下去，看那寂寥的琴弦，亦无心弹起。

　　正在愁闷之时，淳翌无声无息地走了进来，我猛然惊起，喊道："皇上，这么晚怎么还过来了？"

　　他拂拭衣袖上的水渍，微笑道："朕挂念你，所以过来看看。"

　　我忙走过去，为他擦去额上几滴雨珠，柔声道："下着雨，皇上要小心身体。"

　　他握着我的手："朕身体大好着，只是湄卿最近清减了不少，让朕忧心。"

　　"臣妾无碍，有劳皇上挂心。"

　　他看着我，心疼道："朕可不忍看着湄儿在朕的怀里消瘦，只希望你在朕的滋润下骨肉丰盈。"

　　我霎时羞红了脸，低唤道："皇上……"

　　我和淳翌临窗听雨，品茗对弈，他见我面有倦色，关切道："湄卿，是不是累了？"

　　我揉了揉太阳穴："有点。"

　　"那你去躺着，朕等你睡着了再走。"

我轻轻摇头："皇上每日政务繁忙，应该早些安寝。"

他笑道："那朕今夜就在月央宫就寝吧。"

他虽含笑，但我心知他确是如此之想。皇上已接连半月宠幸于我，这样的盛宠，是任何妃子都不曾有过的，包括六宫之首的皇后。因为皇上的恩宠，我已招来了云妃等人的不满，若皇上再执意宠幸我而冷落其他后妃，定会惹来后宫无尽的纷争，到时，于我、于皇上都是有害无益。

他见我半晌不说话，便问道："怎么了？湄儿，你有心事？"

我摇头，停顿片刻，才低语道："皇上，臣妾有一个请求，不知您是否应允。"

"你且说来，朕一定应允。"他答得爽快。

"臣妾想，新秀已进宫多时，皇上除了临幸过臣妾，其余的嫔妃都未曾侍寝，臣妾不敢得皇上专宠。"我声音极低，却字字清晰。

他眉头微皱，沉了一沉，才道："可是有人为难了你？"

"不，不曾有。"我急道。

"不许欺瞒朕。"他声音清透有力，仿佛要洞穿我的心事。

"真的不曾有，我只是希望皇上不要因为专宠我，而冷落了其他后妃。"我终究还是说出来了，只怕淳翌会更加气恼。

"朕贵为天子，宠爱自己的妃子有何不可？就像今夜，朕想你，所以才来月央宫，朕不能因为她们的等待，就违了自己的心。"他话语凌厉，亦隐含着一丝无奈。

我心紧，他心中有我，我却要将他推向别人的怀中。伸出手，我抚摸他微锁的眉，疼惜道："皇上莫恼，皇上对臣妾的心臣妾明白，且珍惜着。只是臣妾不忍皇上为臣妾而忧心，六宫祥和，也是臣妾的福气。"

他将我拥在怀里，我听得到他低沉的叹息，带着凉薄，像窗外的春雨，点点滴滴渗进我的心里。许久，他才低语道："朕——明白了。"随即，又缓缓道："只是，你要答应朕，朕今夜不想离开。"

"好，湄儿今夜也不要皇上离开。"我话语一出，竟也不觉得羞。

走至琴案，盈盈坐下，拨动琴弦，含情唱道："悄整春容，轻折花枝，与郎共度佳期。玉露中宵，灭烛轻解罗裳。纤腰如绵眼儿媚，娇滴含笑兰麝房。帷幌里，霎时云，霎时雨……红绡帐里鸳鸯坠，说不尽，袅娜万种风情。蹙眉蛾鬓，占得香馥才名。调琴娇歌妙意曲，折柳羞织同心结。从今后，梦时魂销，醒时销魂……"

他用力将我抱起，朝榻上走去，我白色的丝绸寝衣松散，拂落于地，露出雪白冰洁的肌肤。双手环绕他的颈，迎接他炽热温情的双眸。

透过轻纱软帐，我细闻他身上的清香，竟是这般迷恋。今夜，我有罪，我的罪就是，我拒绝了他的专宠，却又极尽妖娆去诱惑他。

我有罪。

○ 第三卷 ○

春寒梦断

这雨，一落就是七天，
绵绵的细雨，带着轻烟的惆怅，
带着缥缈的彷徨……

春雨夜半藏劫数

　　这雨，一落就是七天，绵绵的细雨，带着轻烟的惆怅，带着缥缈的彷徨，给这个绮丽的后宫增添了迷蒙的底色，许多的景致都变得潮湿，包括人心。

　　一连七天，淳翌没有再来我的月央宫，亦不曾再有凤鸾宫车将我等候。倚窗听雨，看落红点点，被无情的风雨催落。此时的安静与七日前的喧闹，仿佛隔了一个时空，七日前的我是皇上专宠的妃子，七日后的我被尘封在月央宫，与烟雨做伴，与寂寞相陪。

　　其实，并不是我所想的这样。淳翌不来，不是他不爱我，是他不能来。纵然贵为天子，亦不能随心所欲，若是后宫怨气冲天，身为皇上的他又怎么可以寻得宁和?

尽管如此，他没有来月央宫，却也没有临幸任何嫔妃。我让小行子去打探消息，得到的结果是皇上近日政务繁忙，日夜操心国家大事。

理由是好，纵然她们认为是敷衍，但至少皇上没有再临我的月央宫，想来，会令许多人心里舒坦。

在这样桃红柳绿、画意诗情的春色图景里，我以为我可以做娉婷的梦。可是我不知道，有一场劫数正随着曼妙的春风朝我涌来，并且有些急。

春雨的夜晚总是太长，没有淳翌的到来，我只能捧书消磨，不知何时，我竟有些不习惯这样的寂寞。

才用过晚膳，在暖阁里听雨打芭蕉的闲静。秋槿走进来，说道："主子，舞妃娘娘命她宫里的涣霞给您送野山人参汤来了。"

一名宫女拎着精致的食盒随在秋槿身后，一见到我，就慌忙行礼道："婕妤娘娘，我们家主子让奴婢给您送来一碗千年长白山野山人参汤，还有两瓶雪莲蜜。"说完，打开锦盒，见一只精致的翡翠玉碗里盛着淡黄色的汤水，还冒着热气。

涣霞笑道："我们家主子说，本来想直接把野山人参送过来，怕您不肯收，再者她有秘方熬制，这汤是我们家主子亲自煎的，里面放了暖炉温着，请您务必趁热喝下，搁久了药效就没这么好了。"

我看着那碗冒着热气的人参汤，还有边上两瓶晶莹的雪莲蜂蜜，心中万分感动，只是这千年野山人参是人间珍品，得来不易，我又怎么能接下她这么贵重的礼物。我微笑道："告诉你家主子，难为她如此惦念我，这两瓶雪莲蜜我收下了，只是这野山人参汤还请带回去，给你们家主子服下，她体质虚，比我更需要滋补。"

涣霞忙说道："娘娘就趁热服下吧，莫辜负了我们家主子的一番心意。这人参是皇上之前赏赐的，主子一直不舍得吃，她说您最近身子骨不大好，问过太医，说吃这个人参安神滋补效果极好，这才煮了命奴婢送来。"

听完一番话，我再要拒绝就真的辜负了舞妃的深情厚谊，这才说道："你回去传话，就说我收下她的赏赐，改日亲自去翩然宫道谢。"

“主子还命奴婢看着娘娘服下，那样她才安心。”涣霞边说边端起了玉碗，递给我。

盛情难却，我接过玉碗，一口气将人参汤饮下，而后对她笑道：“这下总可以了吧，你这丫头怪机灵的。”

涣霞微笑道：“是，奴婢这就回去复命了。”

“等下。”我唤道。

我朝秋樨看去，她立即取来一只翡翠玉镯递给涣霞，涣霞忙推辞：“不，不敢当。”

秋樨笑着塞在她手里：“收下吧，这是我们娘娘赏赐的。”

“涣霞谢过娘娘。”她将玉镯放进袖子里，笑着离去。

看着两瓶精美的雪莲蜂蜜，想着舞妃待我的好，感动之情油然而生。窗外的雨还在淅沥地落着，今晚的淳翌好吗？会思念我吗？因为我，淳翌冷落六宫嫔妃，而舞妃不因此嫉恨我，反而与我交心，实在难能可贵。想起宫外的画扇，亲如姐妹的画扇，已过三月三，今年的花魁又落她家吗？烟花巷的事太过遥远，就像是前生。

听着雨声睡下，因为睡得轻浅，又或许是野山人参起了效果，竟没有发梦。直到夜半，我突然觉得胸口异样地疼痛，有一种滚烫的焦灼感。

挣扎着坐起，秋樨和红笺忙披衣过来问询。胸口阵阵的灼痛令我冷汗淋漓，脸色只怕也是吓人。

秋樨忙唤道：“娘娘，你怎么了，脸色怎么这般红？”

我难受得说不出话，只是捂着胸口，一阵剧痛，一口鲜血从嘴里涌出，溅落在新换的白色丝绸锦被上，那么鲜明刺目。

红笺急得哭起来：“小姐……小姐……”

秋樨也慌乱起来，急唤道：“来人啊……”

“别出声……”我努力说出话。

秋樨含着泪，急切道：“娘娘，得请太医。”

"不，不可声张。"我虚弱地看着她。

"可是……可是……"她很焦急。

红笺递给我一杯清水，我喝了两口，方觉疼痛缓解些，胸口也没有刚才那么灼热。

倚在枕头上，呼吸由方才的急促慢慢地平缓下来。秋樨为我换过被子，红笺用热水帮我擦脸。

停顿下来，秋樨见我缓解些，才问道："娘娘，您说这会不会跟喝了野山人参汤有关？"

红笺道："野山人参是滋补安神的极品药材，喝了怎么会吐血呢？"

我摇手道："此事切不可声张，若传扬出去，会对舞妃不利。"

"难道小姐也认为是服了野山人参汤才引起这反应？"红笺问道。

"我不敢肯定，但是这病来得太突然，多半是与这人参汤相关，我怀疑我中毒了。"我缓缓说道。

"中毒？"她们惊讶地喊道。

"难道舞妃对小姐您下毒？"红笺一脸的疑问。

秋樨轻轻摇头："我看不会，舞妃不像是那般心狠之人。再说若真是她下毒，也不会这么明显，亲自命人送汤来，还下毒，岂不是傻了。凭舞妃这样聪慧之人，断然不会如此做的。"

秋樨的话正合我意，舞妃并不是那种心中藏奸的人，若我因此疑她，未免太辜负了她的情深。况我深信这绝不是舞妃所为，我想起日前舞妃亦有过中毒事件，莫非此事是同一人所为？借舞妃之手，来铲除我，此计一箭双雕，我不能让下毒之人计谋得逞。

我唤过红笺，低声道："天一亮，你就去请羚雀宫谢容华过来。"

"您要将此事告诉给谢容华？"

"是，只怕瞒不住她，我需要她去请贺太医来为我诊断，才能确定我是否中毒。"我停了停，又说道，"你们千万记得不要泄露消息，不然对舞妃、对我都将是劫难。"

"可万一真是中毒，那该怎么办？"秋樨焦虑道。

"那就看我的造化了。事已至此，不可挽回，纵然那是一碗穿肠毒药，我已饮下，追悔也是徒劳，莫如平心静待结果。"说完此话，我觉得胸口又是一阵绞痛。

红笺慌道："小姐，我这就去羚雀宫请谢容华过来吧，只怕越拖越重了。"

我缓了一口气："不，不可，这么晚去难免会惊扰他人，况且既然有人有心要设计，就一定会有眼线盯着我们的举动。"

此时睡在外屋的烟屏睡眼蒙胧地走进来，看到我虚弱的模样，还以为我又是做了噩梦，听红笺诉说亦急得哭起来。

看着我痛苦地煎熬，她们只能在一旁焦虑，却是束手无策。

四更天时我胸口又剧痛一次，吐了一大口深褐色的血。这时候，我几乎可以确定自己是中毒，能不能渡过这关，只能看我的造化了。

绵绵的细雨还在下落，我感觉身上忽冷忽热，疼痛始终没有减轻，看着沉沉的黑夜，只期盼着天亮，或许天一亮，一切还会有转机。

一枕春寒梦魂归

　　终于熬到了天亮，我感觉胸口撕裂般的疼痛，几度欲要昏死过去，极力地支撑着。

　　我的意识已经有些模糊，只知道红笺匆匆赶去羚雀宫，秋樨命外面的人一概不许进我的寝殿，说我需要静心休养。

　　迷糊中感觉到秋樨和烟屏在一旁焦急万分，不停地为我拭汗，额上换帕子，因为疼痛，我的体温急剧升高。

　　有脚步匆匆地近了，那身影我看得出是谢容华，她摸我的额头，拽紧手上的帕子，急道："丹如，你快去请贺太医来一趟月央宫，就说湄婕妤受了风寒。"

　　贺太医来了后，命红笺先给我喂了一颗丸药，一盏茶的工夫过去，我感觉意识渐渐地清醒，疼痛也在减缓。谢容华将我扶起，让我身子倚着她，我虚弱地睁开眼。

贺慕寒走过来，轻声道："娘娘，臣需要为您把脉，您显然是中毒了，臣要知道毒性有多重。"

把过脉，我见贺慕寒脸色异样，似有不祥之感。他对我说道："娘娘，臣一时还查不出您中的是何毒，此毒剧烈得很，所幸的是还未侵入五脏。臣现在需要用针灸封锁住您身上的主要穴位，防止毒素再度入侵。"

掀下帘幕，我靠在谢容华肩上，贺慕寒为我针灸，我只感觉全身疼痛、酸麻。一个时辰过去后，贺慕寒舒了一口气："毒性暂时被控制了，眼下就是要查出娘娘究竟中的是何毒，此毒与舞妃先前所中的毒不同，此毒剧烈，而且快狠，抢救不及时便要危及性命。"

"需要多长时间才能查出来？"谢容华急问道。

贺慕寒轻皱眉头，叹气道："此毒非同一般，臣可以断定不是来自中土，看来下毒之人熟识毒性，并且臣怀疑婕妤娘娘和舞妃娘娘所中之毒都出自一人之手。"

"可是上次舞妃中毒服了你的药后就日渐好转，如今已无碍了。"谢容华极力地希望我所中的毒与舞妃一样，这样我就可以逃过此劫。

我见贺慕寒欲言又止，心里已明白几分，我中的毒恐已侵入五脏，只怕是返魂乏术了。想到不久也许要辞别人世，虽生无可恋，若让我即刻死去，亦难免有些惶恐，心中一急，便咳嗽起来，又一大口毒血吐出。

贺慕寒惊道："娘娘这口毒血吐出来起了很大作用，还记得当日舞妃的情形吗，她就是吐出了体内淤积的毒血，才得以好转的。"

秋樨道："可是昨夜娘娘已吐了几次鲜血了。"

贺慕寒摇手道："此毒血跟彼毒血不同，这是我用针灸将娘娘身上的毒逼到一处，所以娘娘此时吐出来的，就是我所逼出的剧毒。"

谢容华满怀欣喜地问道："那就是说湄姐姐体内的毒已经被逼出来了？"

"是，可以这么说。"贺慕寒停了一停，又沉声道，"只是毒虽然逼出，可是在体内的时间太长，昨夜至今晨，这么长的时间，毒素已侵入许多重要的经脉，想要彻底地清理是很难的。所以眼下之急，务必要查出所中何毒，对症服药会起到事半功倍之效。"

大家陷入一片忧虑的沉思。我心想此事牵连到舞妃，若是贸然去翩然宫彻查，势必会将事情闹大，到时想要遮掩恐怕也是不行的。在舞妃中毒事件发生之时，我已心疑翩然宫有不可靠之人，只是不便干涉，且想到舞妃因为中毒会更加小心，也就作罢。

谢容华在我耳畔低声道："此事是否要先去通知舞妃，让她查查到底身边谁最可疑？"

我轻蹙眉头："只怕这样一来会惊动了那个幕后操纵的人。"

谢容华急道："可是姐姐的病不能再拖了，那残留在体内的毒蔓延起来很快，迟了要生变的。"停了片会儿，又气恼道："这是谁人，也忒大胆了，你正受皇上恩宠，此刻就对你急下毒手，也未免太不把皇上放在眼里了。"

我冷冷一笑："所谓物极必反就是这般，锋芒毕露难免惹来祸端。"

"可是姐姐你并没有恃宠而骄。"谢容华在为我抱不平。可她不明白，一个妃子接连侍寝十五天已是鼎盛至极，谁还可以容忍她继续百媚千娇。

是的，我已经不能再百媚千娇了。

我淡淡笑道："我的气数只怕要尽了。"

谢容华宽慰我道："姐姐莫要多想，皇上那般宠你，你在他心中的地位已经无人能及。"

"我不要地位，只求安宁。"说这话的时候，其实我是违心的，因为我想要什么连自己都不知道。

谢容华若有所思，沉默许久，方叹息道："身在后宫，许多事都身不由心了。"

"我累了，想躺下睡会儿。"我觉得自己有些虚弱。

昏沉沉地躺在枕头上，隐约地听到贺慕寒将谢容华请出去，接着又有脚步声临近，我越来越累。我告诉自己，就这样睡过去，睡过去，若是醒来，则罢，不能醒来，也罢。

迷糊中，感到身子躺在一个温暖的怀抱里，有手在抚摸我的额头。我努力地睁开双眼，看到的是淳翌，他看上去似乎很疲倦，瘦了许多，此时脸上却绽放出惊喜的笑容。我躺在他的怀里，而他，坐在我的榻上。

他亲吻我的额头，我虚弱地看着他，低声问道："皇上，我睡了多久？"

"半个月了，傻丫头。"他温和地微笑，这般亲切地唤我，让我心喜。

"半个月……"我有些不信，为何这沉睡的半个月，我无一点意识，连夜夜纠缠的梦也不曾再有过。

我看着他，有恍若隔世之感，心中竟是那么想他了。也不顾那许多，我轻轻抬起头，将我的唇贴到他的唇上。他先是一愣，转而亲吻我，柔软缠绵。

我偎在他怀里，觉得舒适安逸，恍然心里一惊，才知道，自己是因为中毒才昏睡半个月的。欲要说话，他用手轻捂我的唇，柔声道："有朕在，不怕。"

我转过头，才看到榻下跪了一地的人，许多位太医，还有云妃、舞妃、谢容华她们，连皇后也坐在椅子上。方才我与皇上温情的画面都被他们看了去，想到这儿，我脸上发窘，低低道："皇上……"

淳翌朝他们说道："你们先行退下，回去歇着，太医留下，在前殿候着。"

见他们陆续地退出屋子，只余下皇后，她缓缓走过来，握着我的手："妹妹，你醒过来就好，太医说只要醒过来就没事了。你好生休养，皇上为了你已经半月未安眠，见到你醒来，我也安心了。"

皇后的话好重，我一时间竟不知说些什么。

她走后，我看着淳翌，那一刻，我明白，原来我在他心中已经如此之重。我泪眼蒙眬："为何要这样？"

"因为你是唯一。"他声音有些沙哑。

"不值得，你是一国之君。"

"只要你醒来，怎样都好。"他轻抚我的眉。

此时红笺已端来一碗热气腾腾的汤药，道："皇上，方才太医让煮的，说现在喂主子喝下。"

"朕来。"淳翌端过碗，一口一口地细心喂我，药微苦，有些涩，我不皱眉，微笑地喝着。

"皇上，您去吃些东西，然后好好地睡一觉。"我关切道。

"你放心，你好了，朕怎么舍得不让自己好。"他笑道，"乖乖的，在朕怀里再睡会儿，只是不许睡得太久，醒来了陪朕一起用膳。"

我的确觉得很累，在他温暖的怀抱，又沉沉地睡去。

明月清风已相思

再度醒来的时候，依旧在淳翌的怀里，有红烛摇曳，那红红的灯焰，仿佛一朵浓郁的往事被点燃，穿越了前尘旧梦，在今世明媚地跳跃。

我有些头晕，看着淳翌，我说的第一句话就是："今晚有月亮吗？"

他微笑："呵呵，朕也不知。"他转头看向那边的窗台，转而对我说道："要不，朕抱你过去看看？"

"嗯。"我微笑点头。

他辛苦地移动身子，笑道："坐得太久了，竟有些发麻。"

他将我放至床上，自己下床伸展了身子，轻轻将我抱起，我搂紧他的颈，与他深亮又疲倦的眸子相视。

临窗，有徐徐的春风拂面，我看到了，又是弯弯的月牙在静谧的夜空里，满含着清宁、温婉、神秘和柔亮。我喃喃道："清莲何自诩，明月已相思。"

淳翌亲吻我的额，微笑道："等湄儿身子大好，朕要在这样的夜晚，听你抚琴吟怀，共此明月光。"

我偎在他怀里，笑道："皇上，臣妾想吃莲藕羹了。"

"哈哈，原来朕的湄儿嘴馋了。"他将我抱至榻上，一招手，秋榠和红笺她们已端来许多美食糕点。

我笑道："原来都准备好了呢。"

"是，皇上命奴婢候着，只要主子醒过来，饿了就可以直接吃。"秋榠欣喜道。

"皇上，臣妾想要坐在椅子上与您共品佳肴。"我语气带娇。

"好，只要你喜欢，朕都依你。"

淳翌将我抱至椅子上，我斜倚着厚厚的软垫，他端起莲藕羹，准备喂我。我轻轻摇头："臣妾要和皇上一起吃。"我知道，他半月未安眠，想到这儿，心里揪得紧。

他似乎猜到我的心思，微笑道："朕没事，朕每日都喝参茶的，不然哪儿还有力气抱你。"

人说，爱一个人总要经历些波折，才能知道有多真心。我看着憔悴的他，心又疼痛起来。

我们是在彼此的关爱中用完膳的，而昏迷了半个月的我，一点也不觉得累，突然觉得原来活着真好。可以看月亮，可以品尝美食，还可以与喜欢的人坐在一起眉眼相对。

"皇上，您该回寝宫去歇息了。"我关切道。

"嗯，朕是有些乏了，看着你没事，朕这就回去歇息。"他将我抱至床上，笑道，"湄儿，你安心养身子，朕先出去问一下太医，你还需要吃哪些药，一会儿就不进来了，明日再来看你。"

"嗯。"我点头。

静静地躺在床上，看闪闪摇摇的红烛，那灯芯仿佛凝聚着世间所有的美丽，而这些美丽只停留在短暂的时光里，随后便焚烧，化作灰烬。

我告诉红笺，我想沐浴。

寝殿里烧着炉火，暖融融的，秋榍说我不能着凉。

又见热气蒸腾的水雾，温热水汽，花香袭人，红笺为我擦拭莹白的肌肤，疼惜道："小姐，您瘦了。"

"可我还活着，活着比什么都要好，不是吗？"我看着她，凝思片刻，问道，"红笺，告诉我，告诉我昏迷这半个月里所发生的事。"

"小姐，您需要静养，等身子大好了，我都告诉您。"

"可我现在就想要知道。"对于自己半个月的事一无所知，我总觉得生命里少了些什么，我需要将丢失的找回。

红笺说道："小姐，其实这次真的很惊险，若不是陵亲王，您的命恐怕要保不住了。"

"哦？陵亲王？此事怎会与他相关？"我惊讶地问道。

"您且听我说来。"红笺边为我沐浴边说道，"那日您昏睡过去后，谢容华一直守在您身边，怎知皇上当晚就来了，我们极力想要遮瞒，最后还是被皇上发觉了。他很气恼，问清了缘由，彻查了翩然宫，舞妃当日差点问罪，是皇后求情才渡过一劫。只是很遗憾，没有查出下毒之人是谁，那时皇上只忧心您的身子，也无心去严查。"说到这儿，她停了停。

"那后来怎么呢？"我不禁问道。

"后来皇上召集了所有的太医到月央宫视诊，竟无一人知道您所中何毒。其实您体内的毒已侵入脏腑，太医说若再找不到解药，只怕性命难保。这样子一拖就是三日，直到陵亲王为您请来了一名解毒高手，服了他的药后，您又昏迷了十二天，才醒过来的。"

"就这样？"我似乎觉得一点也不曲折。

"嗯，就这样，听那位解毒高手说您所中的毒叫什么'凝丹雪'，是一种花，其花粉可以研制成剧毒，中毒之人三日内不服解药就没命了，您能撑过来已算是天大的幸运了。"

"凝丹雪。"我低语道。此毒居然有这么好听的名字，此花我不曾听过，一种不知名的花差点要了我的性命，实在有些无辜。

"皇上自那日来到月央宫就再也没离开，他整整陪了您半个月。后来宫里许多嫔妃都来到月央宫，跪了一地，只为皇上能用膳，保重龙体。您知道吗？连太后都来过三次。"

"太后到过月央宫？"想到太后深居长宁宫，这次因我的事几度亲临月央宫，皇上为我半月不妄眠，她一定是痛心至极。想到这儿，我感到愧疚与不安。这淳翌也太任性了，如此由着自己，让我日后如何面对她们？

"就这样了？"我禁不住又问，仿佛这些还不够，半个月也不过如此。

"嗯，就这样。"红笺瞪着眼睛笑道，"小姐，这样还不够吗？要知道，这半月，我们都急死了，又急又怕，就没合过眼。"

我脑中突然浮现出陵亲王淳祯的身影，于是轻问道："陵亲王是否有来此看我？"

"来的，只是在前堂，没有进屋内来。"

"哦。"我低语，恍惚中，总觉得缺少了些什么，可究竟是什么，我又道不明。

沐浴完，临窗看着月亮，那温婉的光辉倾泻在阶前花径，撩起沉静的相思。相思，我有些想淳翌了，病了一场，人显得格外脆弱。他这样守护我半个月，我已经没有力量去拒绝。

尽管，我不知，这一次到底是谁人在害我，只是，无论将来后宫会有多少陷阱，我都无畏，是的，都无畏。

正在思忖之时，秋榭走到我身前，轻声道："娘娘，我听小行子说，皇上要让舞妃娘娘到霜离苑静心去。"

"霜离苑？怎么还有这么一个苑？"我听秋榭这么一说，心中想到，自然是不好，这霜离苑乍听起来就是冰冷的。

"是的，是宫里一处很偏的院子，那里几乎就算是冷宫了。"秋槿表情黯淡，我知她在为舞妃感怀。

我心急如焚，想来舞妃定是因为我的事而惹怒了皇上，只是皇上为何要气恼到如此地步，岂能将舞妃遣至那种地方。

"小行子！"我急唤道。

小行子躬着身子走进来："是。娘娘有何吩咐？"

"备轿，去翩然宫。"

"可是……可是……"

一屋子的人跪在地上，可都阻挡不了我。我扶着红笺的手，往前堂走去，因为多日的昏迷，我觉得步履沉重，虚弱无力……

谁遣薄凉至翩然

一路上，只有清风明月相随，而我无心欣赏这春夜柔和的景致，风景于我，此时形同虚设。

我忆起了第一次去翩然宫，那时的舞妃因中毒而性命堪忧，如今再度来此，却因她要搬离翩然宫。若不是因为我，只怕这些劫数都与她无关，至少，这一次，是因我而起。我是不会容许淳翌如此待她，因为此事跟舞妃没有丝毫的关联，皇上若是轻信谗言，治了舞妃的罪，就合了那歹人的意了。再者，舞妃是他深宠的妃子，难道旧日的恩情就此勾销吗？

抵达翩然宫，见门口停设了许多的车轿，匆匆走向正殿，殿内已跪了一地的人。我第一眼就看到淳翌，他负手而立，面含怒色。他见我兀自立于人群中，大惊，忙迎过来，急问道："湄卿，你如何到这儿来了？"

他忙扶我至一旁的椅子上，喊道："快快坐下。"

"臣妾不敢。"我回道，声音里夹着些许的冷漠。

他朝殿门口的秋樨和小行子等人呵斥道："谁让你们这些奴才自作主张的，啊，都给我滚出去！"

一干人吓得立即退在门外，齐刷刷跪了一地。

"皇上，您也莫恼，这自然是臣妾的主意，要罚就罚臣妾好了。"我似乎有些不顾淳翌的圣颜，在众人面前如此执拗。

我暗暗看了几眼跪地的人，云妃，兰昭容，许贵嫔，还有舞妃，连谢容华也在。

皇上气恼地朝她们吼道："你们也休要争闹，若是这般都不称心，就全给朕去霜离苑长住，朕也清净。"

"臣妾知道皇上如今看了我们心烦，只是臣妾并无罪，况臣妾所说之事句句是实情，怎敢欺瞒皇上？"云妃抬眉，极力地为自己争辩。她所说的句句实情，又是什么呢？

"朕此刻什么也不想听。"淳翌似乎很无奈，我看他满脸倦色，半月不曾眠，不知为何又到翩然宫兴师问罪来了。

我走至他身边，微笑道："皇上，您看夜已深，不如早些回去安寝，其余的事，搁在一边。"

他看着我，低声道："可是，湄卿，朕也不能让你无辜受这么多的苦。"他转而又朝跪在地上的妃子喊道："朕若查出此人是谁，定饶不了她。"声音威严，极尽威慑力。

"皇上……"云妃欲言又止，眼睛瞟向舞妃。

"皇上，臣妾已算是有惊无险，过去的事臣妾亦不想追究，想来下毒之人日后也不敢再犯，就这样息事宁人，大家和睦相处吧。"我宽慰着淳翌，事实上我已经明白，定然是云妃借舞妃给我送人参汤之事一直纠缠不休，想趁此机会让皇上责罚于她。

淳翌看着我，疼惜道："你这又是何苦，朕陪你回宫歇着去吧。"他转而看向她们，说道："你们先行起来，各自回宫歇着去，让朕安静一下。"

兰昭容说道："皇上，那舞妃……"

淳翌锐利的眼神朝她看去，呵斥道："兰昭容，是不是想让朕将你遣至霜离苑？"深皱眉结，喊道："都给朕退下，退下！"

翩然宫，拂柳堂，只余下我和淳翌，还有舞妃。

沉默的殿堂，只有红烛在闪烁，玉露中宵，有多少人梦梦醒醒？

我看着低眉垂袖的舞妃，上前去握住她的手，轻声低语："对不起，姐姐，是湄儿不好。"

她看着我，微涩地笑道："傻瓜，与你何干，此事与他人无扰。"随后轻叹一口气，看着淳翌，欲言又止。

淳翌走过来，看着她，低声道："怪朕不好，朕当时也是恼了，可你偏生就不肯说得柔软些，让朕实在是气不过了。"

舞妃凝视着淳翌，叹息道："皇上，也许臣妾真的是有罪，罪不该如此真心。"舞妃对皇上说出此话，想来她真的是心伤了。

淳翌握起舞妃的手，轻轻一叹："朕怎会不知，以你的善良，是断然想不出如此心狠的计谋的。只是，当时云妃带着兰昭容她们到朕的乾清宫，说是找到了下毒的证据……"

"证据？难道证据就是因为我来自南疆之地，而那个地方又生长着许多奇花异草，并且还生长得出一种叫凝丹雪的花吗？"舞妃语气有些生冷。

凝丹雪，原来凝丹雪出自南疆，而舞妃却是来自南疆的女子。

我在一旁轻笑道："就为此吗？就为此皇上怪罪了姐姐？唉，真的是湄儿的罪过了。"

淳翌看着我，笑道："是朕糊涂了，朕当时也不信，只是被云妃她们闹得心烦，所以才到翩然宫想问个明白，可是……"

"可是臣妾心痛难当，臣妾可以被她们猜疑，却不能接受皇上的猜疑。当日湄妹妹昏迷，皇上因为心急怪罪于臣妾，臣妾可以理解。只是如今皇上依旧轻信他人，而如此……"舞妃声音哽咽，眼中含泪。

我叹道："皇上，您竟不知，在此之前，雪姐姐同样也曾中过毒，只是毒性比我轻些，可是也差点失了性命。"我终于还是忍不住说了出来，实在不忍见舞妃受屈。

淳翌听后大惊："真有此事，你们竟敢如此瞒朕！"

"臣妾不敢。"我们惶恐地回道。

淳翌怜惜地看着舞妃，说道："是朕不好，让你受委屈了。近日来，朕冷落了你，竟没发觉你清减了许多，明日朕命人送些补品过来，你好好调理身子。"

舞妃热泪盈盈："多谢皇上！"

淳翌轻拭她的泪，柔声道："朕知道你伤心了，朕并非存心，你也傻，你可以告诉朕，这事与你无关，你为何要说气话，自己认罪呢。"

"我本有罪，既然她们都想我有罪，那就顺了她们的意。认了罪又何妨，皇上不是也认为我有罪吗？"舞妃细语喃喃，可是语气中分明还有怨气。

我知道，事情已经消解，我也有些累了。看着他们温情地立在一起，便想着要离开，这是我欠舞妃的，因为我，她失去了太多。

我欠的，自当是我来还。我笑道："皇上，雪姐姐，误会已消，你们就早点安歇，湄儿就先回月央宫了。"

淳翌唤道："朕送你回去。"

我盈盈一笑："不用的，外面有他们候着，皇上也该早点歇息。"

舞妃急忙说道："让皇上送湄儿回去，况且湄儿大病初愈，需要休息，皇上就在月央宫安心陪陪湄儿。"

"皇上……"我用一双恳求的眼睛望着淳翌，又极力地避开舞妃。

"朕送你至门口吧，看着你上了车轿方能安心。"他不由我拒绝，一只手搀扶我的手，另一只手搂紧我的腰身，就往殿外走去。

我想要回头与舞妃道别，又怕看见她失落的眼神，终究还是作罢。至少，至少今夜的淳翌是属于她的，这也让我安心多了。

"皇上……"心中许多的话，一时却说不出口。我知道他也累了，需要好好歇息，只是，今夜，我不能枕着他的臂弯。

我坐上车轿，亦没有回头看他的身影，那立于翩然宫外、月光底下的男子。无论他此时是否想要与我一起离开，无论他是否与我心灵叠印，今夜，他都不属于我。

我亦如斯归去了

　　行走在夜晚的御街，看着重重叠叠的宫殿，那望不到尽头的深宫，总觉得这里禁住了太多不快乐的魂魄。我突然感到了厌倦，我厌倦了这里。

　　回到月央宫，我只看了一眼窗外的月亮，只一眼，就觉得她与我一样，是孤独的。其实，很多时候，我喜欢这样的孤独，比如今夜，今夜淳翌留宿翩然宫，我不心痛，一点也不。

　　忽然觉得，我是个不会爱的女子，我不知道爱是什么，对于淳翌，也许那不是爱，只是一种偎依，有的时候，我需要一种温暖的偎依，仅此，而已。

　　太累了，轻解罗衫，帷帐里，我独自安睡。

　　夜里发梦，梦见整个宫殿着火，而我却被禁锁在月央宫，无法逃离。火焰将整个天空都烧得通红，那么浓的烟雾呛过来，呛过来……

醒来的时候，一缕阳光就落在窗台的青花瓷瓶上，折射出锐利的光芒，这阳光竟也会伤人。

我披衣立在窗前，这一天，风和，日丽。我心里萌生一种念头，我要离开这里，尽管，我知道，今生，我注定是这紫金城的女人，像个囚犯，在这精致旖旎的牢笼里。纵然，我被淳翌宠爱一生，又如何，不过是别人虚设的背景，一种华丽的衬托。

我要离开这个皇宫，哪怕是半月，哪怕是七日，哪怕是一天，也好。

坐在镜前，我看到自己的脸色那般苍白，几乎是毫无血色的白。这是个酷冷的地方，那些酷冷被浮华遮掩，可是会将灵肉一点一滴地吞噬。我本无欲无求，竟也卷入这样的是非，我算是体味到高处的寒凉。舞妃与我，就是立于高处，因为善良，而不会企望更高的高处，却被人算计。

其实，不是我不会，是我不屑，我不屑去算计别人，因为，我所要的，他们都给不起，包括淳翌。我想要的他给得起吗？他自己也不过是一个囚犯，只是这个囚犯拥有天下，享受着别人不能享受的一切，却也失去了别人所能拥有的一切。千万人之中的寂寞是真的寂寞，所以他是最寂寞的人。

淳翌来看我的时候，我正在前院晒太阳，小行子他们帮我将花梨木椅搬至前院，这样我可以躺在椅子上看明丽的春景。

"湄儿，今儿个气色好些了。"他轻抚我飘逸的长发。因为在自己的宫里，我不想梳发髻。

我抬眉看着他："皇上，臣妾有一事相求。"

"你只管说来，朕都依。"清风拂过，有落花纷洒，他轻轻为我取下发上的花瓣。

"臣妾想离开这里，离开紫金城。"我看着他，语气坚定。

他凝神，沉默片刻，低声问道："离开？永远离开吗？"

那眼神，竟可以令人心痛，我叹息道："永远？臣妾可以永远离开吗？皇上许臣妾永远离开吗？"

"如果你真的想离开，想永远离开，朕依你。"他看着片片落红，神情落寞。

"好，我决定了，我要离开。"我脱口而出，居然在他面前称"我"。

"湄儿，朕可以让你不再受伤害，你想要如何，朕都可以依你。"他眉结深锁，语气近乎哀求。

"我知道你都会依我，只是我不能接受你的纵容。我想要过平静的生活，像所有平凡人一样平静地生活。"

"我可以给你平静，在月央宫里，你可以自由地呼吸。"他也说急了，竟然丢掉了他高贵的称呼——朕。或许他是有意的，有意想让我们的身份平等。为了我，他竟然可以做到如此。

我值吗？值得他这样吗？许多人，许多事，就是如此，像毒，一旦爱了就会上瘾，说不定我就是他爱上的毒。他在极力忍耐，我知道，这偌大的皇宫，怎能允许无由地丢失一个妃子。除非我死了，若要彻底地离开，除非我死了。可我还不想死，尽管，我也不想活。

我沉思了许久，才淡淡说道："皇上，许我离开这里吧，只是，不是永远。"

"真的吗？"他欣喜地问道，全然忘记他还是个皇帝，可以将天下踏在脚下的皇帝。

"自然是真的，臣妾怎敢欺瞒皇上。"

"呵呵，朕在你面前，又何曾还有皇上的样子。不过，你是朕的女人，朕要彻底地征服你。"他傲气地仰起头，又忘了方才的低落，真像个孩子。

我不想理睬他这个话题，因为我不想被任何人征服，我若想要，自然会要。弯腰拾捡几枚落花，叹息道："想来翠梅庵的梅花也要开始落了，或许已经落尽。"

"翠梅庵？"

"皇上不知道吗？金陵城外有座翠梅庵，是臣妾以前常去的地方。"

"你想要告诉朕，你要去那儿？"

"是，臣妾想去那儿静住半月，不为拜佛，不为参禅，只为清心。"

"等身子好些了，再去，可以吗？"

我看着满地的落红，叹息道："皇上，我不想就这么错过了花期，那翠梅庵的几树梅花，我是极爱的。"

他低头沉默，片刻，方说道："朕送你去。"

"不用了，近来皇上为臣妾劳累，需要好好歇息，再者，翠梅庵不适合皇上去。"

"那好，朕依你，只是何时起身？"他问道。

"今日，就今日，我喜欢今日。"我看着他，字字逼人。

他轻轻叹息："好吧，朕都依你，只是等朕命人多给你备些药材和补品，不养好身子，朕不放心。"

我微笑："皇上，说不定臣妾在庵里茹素，身子会更好，臣妾亦会在庵里为皇上祈福。"

他看着我，不舍道："可朕还是放心不下。"

"皇上，半月后，臣妾就会回来，只是半月，半月后你会见到一个健康的眉弯。"

"只怕半月后你见到朕，朕都老了。"

"呵呵，皇上正值盛年，怎可说那个老字。"

他微笑："湄儿不知吗？一日不见，如隔三秋，那半月不见，如隔几秋呢？再者，还有相思成疾，相思成灾，相思成……"

我轻轻用手捂住他的嘴："湄儿不想皇上这般念我，在我走后，湄儿希望皇上临幸其他的嫔妃，雨露均沾，这样才能给后宫真正的太平，给所有人太平。"

"太平……太平……以朕一人，换后宫太平，换天下太平，又有何难？"他喃喃道。

"皇上……"我的心又被他刺痛了，总是有这样不经心的言语会让我心痛。

他将我拥在怀里，我贴紧他，还能听得见他的心跳。其实，这个怀抱很温暖，只是，我不想贪恋。太好的，我不忍要，不好的，我不屑要。

"皇上，就此道别吧，半个月后，我们再相见。"

"朕给你备好车，送你至翠梅庵，是否要多带几个人？"

"不，只带秋榤，还有红笺和烟屏就好。"

"嗯，皇后那边，朕会替你说。你走得急，就无须与人道别了。"

我点头："好，只是皇上要记住臣妾的话，多去陪陪舞妃，还有其他姐妹。"

他不语。

命秋榤和红笺去收拾行装，其实，我只想轻松地离开，与这皇宫相关的一切，我都不想带走。

除了秋榤，因为我不忍将她丢下，我也需要她。

淳翌，我可以将你放下，你信吗？

更止楼台空对月

其实，这样算是一种归去吗？离开皇宫，重新回到喧闹的金陵城，不知算不算一种短暂的解脱。当日我脱离迷月渡算是解脱，如今做了皇妃，又要逃离，又算得上是什么呢？

车轿将我带离紫金城，远离那守卫重重的禁地，远离那高高耸立的城墙，远离那些被繁华封存又被冷漠纠缠的女子。

春风陌上，杨柳拂水，桃花夹径，见漫天素瓣，飞画入诗。满地残香如梦，过往的路人，岂无怜春之意？记得有谁说过，只愿清樽取酒，放逐于山水之间。是淳祯，他喜欢浮游山水，风雅诗意。而淳翌，却更喜欢浪漫情长。

我没有贪恋郊外的山水，亦没有流连街闾的繁华，只是往翠梅庵而去，我答应了淳翌，就要做到。更况，那纷扰的红尘，没有我留恋的地方。

钟声穿林，烟迷山径，溪涧流泉，草木青葱，这一路的清幽只为寻求那尘封的庵庙——菩提圣境，莲台仙风。

翠梅庵门口，我将马车遣回，带着我的行装，还有秋樨她们进庙堂。庵内的梅花，并未凋零，只是以一种最灿烂的姿态开在枝头，但我明白，这是最后的繁华。风来起佩，舞成秀阵，拂袖缠香，我发觉自己很残忍，在它们陨落的时候，看这伤感的一幕。

放生池中，只有伶仃的莲叶，期待青梅成为往事。几尾红鱼悠闲地游弋，因为处于庵庙，也沾染了菩提的灵气。

跨过木质门槛，我与佛再度重逢，跪在莲花蒲团上，双手合十。佛看着我，眼中隐含着慈悲，佛曰："痴儿，留下吧，如果你真的禁得起繁华的诱惑，可以忍受平淡的流年。"

我抬眉："佛，非我不留，奈何一入宫门深似海，我又怎能抵得过那浩浩皇命，抵得过命定的安排？"

佛笑道："命定，你信命吗？可我是佛，你难道不信我？"

我凝神："我是痴儿，我只知道，人在佛的面前是那般微小，小得只如一粒尘埃。"

佛道："你错了，其实佛也只是一粒尘埃，万事万物都是尘埃，倘若人不存在，佛也就不存在了。"

我笑道："佛可以度人。"

佛曰："佛本不度人，是人非要佛度。"

我叹息："非我不自度，我无可度之。"

佛笑道："那就不度，你尘缘未尽，度了也枉然。"

我叩首："佛，原谅我，我是个懦弱的女子，在尘世中，我不舍得爱，又不屑于恨，所以，我与这尘世越来越疏离。可是我懦弱，我自私，偏生无法彻底离开，又不想无由地沉陷。"

佛叹道："处世若梦，何劳其生？起灭由心，何劳其死？月有盈亏，花有开落，悠悠过往，浮沉有定。来且来矣，有甚可喜！往且往矣，有甚可悲！"

千盏莲灯照亮了古旧的庙堂，这万佛的圣境竟没有一处属于我。我悲嗟："悠悠沧海，欲度无边，佛有神术，造化桑田。佛无心度汝，祖有意拈花，更至楼台空对月，万世红尘嗟吁！"

我叩首，再看一眼佛，佛不醒，我离去。

妙尘师太在门外候着我，她只是淡淡微笑，一如从前，仙风玉骨。

入住厢房，简洁的摆设，没有一丝粉饰的浮华。

一盏清茶，看香烟袅袅，木鱼寂寂。我问道："师太，你都听到了吗？"

师太轻笑："是的，我都听到了。其实你是个很有慧根的孩子，只是人生许多的事都不可以省略，等你过完你该过的，一切自有结果。"

我笑道："师太，我可以在这里留宿半月吗？半月，若半月后，我还是来时的我，我就离开；若我已不是来时的我，我还是要离开。"

师太手持佛珠，笑道："你竟已悟了，说话都有了禅意。留下吧，愿这翠梅庵可以让你清心。"

"师太就不问我，这些时日究竟发生了什么？"

"你若想说自会说的，况且你不说，我也知道，发生过的知道，未曾发生过的也可以预测到。"她微垂双目，面容沉静。

我看着袅袅的青烟，心中似觉空茫，叹息道："师太，原谅我，我还悟不透。"

她微笑："傻孩子，我不需要你悟透，只要你开心。凡事莫去执着，一切都会豁然。"

这一刻，我竟觉得自己与她是这么亲近，仿佛有什么因果，也将我们扣住，只是我无法道明，是前世还是今生。

沉默许久，我问道："师太，你来这翠梅庵许多年了吗？"

"是的，许多年了，不过究竟是多少年我已忘记，在这翠梅庵，我有一半时间是迷糊，一半时间是清醒。我在彷徨中虚度过许多光阴，只是也没想着要去找回什么。"她若有所思。

"师太这一生，只怕都要在这里度过，与佛祖相伴，与梅花对语。"我突然有些羡慕师太的生活。

"是的。菩提洗岁愁，云水释禅心，朝暮既如此，余生任挽留。"

我咀嚼着她话中的禅意，她起身笑道："你且歇着，既然来到此处，就安心静养，红尘之事暂且搁下。"

"多谢师太。"我起身回礼。

用过午斋，一下午翻读几卷经书，反复品读，似觉生味，虽知其意，却无法参透其境。庵里的香客甚多，但是丝毫不影响这里的清净。

红笺整理好一切，问道："小姐，是否要遣人去将画扇姑娘请来？"

我笑道："怎么，想湘芩了是吧？"因为我和画扇相交甚密，红笺与她的丫鬟湘芩感情也颇深。分别这么多时日，又好不容易才得此机会出宫，自然是急着相见了。

红笺调皮地眨着眼睛："难道小姐就不想画扇姑娘吗？在那皇宫里能说知心话的人真是不多，谢容华和舞妃娘娘虽是好的，只是也不如画扇姑娘这般真心吧。"

一语道尽后宫冷暖，在那个奢华绮丽的地方，许多女子为了争夺一个男人，将可贵的善良与烂漫渐渐消磨，到最后，又还能有几多真心？寂寞会让人疯狂，妒火会将人焚烧，权力会令人灭亡。那么多的路，竟没有一条是善意的，看似宽敞整洁，实则荆棘丛生。不过是平凡的女子，谁又能轻易地躲过最寻常的安排。

"小姐……小姐……"红笺唤道。

我回过神，微笑："明日吧，明日遣人去请画扇来，今日我有些累了。"

"嗯，那小姐好好歇息。"

入夜，清凉如水，寺中一片寂静，屋内一盏香油灯，摇曳着暗淡的光影，桌案上摆放着一本未读完的经书，泛着苍黄的色调。窗外的月，竟比宫里的要清亮得多，挂在树梢，流泻出菩提的淡淡幽香。

披衣走出厢房，只听到庙檐挂着的铜铃在风中发出清脆的响声。

沿着长廊，穿过石径，疏梅在月光下更显孤冷。风一过，瓣瓣梅花，纷纷下落，触手可及，那满地的落红，都是缤纷的记忆。我想起了那么一句：红颜白骨。

红笺扶着我的手："小姐，夜露太凉，别站久了，还是早些回屋吧。"

"好，这就回屋去。"我踏着细碎的月光，还有零落的花瓣，沿着来时的路，渐行渐远。

风过无痕，月落无声，人去无影。

寒香依旧寻常落

睡在榻上，闻到悠远的晨钟声，虚虚渺渺，由远而近，由近而远。

在庵庙的日子真的很清净，晨起无须刻意梳妆，临着古老的铜镜，清淡地描摹，素雅清丽。我还是喜欢这样的沈眉弯，不蒙尘埃，淡雅天然。

一轮残月已然虚淡，清新的晨风如丝如缕，寂静的庭院漫溢着梅花的幽香，还有禅寂的檀香。茵茵的青草凝着露珠，满地落花无尘，红尘远去，只余下一瓣禅心，在千佛的寺前，化作淡泊悠远……

做早课时，我找妙尘师太要了一件玄裳，随着庵里的青尼，一同进大雄宝殿听课去了。

钟鼓清悠，木鱼阵阵，捧一卷泛黄的经书，跪在佛前，轻轻吟读。

佛问道："痴儿，那经书你读得进去吗？"

我笑："佛，既然我住在庵里，就要遵循这里的清规，无论我是否读得懂，至少我读了。"

佛笑："读不懂不若不读，将自己放逐到红尘里去，待到千帆过尽，归来后一读便懂了。"

我痴笑："不是说佛祖面前人人平等吗？"我转头看了一眼跪在蒲团的青尼，闭目诵经，分外专神，又问佛："难道她们都超脱了？"

佛笑道："是否超脱，吾也不知。佛不知，人不知，唯有心知。"

我抬眉看佛，眼神中有些许的傲然："那你也不知我。"

佛大笑："痴儿，你还是个孩子。"

我亦笑："佛，原来你亦是这般的亲和，我竟对你生了慈爱之心。"

佛道："天下女子，皆有慈爱之心，这是人的本性。"

我又问："佛，听说在从前，有一位得道的僧人，他慈悲为怀，却脱不了情劫。为情，他接受了腰斩的命运，只是在他死之前，救下了铡刀上一只蚂蚁。这样的慈悲，你信吗？"

佛沉思，叹息道："其有情，其身必有碍。纵是慈悲，救得虫蚁，也难救天下苍生。"

"可佛不是说人要自度吗？"

"只有先自度才能度人。"

…………

早课诵完了，我居然开始喜欢与佛的对话，我觉得，佛并非平日所想的那样，无所不知，无所不晓，无所不通。佛也要听信于轮回，顺应天命，顺应法理，顺应人情，才是真义。

画扇来的时候，我正和妙尘师太下棋，妙尘师太说我下棋不专心，总是输掉那不该输的几子。事实上，我心本乱，因何而乱，我亦不知。

画扇见我，跪下行礼："参见婕妤娘娘，愿婕妤娘娘如意吉祥。"

我忙将她扶起，叹道："姐姐，此处无外人，你何必这般生分。岂不知，这些日子，我有多想你？”

将画扇带至我的厢房，她握紧我的手，眼中湿润，关切道："妹妹入宫，怎么清减了许多？"

我没有回答，仔细打量画扇，她一袭纯白裙衫，领口和袖口镶着几朵粉嫩的桃花，头戴一支精致的蝴蝶碧玉簪，耳上别两只绿蝴蝶，格外地清新淡雅。我不禁盈盈笑道："姐姐，这么多时日不见，你竟比以往更加地清丽绝俗了，与之前的装扮竟有些不同。"

画扇含羞地笑道："妹妹莫要取笑于我，今日想到来庵里，装扮自然要素净些，再者长时间没见妹妹，也想给妹妹耳目一新的感觉。"

我莞尔一笑："姐姐，在你面前，我成俗人了。"我打量自己的服饰，才脱去早课时穿的玄衫，也是一袭胜雪白衣，随意梳了个简洁的发髻，一支翠簪，就别无其他的饰物。

画扇拂过我一缕垂下的丝发，疼惜道："妹妹依旧这般楚楚动人，只是比之前瘦多了，让姐姐看了心痛。"

我垂眉，心中有委屈，一时间见着她，却不知如何诉说，轻声道："没事的，我在宫里挺好的。"透过古老的窗棂，我看到窗外有明媚的阳光，梅花还在枝头，转而说道："姐姐，我们不如去后院赏梅闲聊，可好？"

"好啊，我正有此意。"

携手同游，曲径通幽处，禅房花木深。后院已是春芳灿烂，蝴蝶穿盈，莺歌婉转，这儿的景致虽不及皇宫上林苑锦绣，却自有一份清幽，更添几分禅意。

往问梅亭走去，许多细碎的花瓣，竟不忍踩过去。望着几树梅花，看似繁艳，微风一吹，落梅点点，我叹息道："又是落花时节。"

画扇临近一枝白梅，嗅道："好香啊，仿佛要将所有的芬芳都释放。妹妹，不是落花时节，是落梅时节，这个时节，百花争妍，唯独梅花要循香而落。"

我轻折一枝，笑道："姐姐，你说是折下来的梅花落得快些，还是长在树上的落得快些呢？"

画扇也折了一枝，调皮地说道："有花堪折直须折，且不管它以哪种方式败落，开过便是无悔。"

"姐姐还是这般洒脱自如，不问将来结局，只求此生无悔。"

"对，妹妹如今深处宫中，更要学会洒脱。"

我深吸一口气，轻松地笑道："好，学会洒脱。"看着手中的梅花，不禁吟道："三春缺月梦方回，一岭云山访落梅。天赋芳枝冰玉骨，凌寒竞放更阿谁？"

"好啊，今日有幸和妹妹同访落梅，又闻得妹妹好诗，真是惬意。"她看着梅林，笑吟道，"三月春风开满枝，何由花匠定妍媸。寒香依旧寻常落，只在深山人不知。"

"寒香依旧寻常落，只在深山人不知。姐姐，你的梅花是隐士高人，如你一般，艳冠群芳，却……"后面的话，我没说下去。

"艳冠群芳，却依旧隐入风尘，无人赏识。妹妹可是此意？"她问道。

"姐姐，我……我是无心的。"我支吾道。

她牵着我的手，微笑道："傻妹妹，我又怎会怪你，人各有命，你飞入宫廷，我落入烟花，都是命定，由不得人。"

我猛然想起妙尘师太的话：欲将此生从头过，但看青天一缕云。当日妙尘师太对画扇说过这么一句话，青天一缕云，直上青云，难道，画扇也要……

我沉了沉，低声问道："姐姐，若是我邀你去宫里陪伴我，你可愿意？"

画扇脸上一惊，转瞬笑道："妹妹，别说傻话了，那皇宫岂是我等青楼歌伎能进的？"

我微笑："难道姐姐忘了眉弯也是青楼歌伎吗？"

她轻抚我的唇，说道："妹妹此话日后再也不能说了，你要彻底忘记你在迷月渡的一切，告诉自己，你是岳眉弯，岳府的千金岳眉弯。"

"岳府？"我低语。这两个字已不知何时在我脑中隐去，我竟忘了我是从岳府去的皇宫，忘记我还有一个名字叫岳眉弯，忘记那个叫岳承隍的义父。我低问道："岳承隍，他还好吗？我一入宫就不再与他有来往，按说礼节上也要相访的，或许是皇上特意不安排吧。"

"皇上？"画扇眼中含着期许的光亮，笑道，"我正想问妹妹在宫里的一些事，尤其是关于皇上的，我想知道这位九五之尊的天子是如何宠爱我这清雅绝尘的妹妹的。"

我盈盈一笑："姐姐，你可知皇上是谁吗？"

画扇脸上露出疑惑，问道："是谁呢？"

"呵呵，说来话长了，我们不如先到亭子里坐下喝茶，边品边聊。"

"好，我也有许多的话要与妹妹说。"

我挽着画扇的手，沿着落花的石径，往问梅亭走去，清风拂过，衣袂飘舞，留下一路幽淡的梅香。

笑我不能如来去 🪮

　　翠梅庵，问梅亭。春风枝头，梅花纷落。有诗吟：幽深石巷隐云庵，欹枕禅音入梦酣。羁旅凡尘心渐远，梅花落处是江南。

　　坐于亭内，红笺和湘芩早已备好了新茶，我与画扇赏梅品茗，听钟声隐隐，还隐约可以听到潺潺的溪流，以及风声的过往，还有落花的从前。

　　许久不曾有这般轻松闲逸的心情，皇宫是华丽的囚牢，囚住了至美的红颜，还有森森的白骨。眼前的画扇，风流韵致，高雅别俗，一看倾城，再看倾国，我又怎么忍心将她带入那个地方，只是，烟花巷，烟花巷……

　　"姐姐……姐姐……"我唤道。

　　画扇品了一小口茶，看着我："嗯，妹妹，你只管讲来，我听着。"

　　我淡淡地微笑，又轻叹道："姐姐，如果可以，我宁愿做金陵城外一个普通农家的女子，嫁一个平凡的村夫，过着最寻常的百姓生活。"

画扇叹息："妹妹，我亦是如此之想，只是今生已荒废，期待来生吧，来生，我只做最平庸的女子。"

我安慰道："姐姐莫要如此说，你的一生还长得很，你是否记得师太的话，你将来要青云直上，大富大贵的。"

画扇浅淡一笑："凡尘事轻浅，富贵乃烟云，谁解玲珑心，空负木石缘。"

"姐姐竟也参禅了。"

"呵呵，妹妹，将来有一天，说不定我真的会了断青丝，在此清修呢。"

"我信，因为我或许也会有那么一天。"

画扇笑道："妹妹，你还没说皇上是谁呢。我们尽说这些不切实际的话了。"

我饮下一口茶，清淡，有些微涩，煞有介事地说道："皇上，呵呵，其实你也见过的。"

"哦？我也见过？"

"是的，还记得旧年我们二人共得花魁吗？"

"自然记得，想必金陵城的人都忘不了那一日，我记得你我在毓秀阁的台上，接受那么多赞许的目光。"画扇很投入地回忆那一天的画面。

"是，也就是那一天，将我改变。那位推举我为花魁的华服公子，是他后来为我安排一切，让我一步步入宫，并赐我正三品婕妤的封号。"我坦然地说道。

"是他。"画扇声音极低，似在自语。

"嗯，是他。当日他还是大齐国的渊亲王，后先皇驾崩，他登基为帝。正值选秀，他为我安排好身世，所以当初我没有参加选秀，就直接入宫，因为他之前已认得我。"

画扇似乎陷入沉思，也许这个答案有些让人意外。饮下一口茶，画扇笑道："恭喜妹妹，他定将你视若珍宝，专宠于一身了。"

"姐姐为何这般说？"

"傻妹妹，他当初推你为花魁，只为博红颜一笑，后费尽苦心，选你入宫，为的是长相厮守啊。"画扇是个明白人，字字句句，犹见其心。

我叹息："可姐姐看不出，我竟不如在迷月渡时那般淡定淑静吗？"

画扇执我的手："是，妹妹，自古物极必反，想来妹妹在宫中犯的就是这大忌。那些女子都是聪明的，又岂能容下一个新进宫的嫔妃专宠于一身？"

"可我已经很低调，我甚至用过办法让皇上不注意到我，打算隐没在月央宫，度我余年。"我在做着苍白的争辩，我知道这样的说法在事实面前太无力了。

"月央宫？好别致的名称。"

"是，月央宫，他赐给我的。"

"妹妹，他这般宠你，既然无法改变，就要学会迎合，学会在后宫如何生存，只有站稳了脚跟，才能在大地上行走。"画扇的话我懂，要做到却何其之难。

我叹息："姐姐，若是你也在宫中，我们姐妹有个照应，我也不至于那般孤独。"

之后，我将我进宫所发生的一切都讲给画扇听，包括我进宫每夜所做的噩梦，还有与陵亲王淳祯的邂逅，与皇上淳翌的重逢，以及后宫的皇后、云妃、舞妃、谢容华等人，都说与她听。所谓旁观者清，当局者迷，我想要她猜测一下，究竟是何人下毒害舞妃，又是何人下毒害我。

最后得出的答案是，下毒者非一人，而是有两个。

我惊叹："下毒者有两个？难道深宫里会出现两个下毒高手？"

画扇诠释道："当初下毒害舞妃之人，既已知计谋失败，且此事并未传出，是不大可能度借舞妃之手向你下毒的。若此计成功，舞妃抵罪，那么当初她中毒之事亦会被揭开，岂不是要皇上继续追查下去，而舞妃这颗棋子等于虚设，白用了。再者，你与舞妃走得甚近，借送人参汤之情谊下毒又未免太过牵强。总之，我的直觉告诉我，两次下毒不会出自一人之手，可是又隐隐觉得两者之间有一定的关联。"

我似懂非懂，如坠云雾，却又在她层层的分析下觉得清晰。于是问道："姐姐是否能猜测到这两人是谁呢？"

画扇轻轻摇头："我也猜不出，毕竟未曾身在其中，很难凭片面之词去断定什么。表面上看，只有云妃，还有兰昭容和许贵嫔，跟你们有敌意，可她们三人是一体的，最多也只能算是一人，还有另一人藏在真相背后，以后不可不防啊。"

我脑中浮现了后宫那么多嫔妃的神情，有微笑的，有冷面的，有和善的，有严肃的……当大家都迷糊地纠结在一起时，我竟分辨不出谁好谁坏了，轻叹道："浮云遮目，我已分辨不出，究竟谁是好人，谁是歹人了。"

"是啊，我们所能看到的都是表象，揭开那层迷幻的表象，许多的真相都不是所看到的那样。真的成了假的，假的成了真的；好的成了坏的，坏的成了好的；善的成了恶的，恶的成了善的；悲的成了喜的，喜的成了悲的；爱的成了恨的，恨的成了爱的……"画扇的话字字锋利，句句凝血，听得我不寒而栗。

我手心惊得出了冷汗，喝一口茶，才舒缓道："姐姐，听你这般说，我都不想再回宫了，到处都是陷阱、阴谋。"

画扇笑道："怕什么，有皇上宠着你，日后你倚着皇上的宠爱，可以在后宫翻云覆雨，聪明如你，还怕她们那些卑微的计谋？"说完，轻轻刮一下我的鼻子："只怕以妹妹的淡泊孤傲，善良纯真，不屑于也不会那样去算计别人，到时还是招别人的伤害了。"

我傻笑："是啊，要我去算计别人，伤害别人，还真是做不到，我不想，也不屑。"停了停，我起身笑道："姐姐，你看，我们说好了赏梅品茗的，尽纠缠于后宫那些事，扰了我们的兴致，要知道我的时光是多么可贵。"

　　画扇亦起身，执我的手，笑道："好妹妹，说得这般可怜，今日我就舍命陪佳人，不回那该死的烟花巷，不回那闹心的莹雪楼，留在翠梅庵，陪妹妹赏梅谈心，诵经听禅，可好？"

　　我欢喜道："如此甚好，我亦想与姐姐秉烛夜谈。此次一别，不知要到何年才能相见了。"

　　画扇笑道："来往都是客，聚散总关情。妹妹，既然我们有缘共聚在这翠梅庵，就不要再执着于俗世的离合悲喜了。"

　　我苦笑："姐姐，我发觉自己变了，不再是从前那个冷漠决绝的沈眉弯，竟如此参不透。"

　　"不是你变了，而是你骨子里本就长情。妹妹，你或许已不知，你爱上他了，汝有情，所以汝身才有碍。"

　　好熟悉的话语，我想起是清晨佛对我说的话，说那个僧人，为情而碍。

　　望着那一片梅林，迷岚浮径，我有些困惑，低吟道："笑我不能如来去，微躯驻此年年。几番迷幻用心参。江河无逆转，人事费周旋。"

　　画扇牵过我的手，笑道："痴儿，走吧，还是步静赏梅去，莫辜负了这大好春光。"

　　我吟吟笑道："呵呵，唤我痴儿，姐姐，你竟成佛了。"

　　梅花夹径，落萼铺石，紫云漫空，两个曼妙的倩影，在花海枝叶中浮游隐去……

是别离殷殷相送

黄昏，悠悠的暮鼓敲响寂静的山林，梅花纷纷坠落在石径，庭院，还有那些青苔阑珊的角落。放生池中，竟有几朵白莲，历经繁华千转，在不属于自己的季节里幽幽绽放。

又到了庵里做晚课的时间，我告诉画扇，大雄宝殿的佛好慈善。

画扇说，所有的佛都是慈悲的，他们都有隐忍、普度、超脱等许多善意的含容。

我笑，这佛并不是所想的那样，你见了就会明白了。

着一袭宽大的玄裳，跪在蒲团上，画扇说那些经书太难懂，就捧一本《般若波罗蜜多心经》，在佛前诵读。

"观自在菩萨行深般若波罗蜜多时，照见五蕴皆空，度一切苦厄，舍利子、色不异空、空不异色，色即是空，空即是色，受想行识，亦复如是，舍利子、是诸法空相，不生不灭，不垢不净，不增不减……

"……无眼界乃至无意识界，无无明，亦无无明尽，乃至无老死，亦无老死尽，无苦集灭道，无智亦无得，以无所得故……无有恐怖远离颠倒梦想，究竟涅槃……"

这一次，我没有看佛，而是遥看挂在大殿梁柱上的一面古铜镜，总觉得它也是有灵性的，也许在这里千年，也许更久，它可以照见世间红尘百味，亦可以照见禅院五蕴皆空。

离开的时候，我和画扇都在彼此的思想里沉默，这种没有离情的开始，没有禅深的结局，让我们陷入玄妙的空茫里。

香客早已归去，那些过客的背影锁在了门外，留下的只是各自在佛前许下的心愿。

用过素斋，清凉的庭院里，我与画扇，还有妙尘师太借着氤氲的月光，品茗闲聊。

师太笑言："这样的春夜，这样的相聚，让我好生熟悉。"

画扇疑道："熟悉？难道师太曾经也与故人在庵内品茗对月吗？"

"也许，贫尼也记不清了，只是隐约觉得这样的场景很熟悉。或许曾经有过，或许将来会发生，又或许是因了你们两位绝代佳人庵内生辉不少。"师太所言总是令人费解。

我打趣地笑道："佛家不是说众生平等吗，我与画扇也是芸芸众生，同他们没有什么不同。"

师太看着我，笑道："你且记着贫尼说的话，也许某一天，你亦会有如此的感觉，熟悉的画面，熟悉的人，熟悉的故事。"

画扇微笑："师太，莫非我与眉弯妹妹将来真的要到庵里清修？"

师太轻笑："你们将来的路还长着呢，是贫尼妄言了。"

许是因为我珍惜在翠梅庵的时光，我将日子精打细算地过，坐到夜深，才回屋歇息。

与画扇躺在床榻上，才记起，原来昨夜无梦，自我进了皇宫，那噩梦就一直纠缠于我。我问过师太，师太与宫里的胡妈妈答案一致，是心魔。

如果离开皇宫可以了却心魔，那我愿意选择离去。

寂静的夜里，一盏香油灯照亮我们所有的心事。看着躺在身旁的画扇，不禁轻声问道："姐姐，告诉我一些关于烟花巷的事吧，我想知道，我离开以后，那里又发生了什么故事。"

画扇转过身子，对我微笑："烟花巷还能有什么事，不过是纸醉金迷、灭烛留髡之风流韵事罢了。"

"说得也是，我在那儿两年，所见的也不过这些事了。"停了停，又问道，"对了，不知衙役是否查寻到害死殷羡羡的凶手？"

画扇淡淡回道："不曾有，事过境迁，谁还会去翻查那些疑案。再者，此案幕后定有不寻常的主谋，当初你救下烟屏，其间的蹊跷至今也还是个谜。既然是谜，就没那么容易解开了。"

说起解救烟屏，我想起当初在巷道救我的白衣公子，事过境迁，不知他是否还记得我。有心为善，虽善不赏。无心为恶，虽恶不罚。想来这位谦谦君子只取其前，而去其后，定然是将我忘了。忘了好，我也忘了。

"今年的花魁定然又是姐姐了。"停顿许久，我又说道。

"不，不是我，我没有参加，你还记得去年那位弹唱'乍暖芳洲寻翠缕，凭桥人迹香踪'的女子吗？花魁就是她。"

我搜寻着记忆，想起了那个身着翠衫的女子，笑道："是那个弹唱'风残知梦远，春上小桃红'的柳无凭吗？"

画扇微笑："妹妹好记性，就是她了。听说她今年弹唱一首《咏牡丹》，艳惊四座，一举夺魁。"

"只是画扇姑娘已无了那夺魁之心。"我淡笑。

"是了，再无那夺魁之心。"她声音极低，透露出丝丝慵懒。

夜色如水清凉，淡淡的月光透过窗棂洒在桌台上，照见那页古旧的经书。我感觉到睡意，却依然惺忪地睁开眼，迷糊地唤道："姐姐，你睡着了吗？"

"还没有，这样的夜，有些不舍得睡着。"

"是，我也不舍得，过一天便少了一天。"

"妹妹……"画扇轻叹。

我将手搭在她的腰身，低问道："姐姐，你爱过吗？"

她迟疑，半晌，答："不过是风尘女子，只怕连爱也是卑微的。所以，不如不爱。"她笑问："妹妹，你呢？定是爱了。"

我嬉笑："姐姐别取笑我，后宫的女子，有几个敢真爱啊。爱到了最后，都是荒芜。"

"不爱不恨，无欲无求，谁能做到呢？一切随意。"画扇的话让我释怀。

夜静得可以听到窗外的风声，落叶声，落花声，还有虫蚁的爬行声。

感觉到画扇轻轻为我掖好被角，我亲昵地偎着她，钻进她怀里，撒娇道："姐姐，还是你待我最好。"

她轻轻用手抚着我，美丽的眼睛，流露出暖暖的温情："妹妹，睡吧，兴许，就今夜，我可以陪你了。"

我凄然，微叹："不可以多陪我几日吗？我要你陪，自是可以的。"

"是可以，只要你需要。"

我调皮地眨着眼睛："要么随我进宫，要么就今夜，只那几日，我宁可不要了。"

"呵呵，那就先将今夜过完。"

"嗯。"

清晨，下起了丝丝的细雨，湿润的石径滋长着浅绿的青苔，落红铺径，如果不是因为离别，我是喜欢这个春雨的清晨的。

　　我将画扇送至庵门口，马车已在等候，递给她一把雨伞，依依道："姐姐，一路保重。"

　　她执我的手："妹妹，你先静心在这里住几日。待你走时，我还是要来与你道别的。"

　　我点头，看着她静静地上轿，又看着她掀开轿帘，那目光，令人不忍看去。

　　马车扬尘而去，溅起满地的雨水，还有零落的花瓣，这样的场景，不含悲壮，又不似婉约，是一种感伤的美丽。

　　我伫立在离别的路口，看马车渐渐隐去，直到烟雾封锁了那长长的山径，再也寻不到一丝痕迹。

　　我转过身，低吟道："是别离殷殷相送，哽无言，杨柳花飞泪。"

　　踏进翠梅庵，槛外是红尘旧梦，槛内是云水禅心……

柴门留客漫煎茶

　　春轩烟雨，愁如针绪，飘零落花，纷散红尘。今日庵中香客稀疏，庭院清冷，庵中的尼姑诵完早课，各自回厢房歇息。有的相邀在一起读经讲禅，有的相聚煮茗论诗，也有的独自静心打坐，亦有人临轩听雨，禅院的雨，总是别有意境。

　　听雨打芭蕉，落花碾尘，心中慵懒，虽有怜香之心，却无拾花之意。闲坐厢房，寂寥无端。遂起身，辞别妙尘师太，携着红笺离开翠梅庵，撑一柄油纸伞，往春风陌上一路踏青而去。

　　出门时，秋棠为我披了一件风衣，千叮万嘱，要我早些回来，莫受了风寒。

　　烟雾萦绕的山径，有稀疏的行人擦肩而过，空中透明的雨丝，绣在青山绿水之间。我想起了儿时的篱笆院落，父母过世后，我离开了家，与红笺过上了漂泊的生活。

父母的墓地离翠梅庵只有几里路程，想着已近清明时节，往年的清明节，我在金陵城内，都会携红笺去坟上扫墓。如今，入了宫门，进出就不再自由。

看着满目青山，烟雨霏霏，不禁低低叹息。

红笺为我撑着伞，关切道："小姐，您是不是想念老爷夫人了？"

"嗯。我们去墓地吧。"

两个人往山径走去，一路辗转，斜斜的山坡，两座墓碑相伴而眠。我未带香纸，只将坟旁的杂草尽数拔了，折几枝桃花，放在墓前。

见红笺潸然落泪，而我撒上落花，跪于坟前，竟落不下泪来。

只是心伤地唤道："爹，娘，眉弯来看二老了。这红尘一别，就再无相逢之日。你们撒手尘寰，留我独自在人间悲苦，尝尽冷暖滋味。只是你们当年为何要丢下我，而选择以那样的方式离去呢？"我始终不信，父母那般疼爱我，会舍得丢下我，双双自杀而亡。

红笺轻轻将我扶起，为我拂过裙上的花瓣和细微尘泥，低声道："小姐，莫要再伤心，我看雨又下大了，我们还是早些归去吧。"

再看一眼墓碑，我转身离开，只是不知再来此处会是何时。我信，心中念着，无论在何处，都可以偎依在一起。我不祈求父母佑我平安，佑我吉祥，我只希望二老在另一个世界里幸福安康，这样，我就真的安心。

沿着山径而来，雨竟落得急了，溅了一身的泥水与残花。路旁的桃杏在雨中似乎开得更加繁艳，雪白的梨花在风中簌簌而落，而我却想在雨中与梨花共舞。

看路旁有一处柴门，门口挂着的酒旗在风中摇曳，我与红笺匆匆寻去。想起一句古诗："借问酒家何处有，牧童遥指杏花村。"今日亦是雨天，我也想寻一处酒家，品上几盏乡间米酒，观赏这雨中乡野的天然景致。

柴门内空无一人，只有几张破旧的桌椅凌乱地摆设着，铺满了厚厚的灰尘。

"好荒凉啊。"红笺惊道。

"嗯。"我心想着这儿的店主或许耐不住山间小店的清冷，搬离到更热闹的去处了。

"小姐，您看前面那处。"红笺指着山径那边。

我朝着她所指的方向望去，见烟雨中有一柴门，漫溢着袅袅炊烟。

心喜。两人遂往那里寻去。

篱笆院落，门前种了数株桃树，还有梨树，兰圃里的兰草开着细白的朵儿。院门是开着的，依稀还闻得到屋里散发出来的柴火香气。

"请问有人吗？"红笺唤道。无人应答。"请问有人吗？"依旧无人应答。

我与红笺携手进去，里屋的门也没有关上，只听到噼啪的柴火燃烧声。

背对着我们的，是穿着一袭白衣的男子，白丝带束着一头青发，坐在炉火前煮茗。这背影好熟悉，我却始终想不起来在哪里见过。

这样简陋的柴门，居住的不过是普通农户，却有这样一个儒雅的背影，莫非他是隐世高人，隐居在金陵城外的古老山径，独自在此煮茗种花，闲度光阴。

"姑娘，雨下得大，进来烤火暖暖身子吧。"好熟悉的声音。

我走过去，还未等我靠近，他已转身，眼前是一位俊朗的年轻公子，而这位公子不是他人，正是那日在巷陌救我的男子。

我的衣裳被雨水打湿，紧贴在肌肤上，更显我柔美的身段。管不了这许多，径直朝他走去，在炉火边的椅子上坐下。

我微笑道："是你。"

"嗯，是我。"

他递给我和红笺一人一杯热茶，笑道："先暖暖身，春寒料峭。"

我打量他，依旧是素净白衣，眉目俊朗，温润如玉，风度翩然，眼神澄澈，如一潭清泉，仿佛能洞穿世间一切。

"你知我今日会路过此地？"我问道。

"是，所以在此煮茗等候。"

"果真是隐世高人。"我喃喃道。

他微笑："不过是厌倦江湖，来乡间闲居罢了。"

"江湖？难道你之前是侠客？"

"不，我有许多职业。"

"比如……"我似乎对他很好奇。

他依旧微笑："我做过和尚，当过剑客，做过为人称骨相面的术士，我还在山林里捉过妖，当过江湖郎中，而现在只是一个平凡的农夫。"

我笑："是许多，而且都很玄。"我将袖口伸至炉火边烤："不过我也不少。"

"我知道。"他添了几根柴火，吊子里的水在炉火上沸腾。

"哦，你知道？"我惊讶地看着他。

他一脸淡定，浅笑道："是。我知道。"

"嗯，我相信你知道，因为你知晓过去未来，法力无边。"

他惊讶："你怎知？"

"呵呵，你方才不是说自己会法术吗？还能捉妖，又会称骨相面，这样的人，还有什么不知的呢？"我打趣道。

"姑娘也是风趣之人啊，是在下唐突了。"他又为我添了一杯热茶。

我淡品，满口盈香，问道："这是什么茶，好特别，方才没品出来。"

"给姑娘品的，自是好茶。"

我笑道："该不会是你从哪儿采来的仙草，又取了瑶池的琼浆玉液，在此烟雨柴门煮得这么一壶好茶吧，竟让我这俗人给品了。"

"只是这么一壶好茶，也不及姑娘的梅花玉液。"

我一惊，果然是高人，竟知道我会煮梅花茶。

他笑："方才你饮的不过是最寻常的农家香茶罢了，采上一些院里的花瓣，野外种的春茶，用后院水井里的清泉煮了便是了。"

我再品一口，蹙眉："原来这般啊，我竟品不出这味道了，记得幼时就是喝这些茶长大的。"

看着窗外的细雨，屋内飘着新茶的清香，而眼前坐着的却是故人，一时兴起，不禁随口吟道："探春一路赏繁花，间或问途寻酒家。细雨催新初润草，柴门留客漫煎茶。"

他微笑："姑娘好才情。既然是柴门留客漫煎茶，那姑娘不妨再留片刻，我们就在这柴门煮茶，听在下说一些玄奇的故事与你听。"

"如此甚好，我是极爱这些的，最好带些鬼神色彩。"

柴火烧得噼啪作响，想来是与我一样，等着听白衣公子的故事……

仙乡未入恐成魔

　　烟雨还在飘落，朝窗外望去，远处的青山半隐半现在云雾间，仿佛隐藏着许多神奇的秘密。我用手指着那烟云处："你看，那山里好像住着神仙。"

　　他亦抬眼望去："呵呵，是，烟雨中的山峦，云雾蒸腾，倒真像是神仙出没之处。"他神态深远："只是，你信鬼神吗？"

　　"我信，我在翠梅庵里还与佛对话，佛是慈善的，只是不度我。"我笑道，似乎有些任性。

　　"那是因为你慈善，如果你是恶者，佛也就不善了。世间万物，皆是如此，因果轮回，自古不变。"他话藏禅机，神情依旧淡定。

　　我淡笑："也许我注定只能做一个平凡的人，没有这样的慧根，许多的禅理都悟不透。"

"我是与生俱来的，你信吗？若是不能修仙，就要成魔。我师父说过，我如果再入世，便再难脱身了。"他似乎在回忆什么，神情肃然。

"远离颠倒梦想，究竟涅槃……"我想起了经书上这么一句，忽又问道："你师父？"

"是，我师父。他是世外高人，云游去了，我也不知道他在哪里，他让我永远不要去找他。"

"聚散寻常事，他让你不要去找他，说不定哪一天他会来寻你。"

"姑娘，你不是要听一些玄离的故事吗，我来说与你听。关于我的故事，本来就是一种玄离。"他看着我，目光深邃，仿佛要将人陷入进去。

"唤我眉弯吧，沈眉弯。"

"好，我叫楚玉，师父给我取的名字。他为我卜的卦，有诗曰：玉魄生来浑似古，仙乡未入恐成魔。这诗如今刻在我随身玉佩上，不离不弃。"他取下腰间的玉佩，递给我，温润的古玉，莹白剔透，刻着两行诗，像是谶语。

"好玉。"我称道。

"是，师父说是我父亲留下的。"

"你父亲？"

"嗯，我父亲。自我记事以来，就在烟霞寺做了小和尚。师父告诉我，我父亲是一位年轻的得道僧人，出山云游时，经一处山林被毒蛇咬伤，是我在山间采药的母亲将他救回家中，父亲抵不过情劫，与我母亲相爱。很不幸，有了我。父亲决意踏入红尘，与母亲相伴终老，然，母亲怀我两年之久才将我产下。母亲因难产死去，父亲说我不是一般孩童，非仙即魔。后父亲带着我回到烟霞寺悔过，一年不到，圆寂。"他淡淡地讲述，语气平淡，仿佛在诉说一个与他并不相关的故事。

而我却陷进他看似寻常却离奇的身世中，低声道："后来，你在寺中长大，做了小沙弥，寺中另一位得道僧人传你佛法……"

"是，就是我师父。三岁那年，我用毒果毒死了寺里的一只狗，师父罚我三天不许吃饭，跪在佛前悔过。五岁那年，我用热水浇死了寺院的五株菩提树，师父说我骨子里透着邪气，罚我在后院种菜三月。八岁那年，我将寺院里几百尊小佛像换了位，为此，师父罚我在佛前打坐一年。十岁那年，我潜入藏经阁，将大半的经书焚为灰烬，因为我觉得佛经有误。之后师父将我赶出烟霞寺，从此，我沦落江湖，做了一名剑客。"他端起一杯茶，一饮而尽。

我看着他，一袭胜雪白衣，温润如玉，怎会是那么一个妖邪的孩子。我低眉一笑："果真是不入仙乡恐成魔，只是这样的孩子不关在庙里，反而放到江湖去，岂不是……"

"岂不是江湖的不幸？"他接过我的话。

我正有此意，却没有说出。

"你知道吗？在我五岁那年，师父就知道我有法力，我能知晓过去未来，能猜测乾坤变化，世间风云尽在掌握之中。很可惜，我只是知道，却不能做到任何的改变。更遗憾的是，我无法知道自己的将来。师父说，这样的我，留于寺中，或得道，或入魔。当我烧了经书，佛陀有泪，佛有泪，就是世间又将出生一个魔。唯一解救的办法就是将我赶出寺院做一个俗子，或许还能消去我的罪孽。"

"消去了吗？你做了剑客，是那种行侠仗义的侠客？"我带着疑惑的眼光看着他。

"很遗憾，我做了剑客，冷血无情的剑客，我曾经一天杀了三百人，尸横遍野，血流成河。"他语气平缓，竟无丝毫的起伏。

我禁不住打了个寒战："后来呢？"

"后来有一个倒在我剑下的人，在临死前为我擦拭了剑上的鲜血，是他自己的血，然后含着微笑死去。"他沉默了一会儿，又说，"那一次，我哭了，我唯一的一次落泪，在我十二岁。"

我叹息。

"我丢掉我的剑，回到烟霞寺，在寺前那株菩提树下，跪了七天七夜。师父说，寺里再也容不下我，原来佛祖也有不能原谅的人。"他很淡很淡地微笑。

"是，众生是佛，佛亦是众生。"我随口说出，似乎有几分禅理。

他对我微笑："我回到江湖，做起了为人称骨相面的江湖术士，因为我可以知晓过去未来，我想要救人，我以为我可以让他们避过灾难，只享受幸福。但我错了，我不能改变什么，反而看到那些灾难降临在他们身上，又无力挽救。"

"无奈……"

"是的，无奈。我再度放弃了江湖，独隐山林，在山上，我开始用我的法术捉妖，我想要为人间除去妖魔。我捉了一棵人参精，原来这棵人参每年都会结下许多小人参，救过无数的乡人。我捉了一只白狐，却拆散了一段凄美的人狐之恋。我弄巧成拙，原来，妖亦有情。"他自嘲地笑了。

"世间真有妖吗？"我好奇地问道。

他笑："你信鬼神，信佛陀，为何不信有妖呢？"

"然后你选择做一名江湖郎中，救死扶伤？"我接下去说。

"是，当年我母亲也是采药救人。"

"这是崇高的职业，你为何不继续救人，却在此处做一个平凡的农夫呢？你厌倦了那枯燥的职业，只想种花养鸟，拾柴煎茶？"

"不，不是这样。"

"那是为何？"

"因为我救活一个人，就必定会死去另一个人。我救好一个人，就必定要伤另一个人。"他一字一句地吐出，仿佛有一道锐利的光芒，划过心口。

我惊诧，思绪被他离奇的身世与遭遇冲击着，难以平静，叹息："你的一生，简短却离奇，酷冷又慈悲……"

"还有将来，我那未可知的将来。"他低声道。

我薄薄一笑："谁的将来都是未可知，让我们在空茫中度过吧。"

他看着我，笑道："你的将来我知，难道你忘了我可以知晓过去与未来吗？只是除了我自己，而已。"

"我的将来……"我喃喃自语。

"是的，你的将来，你想要知道吗？还有你的过去。"

"不，我不要。"我有些心慌，又问道，"我的过去？我的过去我都知，只有将来不曾发生的不知。"

他浅笑："且不说这些，我饿了，这样吧，你留下来吃顿饭，等雨停了，我送你回庵里去，如何？"

我看着窗外的雨，丝毫没有停歇的意思，再者心中亦想品尝这久未享用的农家小菜，点头笑道："好，我也有些饿了。"

他兴奋道："那一起到后院去摘些新鲜蔬菜吧。"

炉子上的火苗渐渐小了，铫子里的水冒着氤氲的热气，这样的感觉，让我觉得真实，温暖，安宁。

如果可以，我愿意时光停驻。

沧海不过是桑田

篱笆院落，细雨湿润的菜园，嫩绿的青草，还有新鲜的蔬菜。这些场景都是我所熟悉的，只是今时已不同于往日。

几道清淡的农家小菜，还有诱人的白米饭。楚玉取出一坛酒，他说是自酿的。我喜欢这样的感觉，一种平淡安宁的田园生活。

雨还在下，留人的雨，仿佛要将世间的尘泥冲洗，却不知越洗越多，那些原本看不到的尘埃在雨中流离，分散在每个喧闹与寂静的角落，而让我觉得干净的是那湿润的青苔与落花。

我看着窗外的烟雨，淡淡一笑："到了该辞别的时候了。"

他负手而立，低声道："其实不辞别会比辞别要好。"

"你是让我悄然离去，如来时那样，不留痕迹？"我话语平静，像那无声的烟雨。

他嘴角轻轻上扬："不，不是，我是觉得你留下来会比离开的好。"

"留下来？留在这田园寒舍？留在这炊烟人家？"我惊愕。

"是，有什么不可以吗？你与农庄本就有很深的渊源，而且这里适合你，至少可以给你平静，你一直所追求的不就是一种简单安宁吗？"他言语间流露出对我的了解。

我轻笑："是，我生于农庄，长于农庄，却不能死于农庄。几年前，我就已经失去了自由，我早已不属于自己。"

"每个人都可以选择自己的命运，你不去尝试，未必等于不可以改变。"他说得有些勉强，因为他知道，他自己的一生，所能改变的太少。

"给我一个理由，至少给我一个留下的理由。"我语气坚决。

"因为留下会比离开好，像我一样，留下，做一个凡人，接受这份繁华落尽见真淳的平淡。"

"可我不是你，我本就是凡人，我没有高超的法力，我不能知晓未来，我更没有你离奇的身世与经历，亦没有入魔。"

"你觉得我已入魔？"他给出一个很冷的笑。

"不，只是走在魔的边界，毕竟我没有见过这么温和的魔。再说，我没有看见佛的眼泪，佛没有流泪，世间就没再多一个魔。"

他笑："佛与魔就真的有那么大的区别吗？唯善者佛，唯恶者魔，善恶本有两面，一朵花，自然凋落是善，被人攀折是恶，你是这么认为的吗？"

"这就是你眼中的沈眉弯？"我将手伸出窗外，折了一枝倚窗的桃花，笑道，"那我就做那攀折的恶人。楚玉，你竟不知，有许多的生命，并不愿经历生命的过程，只愿意接受最后的结局。我便是那样的人，我只想省略个中的悲欢离合，看到结局，看到结局我就可以离开。"

"可是有许多的人更愿意享受这个过程，比如这枝桃花，它倚窗而探，正在享受春雨的滋润，正在窃听我们的私语，而你却将它折断，催短了它的生命……"

"为何不是这样理解的呢，这枝桃花，不合世群，偏生要独自探入轩窗，它厌倦春雨的绵密，亦厌恶我们的交谈，它在等待花落的结局，而我却成全了它，将其折断，让它可以痛快地死去，这样不是比活着要有趣得多吗？"我极力为这枝桃花争辩，因为这正是我要的结果，我的结果，就是省略过程。

他取过我手中的桃花，微笑："好妖娆的粉桃，也许只有我才能测算到，你究竟是喜欢过程还是喜欢结果了。"

"知道了又能如何，它已经有了结果，它的结果就是我已经提前攀折了它，无论它是否愿意，是否满足，结果就只能是结果了。"我似乎很得意，因为我给了一枝桃花结果，却忽略了自己原来也有结果。

他沉默，许久方问道："想知道你的结果吗？"

我抬眉看着他："如果你可以让我省略掉所有的过程，那么我想知道我的结果。如果你做不到，那么请你不要告诉我结果。"

他叹息："很遗憾，我无法省略，除非将你冰封，我能冰封的也只是此时，冰封你的容颜以及现在的思想，待你苏醒，你还是你，或许，山河已经更改，只是人世依旧如昨。"

"原来，你的冰封，不过是换我浮华一笑。纵然我不用经历沧海，所能看到的也不过是桑田。"

"你要的不就是桑田吗？桑田就是结局。"

"可是桑田之后不又是沧海吗？我仍然要接受命运的轮回，与其那么晚，不如早些，让我活得干脆些。"我很坚决，如一把利剑，仿佛要刺穿这些烦琐的过程。

他沉默，看着我半晌，说："好吧，我不留你了，你走吧。"

我微笑："不是我不留下，是你没有给出很好的理由。"

"也许我的理由真的不够好。"

我轻轻叹息："是我过于执着了，都说有始要有终，我要给他一个结果。"

"他？"

"是的，他。"

"你说的是皇帝吧。"他笑。

"是的，是皇帝，你显然已知我的身份。"我淡淡回答。

他深吸一口气："我说过我知晓过去未来，尤其是你的，你的一生并不比我平凡……"

我微笑："你莫要诱惑我，没有谁会不对自己的过去未来好奇，不然，世间也不需要那些称骨相面的术士。"

"我不仅知道每个人的命运，还知道天下……"

"我信，只是天下与我何干。"我看着窗外，"我要走了……"

"嗯，你走吧，只是将来，不知道是我辜负了你，还是你辜负了我，或者是彼此辜负。"

"无论是谁辜负了谁，我都无悔。"

"好，既然如此，我也无悔。"

我看着那一堆余火成了残灰。突然感觉到，原来生命就是这样的过程，翠绿的树木，被砍伐成干枯的柴火，继而经历烈焰焚烧，最后是落寞的残灰。

我与楚玉今日的邂逅，也是这样的过程，只是有些相反，我不想省略这个过程，也不想这么早就等到了结果。可是，结果就是结果，我与他的结果就是辞别。

红笺为我披上披风，走出门口。

伫立在烟雨的篱笆院落，楚玉看了一眼雨中茫茫的四野："我送你吧，你来的时候，我就说了，要送你去翠梅庵。"

我心有触动，却冷冷道："不用送我了，我说过，我要省略这些过程。送别由来都是一件伤感的事，尤其是在这雨季。"

他轻笑："呵呵，算我多情，只是忧心姑娘家走这山路……"

我微笑："如何来就如何走，你放心。"

撑着油纸伞，在烟雨中漫步，将自己低到落花里，低到尘埃里，我只希望前面的路，没有尽头，亦不要转弯。尽管，我已经很累，可是却想一直走下去。

因为，在我的身后，始终有一双眼睛，在静静地望着我，护送我。

可是，我没有回头。

只道人生如棋局

未到翠梅庵，已见着秋樨和烟屏在一座长亭等候。长亭，是依依送别的长亭，也是殷殷等待的长亭。

“主子，你可算是回来了，奴婢忧心如焚。”秋樨为我掸去身上沾染的雨水。

我微微一笑：“在这里无须唤我主子，你比我年长，我敬你，只管唤我眉弯便好，这样倒让我觉得亲切。”

秋樨会心一笑：“好，秋樨记住了。”

午后的翠梅庵，在绵长的细雨下显得更加禅韵悠然。整座庵庙都沉浸在氤氲的烟雾中，仿佛这里的一切事物都与红尘无关，与红尘无关的，也是仙佛所追求的境界。

我自然不是仙，不是佛，不是皈依的青尼，亦不是遁世的隐者。所以，这里终究还是与我无关，我掰着手指数日子，三日后就是半月的期限，那时候我将离开这里，重新回到鼎盛的皇宫。远离禅寂的庵庙，接受繁华的世态，这就是我碌碌而求的结果。

刚入厢房，妙尘师太随在身后，关切道："出去这么久，真让人担心。"

我微笑："是眉弯不好，禁不起春雨山间的诱惑，在外面多逗留了。"

"你先换好衣裳，然后到我的禅房来，有贵客等候。"她说完就离开了。

我沉思，贵客？师太所说的贵客会是谁？难道是——淳翌？他来了，他来庵里看我了，他不信我吗？不信我半月后会回宫吗？还是他想我了，思念我了？

坐于镜前，依旧故我，简单的装扮，素净清雅。在这里一日，我就做一日翠梅庵的沈眉弯，纵然是淳翌，我也依旧是一身清肌素骨。

行走在幽深的长廊，循着空灵悠远的梵音，掠过每一扇开启的窗，任由这庵庙深处的风，吹动我的衣衫。我告诉自己，没有到限期之日，我不会同淳翌回去，我要珍惜在这里的每一天，与禅相伴，与佛作陪。

还未到禅房，已闻到缕缕浓郁的檀香，伴随着清茶淡雅的幽香，透过雕花的窗棂，飘溢在疏落的禅院。

"棋盘如人生，让黑白的棋子去决定人生的胜负，未免太轻率。"有话音从禅房传来，好熟悉的声音，似乎在哪儿听过，只是因为隔着重门，听得有些模糊。

"你读得出棋子的成败，又是否能读得出人生的成败？每一个过程都是一种新的跳跃，又何必过于去计较那些疏疏密密。"妙尘师太的话音从里屋传出来，似乎在与人对弈。

我敲门进去，见妙尘师太与岳承隍坐在蒲团上，对弈品茗。

　　我先是一惊，随后走向前，微笑："真是好雅兴，在棋盘里品读人生，别出心裁，寄寓深远。"

　　他们起身要对我行礼，我忙制止，对着岳承隍施礼："女儿见过爹爹。"再转向妙尘师太："见过师太。"

　　禅坐在蒲团上，静静地看他们下那盘残余的棋，棋局乍看简单，细看深奥无比。只是他们一起一落间，收放自如，那么平稳，不留一点厮杀的痕迹。

　　师太笑道："这盘棋我们下了十年，如今都未有结果。"

　　"没有结果是最好的结果。"岳承隍举起一子，动作优雅，神态淡定。

　　十年，原来师太和岳承隍是故交，一盘下了十年的棋，至今仍然没有胜负，也许他们本没有胜负之心，纵是再下十年，也未必会有结果。下棋成了一种形式，在棋中品味人生，才是他们的深意。

　　"在宫里一切都还好吗？"岳承隍眼睛看着棋盘，轻描淡写地说出这么一句话。

　　我淡笑："想必爹爹熟知宫中的一切事由，眉弯好与不好，你定然知道。"

　　"好与不好在于自己，无论身处何地，你的好与不好，与别人并无多大的关联。"他依旧看着棋盘。

　　"要做到宠辱不惊，绝非易事，恕眉弯还不能免俗。许多人、许多事我可以不在乎，只是我还做不到不在乎自己。我在乎自己，就必然会牵扯到别人。"其实我觉得自己说话有些矛盾，自己到底又和别人有什么关联？

　　妙尘师太微笑："岳兄，我看我们还是停下吧，反正也分不出胜负，莫如坐一起闲聊，难得眉弯在此。"师太称岳承隍为岳兄，看来交情实在不浅。

　　一壶茶，一窗烟雨，一盘未下完的棋，三个人禅坐在蒲团上，没有谁要改变谁，也没有谁想要点醒谁。

"你怪我吗？"岳承隍看着我。

"不，我不怪你，因为这一切不是你能决定的。"

"是，有时候，我连自己的命运都无法决定，又怎么能决定你的。"他话语隐透淡淡的无奈，与方才下棋时似有不同。

我轻笑："自古君王之命不可违抗，更况你收我为义女，让我有了高贵的身份，我又怎么还会怪你。"

"你本就有高贵的身份……"他欲言又止。

我自嘲一笑："呵呵，爹爹莫要笑话于我，如果迷月渡的花魁算是高贵的身份，那么也无须借助岳府的地位入宫了。"

他放下手中的杯盏，笑道："不过是一种形式，这一切，都是皇上给的，他宠爱于你，纵然没有这层身份，结果也和今天一样。"

"我信，只是入了宫，还有另一个结果。要么宠冠后宫，要么冰封沉寂，甚至有一种更干脆，就是死，死有很多种，只是没有一种会是善意的。"说出这话，我似乎很坦然，不知从何时起，我已经发现自己在悄然地改变，少了几分当年的温婉，多了几许现世的锐利。

师太手持佛珠，翕动着嘴唇默诵我听不懂的经文，可我又分明感觉到，她的心并没有彻底地禅寂。

"淡然些吧，得宠与失宠并没有区别，起起落落自有定数，我们所能做的，就是让自己平静地面对。纵然天下人都在争夺，又与我们何干？"岳承隍有种释尽世味的倦意。

"我说过我要争夺吗？"我笑。

岳承隍呵呵大笑："天下本是天下人的天下，只是天下的人都可以争夺，唯独我不能。"

"夺来的天下也未必坐得稳。"

"怎样的天下才算坐得稳呢？真的有万古基业？纵然有万古基业也可以一朝散尽。"岳承隍身为大齐国的南清王，对江山做如此评价，的确让我刮目。

师太微笑："你们父女俩，论起天下来了。世间本无天下，是天下人安了一个天下，才有了争夺……"

"后宫是女子的天下，很不幸，我本无心争天下，可是天下要与我相争。"我煞有介事地参禅，其实自己明白，关于禅，我真的是个俗人。

师太双手合十："你与皇宫有极深的渊源，非要经历一番劫数，不能彻底解脱。"

我笑："既然无法逃离，那就让一切来得彻底吧，我不惧。"

岳承隍举起茶盏，笑道："来，饮下这盏茶，我为你祝福。"

一饮而尽，原来饮茶与品茶没有多大的区别，过后的香味同样经久醇厚。

暮鼓在黄昏敲响，我甚至不愿与他道别，因为我觉得我与他之间，没这个必要了。聚散寻常事，岳承隍不是一般的男子，我早就明白。

三日，这三日我再也没有离开过翠梅庵。只是每天在厢房打坐，或在佛前跪拜，或处窗下读经，我只是觉得这样安宁，并无其他。

其实，这半月，上苍给了我很多机会。佛有让我留下，师太有为我洗心，楚玉可以告知我的过去未来，这些我都拒绝。我所做的一切，都是为了他——淳翌。我并非可以为了他丢掉一切，但是对于他的爱，我不能不去珍惜，许下的诺言，我不能不去兑现。

只剩下珍惜了，此生，恐怕我爱不起来，入了这佛门，想要让自己去爱，真的好难。

收拾好行囊，如来时一样，潇洒淡然。

跪在佛前，双手合十，微笑："佛，我不是来与你道别，因为我还是来时的我。"

佛满目慈悲："痴儿，去吧，此处只留想留之人，我不留你。"

我叩首："我还会再来的，只是我没把握那时的我还会是现在的我。"

佛笑："三界都可以更改，风云亦会变幻，莫说是你一个凡人，改变了又能怎样。"

"也是，改变了又能怎样，不过是沈眉弯。"

梅花已经凋谢，只能在苍劲的虬枝上看到稀疏的朵儿，有些人，由来只愿看花开，不愿看花落。而我却觉得，花开花谢太过寻常，寻常得没有任何感情色彩。

我告诉师太，我只想安静地离开。

画扇没有来，她说过，待我走时，还是要与我道别的。也许，道别只是平添几许伤感，莫如不来。不来也好，她可以做到，我亦可以。

所幸的是，有淡淡的阳光为我送离。

离开翠梅庵，没有带走一粒佛珠。

在依依古道，策马扬尘，所有的风景都与我擦肩，我要回到后宫，坦然地接受人生的过程，至于结果，我不在乎。

请一定要相信我，我不在乎。

月小
似眉弯

○ 第四卷 ○

落英纷洒

远远地看见紫金城，

飞檐翘角，

肆意地铺展在湛蓝如水的天空下……

雍容未减芳心骨

  远远地看见紫金城，飞檐翘角，肆意地铺展在湛蓝如水的天空下，一排排整齐的琉璃瓦与闪烁的阳光相交，折射出粼粼耀目的金光，好似演奏着一曲盛世里华美灿烂的乐章。

  我看到一群大雁舒展着灵性的翅膀，掠过煌煌的宫殿，丈量着历史的昨日与今朝，万顷河山尽在脚下。

  我想起第一次入宫时的情景，那些奢华的场面如同浮光掠影，相比之下，今日的平淡更加令人心安。

  拿着淳翌给我的令牌过贞和门，高高的宫墙瞬间遮住了宫外的风景，映入眼帘的是长长的御街，深远不见底，穿过去，或许就迷失了自己。抬头望见宫墙上那蜿蜒的赤色巨龙，才彻底地明白，我是真的进宫了，这里与一枕清风入太虚的翠梅庵属于两个世界。

深吸一口气，望着绵延不绝的大小殿宇，我告诉自己：我是湄婕妤，我居住在月央宫。

大约一盏茶的光景，便来到月央宫前，盛大的皇家庭院，它却偏居一隅，独享安宁。抬眼见匾额上三个赤金大字，触目惊心。于是淳翌亲笔御题的，相隔半月，竟有了故人重逢之感。

宫里的宫女内监早已跪在门口恭候，我在他们的簇拥下进院，院落被打扫得整洁干净。兰圃棠苑，翠竹蕉影，牡丹团簇，芍药织锦，还有几树伶仃梅花，仿佛等我归来才肯落尽。

刚入正殿，梅心上前道："禀娘娘，皇上在东暖阁等候。"

我心惊，淳翌，他已来月央宫了吗？慌忙往后堂走去，一进暖阁，见淳翌着一袭明黄的赤金龙袍，头戴金冠，临着窗前，负手而立。我施礼："臣妾参见皇上，愿皇上万岁万万福。"

他转身迎过来，欣喜道："湄儿，你可算回来了。"他眉目俊雅，丰采卓然，有着帝王的风度与霸气。

我莞尔一笑："皇上，说好了半月，臣妾没有失信。"

"是，没有失信，朕也没有失信。"

他走上前执我的手，这么近的距离，我又闻到他身上那种陶然的香气。他和颜悦色，赞赏道："半月不见，湄儿更加秀雅脱俗，玉骨冰清，眉宇间流露超尘素淡的韵致，看来禅院确实是静养修心之处。"

我低眉垂首："皇上真是笑话臣妾了。禅院的确安静，只是这一路风尘，臣妾满脸倦意，还不曾沐浴更衣，惊扰了圣驾，实在罪过。"

淳翌扶一扶我发髻上欲要滑落的玉簪，柔声道："朕知你一路风尘劳累，今晚赐清露池浴，朕在长乐宫为你洗尘。"

我面若流霞："谢皇上。"

"呵呵，朕见你平安归来，虽虚弱了些，但气色还不错，也放心了。这就先回乾清宫处理政事，你好生歇着。"

"臣妾恭送皇上。"

立于窗前，看着他的背影掩映在庭园的翠竹阵里，直至最后一抹衣角也隐去，我才转过身，陷入一片茫然。

回到西暖阁，看着与我朝夕相处了半年多的物件，有种熟悉的陌生。

只有那张花梨木躺椅，我是极爱的，还有那蒙尘的古琴，等待我开启另一段全新的故事。

红笺为我泡好一壶茶，我捧起一本从翠梅庵带回的经书，躺在椅子上，有意无意地读着。

秋榇从正殿走来，轻轻在我耳畔低语："娘娘，方才听梅心她们说，兰昭容被皇上遣至霜离苑去了。"

"霜离苑？那不是上回舞妃要去的地方吗？"我疑惑道。

秋榇点头："是的，霜离苑就是冷宫，听她们说皇上查到下毒之人是兰昭容，将她责罚到霜离苑思过。"

"兰昭容？她……下的毒？"我脑中浮现出兰昭容的模样，虽非善类，却也不是那种深谋远虑之人，凭她一人，难成气候。

我举起茶杯，浅品，淡淡回道："你吩咐下去，此事让我们月央宫里的人切莫嘴碎，否则我定不轻饶。"

"是，我这就去吩咐他们。"秋榇退下。

我嘴角扬起了一抹浅浅的微笑，并非幸灾乐祸，而是觉得淳翌像个孩子，趁我走后依旧在宫里彻查此事。只是可怜的兰昭容，白白地做了别人的替罪羔羊。其实，我并不想再追究此事，佛告诉我，要慈悲，给她们一个改过自新的机会未尝不可，若是她们不求改过，仍要自取灭亡，也与我无关了。

画扇说过，下毒之人至少有两个。我信她，只是，兰昭容不是那两个中的任何一个。

捧起经书，我淡吟道："能除一切苦，即非能除一切苦，是亦能除一切苦。能除一切难，即非能除一切难，是亦能除一切难。何以故，成法非法，法会于心，心融于法，法忘其法，法无其法，乃为大法，得度众生……"

薄暮笼罩的黄昏，给后宫增添了几许宁静。朦胧的烟柳上斜斜地挂着一弯新月，不同的境遇便有了不同的赏月心情。今晚的清露池应该花好月圆，今夜的长乐宫应该好梦成真。

看着窗外遒劲的梅枝，最后一朵梅花飘落，我伏案写下一首诗：楼台月色泻幽光，兰圃风声唱夜凉。记取年华终错废，落梅时节赋何章？

月央宫外有凤鸾宫车早早地等候，我随意梳妆，坐上宫车，朝清露池行去。宫车缓缓地行驶在清寂的御街，不知又惹来多少人灼灼的目光，她们心中定在埋怨，这个沉寂了半月的湄婕妤，为何又在此夜复活。

潺潺的流水声，我在乳白色的烟雾里褪出薄衫，白玉池中，梦若心莲，在玉露中徐徐舒展，而我就是那朵莲，等待着今夜的绽放。

软帷外有身影晃动，我知是他。

"朕来接你了。"他声音柔和。

我起身，秋槿为我披上翠纱罗裳，湿冷的长发披在肩上，水珠滑落。他一袭明黄锦缎，一如那夜……

他只对我温和一笑，拦腰抱起，我身轻如燕，搂着他的颈，将头埋在他的怀里，闭着眼，不去欣赏夜色柔和的景致，只是感觉微风吹拂我的罗裳，轻轻地与他的锦缎交集。

熠熠红烛，照亮了一个明黄的蛟龙天地。紫檀木的桌子上，摆放着精致的菜肴与美酒，赤金的龙凤杯盏，就这样缠绵对饮。

淳翌饮下一盏酒，笑道："湄儿，近来朕总是怀念初识你的日子，在迷月渡，你我举觞夜谈，记得那里的酒叫凝月酒，清冽醇香。"他为我端起酒杯："你品尝一下，这是朕命人精酿的琼花泪。"

"琼花泪……"我饮下一盏，赞道，"好冷艳的酒。"

他笑道："呵呵,还有酒是用冷艳这个词来形容的?不过倒也巧妙,只有湄儿会如此别出心裁了。"

我低眉不语,只觉这酒的名字虽别致,琼花虽美,可是花期太短,在春光的枝头,似雪凋零。

"湄儿此次去翠梅庵可有参禅读经?"淳翌问道。

我轻笑:"读经是有,只是禅意却无法参透,再说禅也不是用来参的,需要用心去悟。湄儿没有慧根,那儿留不得我。"

他执我的手,微笑:"那儿留了你,朕去何处寻这样的爱妃?"

我轻叹:"皇上,湄儿并没你说的这般好,后宫佳丽三千,比湄儿好的女子多不胜数。"

"可是没有一个女子让朕如此迷恋,只有你才配得起朕的一见倾心。"

我无言,这样的宠爱,要了是负累,不要也是负累。

沉默。听轻风细细,软帷白纱在风中飘逸,淳翌低声道:"湄儿,为朕弹奏一支曲子吧,朕想听你婉转的歌声。"

"皇上,莺歌婉转只是从前,如今湄儿已丢了那份灵气。"

"又说傻话了,湄儿国色天香,一笑倾城,再笑倾国。"

我盈盈笑道:"怎么可以如此,倾城又倾国,该是祸害了。"

"倾的是朕的城,倾的是朕的国,与他人何干?"

我笑:"皇上,你方才说起国色天香,我倒想起了,月央宫的牡丹开得正艳,平日里我是极少去爱它的,可是今日见花团锦簇,开得异样繁艳,倒是添了几分喜色。不如臣妾就为皇上弹一曲醉牡丹,如何?"

淳翌欣喜道:"甚好,牡丹乃花中之王,艳冠群芳,更有诗吟'牡丹花下死,做鬼也风流'。朕想倾听湄儿的醉牡丹,是何等国色,又是何等的销魂。"

我盈盈起身,端坐于琴侧,以优雅的姿势曼妙抚弦,泠泠清音如玉坠珠倾,在寂夜的长乐宫回旋,婉转唱道:"已并佳人称国色,更牵素手吐天香。庭深风寂花沾露,栏曲云开月转廊……醉去画师添一捻,兴来学士赋三章。雍容未减芳心骨，宁负皇诏贬洛阳……"

"雍容未减芳心骨，宁负皇诏贬洛阳。"他低吟，问道，"湄儿，此句可有何寄寓？"

我微笑："并无寄寓，只是湄儿随意吟咏，聊以寄兴罢了。"

他走过来执我的手，我起身相迎，就那样被他轻拥在怀里。

御榻上，有他早为我铺满的牡丹花瓣，瓣瓣芬芳，撩人情肠。拉下帷帐，在这个明黄的天地，他只属于我，而我也只属于他。

什么参禅悟道，什么仙佛神魔，在这样春风月夜里，都显得那般虚弱无力。今夜的灯花，如同纷繁的牡丹缀在枝头，令人驰魂消魄。而我像藤一样依附他，沉落在碧水的深潭，与他一同下陷，下陷……

在他舒适的臂弯里睡去，渐渐入梦，梦里是这辉煌的宫殿，那么多的红颜纠缠着一个男子，欢笑声，嬉戏声，缥缈如寄。只是红颜转瞬化为白骨，我看到兰昭容，兰昭容一袭白衣，披散长发，双目流血，似在哭泣……

"湄儿……湄儿……"我听到呼唤声，睁开眼，淳翌将我拥在怀里，"做梦了吗？有朕在，什么都不用怕。"

我虚弱地偎在他怀里："没有，只是有些累了。"

合上眼，我想起了在翠梅庵看月光下的满地落红，当时就念过一句：红颜白骨。兰昭容，她定是出事了，对，她被关在霜离苑。

我只等着天亮，天亮后，我想知道这一切的缘由。

世事无常多戏谑

　　踏着清新湿润的晨露往丹霞殿走去，已近暮春时节，上林苑的景致美到了极致。柳荫苍翠，百花竞放，带着对这春日无比的眷恋，绽放着最后的激情。楼台水榭，曲径幽亭，花圃蝶苑，有三两宫女拎着花篮采着新鲜的蓓蕾，有来往的小内监匆匆疾行……

　　我已有半月不曾来丹霞殿给皇后请安，因昨夜在长乐宫侍寝，今日特意起了个大早，唯恐有了怠慢。

　　一进丹霞殿，见皇后已端坐在凤座上，衣着鸳鸟朝凤的云锦朝服，头戴凤冠，神态平和，尽显其高贵的气度。两边已坐了一些请安的嫔妃，看来我来得还是不够早。

　　我行过礼，坐下来，见云妃和舞妃也坐于两侧，谢容华对我微笑。

皇后和颜悦色："听闻湄妹妹出宫半月，这一路上舟车劳顿，昨夜又侍奉皇上，今天还起这么早，太难为妹妹了。"

此话若出自云妃她们之口，我定然会觉得带有取笑之意，只是皇后如此说出，我只当作善意的慰问，轻轻回道："多谢皇后娘娘关心，臣妾得皇上允许出宫，不曾跟娘娘辞别，实在罪过。"

皇后微笑："妹妹客气了，皇上准予妹妹出宫，定是有缘由的，既是走得急，也无须与我辞别的。"

今日的丹霞殿异常悄寂，平日里话语最多的云妃只是瞟了我几眼，带着一种隐忍的笑意，不曾有片言只语。与她如影随形的兰昭容果然不见，只有许贵嫔坐在一旁面色灰暗，与往日大相径庭。许是因为兰昭容进了冷宫，素日亲近的她们难免有些惶恐。

小坐一会儿，大家便起身告辞。

我依旧和舞妃、谢容华三人同行，出丹霞殿，云妃和许贵嫔打身边经过，只是冷冷地瞟一眼，敌意虽有，傲慢不够。

我视而不见，执舞妃的手，微笑问道："姐姐近来可好？这些时日不见，心中甚是挂牵。"又拉住一旁谢容华的手："还有妹妹，我也好生挂念你。"

谢容华假装气恼："湄姐姐哪里还记得我们，走时竟不辞别一声，自己到翠梅庵静心参禅，忘了我们姐妹情深。"

我笑道："哪儿有，只是当时心里烦乱，才求皇上许我去翠梅庵小住几日。对了，你怎知我去了翠梅庵？"

"是皇上说的。我去了几次月央宫，你们宫里的人倒是守口如瓶，一点风声都不透露，后来问起皇上，才得知你到翠梅庵参禅去了。"又打趣道，"当时我吓一跳，还以为姐姐要铰断青丝去清修呢。"

舞妃盈盈笑道："容华妹妹真会说笑话，湄妹妹若是去庵里清修，只怕我们大家都要随着去了。"

谢容华脸上露出不解："姐姐何出此言？"

舞妃撩开眼前弯垂的柳幕，笑道："湄妹妹宠冠后宫，若是皇上得知她去清修，你说这后宫岂还容得了我们？"

谢容华手执宫绢捂嘴大笑："哈哈，是了，到时我们都得陪着湄姐姐到庵里去念佛参禅了，只怕我没有那慧根，佛都不收留我。"

我做出委屈的样子："你们别打趣我了。论宠幸，你们不逊于我；论慧根，我更是不如。这次才进得庵里，佛祖就不肯度我，让我在浮沉人世里自生自灭呢。"

舞妃微笑："姑且不在这儿参禅了，我得先回翩然宫，洵亲王妃今日要去我那儿做客。"她行走几步，又转头道："对了，下次湄妹妹若再有机会去翠梅庵，唤上我一道，以前在王府时还常去，如今在后宫，倒少了那机会。"

我点头，看着她的身影渐渐消失在花柳楼台间。

"妹妹，可去我月央宫小坐一会儿？"我看着谢容华。

"嗯，这些天不见，我正好也有话要与姐姐说。"从她的神色里，我看得出宫里真的是出了事。只不过，这件事在我回来之前已经戛然而止。

回到月央宫，径直穿过正殿往暖阁走去。

才坐下，我直接问道："你相信下毒之人是兰昭容吗？"

谢容华看着我："姐姐已经知道此事了？"

"嗯。"我问道，"妹妹可否将事情的缘由讲给我听？毕竟这事多少与我有些关联。其实我并不想别人因我而落罪，过去的事已然作罢。"

谢容华叹道："若是后宫的女子都有姐姐如此容人之心，也就不会有这么多的明争暗斗了。"

我自嘲一笑："并不是我有容人之心，只是觉得纵然追究，又能得到什么？他人落罪，处境堪怜，我又能从中得到几多快乐？"

"姐姐是个从容之人，懂得宽容别人亦是宽容自己，若是陷入仇怨的纠缠里，反而累了自己。"谢容华似乎比我更懂得取舍，话语间流露出淡定洒脱。

我轻笑："我不过是心生慵懒，厌倦这些罢了，又何曾有妹妹说的那般慈悲。"

"姐姐，你不知，自你走后，皇上在宫里彻查此事，当时后宫禁卫森严。除了皇后，我们这些嫔妃都被软禁，不得擅自离宫，只等着皇上命人来查验。"谢容华向我道来事情的缘由，我听着觉得淳翌将此事闹得过大了些。

思索着她的话，禁不住问道："查验？难道下毒之人过了那许久还等着别人去搜查？所有的证物都会彻底销毁了。"

"嗯。所以这样大费周章的搜查只是一种形式，让那些心虚之人露出痕迹，就算露不出痕迹，亦会令她心惊胆怯。"

"露出痕迹了吗？抑或是有谁心惊胆怯？"我始终觉得，既然有心下毒，就会计划得周全，亦没那么容易胆怯。

"没有。"她回答得很干脆。

"那如何定了兰昭容的罪？"我急着想知道结果。

"因为翩然宫的涣霞。"

"涣霞？就是当初送野山人参汤给我的宫女？只是她是舞妃的人，与兰昭容何关？"

"皇上猜测此事定然与翩然宫相关，因为第一次是舞妃中毒，那就有很大的可能是翩然宫出了奸细，否则，谁可以对舞妃如此悄无声息地下毒？第二次是姐姐你中毒，中毒的起因是那碗人参汤，而人参汤也是由翩然宫的人端送来的，所以事情不会这般巧合，翩然宫的嫌疑最大。当初你中毒，云妃她们曾疑下毒之人是舞妃，因为舞妃来自南疆，熟知一种叫凝丹雪的毒。但是舞妃自己也曾中毒一次，且险些性命不保，所以皇上认为舞妃可以除去嫌疑。唯一的可能就是翩然宫有内奸，而这内奸也是主谋事先安排进去的人。"谢容华款款道来，环环相扣，仿佛并无破绽。

"因为涣霞是那送汤药给我之人，所以就先疑她？"

"是。皇上找她问话，许是因为惧怕，没有经过拷问，她就自招了。她交代说此事都出自云妃之手，云妃一直嫉恨舞妃与她平起平坐，欲要除之而后快。而姐姐你又进宫，且身份比他人都要特殊，那日进宫的新秀一起去丹霞殿参见皇后和后宫嫔妃，舞妃与你走得近了些，云妃怕她拉拢了你，所以就使出了这样的计谋。"

我点头："这话听来也合理，只是当初涣霞是如何随在舞妃身边的？"

谢容华思忖道："记得在渊亲王府时，涣霞是皇后身边的人，后来指派给了舞妃。"

"哦，那许是后来被云妃买通了。"我随口答道。停了停，又扬嘴轻笑："那云妃设计下毒害我也是因为妒忌了？皇上连续让我侍寝半月，冷落了后宫佳丽，她自不会轻饶于我。只是她也不至于陷害舞妃吧，因为之前舞妃也曾中毒，如果此计失败，舞妃中毒之事浮出来，岂不是追查得更深了吗？"

"说得也是，或许她并没有想这么多，反正涣霞已经招认了，云妃是何等身份，一个小宫女岂敢随意诬陷于她。"

"那涣霞呢？做何处置了？"我问道。

"不曾处置，她已自尽了。听说也是服毒，事先服下毒药。"

我蹙眉："若是涣霞决意一死，又为何要出卖自己的主子？如此一来，之前所做的一切岂不是付之流水？"

谢容华笑道："姐姐果然心思缜密，所以后来云妃也用同样的话回答皇上。"

"哦？"我一脸的疑惑。

"姐姐忘了吗，最后定罪的不是云妃，而是兰昭容。"

我这才明白："原来云妃用此计来陷害兰昭容，反正涣霞已死无对证，她想赖谁不可以？若推脱得一干二净反而不好，莫如拿自己身边亲近的人出来顶着。只是，皇上能信吗？"

"皇上自然是不信，可是云妃的父亲长翼侯也进宫来，姐姐想必知道，长翼侯为开国元勋，掌握天下大半兵权，皇上岂能不惧他几分？"

我冷笑："皇上不能定云妃的罪，所以兰昭容就成了代罪羔羊，被打入了霜离苑，真真是冤。"

谢容华问道："姐姐认为此事可有蹊跷？"

"有，太多的疑点了。以云妃的聪明，她顶多只会下毒害舞妃，见计策失败，是绝对不会再次对我下毒的，尤其是借舞妃之手。云妃未必是真正的主谋，她亦可能是被涣霞诬陷，情急之下，才将兰昭容供出顶罪，只是为了给自己脱身。"

"那背后真正的主谋会是谁呢？"谢容华低语。

"我也不知，大概只有涣霞知道了，可惜她已死。不过再精密的布局都会有疏漏之处，只是到时务必会引起更多的纷乱，后宫就更加不安宁了。而且这个幕后主谋的地位一定也是极高的，否则她没必要急着铲除舞妃和我。至于是谁，我是无心去追究，更况皇上已治兰昭容的罪，此事也算是有了一个了结。"说完这些话，我觉得很累。

"嗯。那就如此，只是日后我们要更加小心才是。"

"是，多加小心便好，尤其是我。"

谢容华看着窗外的暖阳，起身告辞："姐姐，耽搁了这么久，你也好生歇息，我先回羚雀宫了。"

送她出门，看着庭园里繁花似锦，竞放相争，就如同后宫这些红颜佳丽，可惜，赏花之人只有一个，也只能有一个。淳翌，你何其有幸，这么多女子爱你，又何其不幸，这么多女子要你去爱她。更不幸的是我，做了这众多女子中的一个，又恰好被你爱上。

最后，你又会真正属于谁？

落叶飘残霜离苑

在这样浓情的季节，我仿佛并不十分关心上林苑的景致，只是坐在自己的月央宫静心读书，读得更多的是我从翠梅庵带回的经书。其实只有我自己知道，我是在故作平静，内心虽无波澜，却无法从容潇洒。

我坐在窗前，捧经书吟读："……舍利子，彼岸无岸，强名曰岸，岸无成岸，心止即岸。是故如来无定相，无往亦无来，舍利子，汝知如来有慧剑否，无也，如来依般若波罗蜜多也。菩萨曰，否，如来有慧剑，有戒刃也，如来无慧剑，无戒刃，不识般若……"

我读的只是字的表象，却没有读懂经文的内蕴，佛法精深，不是谁人都能参悟得了的。在翠梅庵时我不能，在月央宫我更不能。

我想起那日离开翠梅庵时自己说的一句话，我要回宫，坦然地接受人生的过程，至于结果，我不在乎。可是此刻我突然渴望一种离别，一种物我两忘的离别。不知从何时起，我成了这般懦弱的女子，淳翌给我的爱太重，重得成了负累，成了我的负累，成了整个后宫的负累。

这几个夜晚，我总是梦见兰昭容，梦见她长发披散，面色苍白，衣衫不整，流着血泪，在寒冷的宫殿里无比凄凉。醒来后春风依旧，岁月静好。

淳翌宠幸我，仿佛已成一种习惯，接连七日，凤鸾宫车只为我一人停留。这样的爱，拿起嫌累，丢了不舍。直到第七日，我百般相劝，千般恳求，他才答应以后宠幸她们。有时候，我都怀疑，世间有这样的君王吗？但我也明白，一切恩爱都是暂时的，当美好不再如初，就会改变。

直到这一夜再度被噩梦惊醒，我决意去霜离苑一趟，尽管那是后宫禁地，我也非去不可。总觉得我欠了兰昭容什么，其实这一切都与我无关。

拿着淳翌上回给我的令牌，我可以大大方方地进出，只是这令牌只能唬弄那些守卫，若是淳翌知道我拿着令牌行此权力，定会加以怪罪。可这是我进霜离苑的唯一办法，至于该当何罪，我来承担。

带上秋樨和小行子朝霜离苑走去，那地方我是不曾去过的，小行子认得路。不记得穿过多少楼台殿宇，只觉得越走越荒芜。

我看着愈渐荒凉的宫殿，殿宇的颜色已经褪去，甚至带着斑驳的痕迹。这里居然还滋生着许多的杂草，有虫蚁在地上攀爬。

小行子走在前面，不停地叮嘱道："娘娘小心，这路上虫蚁太多。"

我搀着秋樨的手，心中竟有些惶恐，总觉得这里的情景我在哪里见过，好生熟悉，只是我这一生都不曾来这样的地方。淳翌好残忍，原以为霜离苑只是一处旧院落，想不到竟如此荒凉。大概他自己也不知道，只是一道圣旨，兰昭容就被打入这种地方，旧日的恩情从此一笔勾销。

小行子朝守卫出示了令牌，尖着嗓音喊道："快快将门打开，皇上派婕妤娘娘来此，有话要询问兰昭容。"

守卫并无疑惑，叩首道："参见婕妤娘娘。"

宫门打开的时候，一股霉陈的味道从里面传出，我几欲作呕，庭院早已荒废，尽是些杂草，只不知这些守卫日日在此，为何也不清理干净，毕竟还住着人。

辗转几处才停留在一间小屋子前，推门而入，见兰昭容果然披散头发，一袭素衣，面容憔悴，目光呆滞，坐在一张老旧的椅子上。

她见我进来，惊得缩成一团。桌子上有残剩的饭菜，上面爬满了蚂蚁，这屋子除了一张床，一张桌子和一把椅子，半支残烛，再也找不到其他。

我轻轻上前："兰昭容……"

她瑟瑟发抖，缓缓撩过披在眼前的长发看我，惶恐地问道："你……你是……谁？"

我叹息："唉，这才几日，你竟成了这般模样。"

她随即跪地大哭："皇上……求求你放了臣妾，臣妾是被冤枉的，臣妾没有害人！"

秋榤将她扶起，坐在椅子上，说道："是我们湄主子来看你了。"

她惊恐地看着我，眼中带有陌生，转而又大喊："湄主子……是不是岳眉弯，你这个狐媚的女人，都是你害的我，是你……"

她双手欲掐我脖子，一旁的秋榤忙制住她，对我喊道："主子，兰昭容好像不太对劲。"

"有什么不对的？"

"连人都认不得，得了失心疯一样。"

我苦笑："真得了失心疯还会记得我的名字，还知道骂人？"

兰昭容不理会我们说话，挣扎着大喊："上官流云，你这个没心肝的女人，我兰馨儿有眼无珠错认了你，你居然在皇上面前诬陷我，把我关在这个暗无天日的地方。上官流云……"她口齿伶俐，不似得了失心疯之人所能说出的话。

"傅春雪，你这个贱人，我当初怎么没有毒死你，留你到今天，一起来陷害我！"

我心中一颤，难道舞妃的毒真是她下的，想想又不太可能，于是淡定地问道："兰昭容，你也莫要在此叫喊，这里无人，你如何叫喊她们也听不到的。"

她伏在桌上号啕大哭，我心有不忍。想来与她说话怕是不能了，她的情绪太激动，我来此，亦不想询问她什么，明知道下毒之人不是她，我只是想来看看她的处境如何，虽不是挂念，却想求个安心。

我看着秋樨，沉沉一叹："走吧，我们走吧。"

我转过身，她突然紧紧地抓住我的衣袖，面目狰狞："上官流云，傅春雪，岳眉弯，你们给我记住了，我兰馨儿做鬼都不会放过你们的，我死了要化成厉鬼，日夜找你们索命勾魂。"她伸出手，瞪大眼睛，恶狠狠地对着我叫喊："索——命——勾——魂——"

我匆匆逃离这个阴暗的小屋，逃离霜离苑，只是耳畔回旋着她凄厉的声音："我做鬼也不会放过你们，等我做厉鬼了再来找你们讨命……"

她的诅咒，令我毛骨悚然。

回到月央宫，我浑身还在颤抖。淳翌在正殿等我，见我进殿，欢喜地迎过来："湄卿，你上哪儿去了，让朕一阵好等。"

我跪在他面前。

他惊愕道："发生何事了？"

"皇上，求您放兰昭容出来吧，霜离苑太可怕了。"我直截了当地说。

"霜离苑？你方才去了霜离苑？"他面含怒色。

"是，臣妾近来总是梦见兰昭容，实在不安心，才私自拿皇上给臣妾的令牌去了一趟霜离苑。"

淳翌皱眉，也不言语。沉默片刻，才将我扶起："算了，此事朕不追究了。"

"臣妾求您放了兰昭容……"

"你……"淳翌挤出这么一个字。

"如果皇上去一次霜离苑，一定也会有如此想法的。"

"朕不去……"

"可是……"

淳翌气恼道："好了，不要再说了，容朕想几天，到时再决定如何处置她。"

我无语。

淳翌叹息："朕今日本是来邀湄卿到上林苑去赏牡丹的，此时竟无一点心情了。"

"都是臣妾的罪过，请皇上饶恕。"

他脸上柔和了些："罢了，我看你脸色也差，好生歇息着，朕回乾清宫处理政事去了。"

他转身欲离去，突然又回头，将我搂在怀里，亲吻我的额："好好歇息，朕明日再来看你。"

"嗯。"我轻声点头。

这一天，我了无头绪，躺在花梨木椅上，想了许多，又什么也没去想。

仿佛一切都是旧梦，都是烟云。

夜里，我做了一个梦，我梦见兰昭容死了。

醒来的时候，我想着，她可能真的死了。

死在紫金城，死在霜离苑。

一缕香魂归尘土

兰昭容真的死了，死在霜离苑。这个消息是大清早小行子带来的，那时候，我正对镜梳妆，开始我韶光岁月里新的一天。而她却结束了翠绿的年华，不过这样也好，这是她自己要的结果。

我不知道她是用何种方式结束自己生命的，只是希望能如她所愿，死了化成厉鬼，找我们索命。尽管，我还不想死，因为我没有把握死去会比活着好。

舞妃来月央宫的时候，我正捧着经书吟读，我厌倦这样的自己，躲在一本经文后面虚伪地活着。我并不奢求佛祖的庇护，亦不想修佛参禅，不过是为了打发时光，掩饰我并不平静的心情。

舞妃给我送来一盆紫睡莲，养在青瓷的花缸里，那紫色的莲露出细细的尖角。我知道，又有洁净的生命要来到这个纷芜的世间，我甚至可以断定，她会后悔。

我把睡莲放在桌案上，看着它微笑："多谢姐姐美意，这莲花的颜色我甚是喜欢。虽不似白莲纯净无瑕，亦不似粉莲娇媚鲜妍，这淡淡的紫色，就像梦，像梦一样舒展。"

舞妃盈盈笑道："是的，我也极爱这颜色。是前几日洵亲王妃来翩然宫，带给我四盆。我觉得好，自己留了一盆白色，给皇后娘娘一盆大红，容华妹妹是粉红的，这一盆紫色我觉得好生别致，拿来送与妹妹。"

我拉开窗前的帷帘，让阳光透洒进来，笑道："当真是谢谢姐姐，今后就把它养在暖阁里，看着就赏心悦目。"

坐下喝茶闲聊，舞妃问道："妹妹，你可喜欢下棋？"

"只是略知一二，怎么，姐姐想与我对弈几局？"我笑问。

"嗯，此时倒起了这念头。"

"那好，我们就下几局。"说这句话时，我想起了在翠梅庵见岳承隍和妙尘师太对弈，在棋中品人生，深奥无比。

黑白棋子，就像爱恨，一样地醒目。都说落棋无悔，只是走过的人生又是否真的无悔？

她执白，我执黑。我向来不喜欢黑色，可是我觉得白色更配她。

她落子淡定，我也只是用寻常心待之。

舞妃突然叹息道："兰昭容昨夜一缕香魂归故里，只是不知她的故里在何方。"

我手握一子，才发觉不知何时，自己的棋子已经被舞妃的棋子困住，一时间，不知落在何处，心中暗惊。随后才回道："是，归去也好，也许那缕魂魄可以回归故里。"我想起兰昭容的话，若是真有魂魄，她是不会离散的，她要在后宫飘荡，找她要找的人。

舞妃停了会儿，问道："妹妹，你信这事与她相关吗？"

"与她相关也好，与她无关也罢，事已成定局，想要更改已是不可能。"我感觉到一种悲哀，一种莫名的悲哀，这一切，因我而起。这是我来皇宫，第一次见到人死去，她的死，因我而起。

舞妃涩涩地微笑："是的，既已成定局，回头已是不可能，既是不可能，就干脆沿着从前的轨迹走到底。"

落子无悔，再看一眼棋盘，我觉得我输了，而且输得没有理由，输得不露痕迹，不得不佩服舞妃的棋技，看似温温婉婉，落子却这样利落干脆。

我吸了一口气，笑道："姐姐，我竟无路可走了。"

她恍然，看着棋盘："哦，是吗？"

我举着一枚黑子，笑道："是，姐姐果然是高手，以往竟不知呢，是妹妹愚钝。"

"大概是我们说话你分了心，我侥幸而已。"

"没关系，歇会儿吧，只怕再下也是如此，已成定局了。"我越来越相信，棋局如人生，走错了会迷失方向，若是冲破了就可以见得天明。下棋也能品出人的性情，这盘棋局，我做了弱者，舞妃远胜于我。

品茶，见袅袅烟雾在阳光下升腾，窗外芭蕉隐隐，翠竹萧萧，心中感慨，漫吟道："峰峦叠翠，正晨曦云展。晓雾空蒙漫山远。沐清风，松下玉子敲枰。炉香袅，烟绕琴箫书案……演周天羿理，莫测玄机，棋落流星坠河汉。叹卷世红尘，岁月匆匆，人事换，归樵柯断。但所愿，长歌伴松风。却早把，浮名傍亭吹散……"

舞妃一脸的赞赏："好轻逸脱俗的词，妹妹这首《洞仙歌》在描述一种云山渺渺不染俗尘的诗情画意，让人向往，如同走入幻境，无法出来。"

我轻叹："一盘棋就把流年偷换，醒来将浮名抛散，棋局变幻无端，玄妙之深，真不是我们所能参透的。"

舞妃感叹道："的确如此，只是我醒来却依旧如初，该发生的还是发生了，该争执的还是要争执，没有一事可以忘记，没有半点可以由人。"

我若有所思，莞尔一笑："姐姐，我们也莫要感叹了，过得了一日是一日，未来谁也不可知，既然无法预测将来，又何必自扰。"

舞妃释然道："是，莫如就醉在今朝。"她举起茶盏，笑道："以茶代酒，也算是醉一场，醉了，总比醒着好。"

我与她碰杯，饮下，只一盏，便醉了。

黄昏的时候，有凤鸾宫车在月央宫外将我等候，我知道，今夜淳翌需要我。

坐在镜前梳妆描眉，上淡淡的胭脂珠粉，着一袭素净白衣，其实去侍寝是不能这样穿的。可我想如此，穿一袭白衣，就算是一种哀悼吧。大概也只有我会哀悼了，宫里死了一位昭容，没有一丝悲伤的气氛，因为她死在冷宫，命比纸薄。

暖风徐徐，已是暮春，一路上可以听到细细的虫鸣，路过湖边还能听到鲤鱼跳跃的声音。我就是不明白，为何后宫的女子要辜负这些良宵月夜，将自己陷入那些纠缠的泥潭，落到最后无法自拔，美梦成空。

难道仅是因为淳翌？天底下只有一个君王，他可以爱许多人，也可以丢弃许多的人，可是许多的人不能将他丢弃。

长乐宫，红烛垂泪，我躺在淳翌的臂弯里，感到一种无比的寥落，仿佛要融进他的体内，又想着要逃离。我看得出，他心情并不好，锁眉，一晚上都如此。

我轻叹："忘了吧，就当她不曾来过，忘记是良药，可以愈合一切伤口。"

他拥紧我："湄儿，许多的事不是说忘就可以忘的，对于这件事，朕心中有愧。"

我知道他是慈悲的，偎依着他，安慰着他："皇上，这事又怎能怪你，她一心求死，去意已决，是挽留不回的。"

"可是昨日，朕若听你的话，这一切就不是这样了。"他惋惜。

"逝者已矣，惋惜也是徒然。"

"朕已命人将她厚葬，只是死在霜离苑，不宜铺张。"

"这样便好，希望她可以安宁……"我话音极低，因为我没有把握，我一点把握也没有，我知道她不会安宁，脑中浮现出她失血的面容，一片惨白。

淳翌搂紧我，柔声道："睡吧，在朕的怀里好好睡去，今夜不会有梦。"

我轻轻叹息，心中自语，今夜不会有梦，在皇宫做梦已成了习惯，就像每天日起日落，我看着自己日渐憔悴，真不知道还能坚持多久，仿佛每过一日，都在消耗生命。耗吧，纵然耗尽又能如何？她们不都说是心魔吗？我无法克服自己，这心魔，就得背。

一夜的噩梦纠缠，与这皇宫无法脱离的纠缠，就像是命定，牢牢地将我禁锢，我无法摆脱，只能一次次地沉沦。

待我醒来，已是晨曦，身边的淳翌去早朝了。看窗外柳莺婉转，朗朗乾坤，昨夜发生的一切都只是梦。我在梦里沉陷，只是累了自己，却丝毫不能损伤别人。

从长乐宫到丹霞殿，直至月央宫，一路上都听到那些宫女内监围在一起窃窃私语，脸上的表情神秘，仿佛宫里出了比兰昭容自杀更新奇的事情。

我问秋樨，秋樨说不知。

还是先回月央宫看看小行子他们有什么消息吧。

几多迷幻用心参

走进月央宫，宫女内监在打扫院落时，围在一起私语。见我行来，立即止住，各自忙去了。

"小行子，你随我进来。"我眼睛扫过他们，朝着小行子唤道。

小行子眼睛灵活地转了一个圈，躬着身子跟在我身后。

梅韵堂。我坐在椅子上，小行子低着头临在我身边。

我压低声音："宫里发生何事了？"

小行子回道："回娘娘，前夜兰昭容死了，昨夜他们都在传宫里闹鬼。"

我蹙眉："你这都是听谁在谣传？"

"回娘娘，奴才今天大清早出去，就听他们围在一起谈论，说半夜里看到兰昭容的魂魄在后宫飘荡，听上去不像是假的。"

我心想，这才多久就传遍了后宫，我一路上就见他们神神秘秘的，说不定有人故意捕风捉影，借着兰昭容的死，又搅起后宫的波澜。

我表情严肃，看着秋樨："传话下去，月央宫的人一概不许谈论此事，若有违抗，定不轻饶。"

秋樨眼藏深意，似乎体味到我话中之意，应命道："是。"

我知道此事不是空穴来风，只是也掀不起什么波澜，不过闹一场罢了，给那些心虚的人制造一点恐惧。其实我信鬼神之说，只是不信兰昭容的魂魄可以有如此功力在后宫飘荡。只怕她此刻是魂魄无依，还不知落入多么悲惨的境遇了。

始终觉得，这个后宫积着太多的怨气，这怨气从前朝蔓延到今朝，还要蔓延到未来，岁岁年年地积累，不知道何时才能够平息。

舞妃又来了，平日里她是极少来我月央宫的，这一次她携谢容华一起。

暖阁里，那盆睡莲还是欲开未开，仿佛在等待着一场盛世的约定，原本在不属于自己的季节里绽放，未必会有好的结果，早了嫌早，晚了嫌迟。

桌上还摆放着昨日那盘未下完的棋，舞妃走后，我又研究过，无论我走哪条路，都是死局，走过去，就不能回头，每一条路，都是不归。

舞妃终究还是没忍住，低沉着嗓音，煞有介事般说道："妹妹，听说昨夜有人看到兰昭容的鬼魂，你信吗？"

我装作若无其事的样子，笑道："是吗？只怕这事只是虚传，哪里才死就有魂魄呢？纵然有，也不是我们这些凡人所能看到的。"

她定定神，点头道："我想也是，如果魂魄真的可以为所欲为，那么这个世界就不会这样祥和了，至少这后宫不会这么平静，那么多死去的冤魂，都可以化成厉鬼来讨债了。"

"讨债？谁又欠了谁的？"我嘴角扬起一丝冷冷的笑。

谢容华脸上平静，仿佛此事她一点也不在意，淡淡说道："纵然有魂魄也没什么可怕的，只要做到问心无愧，邪又岂能压正呢？"

我看着窗外，阳光明媚，朗朗乾坤，笑道："我相信鬼神之说，只是鬼有鬼的束缚，神有神的原则，人有人的路途，又怎能那么轻易走到一起？就像疏桐妹妹所说，做到问心无愧，邪又岂能压正？"

舞妃看着我，镇静地问道："那妹妹你说，你对兰昭容应该算是问心无愧，可是她会这么认为吗？我想她至死都会记恨你。这一切，因你而起，因我而起，你难道能说我们就没有一点责任？与她的死毫无瓜葛？"

"不能！"我回答得爽朗又干脆，转而又说道，"只是不能又如何，莫说鬼不能明辨是非，纵然人就能明辨是非？如果她活着与死去都要记恨我，我忧虑逃避也是徒劳，莫若就干脆些，如果她做了鬼，真有通天的神力，那她想要什么，我给。"

舞妃嘴角扬起一个优美又冷漠的弧度，轻轻一笑："只怕妹妹给不起。"

我冷笑："我给不起？她活着想要受宠，想要除我而后快，她死了也无非是要我赔命，活着都不能奈何，死了又能有什么作为？不过是给她自己徒增怨念罢了。"字字句句，我言自内心，仿佛这些话，是要说与兰昭容听似的。

舞妃赞赏道："好，妹妹果然干脆，有这无惧之心，还怕什么呢。说得对，生前都无可奈何，死后又能有什么作为。"

"是，绝无丝毫的畏惧。她怨由她怨，她恨由她恨，她苦由她苦，只有自己才能真正地拯救自己。"说下这句话，我觉得自己有些残忍，只是若不如此，又能怎样？我日日被心魔纠缠，谁又能拯救我？如果自我放弃，那就是真的放弃了。

谢容华拿起果盘里的一颗樱桃吃着，笑道："姐姐，也莫要说这些了，我反正是无畏，我无畏，所以我不相信。这些时日宫中发生了许多的事，真想出宫去散散心啊。"

舞妃眼中也充满向往，望着窗外："我也很想出宫一趟。以往在渊亲王府，出去一趟并不算难事，自从进了后宫，出去一次可真难。"

有飞鸟打窗前而过，又朝着更远的方向飞去，飞过宫墙，直上云霄。我叹道："当初我离开翠梅庵回到皇宫，一路上我是那么毅然决然，没有回头，策马扬尘，何等洒脱，可是如今又厌倦了这样的束缚。"

舞妃眼中一亮，微笑："妹妹，要不我们同去一次翠梅庵如何？与其在此困顿，莫如到庵庙小住几日，静心。"

我说："人生何处不红尘，去了那儿纵然清净，最终还是要回来，徒增念想，徒添烦恼。"

谢容华微笑："姐姐就是这样多想了，有散心的机会总比没有的好，我真的是好久没有出宫了。"她眺望窗外，仿佛是一只被囚禁了多年的鸟儿，等待着振翅高飞。

"好，如果有机会，我试试。"说这话，我只是不想扫了她们的兴，事实上，我没把握淳翌会准予。而且，此时我并不想离宫，因为兰昭容的事，淳翌寡欢，我更不愿在这时选择逃离。

小坐一会儿，她们便起身离开，今日她们来此，也就是为了兰昭容的事。对我来说，这不过是后宫之人兴风作浪而已，只要不去搭理，到时一切自然归于沉寂。

世间本无事，庸人自扰之。我不想做这个庸人，她死之前，我去看她，她死之后，我不惧她。

月央宫，东暖阁。

我煮一壶梅子茶，清热解渴。

淳翌的神色不是太好，脸上积满了倦容，近来政事忧心，加之后宫不宁。

我不忍提出离宫之事，只是又怕负了她们所托。

静静坐在他身边，递上一杯茶，柔声道："皇上，近来天气有些闷热，喝杯梅子茶解热。"

淳翌轻叹："湄儿，近来朕觉得很是疲倦，只有到月央宫方能清净些。"

我关切道："皇上要保重龙体。"

"嗯。"

我低头沉默。

"怎么，你有心事？"他眼神深邃，仿佛可以洞穿我的心思。

我轻声道："皇上，舞妃和谢容华说近来可能因为天气，觉得心中有些烦闷，想到翠梅庵去小住几日。"

淳翌皱眉："又是翠梅庵，朕还觉得烦闷呢，难道朕也可以丢下一切不顾，到那里去静心几日？"

我微笑："皇上莫恼，只是这样说说，皇上不依，就不去，臣妾也想在宫中陪着皇上。"我此话是出于安抚之意，觉得淳翌心情很是烦忧。

淳翌执我的手，深情地看着我："湄儿，等朕把政事处理好，到时静下来，带你去明月山庄避暑。"

"明月山庄？"我惊奇问道。

"是的，明月山庄，是先皇建的一座行宫，那里气候凉爽，是个避暑休假的绝妙之处。"

我脑中已经浮现出一幅清凉的明月山庄图景，亦向往着寻一个超凡之境，洗却尘心。

这是个烦闷的暮春，带着初夏的一丝燥热，早来的蝉儿在树枝上夜夜鸣叫，给人平添烦扰。兰昭容的鬼魂的传言在后宫里流传着，听说云妃和许贵嫔都病了，原本喧闹的后宫变得一片沉寂。

淳翌不再专宠于我，皇后几度相劝，加之我多次恳求，他答应雨露均沾，为了六宫祥和。

　　仿佛日子过得很漫长，而我和舞妃，还有谢容华，偶尔在一起小聚，每次谈论的都是明月山庄，因为只想尽快地离开这个熟悉的地方，到陌生之处去重新梳理心情，回宫后，又各自做回自己。

欲向山庄寻明月

死者沉寂，生者尽欢。

没有人的死可以改变别人行走的路程，若是有悲痛，也会随着年轮的流转而缓慢地淡去；若是有恐惧，也会随着时光的消逝而渐次地遗忘。

很快，后宫的嫔妃忘记了兰昭容的死，忘记了她鬼魂的游荡，甚至忘记了曾经有过这么一个人。

被收录进明月山庄名册的人，都在为这一次避暑闲游做充足的准备。而没有进名册的人，也就安心在宫里清闲度日，只要守好本分，每月有固定的俸禄，人生短短几十度春秋，平平静静，也没有多少遗憾。

对于去明月山庄之事，我也不能免俗，心中充满向往，甚至比别人更加向往。在这个皇宫，我总是噩梦不断，每次都濒临崩溃的边缘，幸好黑夜有尽头，不然我早已死去。

打点行囊，其实我没有行囊，不过是几件丝绸的雪纺罗裳，一把素琴。世间之物，我所爱的不多，爱之怕累，来去无牵的好。

入夜，看睡莲缓缓地舒展，窗外绿柳浓翠，蝉声阵阵，一时兴起，忍不住又撩拨琴弦，我想这大概是我去明月山庄之前最后一次弹琴了，待回来时，想必已近秋凉。

"菡萏初妍，柳荫垂绿，鸣蝉声透碧纱。轻攀顾影，慢抚琴弦，还怜云鬓簪花。暗叹韶华，怨峰峦重天，鸿雁平沙。幽咽悲笳，越关山，倦落客家……念春风柔情，雨停云驻，携归犹沐余霞。炉烟细细，花苑池亭，夜月烹茶。闲窗怅望，意难收，长空星斜。只芳心暗许，萦系红丝，流转天涯……"

一曲《长相思慢》在清凉的夜色里流转，我是喜爱琴诗的，可以如此诉尽衷肠，令人释怀透骨。

今夜有梦，梦在紫金城。

浩浩荡荡的大队人马，排着整齐的队伍，坐着车辇，明黄的一片，大气而高贵，极尽奢华铺陈，从富丽堂皇的赤金正门出发，一条锦绣的长龙从御街至宫门十里。

穿过金陵城，城内的百姓拥挤地跪满一地，齐呼万岁，仅是百姓的力量，就足以气吞山河。终于明白历代枭雄为何要不惜一切代价去争夺江山，当天下之人跪拜在你脚下，成为你的子民，那种天地万物、唯我独尊的豪迈与慷慨让人振奋。

马车驶过金陵城，城外的百姓也接连不断叩拜，直至到了山野路径，四周寂静，除了风声鸟语，流水溪潺，几乎没有人影。

一路上舟车劳顿，过了几个州县，方抵达明月山庄。明月山庄其实并不远，在华胥城外三十里处，一座风景明丽的山上，山上有一座跟紫金城建筑一样的宫殿，比那里规模要小些，里面还留驻了一些打扫的宫女内监和御林军守卫。

　　她们的宫殿都有，只是没有我的月央宫，淳翌将我安排在一处很清雅的院落，方位其实就是以前的月央宫，里面的摆设也极其相似，他命人将匾额上的竹筠苑改为月央宫，为的是给我亲切的感觉，也给他熟悉之感。

　　朱门粉墙，踏入院中，见竹围花攒，芭蕉疏卷，海棠怒焰，芍药芬芳，听风过蝶起，落花有声。院中还有一方静幽的池塘，池中假山伫立，流水潺潺，有莲荷舒展，鲤鱼穿梭，逍遥自在。

　　正堂也改名为梅韵堂，摆设如紫金城的月央宫一样。以前的宫女内监大部分没带来，只带上秋樨、烟屏和红笺，还有首领内监刘奎贵和小行子、小源子。这边竹筠苑的宫女和内监对我行过礼，我稍微熟悉一下环境便到暖阁歇息去了。

　　舞妃和谢容华住在离我很近的宫殿，她们住的依旧是翩然宫和羚雀宫，云妃和许贵嫔也如此。这一次太后没有前来，说是上了年纪，身体不舒服。其实太后年岁也不算大，大概是不想舟车劳顿，不如在宫里住着省心。皇后当初也执意不肯随驾，后来经不住淳翌要求，还是来了，她体弱，随行从宫里带来了好几位御医。

　　当晚皇上摆宴乾清宫，其实如紫金城一样，摆宴至大殿外面的场地上。同行的嫔妃，还有一些王爷大臣都在场，华丽铺陈的场面不输紫金城。

　　我看到随坐的有陵亲王淳祯，自那日乾清宫夜宴在上林苑雪夜邂逅，便再也没有见过他。直到我中毒他为我请得神医解毒，也未曾当面酬谢于他。一直想找个机会表示感谢，可是在后宫一举一动都需十分谨慎，稍一出错，便被人抓住把柄。那一次与他雪夜邂逅，也差点被兰昭容拿来说事，幸好舞妃为我解围。

　　我与他眼神有过瞬间的交换，他依旧如当初模样，风度翩翩，诗意俊雅，玉笛携腰，当配得起玉笛王爷的称号。而我因为中毒后身子一直不曾得到好的恢复，加之噩梦缠身，形容憔悴，人也消瘦许多，想他定会觉得有些奇怪。

淳翌命我坐至他身边，美酒佳肴，应有尽有，大家举杯同庆，欢乐无比。

戏台上锣鼓声声，那些戏班子为了娱悦帝王，使出全身的本领，在台上龙腾虎跃，尽现一片国泰民安的盛世景象。

我一贯不爱这热闹场面，又加上近日来舟车劳顿，甚觉疲惫。坚持了一会儿，实在觉得体力不支，便凑在淳翌耳边低语："皇上，臣妾有些头疼，想先行告退，回月央宫歇息。"

淳翌脸上由刚才的喜悦变得紧张起来："怎么，湄儿不舒服吗，要不要朕为你请太医诊治？"

我推辞道："回皇上，不碍事的，只是有些累，这里闹了些，臣妾想先回去歇着。"

淳翌点头应允："好，要不朕先陪你回去？"

"不用了，这里少不得皇上，臣妾有秋槿陪着就行了。"

"那朕为你安排车轿，你未曾来过这里，会有些生疏。"

"真的不必了，皇上难道忘了，这里的方位与紫金城的一样，况还有小行子他们带路，这里离月央宫很近，臣妾步行过去就行了。趁这暑夜里吹吹凉风，会惬意很多。"我执意想要漫步。

淳翌脸上流露出担忧的神情："朕还是不大放心。"

我微笑："真的无碍，等到了月央宫，臣妾命人过来传话。"

"好，一路小心。"

我起身，悄然离开席位，独自往上林苑走去。

一切真的很熟悉，与紫金城几乎没什么分别，先皇居然把行宫设计得跟正宫一样，可见他也是个非常严谨又念旧的人。淳翌登基后便命人将这里按照紫金城里的宫殿修饰了一番，明月山庄临山而建，临水而居，恍若人间仙境，确实是个避暑的好去处。

　　不知不觉到了上林苑，溽暑消长，凉风似水，沁人心脾，湖中清波粼粼，月光投下清澈的影，倚桥看风景。

　　我看着尾随在身后的小行子和几个小内监，难得月夜清凉，不想他们跟着搅了兴致，于是唤道："小行子。"

　　"娘娘有何吩咐？"

　　"你带他们先行回月央宫，我要在此乘凉，看看风景。"

　　小行子脸现难色："可是……皇上……"

　　"去吧，只秋檠留下陪我就好。"

　　"是，奴才遵命。"

　　他们走后，我顿觉轻松了许多，携着秋檠，一路穿行在光洁的幽径，过玉镜湖，翠屏桥，弯月桥，飞云桥，连这些桥的名字都是一模一样，真是太钦佩他们的长情了。

　　这景致与去年那个雪夜是那么相似，空中绽放着璀璨的烟花，一种鼎盛至极的华美，让人心惊。

　　直到烈焰渐次地消退，才感觉到夏夜的清凉宁静。蝉儿吟唱，湖心的莲朵轻绽，我的身影在月光下被拉得修长，还照得见玉簪摇曳的影子。

　　有影子和我的影子叠合，我一惊，是个修长的男子，好熟悉的身影。

琴心不遇解音人

月光下两个叠合的身影有了瞬间的交集，我抬眉，想要证实这个身影是不是心中所想之人。果然是他，其实，不是我的感觉灵敏，而是他的玉笛泄露了一切神秘。那身影，手执玉笛，信步翩翩，长身玉立，不是他，还有谁？

我想移步离去，又忆起他当初有恩于我，终于作罢。落落大方地给了他一个微笑："眉弯见过王爷。"

"不敢，是小王有幸在此处得遇湄婕妤。"他笑容可掬，声音明朗，如夏日一溪澄澈的清泉，让人沁凉。

我莞尔一笑："王爷说笑了。王爷上回救了眉弯一命，至今还未曾答谢，深感歉意。"

他爽朗笑道："呵呵，区区小事，你还记在心上啊。看到你如此健康，才是我最大的欣喜。"

我低眉浅笑。

"不过你好像还是有些苍白憔悴，似乎不曾得到很好的恢复，难道还有残余的毒素在体内，一直不得消解？"他思索着，关切地问道。

"没有，恢复得很好，大概是因为舟车劳顿，有些疲倦。"我尽力遮掩自己的疲累，也不想告诉他我的憔悴是因为夜里噩梦的纠缠。

凭栏赏湖，竹桥架波，见水间筑一木轩，唯有舟行可渡，木舟泊于柳下。千株荷影，幽香浓翠，清风徐来，幽兰飘逸，竹露清音，顿觉清凉。

他脸上柔和，似乎沉醉于这样的美景，柔声道："不知湄婕妤能否陪小王泛舟赏荷，对花解语？"

我脸上泛着亮丽的光彩，转而又沉静下来，低声说："眉弯有些累了，恕不能相陪，还请王爷谅解。"

他眉目间隐藏着淡淡的失落，浅笑："那小王就不多扰了，只是小王久闻湄婕妤精通音律，琴艺高雅，希望哪天可以倾听那天籁之音。"

"哪里，任何琴音都不及王爷的玉笛之曲，直抒心意，明净似水。"我赞道。

"是的，只是也要得遇知音，否则再好的笛音也是一种虚无。"他轻叹，神情深远，望着如镜的平湖。

一片寂静，唯闻虫语，在那儿不解人间悲欢。他的叹息，勾起了我心中的感慨，禁不住吟道："湖镜竹筠淡染，横峰水墨轻匀。步来山气湿轻尘，幽草延绵凝恨！香尽红衣渐远，倩绦环佩轻分。琴心不遇解音人，自此管弦休问。"

"《西江月》，果然是融情融景，待小王将这词谱好曲调，有缘再见时送与湄婕妤，虽做不了你的解音人，就当作一份心意。"

我淡笑："眉弯一时戏作，不劳王爷费心。"

他嘴角微扬，涩涩地笑："湄婕妤莫要拒人于千里之外，只是解音之人，不敢有他想。"

"那就有劳王爷。"我不想争执什么，一切随意。

"那……"

不待他说完，我接口道："天色不早，眉弯该回宫歇息了，就此告辞。"说完，我福了一福，转身离去。

一旁的秋榠忙过来迎我，我挽着她的手，急步往花溪柳荫处走过，心中却是惊恐，直至过了桥，转了弯，才放慢步子，舒了一口气。

一路上沉默，许久，秋榠忍不住开口："娘娘……"

我看着她："嗯，你有何事不妨道来。"

她欲言又止，轻声说道："奴婢没事，只是想娘娘尽快回宫歇息，怕您累着。"

我知她是想提醒我与陵亲王淳祯的事，毕竟我中途离席，而他又恰巧离席，难免会引起别人注意。若有小人拿这来说事，只怕我到时又难以说清。沉默片刻，说道："这就回宫去。今晚之事其实并无什么，不过是偶遇，闲说几句话，再者王爷上回救我一命，还一直不曾答谢于他。"我仿佛极力想要说清什么，其实在秋榠面前，这些语言都是苍白的。

秋榠微微点头："是，奴婢都明白。"

我微笑："那我们这就回去。"

才走几步，见小行子和小源子匆匆行来，急道："娘娘……"

"发生何事了，这般紧张？"

小行子喘口气："没，没什么，是皇上在月央宫，命奴才出来找娘娘。"

我这才想起，临走时答应过淳翌说到了月央宫就命人去回话，一时间，竟全忘了。

一路往月央宫走去，有细碎的蝉声催急。

梅韵堂。淳翌在堂前焦急地走来走去，见我进门，忙迎过来："湄儿，你让朕担心了。"

我行礼："请皇上责罚臣妾，臣妾一时禁不起夜景的诱惑，在外多逗留了。"

"那也要派人给朕回个话。"他急道。

"是臣妾的错。"我一脸的歉意。

他执我的手，笑道："见你没事朕就安心了，头还疼吗？"

我觉得凉风吹过，轻松了许多，回道："不疼了，那么好的清风明月，哪儿还会疼。"

他将我拥在怀里，柔声道："若不是你太累了，朕还要和你同去湖上泛舟，赏荷看月，欣赏这明月山庄的夏景。"

"嗯，这明月山庄与紫金城不同。"我低语。

"哦？湄儿觉得有何不同？都是相同的建筑，其实就是另一个紫金城。"他打趣问道。

我微笑："若是相同，皇上也不必带臣妾们到这里来避暑了，这里气候清新，凉意沁人，山水更加温婉秀丽，虽然堂皇大气，可是却多了一份闲逸与柔情。"

"原来明月山庄已经给你留下这样的印象了，这么深刻，这么传情。"他眼中沉淀着深意，仿佛想洞穿我的心事。

我这才觉察到自己话中已流露出对明月山庄的喜爱，冥冥中这里给我一种感觉，在此处我会安宁许多，这里亦是皇宫，但少了紫金城那份凌厉的霸气和汹涌的沉郁。对于淳翌的话，我竟不知如何回答，转移了话题问道："皇上，宴席散了吗？"

"是的，朕有些担忧你，也无兴致夜宴了，就命他们早些散了去。"

我低头："怪臣妾不好。"

他笑道："也不尽是因为你，朕也觉得困乏，大家也累，各自歇息的好。"

"那皇上早点回宫歇息。"

他执着我的手，朝后堂的寝殿走去："朕今日就在月央宫歇息，不走了。"

寝殿的摆设与紫金城的月央宫略有不同，紫檀香木的桌案，紫檀香木的屏风，紫檀香木的床榻，一色的紫檀木，隐隐地能闻到馨香。还有那薄如蝉翼的窗纱，我见之清凉。

灭烛宽衣，他枕着我，低声道："湄儿，你喜欢明月山庄吗？"

"是的，我喜欢，我还喜欢这里的那个城。"

"什么城？"

"华胥城。"我咀嚼着华胥这两个字的韵味，"华胥，一梦华胥，会像梦一样吗？"

"不会，有朕在，一切都是真的。你喜欢，朕明年还带你来，每年都来。"他安抚我。我知道他是真心待我，只是今夜，今夜我与淳祯在上林苑的邂逅，他知道了又会如何？我丢下他，独自寻幽，与陵亲王凭栏赏荷，谈词论曲，作为后宫的嫔妃，如此行为已经算是犯忌。

轻轻叹息，紧紧地蜷在他怀里。

"睡吧，明日朕带你去一个好地方。"他一手温柔地抚着我额前的发。

"什么好地方？"我不禁问道。

"明日去了就知道了。"他一脸的疲倦，我知他累了。

我合上眼，脑中闪现出淳祯的模样，那两个身影的叠合，那瞬间的交集……我想我要将他忘记，就在今夜，就在此刻。

明月山庄，月央宫，我一夜无梦。

我知道，在这里，我不会有梦。

映日红颜沐夏塘

待我醒来，已是东方发白，霞映东窗。临着窗台，凉风袭来，草木清新，落花归尘，有婉转的百灵，栖在绿荫鸣叫。

淳翌还在榻上沉睡，到明月山庄避暑，没有特别的大事是无须早朝的，他只要批阅重要奏折，有要事时与几位重臣一起商讨，其余时间都很清闲。

我披着长发，也无心梳妆，想着淳翌昨日说今日要带我去一个好地方，也不知是哪里。我内心那份本不热忱的向往继而又被淡淡的失落给冲击，许多时候，我更想一个人闲赏风景，静看白云，无关离合，无关悲喜。

淳翌从身后搂紧我的腰身，我转过头，朝他微笑："皇上醒了。"

他梦眼惺忪，柔声道："这一夜朕睡得真香，湄儿怎么这么早就醒了？"

我笑道："皇上，不早了。"

他探看一眼窗外："哦，都日上三竿了。"又轻轻地敲了敲自己的脑袋："朕差点就忘了，今日还要带湄儿去芙蓉汀。"

"芙蓉汀？"我惊奇地问道。

"是的，去了就知道。"他一脸的微笑。

芙蓉汀。这芙蓉汀不是别处，正是我昨夜漫步所到之地，亦是我与陵亲王淳祯凭栏赏荷之处。

晨曦的风与夜晚是那么不同，带着草木的清新，夹着露水与阳光的味道。湖水澄碧如蓝，柳条青浓，垂丝入池，清风吹过，影醉波间，枝抚罗裳。

荷叶如盖，翠波荡漾，千株静影，如同湿润的风景，飘盈着翰墨的清香。荷瓣上的水珠在阳光下，散发出剔透的光亮，像极了美人的眼泪。

淳翌命人将备好的酒菜、点心置于小船上，令他们退下。眼前所能看到的，只有曼妙无边的风景，任何人都不能走入我们的视线。

淳翌朗声笑道："湄儿，今天这个世界，只有我和你，容不得别人。"

多么霸气的话，只有帝王才可以如此，其实心中无人，再多的人也不存在，心中有人，就算了无一人也会觉得拥挤。话虽如此，能做到的又有几人？我闭上眼，深深地吸一口气，闻着过往的风声，晨露与初荷的清香，惬意地微笑："皇上，你也闭上眼，闻闻这初夏的味道。"

"嗯。好清新的感觉。"他声音清澈，似这湖心的碧水。

我睁开眼时，见他闭眼陶醉于这明丽的风光，沉醉于这清新自然的气息。这个男子，给得起我盛世的繁华，给得起我甜美的爱恋，唯独给不起我疼痛的离别，给不起我心伤的味道。一直以来，我认为的爱情应当是疼痛与快乐的交集，而淳翌，只能给我一份温暖，那种至极的痛与乐都不曾有过。

"湄儿，你在想什么呢？"他睁开眼，看着沉思的我问道。

我转眼看着层层如碧浪的莲叶，微笑："皇上，臣妾在看这铺叠的荷叶，还有那露出尖角的荷花。"一片的荷花，一片的睡莲，同样清雅，却给人不同的感觉。

"朕这就带你坐上船去采莲，可好？"

"嗯，好，湄儿喜欢那种'争寻并蒂争先采，只见花丛不见人'的感觉。"我欣喜道。

"可是这里只有你和朕，这里的莲朕只许你采。"他嘴角上扬，带着倔傲与固执。

"好，只许臣妾采，那皇上今日就为湄儿渡船如何？"我笑道，仿佛在哄让一个孩子，许多时候，淳翌对我的宠，就像个孩子，黏腻又霸道。

淳翌扶着我的手，走进系于柳下的小船上，船上一个小桌，已摆好酒菜。还有水间那一木轩里，他也命人设好琴和酒菜。

"湄儿，我们先划小舟到水间那一处木轩去吧，饮酒论诗，赏荷听琴，多惬意。"他一脸的欣喜。

"好，都依皇上，渡船回来时臣妾再采莲。"我眼神早已瞟向了那木轩，想起昨夜陵亲王淳祯邀我泛舟赏荷，在明月之下，踏幽寻景。今日坐在身边的却是淳翌，冥冥之中真有什么是注定的？我不信会有这么多的巧合。同样的风景，不同的时候，不同的人。其实，我更喜欢明月的幽静，只是，我还是希望坐在身边的人是淳翌，他可以毫无顾忌地宠我，而淳祯不能，我在他面前有太多的拘束。

我喜欢离岸的感觉，木舟在水上漂游，就像是一种放逐，我喜欢这样的放逐，如同我向往离别一样。木舟隐没在荷花深处，我给了淳翌一个赞赏的目光："皇上，您还真会划桨啊。"

他双手摇桨，朗声笑道："自然是真的，这世间没有朕不会的事。"

我为他擦去额上细细的汗珠，微笑："是，这世间，唯皇上独尊。"

抵达木轩，淳翌将船系于木轩的柱子上，挽我上台阶。一进木轩，凉风习习，竹桌竹椅，琴案也是竹的。

　　有蜻蜓栖息在栏杆上，四周闻得虫鸣鸟语。斟酒、举杯、对饮，两两相望，幽欢绝俗。

　　他深情地凝望我："湄儿，你喜欢这样的生活吗？"

　　"喜欢，泛舟芰荷，坐临木轩，雪藕生凉，疏懒宜人。"我愉悦地说着。这样的生活，的确是我想要的。我又想起了某个人，喜欢放逐山水，放浪形骸，淳祯，他的选择是对的，他放弃江山，寄心于风雅。而帝王有太多的束缚，他可以拥有天下，同样有一天，也会失去天下。得到的从来都与失去的一样多，甚至失去的会更多。

　　他起身，临着浩浩清风，问道："湄儿可有兴致为朕弹唱一曲？"

　　我莞尔一笑："皇上，湄儿甚觉慵懒，只想与皇上饮酒品茶，闲对这无边风景，直至日落。"

　　"这样也好，乘一会儿凉，就去采莲，今日朕都依你。"

　　"好。"望着翠色莲叶，花开红颜，笑道，"皇上，湄儿吟咏一首莲花诗如何？"

　　"好，快快吟来，朕在诗词方面，天赋不及皇兄，看看是否能和你一首。"他饶有兴致地说道。

　　皇兄，他所指的是淳祯，我想起去年雪夜他吟的梅花诗，当时情景历历在目。

　　"湄儿……"淳翌唤我。

　　"嗯，容臣妾想想。"微风拂过，千株莲花在风中摇曳生姿，我微笑吟道，"映日红颜沐夏塘，风摇仙子舞霓裳。休夸泥沼犹清洁，更爱田田一脉香。"

　　淳翌赞赏道："好，好句，栩栩如生。"

　　"皇上尽会夸人，这诗起句和结句都不够出彩。"我叹怨。

　　他微笑，脱口吟出："春归众卉落残红，卿独婷婷泥沼中。漫道秋深莲子苦，清香自有养心功。"

　　我举杯赞赏："还是皇上的诗实在，有深意，湄儿的太过轻巧。"

"呵呵，饮一杯。"他举杯与我同饮。

"湄儿，这会儿朕陪你去采莲如何？"他欣喜问我。

"好，臣妾要多折几枝，插在瓶中，留住这绝代的红颜。"

正值中午，许是因为四周浓荫苍翠，凉风吹拂，竟感觉不到热意。此时，我的心里，只想泛舟采莲，饮酒，折一枚大的莲叶，蒙上脸，与他同眠，任碧波在湖心摇曳。

只是，一切真是这么平静无波吗？

折尽并蒂寄落霞

坐于木舟上，自斟自饮一杯，又为淳翌斟一杯，不知何时，我开始喜欢上了"琼花泪"，这冷艳的名，这冷艳的味，仿佛可以沉醉，可以自迷。

"皇上，我觉得我有些醉了。"我脸上热辣辣的，在阳光下，觉得醺醺而醉。

他将舟停于莲叶间，坐在我身边，温柔的眼目，仿佛流转的清波，沁人心骨，微笑："湄儿，你醉了的样子真好看，风情万种。"

我面若云霞，含羞道："我有吗？只是贪杯了。"

他用手轻抚着我散落的细发，柔声道："有，你有，你眉目传情，你绰约风姿，你……"

我捂住他的嘴："皇上，你醉了，你醉了……"

"朕没醉，没醉……"他靠近我，木舟随着两人的重量摇晃，他搂紧我的腰身，唇贴上我的唇，我昏昏欲醉，想要推开，已是不能。

其实，我一点感觉都没有，只是觉得要透不过气了，我在忍耐，尽力地忍耐。

当一切停止的时候，我感到累，很疲倦的累。我很努力地挤出一个微笑："皇上，我累，想躺在这儿，只听流转的风声。"

"好，就躺在朕的怀里，太阳落山时，朕唤醒你。"他温柔地微笑，我只觉得好模糊。

偎依在他怀里，折一枚莲叶遮在脸上，清凉拂过，我沉沉地入睡。

我做了一个梦。这一回，我梦见的，是一位年轻的君王，高高地坐在车辇上，穿戴无比华丽，一位绝世无双的皇后，戴着凤冠，与他坐在一起，那么热闹、鼎盛的场景。而这位君王不再是别人，他是淳翌，皇后也不是别人，是我沈眉弯。这些美好的梦境，不再像往常那般在瞬间化成泡影，是那般地真实。

醒来的时候，淳翌告诉我，我的唇边带着笑意，一种迷人的笑意。

夕阳，我睁开眼睛，第一眼看到的不是淳翌，而是那缕红色的落霞，在我眼前尽现，仿佛要穿透我的梦境，还有那依稀残存的记忆。直到我见着淳翌那温软的笑，才知道，自己只是做了一个梦，躺在我身边的是帝王，而我不是皇后，其实，我从没想过要做什么皇后。

"皇上……"我缠绵而经久地唤他。

"嗯，醒了，你这傻丫头，睡了好几个时辰。"他亲昵地唤着我。

我起身，轻轻为他揉着发麻的手臂，含羞道："皇上，臣妾贪杯，您也不责怪。"

"湄儿，你如何，朕都不怪。"他字字句句都隐含着宠我爱我之意。

我陷入一片黄昏的宁静。都说一个帝王太宠爱一个嫔妃是不好的预兆，自古以来，这样的先例太多太多，红颜皆祸水，红颜尽薄命，我由一个农家女，沦落为歌伎，又莫名其妙进了宫，莫名其妙地晋封为婕妤，将来……

也许是我想得太多，我不过是这万千莲朵里的一朵，也许我不是最寂寞的一朵，也许有过风华绝代，只是最后也不过是在属于自己的季节里开放，再凋落。或许我的花期长些，又或许我比她们更占天时地利人和，可以沾得更多的雨露，只是最后，我的结局是一样，凋落，沉在淤泥中。

"湄儿……"他轻声唤我。

"嗯。"我若有所思。

"怎么了？总觉得你心不在焉，是不是有心事？"他眼中含着疑惑，我很怕这样的眼神，像是想要从我身上挖掘些什么，尽管我知道，埋藏在心底的东西，任何人都无法碰及。

我柔婉一笑："没有心事，只是看着这落日熔金的黄昏景致，觉得好美，绚丽的美，那烟柳，那墨荷，那无语的莲事……"我仿佛真的陶醉于此刻的风景，说话也变得熏然起来。

"是的，好美，夺目的色彩，像经年的故事。"他意味深长地说着。

"像经年的故事……像经年的故事……"我细细地咀嚼着。

"怎么？有什么不对吗？"他问道。

"不，我觉得很美，耐人咀嚼的美，皇上比喻得真好，经年的故事老旧又芬芳。只是，不知皇上那经年的故事，散发着怎样醉人的芬芳呢？"我带着挑逗的语气。

"朕的故事里只有你。"他脱口而出，不需要任何的思量。

我转移话题，微笑："皇上，说好了，黄昏醒来要带臣妾采莲的。"

"是，朕允诺过。"他看着万千莲朵，笑道，"朕来划桨，你看上哪朵就折哪朵，可好？"

"好，臣妾要折许多许多，带回月央宫，留住它们的容颜，锁住它们的魂魄。"我觉得自己有种天真的残忍，一种无情的慈悲。

他微笑："记得有句诗写'有花堪折直须折，莫待无花空折枝'。也许人生就该如此，无论是江山美人，都需要用心留住，这样方不辜负好时光。"

我淡笑："是，只是折来折去，折的只是自己。"

"那总比他人来将自己折断的好，与其等待别人的摘折，莫如自己先摘折别人。"他话语间隐透着霸气，也许他注定是帝王，尽管他有着万千柔情，可骨子里却流淌着高贵与倨傲的血液。这些，在他孪生兄长淳祯身上也能隐隐地察觉，只是表达在不同的地方而已。

我笑道："皇上果然是皇上，那种君王的气度在皇上的身上尽现。"

"呵呵，莫要说这么多，朕来划桨，湄儿来采莲，寻着并蒂，只要你爱的都采。"他说完朝一枝风中绰约摇曳的粉荷指去。

我见那粉荷娇羞欲滴，在黄昏的暮色中绽放，瓣瓣罗裳，舞动它至美的年华。当我手指碰触到那带着微微小刺的荷梗时，竟有些不忍心折断，闭上眼，只听到一声轻微的脆响，我已将它折断，那白色的细丝被拉得好长，仿佛对荷梗有着无限的留恋。

许多的事，只第一次觉得难，之后，便不再有那么多感触。我不停地嬉笑，指着我所喜爱的荷，折了一枝又一枝。看着那浮在水上的睡莲，静静地舒展着洁白的朵儿，我笑道："划过去，划过去，我要采睡莲。"

他朝我微笑，木舟临近了一片睡莲区，白色、红色、粉色、紫色、淡黄色，那么多的睡莲如梦呓一般绽放。我俯下身子，撩拨着一池的碧水，细细地采折我喜爱的莲。

"湄儿，要当心些，睡莲浮在水面，比荷要难采些，你喜欢哪朵告诉朕，朕来帮你采。"他关切道。

我调皮笑着："臣妾要自己采。"

当两朵白色的并蒂莲出现在我眼前时，我感到万分的惊喜，朗笑道："皇上，那边，那边，我要折那朵，并蒂，并蒂……"

他努力地朝并蒂莲划去，舟还没停稳，我便俯身，手撩起水花，欲往那并蒂折去。只差一点，只差那么一点，就碰着了。

指尖碰及白色的花瓣，我大半身子倾斜在船下，脚底无力，软软地一滑，我极力想要抓住什么，可是来不及了，就那样坠进了湖里。

　　往下陷，往下陷，我感觉到身子很轻，又似乎很重，水草缠绕过来，还有荷梗。

　　只听到淳翌焦急地唤道："湄儿……湄儿……快，快抓住朕的手。"

　　我仿佛知道自己有一只手浮在水面，可是却无力抓住什么，一只手朝我靠拢，只碰触到一点又滑走了。我呛了几口水，被太阳炙烤的水，带着泥土与阳光的气息，我心想，今日恐要命丧于此了。

　　听见淳翌大声呼喊："来人，快来人！"

　　扑通一声，听到他跳落水中，我还在挣扎，有只手拉住我的手，又松开。我感觉到他也在挣扎，难道他也不识水性，原以为这湖水并不深，想不到……

　　"湄……儿……"他在叫唤我，那声音急促又艰难。

　　我有种强烈的感觉，他果然不识水性，那种担忧如同湖水蔓延至我整个身体，还有我的心，我只感觉到无边的水波朝我涌来，有水草绊住我的脚，缠住我的手，令我几乎窒息。我想起我曾经想过要选择在一个有月光的晚上，慢慢地沉落在长满莲荷的湖心，飘逸的长发浮在水面，一袭白衣的我，在水面上，如同浮萍一样地漂浮，漂浮……

　　难道一切都是定数？而淳翌就要这么陪同我一起消失吗？我想起了午后那个悠长曼妙的梦，华丽的极致就是消亡，当我们高高在上俯视这个世界，就注定我们要被这个世界遗弃。红颜祸水，这话真的灵验了。

　　我隐约听到许多人的叫喊声，还有一个接一个的扑通落水声，我的意识越来越模糊，我知道许多人听到淳翌的叫喊声已经前来救援，我甚至可以想象到，落日的余晖倾泻在水面上，与这么多沸腾的人交织在一起的鼎盛、壮丽。

　　酡红的夕阳，染透了白色的莲，许多人朝我靠拢，许多人在呼唤，许多人在水里挣扎。

　　我的手被一只温暖的手抓住，紧紧地握住，握住后便再也没分开。我感觉这手像极了淳翌，只是我知道不是他，我的意识已经很不清晰。那些缠绕

月小

似眉弯一
人间风月

我的水草慢慢地抽离，我被安置在一个怀抱里，我觉得我已经脱离了湖水，脱离了那浓郁的腥热味道。

我躺在一个宽大的怀抱里，我听到他粗重的呼吸，还有那一下下急促的脚步声。习习的凉风吹在我湿湿的罗裳上，丝丝凉意浸入骨髓。那人将我越抱越紧，我整个脸贴紧他的胸口，我无一丝力气，好累，从未曾有过的累。

在昏乱的迷糊中，我慢慢地，慢慢地失去了知觉……

人生果真如逆旅

疼，好疼，我感到头部与胸口有一种撕裂的疼痛，如锥刺。我渐渐地恢复了意识，只是眼睛也疼，无法睁开。

"水……水……"我虚弱地唤道，感觉嗓子像被利器伤过一样，干裂而疼痛。

有人将我扶起，一杯水落在我嘴边，我闭上眼一饮而尽。迷糊地睁开眼，看见秋樨端着杯子，谢容华与舞妃坐在我床榻上看着我。红笺和烟屏站在她们身后，脸上都写满了担忧与焦急。

"皇上……皇上……"我无力地喊着。

"看来还是没醒，又在说呓语。"是舞妃的声音。

"是，没醒，时不时地呼唤皇上，皇上那头又呼唤她。"谢容华语气中带着叹怨。

　　我明白她们一直守在我身边，也知道自己一直在说呓语，所以这次我真的清醒了，她们也认为我在昏迷。皇上在唤我，莫非他已经醒了，还是……我心中着急，却无法有力地说话，喘了一口气，虚弱地朝她们唤道："雪姐姐，疏桐妹妹。"

　　舞妃握住我手，仔细地看着我，惊讶道："妹妹，你真的醒了吗？你可知我是谁？"

　　我轻轻点头，尽力睁开模糊的双眼，低声道："是的，真醒了，雪姐姐。"

　　谢容华欣喜地握住我们的手，含泪笑道："太好了，可算是醒过来了。"

　　我朝四周望望，见屋内就她们几人，忧心地问："皇上，皇上呢？"

　　舞妃说道："妹妹，你昏迷了三日，皇上此刻也还没醒来。"

　　我努力地掀开被子，挣扎着想要下床。

　　她们焦急地喊道："你要做什么？"

　　"我要去看皇上。"一只脚已经踏在床下了，她们忙小心地搀扶住我。

　　舞妃急道："要看也得等妹妹身子稍微好些，现在这样子如何去？只怕还没到那儿，又要晕过去了。"

　　我不理会，一心只想去见淳翌，只要想到他是因为我落水，迟迟不曾醒来，心口就撕扯着疼，只是此时的担忧胜过了疼痛。

　　我朝舞妃看去，轻声问道："皇上在哪里？"

　　她见阻拦不了我，回道："在长乐宫，只是皇上此时也还在昏迷中，你去了也没用，不如在此等候消息，待皇上醒来，再去也不迟的。"

　　"备轿，去长乐宫。"我朝身边的秋榉说道。

　　秋榉了解我性子，决定了，就不可更改，应允道："是，奴婢这就让小行子备轿。"

出门方知是夜晚，抬眼望着苍穹，今晚月色独明，我已无心观赏这清凉的夜色。

谢容华与我同乘一轿，为的是方便照顾我，舞妃独乘一轿，一行人浩浩荡荡往长乐宫走去。

一路上，我拽紧谢容华的手。

"莫急，姐姐莫急，太医说了，皇上体内的水已吐出，只是他不识水性，恰好颈部被水草缠绕住，呼吸困难，这会儿昏迷久了，等气通了就没事。"谢容华安慰我。

我沉沉叹息："嗯，只盼着皇上平安无事，我才能安心，不然，千古罪人非我莫属了。"

"切莫这样想，皇上一定会平安无事的。"

长乐宫外守卫重重，才下轿，只觉得凉风拂过，衣袂在风中飞舞，我打了个寒战。

我在舞妃和谢容华的搀扶下走入正殿，见正殿围着一些大臣，还有许多太医，有站的，有坐的，他们定是在商讨皇上的病情，每个人脸上都挂满焦虑。我自知伤了皇上，竟有些无颜见他人，深感愧疚。

有宫女迎过来，施过礼，方带我们往后堂的寝殿走去。

掀开帷帘，我急急地穿过屏风，一眼就看到淳翌躺在床榻上，脸色苍白，双目紧合。旁边坐着皇后，还有云妃等几个嫔妃。我看到淳祯，负手而立，站在一旁，他见我行来，脸上露出惊愕，继而又恢复平和。

也许，我的苏醒，对她们来说，并不是一件值得欣喜的事，甚至是一件让人失望的事。皇上如今因我还躺在病床上，生死未卜，而我却完好无端地立于她们面前，这对她们来说实在是一种伤害。这些人中，除了舞妃和谢容华，大概就只有淳祯不想我死了。

我匆忙上前，也顾不得礼仪，只握住淳翌的手，唤道："皇上……皇上，臣妾来看您了。"

淳翌平静地躺在那儿，表情并不痛苦，只是脸色太白，白得刺眼，他不应我，一句也不应我，甚至连一个皱眉的表情都没有，仿若我不存在。

他的手好凉，凉得几乎感觉不到他的温度，我害怕了，我是真的害怕了。

我听到皇后传来的叹息声："湄妹妹，皇上听不到的，就算听得到，也不能应你，你还是让他多休息。"她话音间透露出对我的埋怨。

我转头看向她，问道："娘娘，请问太医是如何说的？"

"太医说皇上已无碍。"说完她转向淳翌看去，忧虑道，"只是迟迟不见他醒来，难免令人心忧。"

云妃一脸的气恼，蹙眉道："好好的来避暑度假，竟不想才来第二天就遇上这事了，这明月山庄本是多么吉利的地方，怎么就……"她话没有说下去，那眼神瞟向我，分明在指责这一切的过错归咎于我，而我就是那个不吉利的人。

许贵嫔叹怨道："是啊，现在只盼着皇上能逢凶化吉，早就说过，有些人是亲近不得的。"看来兰昭容的死，只是令她们在短暂的时间里害怕，事情一过，又觉得烟消云散，此时趁着我有过错，煽风点火，正所谓欲加之罪，何患无辞。

我极力地忍耐，我不想在昏迷的淳翌面前争执什么，也无力去与她们争辩。莫说是她们，我自己都觉得应验了红颜祸水的谶语，若不是我任性地要采并蒂莲，这一切都不会发生了。

"好了，都给我住嘴。"皇后压低着嗓音，却分明听得到她话语的重量。

她看着我，停了一会儿，方沉沉说道："湄妹妹，这次的事虽不能尽怪你，可是你确实也有不可推卸的责任。皇上不识水性，你让他摇桨划舟也就罢了，还饮那么多的酒，他身为帝王，不比寻常人，身系天下，心念苍生，倘若有点闪失，这罪责谁也承担不起啊。"

"是，是臣妾的错，纵然臣妾一死也抵不了这罪过。"我低眉认错，第一次听到皇后的责备，心中甚觉惭愧，无限的懊恼与悔意涌上心头，只是事已如此，我追悔也是徒劳，我所能做的，只剩下祈祷。

我感觉许多热辣辣的目光朝我看来，带着嫉恨与怪怨。淳翌，你醒来可好，为了我，你也要醒过来啊。

半晌，听到淳祯开口道："现在也不是怪怨谁的时候，我们就静心地等待，少安毋躁。我相信皇弟会平安地醒来，他是真龙天子，有神的庇护，我们还担忧什么呢。"

他是真龙天子，有神的庇护，仿佛这句话是说与我听的，无论怎样，我此时心中豁然了许多，隐隐地我也感觉到淳翌一定会醒来。我记得我的梦，梦里是我与他坐在一起，如今我都醒了，他一定可以化险为夷，躲过此劫。我与他已经是两个以命相系的人，他牵系着我，我牵系着他。

皇后叹息道："湄妹妹，你还是先回宫休息吧，皇上这边有我。"她朝着身边的几位嫔妃道："你们也先行回宫，都坐在一起，我心里不得安宁。"

"可是臣妾担忧皇上。"她们齐声道。

"一有消息，我会命人去传话的，都退下，本宫想安静下。"皇后命道。

"是，臣妾们告退。"

待她们走出寝殿，我依旧站立在淳翌的床榻前，一旁的舞妃和谢容华也等着我。

皇后疑惑地看着我："你……"

我恳求道："皇后娘娘，请让臣妾留下，臣妾要在此处陪着皇上，直至他醒过来。"

"只是你的身子可受得了？"她问道。

"臣妾已无碍，受得了。"我回答坚定。

淳祯走过来，朝我说道："我看湄婕妤还是先回宫歇息，等皇弟醒来了，会遣人去告知你，若你执意在此，只怕皇弟醒来，你又病了。"

　　我明白淳祯的意思，他忧心我身子受不了，可此刻我又怎么能离开淳翌。我对他施礼："臣妾谢过王爷，只是臣妾心意已决，再难更改。"

　　他无语，负手而立，在他的身上，我总能看到淳翌的影子，孪生，太像了。

　　我又朝舞妃和谢容华施礼："眉弯谢过雪姐姐和疏桐妹妹的照顾，你们且先回去，我留下来陪皇上。待皇上醒来，我遣人去通知你们。"

　　她们看着我，无奈地点头。

　　我对着皇后一福："皇后娘娘，您也先回去歇息吧，您身子本就不好，禁不起这般劳累，这里有臣妾，让臣妾来照顾皇上。"

　　"好吧，本宫也先回去歇会儿，明晨再过来。"说完，她走至淳翌跟前，用手轻抚他的额，才眷眷不舍地离开。

　　淳祯给了我一个鼓励的微笑，随着皇后一同出去。

　　"你们都到外面候着去。"我对着身边的宫女说道。

　　一切静下来，只有我和他。熠熠的红烛在窗下泪垂，往事历历在目。那时我中毒，他曾经将我抱在怀里半月不眠，七日不饮，如今又因我，才落得昏迷不醒，生死难明，如此情深，究竟是谁欠了谁？

　　握着他的手，想将我的温度一点一点地输进他的体内，让他感觉到我的存在，我的呼唤。

　　可是任我如何呼唤，他依旧那般苍白。

　　我守着他，握紧他的手。

　　直到夜半，在我疲倦不堪时，仿佛听到淳翌的声音，低低地唤着："湄儿，湄儿……"

　　我猛然惊醒，难道淳翌醒了吗？

长乐宫中梦魂归

我看到他额头渗出细细的汗丝，眉结紧锁，不安地轻唤："湄儿，湄儿……"

我始终握紧他的手，抚摸他的额，急切地应道："湄儿在这儿，皇上，湄儿在这儿。"

他不曾睁开眼睛，我知道，这是梦呓，如同舞妃说的，是梦呓。在我昏迷的时候，我的意识一直停留在落水的时候，想象他在水中痛苦挣扎的样子，又无能为力，他定然与我昏迷时所想的一样，心中的弦绷得太紧，无法松散，所以才会如此不安地叫唤于我。

我命人请来了太医，太医为他诊过脉，回答一致：脉象虚弱，其他症状都算平稳。

明净如水的月光透过绿纱窗流泻进来，那不知疲倦的蝉儿栖息在浓翠的绿荫上鸣叫不停。原本应该浮躁的心，却在这样的时刻宁静。

看着淳翌，我心痛难当，只是不知该用何种方式将他唤醒。等待，似乎成了我现在唯一所能做的。就像他当初抱着昏迷的我一样，除了等待，再无更好的选择。

我觉得我该为他做点什么，该与他说话吗？我知道他听得到，就像我昏迷时潜意识里也会有一种异样的感觉，感觉他已陪伴着我。

我看着紫檀案上的琴弦在月光下折射出一道清亮的冷光，灵机一动，记得几日前，在湖心的木轩里，淳翌要我为他弹琴吟唱，当时我慵懒贪杯，拒绝了他。一直以来，他都喜爱听我的琴音，也许我的琴音可以将他唤醒，无论如何，我都要尝试。

端坐在琴案前，看着窗外的朗月，轻轻地拨动琴弦，那一道锐利的光芒刺向我深藏的记忆，仿佛曾经久远的往事都在弦音中流淌。我随意地吟唱几首《竹枝词》："柳絮拂汀水如烟，杨枝青青洗碧天。侬携渔火轻舟荡，半踏明月半采莲……浅踏幽径不肯还，采得莲枝待客来。天雨知侬无情绪，不坠凡尘上瑶台……白云渡上水月庵，荷塘浅浅藕花沾。青尼不解尘间事，欲折并蒂织蒲团……"

我婉转的歌声在月夜里徘徊，仿佛夏蝉也可以听到我的吟唱，它们停止了鸣叫，安静地听我高歌。转头看向淳翌，只是一个瞬间，我几乎可以感应到他对我的呼唤。

我丢下手上的琴，立即朝床榻走去，握紧他的手，急切地唤道："皇上，你听到吗？你是否听到了湄儿的琴声？"

我感觉到他的呼吸变得有些急促，见他微蹙眉结，喃喃道："并蒂……织蒲团……湄儿……湄儿……"

原来他听得到我弹的琴，听清了我吟的诗。我欣喜万分："皇上，湄儿在这儿，湄儿在这儿的，你看得到我吗？"

我见他缓缓地睁开眼，迷糊地看着我，直到我在他的瞳孔里清晰地看到我自己，我才确认他是真的醒了。

"皇上，你看到湄儿了吗？"我轻声问道。

他虚弱地微笑，轻轻点头。

我为他拿了枕垫，扶他斜斜坐起，问道："皇上，这样行吗？是否想吃点什么？"

他低语："朕昏睡了多久？只觉得头好晕，全身无一丝气力。"

我轻轻地揉搓他的手，柔声道："只睡了几天，臣妾喂您吃些东西，很快就会有气力了。"

"嗯。"他朝我点头微笑。

我命人将皇上苏醒的消息通知皇后及那些嫔妃，还有王爷和大臣。

端来一碗燕窝，细细地喂他。

"好吃吗？"我柔声问。

"嗯，好吃，湄儿亲自喂朕，朕心里甜。"他微笑，"湄儿，你也吃一些，朕看你脸色不好看。当朕醒来第一眼就看到你，心中才舒缓一口气。朕在睡梦里都忧心着你，脑中一直浮现你落入湖中的情景，看着你挣扎，朕无力救你，那种痛苦，好似万箭穿心。"

我热泪盈眶，放下手中的碗，捂着他的唇："皇上，臣妾明白，都明白，臣妾在睡梦里也这样忧心着皇上，这次都怪臣妾不好，贪杯贪玩。"

他轻轻将我拥过去，我偎依在他的怀里，重新找回那种行将遗失的踏实。

"不怪你，告诉朕你是如何得救，又是何时醒来？"

如何得救？我努力地搜寻记忆，记忆中我在湖水里挣扎，许多的水草将我牵绊，我无力呼吸，喝下了好多带着草腥味的水。我记得在我将要失去意识的时候，有一只手朝我靠拢，紧紧地抓住我，就再也没有松开，然后我安稳地躺在一个宽厚的怀里，我至今还清晰地记得他粗重的呼吸，急促的脚步声……

"湄儿，你在想什么呢？"

我从思绪中回味过来，笑道："皇上，臣妾在想当时的情景，只是努力地回忆也记不起，当时意识已经不清晰，只记得喝了许多的湖水，记得那绚丽的夕阳，还有那喧闹的人声……"

"然后呢？"

"然后我也昏迷过去，三日后才醒来，醒来时就来到长乐宫，守着皇上，一刻也不曾离开。"

"然后你就为朕抚琴吟唱，半踏明月半采莲。"他笑道。

我羞涩低眉："原来皇上都听见了，不可以取笑臣妾。"

"朕哪儿有取笑，朕只是觉得好累，想睁开眼睛来听，真实地看着你，才心安。"

"皇上，您歇会儿吧，说了这么多的话，会累的。"

"嗯，朕感觉还好，有你陪着。"

不一会儿，皇后和云妃她们都匆匆赶来。

淳翌斜靠在枕垫上，脸色依旧苍白。

皇后坐在床榻边，眼神里流露出惊喜与疼惜，柔声对他说："皇上，臣妾已询问过太医，太医说皇上醒来后，只需要调养些时日，就会完全安康。"

"有劳皇后，这些日子为朕费心。"淳翌谦和道。

皇后微笑："为皇上忧心是臣妾的责任，臣妾要做的就是一心一意对皇上好，怎么做能让皇上好，臣妾就怎么做。"

平日里看上去寡言沉静的皇后，说出来的话却这般有力度，看似平和有理，却可以震撼人心。她这一番话刺疼了我，似乎我并没有做到一个妃子该做的。的确如此，对于淳翌的伤，我心中有愧，这罪责我不能推卸，纵然我想要推卸，只怕那些人也不会罢休。

其余的嫔妃也殷勤地问候皇上，仿佛她们都有属于自己的语言，而且那些话语都十分甜蜜，倾尽一切想要让淳翌开心。舞妃和谢容华也是如此，我知道，她们对淳翌有着真切的关怀，也有一种奉迎的意味。我相信，大家都希望淳翌平安，他是一国之君，只是怀有别的心思的人，另当除外。也许是我想得太多，自古帝王都如此，有亲者，也有疏者。

淳翌面带倦色，朝大家说道："你们各自回宫去歇息，朕有些累了，想好好休息。"

"是，臣妾们告退。"

我心中虽对淳翌不舍，可此刻已无理由继续独自留下，引起更多没必要的纷扰。眷恋地看了淳翌一眼，随着她们朝门外走去。

"湄卿。"淳翌唤道。

我止住脚步，转头看向他。

"你且先留下。"

我停留在那儿，不知进退。

这时，皇后微笑地看着淳翌："皇上，我看湄妹妹也累了，还是先让她回月央宫歇息吧，明日再让她过来陪伴皇上，如何？"

淳翌点头："也好，那湄卿就先行回宫歇息。"

其实皇后当着众人的面让我回宫，我并没有怪怨，反而打心底感激她。若在此时，皇上还执意将我留下，必然会引起大家的嫉恨，让原本已对我生怒的心添加恼意。

我转身离去，仿佛看到淳翌的目光随着我的背影流转，那一刻，我明白，纵然身为帝王，也不是事事都能遂愿的。

走出长乐宫，发觉天色已亮，晓风初起，夏日的早晨分外清新，露水与花草的芬芳扑鼻而来。我陶醉于这样清新舒润的景致，听莺转虫语，似乎还能听到花开的声音。想起了紫金城的秋千，我一袭翠羽罗裳，在风中自在地飘荡，与风同舞，与云同步。

月央宫，我急急回到暖阁，心中一直堵着一件事，想要问清楚。

“秋樨。”我唤道。

她走至我面前，用一种带有疑问的眼光看着我，不知何时起，我的心事都已经瞒不了她，这也是我遇到任何事都喜欢与她交流的缘由。她低声问：“娘娘，有事吗？”

我直截了当地问：“那日是谁将我从湖中救起的？”

“是，是那些侍卫啊，许多的侍卫都跳入湖里，将娘娘和皇上一同救起。”看她的神情，显然不是如此。

我面色柔和，微笑：“秋樨，告诉我吧，其实是谁救我都一样，目的只有一个，将我从死神那儿拯救回来。你说是吗？”

她点点头：“是的。那日听到皇上的呼喊声，许多的侍卫都纷纷跳下去救人，而最急的当属陵亲王了，他最先找到的是娘娘，是王爷将娘娘救起的。”

陵亲王，果然是他，我一直有这种感觉。在皇宫，在这明月山庄，除了淳翌，就只有淳祯能带给我一种别样的感觉了。当时那个怀抱不是淳翌的，我第一个想到的就是淳祯，那宽厚的怀抱，那呼吸，那脚步。

只是，当时他如何也会出现在芙蓉汀呢？难道他那天也在附近？还是……我想起夜晚在芙蓉汀与他邂逅，次日又与淳翌在那里游玩，继而发生了落湖之事。不知从何时开始，我的生活与他有了莫名的牵扰。这种牵扰，让我渴望又害怕，我之所以渴望，是因为在这深宫之处，极难寻得真心待人的知音，他虽算不上知音，但也可以作为能说话的人。我之所以害怕，是因为我与他身份有别，只能隔着一段遥远的距离，偶尔淡如水地给彼此一个眼神已是犯忌了。

静下心来，又想着这次自己令皇上落湖，不知道那些嫔妃和大臣会怎么让淳翌来责罚我。我怕的不是责罚，怕的是这份心累。

人生散淡只求安

　　这一整日心神不安，疲倦充斥了我的整个情绪，许多发生过的与未曾发生过的事在思想里纠结，一起一落都扯动着那根敏感的心弦。

　　躺在紫檀香木的椅子上想要闭目养神，可是躁动的心始终无法平复下来。已是午后，窗外绿荫阵阵，我依稀还能闻到草木的清香，以及午后阳光的一种温热味道。

　　烟屏坐在窗下绣着一方丝帕，红笺也拿起针线在一旁学着，白色的丝帕上，我隐隐看到绿色的莲叶，还有红色的莲花。我的丝帕上喜欢绣几朵梅花，自从淳翌赐号"湄"，烟屏便将这个字绣在丝帕的下角，红色的字，镶着金边，我总希望这个字可以给我带来真正的吉祥与平安。

　　低低轻唤："红笺。"

红笺放下手上的针线，走过来关切地问："小姐，是想要吃点什么吗？"

我点头："为我端一碗冰镇的酸梅汤来，记得只放少许的雪花糖。"

"嗯，好。"

"等等。"我唤住她。

她疑惑地看着我："怎么？"

我指着书案："为我把那本《南华经》取来。"

《南华经》，我最爱的还是庄子的《逍遥游》，每当心中迷惑不得解脱，喜欢翻阅这本道家经文，在茫然无边的天地间寻找另一个自我，追寻人生的真谛。

"北冥有鱼，其名为鲲。鲲之大，不知其几千里也。化而为鸟，其名为鹏。鹏之背，不知其几千里也；怒而飞，其翼若垂天之云。是鸟也，海运则将徙于南冥。南冥者，天池也。齐谐者，志怪者也……"

"妹妹。"不知何时，舞妃已站在我身旁，她着一袭淡紫宫裙，上面绣着几只灵巧的蝴蝶，盈盈而立，眼目流波。

我慌忙起身："姐姐，何时来的，竟不早些唤我？"

她微笑："也只来了一会儿，见妹妹专心研经，不便打扰，方才听你读到《逍遥游》，觉感触颇深，忍不住才唤妹妹，想与妹妹一同品读。"

红笺端来酸梅汤，我忙唤道："姐姐，快快饮下一碗冰镇酸梅汤，这午后的阳光最热了，喝下去可以解暑。"

她喝了几小口，放下银碗笑道："我不太爱喝酸梅汤，只是这冰镇的，加了少许雪花糖，味道香冷，倒是好喝。"

"我喜欢这香冷之味，酸梅解渴，每年夏日我都饮下不少呢。"说话的时候，我都能感觉到唇齿生香，是一种冷香。

她脸上流露出关切之意，启齿道："妹妹的脸色看上去还是不大好。"

我轻叹："是，有些心神不安，不知为何。"

"惊恐过度，难免的，你莫要多想，只是有惊无险，已然平安了。"

"嗯。所以借《南华经》以释怀。"

她微笑："妹妹，不如我们一边下棋一边论经如何？"

"这想法倒好，只是妹妹的棋艺不精，在姐姐面前不敢落子了。"

她摇手："莫要如此说，那一日是妹妹心不在焉，再说下棋本为陶情怡性，又有什么输赢之分呢？"

我笑道："姐姐说得对，竟是我俗了，棋本无输赢，一切在于心。"

空空的棋盘，只待我们将它填满。一直以来，我都认为棋中暗藏玄机，棋的布局，也是人生的布局，是江湖术士的卦局，是战场上将军的战局。皇上的天下也是一盘棋局，六宫的粉黛红颜亦然。

她手执黑子："妹妹，这次你我交换一下，你持白子，我持黑子。"

我点头："好，黑白分明，黑得透彻，白得坚决，我喜欢棋盘上这样的颜色。"

我先落一子，她朝着与我不同的方向落下。

看着她衣襟上的蝴蝶，我想起了庄周梦蝶，于是笑问："姐姐，世人都说，不知是庄周梦蝶，还是蝶梦庄周，你认为呢？"

她凝神，落一子，微笑："其实想要表达的只是庄周逍遥缥缈的梦境，一种人生的放达与思想的超脱。"

"是，所以每当看到姐姐，我就会想起蝴蝶。虽然我没有见过姐姐翩然起舞，但是我可以想象得到，姐姐就像一只破茧而出的斑蝶，穿过红尘的暗香，以曼妙的身姿多情地舞动落花，飞过庄周的冷梦，飞到富丽堂皇的紫金城，做了翩然宫的舞妃娘娘。"我看着她衣襟上的蝴蝶，不由得入神，浮想翩翩起来。

她莞尔一笑："妹妹真是想得太远了。我的确偏爱蝴蝶，我只是希望自己可以像蝴蝶那样破茧而出，展翅飞翔，在最灿烂的时候死去，记着，一定是最灿烂的时候。"

我一直认为安静温和的舞妃，此时竟给我一种耀眼的灿烂，仿佛她的沉寂就是为了破茧，她在等待一场最华丽的灿烂。我微笑："姐姐，为何要在最灿烂的时候死去？"问这句话的时候，其实我明白是为何，如果是我，也宁愿选择在最灿烂的时候死去。

她微笑："因为像我这样的女子不愿意活到鸡皮鹤发，我等不到那么老，就想死去，只是灿烂过才能无悔。"

我淡淡一笑："我不想灿烂，我只求安宁，正所谓，世事纷劳何惮苦，人生散淡只求安。这样的境界说起来容易，真正能达到却很难。"

"那是一种经过磨砺才会有的心态，只有经历过辉煌的人，才会想到隐没，最后才可以用一颗平常心来处世。你和我，都不曾经历那个过程，所以说平淡尚早，只能在世海沉浮了。"她句句有深意。她说的我不是不懂，只是我厌恶这个过程，辉煌是一个疼痛的过程，如同破茧，需要蛰伏已久的酝酿，最后做出艰难的冲破。待到灿烂辉煌时，只怕还未曾享受，就已经香消玉殒，这样子值得吗？

看着一盘棋，黑白相间，无比醒目，醒目得让我不知道该给自己寻找哪一条路，仿佛每条路都可以走，但每条路走过去都是不归。我轻笑："姐姐，为何每次与你下棋，都会有一种茫然的感觉？"

"茫然？"她惊讶地看着我。

"是的，在星罗棋布的棋局里感到茫然，一种人生的茫然，世事的茫然，仿佛不知道该从哪里出发，又该在哪里止步。"

"有你说的这样吗？我倒觉得，每一条路都可以走，每一条路都可以找到方向。"她满怀自信。

我举着一枚白子，微笑："那终究还是我悟不透了，姐姐是高人，可以收放自如，在世海沉浮的是我，碌碌难脱。"

"我想妹妹是累了，近日来所发生的事太多，又大病初愈，未得完全康复，费这心思，的确累人。我们歇会儿，下棋也只是为了怡性，坐下来聊聊天也好。"

"嗯。"我轻轻点头，感觉有些眩晕。

已近黄昏，窗外蒸腾的热气透过碧纱窗往屋内袭来，浓荫下还是有徐徐清风，显得没那么闷热。

我轻摇团扇，问道："姐姐，一会儿就在这儿用晚膳吧？"

她推辞道："谢过妹妹，我还是回翩然宫用膳，你身体不大好，我已经叨扰多时了。"

"姐姐太客气了，我恰好一人闲着，吃什么都觉得无味，有你在，热闹些。"

她微笑："这样啊，那不如把疏桐妹妹也请来，我们一起聚聚？"

我欣喜道："好啊，我这就命人去请。"

转头向红笺唤去："红笺，你让小行子去羚雀宫请谢容华过来，就说我和舞妃娘娘在这儿等候。"

品茶闲聊，问舞妃："姐姐，你平日里都看些什么书？"

她思索，答道："我平日是极少看书的，若说要看，也就是《诗经》了，无事时，我还是喜欢轻曼舞姿，独自撩拨一曲琵琶奏响霓裳的岁月。"

"姐姐喜欢弹琵琶？"我问道。

"也只是偶尔，丝竹我不精通，只是用来怡情，寂寥时自我安慰罢了。舞蹈才是我的灵魂，失去了舞蹈，我就再也不是舞妃了。"她有些叹怨，话语中似隐藏他意。

我宽慰道："不会，你永远都是皇上的舞妃，是这后宫的舞妃，翩然婉转，美丽高雅。"

她叹息："想必妹妹也明白，琴棋书画皆为寻知音，舞蹈亦然，否则，再美的舞姿都只是一种虚无，失去所有的光彩。"

"可是姐姐的舞姿有皇上这位知音，他懂你情怀，走进你灵魂深处，就再也没有出来过。"

"妹妹如何得知？是皇上说与你听的吗？"她欣然问道。

我轻轻点头，其实淳翌不曾在我面前提起过这些，我之所以这样说，只是想慰藉她心中的寥落，别无他意。

她嘴角扬起一丝无奈的笑意："妹妹，自古都是如此，再美的容颜，再美的爱恋，都会随着时光流逝而消散，只怕皇上早已不再爱我的舞了，妹妹……"她止住了话，没再说下去。

我低眉沉思，微微叹息："姐姐可曾怪我？"

"怪你？"她轻笑，"妹妹莫要想那么多，纵然没有你的出现，也会有他人，天下红颜何其之多，我能怪得过来吗？只是红颜也要遇见知音，皇上认妹妹为真知音，是任何人都无法取代的。"

我叹息："没有什么可以留存永远，方才你也说了，天下红颜何其之多，我不是最初的那一个，也定然不会是最后的那一个。"

她笑道："最初的我不知道是谁，最后的我也不会知道。反正我做了许多人中的一个，也算是一种自我满足。"

"是，姐姐如今的地位，能企及的人没有几个，而我也只想这样平淡下去，才可以无畏将来。"

"只怕妹妹想要平淡已是不能。"她话藏锋芒，我明白，其实我都明白。

这时，见谢容华着一袭绿纱裙，轻灵地从门口走进来，一脸的笑意："两位姐姐在谈论什么呢，这般入神？"

岁月无期当自珍

　　我起身迎道："疏桐妹妹来了，我和雪姐姐在这里等你一起用膳呢。"

　　谢容华走过来扫了一眼案上未下完的棋局，笑道："原来两位姐姐又在此对弈，是否在棋局中品出了什么？"

　　舞妃笑道："品出了什么？品出了日月乾坤，春夏秋冬，生老病死，悲欢离合……"

　　谢容华瞪大眼睛："品出了这么多？可惜我的棋艺太差，只看得到黑白棋子，不知道棋局中那无穷的奥妙与真意。"

　　我喝下一口竹叶茶，涩涩的，有些许清苦，看着谢容华笑道："妹妹，我的棋艺也差，只随意地下几子，就败下来了，而且每次都是找不出败的理由。"

"难道雪姐姐的棋路是迷路，一进去便会失去方向？"谢容华打趣地笑道。

舞妃无奈地摇头："你们哪，我哪儿有什么迷路，不过是寻常落子，更别说布局了，若是布局，只怕死伤得很多，呵呵。"

我惊叹："原来雪姐姐有意让我几分，可是我还是输成这样子，惭愧至极！"

"好了，莫说棋了，我说过下棋只是为了怡情养性，可不是用来争论输赢的。"

谢容华垂手："是，姐姐指教得是，也许懂得更多负累得更多。我样样都喜欢，可是样样都不精通，我觉得这样好，没有轻重之分，可以做到收放自如。"谢容华永远都是这样的心态，仿佛与世事无争，我欣赏她的性情，只是我羁绊已成，想要无牵，实在太难。其实我所羁绊的是什么，我也不知道，也许是天性，人的天性如此，容易触景感怀，容易遇事乱心。

我笑道："都说棋中有真隐士，我看雪姐姐就是了。好了，这会儿就不论棋，该想想我们晚上吃点什么好。"

谢容华欢快地笑："好好，我此时想吃玫瑰腌的鹅脯，来碗白米粥就行了。"

舞妃轻轻拍了她一下："你这丫头，说得我也嘴馋了，玫瑰腌的鹅脯……"

我笑道："你们也别在这儿嘴馋，我让她们多给我们备点好吃的，各色小吃都来些。"

秋槿带着一脸笑意走过来："奴婢这就让她们去备着，主子们稍等就好。"

一桌精致的菜肴摆在我们面前，色香味俱全，明月山庄的御厨做的菜色与紫金城的不同，虽然精致高雅相同，这里的菜色看上去自然清新，口感我也喜爱。

舞妃夹一根新鲜的嫩笋，吃起来，说道："好像我们三人坐一起用膳的机会极少，难得在这明月山庄相聚，不如浅酌几杯如何？"

谢容华一脸的喜悦，赞同道："好啊，我爱喝竹叶青。"

我脑中闪过琼花泪，琼花泪是我和淳翌品尝的，今日显然不适合，再者，我这儿一共也只存有两坛，是淳翌为我准备的，为的是他来时可以喝。

洁白的玉盏，竹叶青倒进去，将整个杯子映衬出翠绿的颜色。

谢容华不解地问道："湄姐姐，竹叶青虽为竹叶酿造，可是也是白色的，为何倒入杯中竟有了这翡翠般的好看色泽？"

我笑道："妹妹竟不知吗，品竹叶青定要用温润剔透的上等白玉制作的杯盏，竹叶青虽为白色，其实翠绿被隐藏起来，只要倒入白玉杯中，就会呈现出这样的效果。"我用手指着杯内的竹叶青，果然如翡翠一样诱人。

舞妃脸上也是惊奇："果真如此，我竟也不知，妹妹是如何得知的？"

"我？我也是巧合，以前在宫外偶然这样用过一次才得知的，当时也觉得惊喜，这色泽剔透，我是极爱的。"其实真的是巧合，当时我在迷月渡，一位从凤凰城来的富商指名要喝竹叶青，恰好他当时送了一套雪脂白玉，我便取出来用上了，就看到了这等效果。只是我平日不大喝竹叶青，也久未想起此事。

谢容华微笑："那我们就为这竹叶青干杯。"

三人齐举杯："干。"

饮过后，有些微冽，满嘴的青味，倒是很舒心宜人。

舞妃关切我："妹妹，你少饮几杯，身子才好些。"

我心存感激："谢谢姐姐，我今日高兴，自家姐妹难得聚一起用膳。"其实酒饮下去，胸口辣辣的，确实有点疼，想起那日若不是贪杯琼花泪，也不至于坠落湖中，惹出这么大的麻烦。淳翌，我心中又挂念他了。

谢容华一脸的欣喜，提议道："不如我们来行酒令？"

舞妃回道："我看行酒令就算了，我们浅酌几杯就好，我还想着一会儿去长乐宫探望皇上。"

　　我点点头："是，一会儿我们去探望皇上吧，不知他今日是否好转些。"我脑中浮现出淳翌躺在床榻上苍白的脸色，渐渐地又回到以前那神采翩然的模样。

　　谢容华沉思着，许久方对我说道："姐姐，今日顾婉仪到我羚雀宫来，透露了一件事。"

　　"顾婉仪？"我一脸的疑惑，这名字我似乎听过，却记不清楚了。

　　"是的，顾婉仪，就是住在紫莺宫的，她的歌声很美，是个挺好的女子。"谢容华这样一说，我倒有了几分印象，她的歌声曼妙，似流莺婉转。

　　舞妃禁不住话入正题，朝谢容华问去："顾婉仪今日跟你说了些什么？"

　　谢容华表情凝重起来："她说，说……"谢容华话语吞吐，眼睛看着我，似乎事情与我相关。

　　我淡笑："没事，妹妹，你说吧，关于我的什么事？"

　　她叹息："是这样的，这次姐姐落湖，令皇上也随着一起冒险，云妃她们到皇后面前说这事不能不对你加以惩罚，不然日后大家都可以犯错了。"

　　舞妃愤愤道："这说的什么话，这次只是意外，再说皇上已经平安无险，湄妹妹也坠入湖中，险些出事，好容易救回的命，哪儿还禁得起折腾。再说此事真的不能怪湄妹妹，皇上邀请去游湖，是为了玩得开心，谁也不愿意发生这样的事。"

　　谢容华忙点头："是，我也这样认为，只是那些人难得抓住了把柄，能轻易放过吗？莫说是云妃她们，据说有几位王公大臣也要上书奏请皇上，处罚湄姐姐。"

　　我嘴角挤出了冷笑："王公大臣？我身份有那么高吗，还有劳他们来费心。"

　　舞妃蹙眉："我看此事皇上是绝对不会依，他那般宠湄妹妹，怎么会同意他们的奏请。"

　　谢容华叹道："皇上自然是不会依，但是这么多人联书奏请，皇上也为难。还有一件事，倘若皇后听信了云妃她们的话，一齐到皇上那里去说，皇后的话是有分量的，皇上一贯不正面违抗。"

舞妃淡笑："不会的，皇后向来慈悲为怀，她知皇上的心思，不会去为难皇上。"

"这也不一定，皇后掌管整个后宫，若云妃她们拿后宫的法度、条律出来，难道皇后为了湄姐姐连这些都不顾了吗？以后后宫有人犯错，若拿此事出来说话，只怕到时皇后也难维护了。"谢容华话中之意，很是昭然，皇后也不能因为我，而置后宫法制不顾。只是我犯的又是哪一条罪？红颜祸国？那还不至于，最多是个祸水。

我冷冷一笑："多谢雪姐姐和疏桐妹妹关怀，此事于我来说，并没什么。要罚便罚，也没什么可惧怕的，就当这次沉落湖里，淹死了，也不过一了百了。死都无惧，还惧什么生？"

谢容华握我的手："姐姐莫要灰心，皇上如此宠你，最多只是小小惩戒，不会大罚。再说他们如此落井下石，确实可恼，只当是风过一场，掀不起什么大浪的。"

舞妃也执我的手："是，掀不起什么大浪，一会儿我们陪你去长乐宫，先去探望皇上，若皇上还不曾得知此消息，我们就先行说出。"

我摇头："不，不，此事切莫告知皇上，他身子还未尽好，知道后定要恼怒，反而伤了龙体。我想他们此时也不敢贸然上书，毕竟皇上还未痊愈，我们心里有数就好了。一直觉得，坏消息早些知道的好，好消息迟来些也无妨。现在虽然不能做到未雨绸缪，至少事情发生，不至于慌乱。"

谢容华给我一个赞赏的目光："姐姐说得对极了，妹妹欣赏姐姐这样从容不惧的处世之道。"

我笑道："还处世之道呢，不过是拿不出办法，只能走一步算一步罢了。"

我举起酒杯，笑道："来，不管明天会有怎样的命运，先干了这一杯竹叶青。"

"好，干。"

我低眉若有所思，朝谢容华问道："对了，那个顾婉仪为何要告知你这些？难道她平日里与你交情甚好？"

谢容华微笑："君子之交淡如水，我与她就算那一种吧。只是她对姐姐一直藏有敬意，视你为至情至性的女子。"

"哦？"我一脸惊疑。

"她在我面前谈及过几次，说你蕴含一种高贵与冷傲的气质，不是一般女子所能及的，而她，一直在远处静静地观赏你，却从不敢将你惊扰，视你为仙人。"

"竟是如此？我竟不知还有这样一个女子，一直在身边默默地关注我，真是难为了她。改日若有机会，我定要见见她，也要谢她这次的关心。"我心中隐现一丝欣喜，其实我并不在意别人如何看我，只是有一个女子这样关怀我，感动是难免的。

舞妃笑道："所以说人与人之间有着某种难以言说的缘分，我们三人是如此，顾婉仪对湄妹妹如此，也许还有更多的人也是如此。有知道的，有不知的，只是内心的牵怀却都是一样。"

我感慨道："是，这些缘分，需要懂得，并懂得珍惜。"

谢容华露出感动："是的，珍惜，我喜欢这两个字，珍惜。"

三人相视一笑，举起白玉酒杯："干。"

淡淡的薄暮斜斜地落在窗外，晚风悠然地来临，是这般喧闹与冷落交织的红尘，是这样浮热与明净相融的夏夜，三个女子，相坐于一起，珍惜一段人生的缘分。

忘记昨日，不问明天，只活在今日。

我心中留下这么一句话：人生有缘弥可贵，岁月无期当自珍。

波澜未起复平息

夜幕低垂，白日的烟尘在幽蓝的夜空下渐渐地散去，那份浮动的燥热也在清风中缓缓地隐退。明月山庄的墨绿依旧如初，洗尽铅华，落幕成绝，只是今晚的后宫谁还会有梦？

没有选择乘轿，我们三人借着清风明月行走在前往长乐宫的路径上，涉过楼阁水榭，转过玉柱长廊，那么多的高墙，将我们封锁在庄内。其实紫金城和明月山庄，并没有多大的区别，只不过是换了一座风景更清凉的囚城，锁住的灵魂是一样孤独与寥落。

可是对我来说，明月山庄虽然一来就令我险些送命，还因此连累了淳翌，但这里至少有一点好，我在此处没有像在紫金城那种揪心之感。是的，揪心，每当黄昏到来，我的心中总是呈现出隐隐的不安，因为我知道黑夜里会有一场噩梦将我等待，那场噩梦深深地与我纠缠，令我难以挣脱。她们告诉我那是心魔，可是我在紫金城究竟留存过什么会有如此的心魔？而明月山庄有着相同的建筑风格，为何一到此处我就心安？紫金城，紫金城，牵系了我多少的孽缘情债？

谢容华轻握我的手，问道："湄姐姐，你在想什么？"

我回过神，淡淡微笑："不曾想什么，只是想到同样的建筑风格，为何会给人带来如此不一样的感觉。"

舞妃拂过眼前的烟柳，轻问："你是说紫金城和明月山庄吗？"

我点头："是的，我总觉得两处宫室给我带来很不相同的感觉，在紫金城，我会静中取乱，而在明月山庄，我则可以乱中求静。"

谢容华扯下路径旁的一枚树叶，一股淡淡的青涩香气飘忽而来，她微笑："于我来说，两处都没有什么不同，就连当年在王府也是同样的感觉。不过是空度春秋，漫将飞云暗数，四季轮回，又有什么不同？"

我给了她一个赞同的目光："嗯，光阴飞逝，流年悄度，不同的只是容颜，还有渐次老去的心境。"

舞妃含笑："你们莫要做如此感伤之叹，正值妙龄，绰约风姿，后宫得宠，比起寻常女子，自是天上人间之别。就将眼下过好，待到年华老去，无悔的是没有辜负这一生。"

"一生？"我幽幽道。

"是的，一生，不过我是不要一生的，我熬不起。"舞妃一脸的决绝。只是，好熟悉的话，这话似乎我从前说过。人与人之间其实很微妙，许多的感触会有叠合，只是某个片段而已。

谢容华轻拍路边的栏杆，轻松地说道："我无所谓一生不一生，生命给我多长，我就走多长，我虽然怨叹，但是还耗得起，耗一天算一天，耗一年算一年。"

我给了谢容华一个微笑："我就是喜欢疏桐妹妹如此的心境，悲而不伤，怨而不哀，有一日过一日，我也要如此，只过今天，不问明日。"

舞妃在一旁默然，我明白，她并不认同我们的想法，她只求灿烂，可是她却躲在时间后面独自悄寂，在人前如弱柳拂风，丝毫让人感觉不到她的锋芒与锐利，只是有一种翻然绝尘的出众，那是她的美，像一只曼妙飘逸的彩蝶，有着遮掩不住的光芒。

长乐宫近在眼前，我有种恐慌与渴望，这两种感觉在心中纷扰交织，令我进退两难。我所恐慌的是不想进去后遇见许多的人，我惧怕的不是他们在淳翌面前参我的罪状，而是忧心淳翌听了他们的话后会恼怒，会心中难安。我所渴望的是可以见到淳翌，虽只分别一日，他定然是想我了，人在脆弱的时候，想念的都是心底深处那个人。

走过层层侍卫把守的重门，一入大殿，只觉殿中清寂异常，心想许是因为淳翌大病未愈，闲杂人等都不敢打扰。

三人径直朝寝殿走去，才至门口，便听到淳翌从里面传来的声音："你们也忒心急了，朕还在病中，未曾彻底康复，就来如此烦心，岂不是你们的罪过？"

并无听到应答之声，悄寂。

"朕乃一国之君，堂堂大齐天子，如此小事还需你们来替朕安排？孰是孰非朕会不明白？朕心中清澈如朗月，照得见乾坤大地，你们休要在此多言。"淳翌似乎很气恼，他话音虽有几分无力，可是字字摄人心魄，俨然一派豪气干云的帝王风骨。

"老臣斗胆……"一个年迈的声音传来。

未等他说话，淳翌已抢先问道："安国公，你还有何话要说吗？"

"臣……臣只是觉得此事虽不能全怪罪湄婕妤，只是要彻底推脱责任，也是说不过去的。毕竟关系到后宫嫔妃的贤德，需要赏罚分明，才能以儆效尤。"那位安国公终究忍耐不住，还是说出来了，果然与我相关，我想与我相关的才会让淳翌如此烦心。

淳翌气恼道："以儆效尤？安国公，你的话也太重了些。若是如此，朕也该罚，是朕的怂恿与疏忽才让湄婕妤掉入湖中，自当是朕的错，你倒是说说看，该如何惩罚朕，以儆效尤？"

"臣惶恐，臣、不敢。"安国公话音微颤。

淳翌又大声问道："你们呢？你们还有何话说？"

我再也忍不住，觉得此事既然与我相关，我就必须当面面对，不能躲在背后让淳翌维护，若有罪过，我承担便是了。

正准备迈步进去，舞妃和谢容华扯住我的衣襟，我随即甩开，直入寝殿。

寝殿中黑压压跪了一地的人，一半是王公大臣，一半是后宫嫔妃，连皇后也跪在淳翌面前，这场面着实将我惊住。

方才想要说的一句也说不出，只是目瞪口呆，一会儿才急急走至淳翌面前，跪下："臣妾斗胆打扰皇上。"随在我身后的舞妃和谢容华也齐齐跪下。

我这才注意到，淳翌身边，陵亲王淳祯也在，唯独他立在那儿，长身玉立，儒雅翩翩，比他们高了一截。

淳翌欲将我扶起，又碍于大家都跪在下面，只悻悻道："起来，都给朕起来，跪这么一地，朕觉得累。"

大家相继起身。

"还有什么话，趁此说完，朕要休息了。"淳翌一脸的厌烦。

沉默，各自屏住呼吸的沉默。

皇后打破了僵局，对淳翌和善地微笑："皇上也莫恼，其实只是大家的提议，也并非要当真。皇上说是您的疏忽才导致此事发生，但是皇上因为政事烦累，只是借游湖怡情，多饮了几杯，怎会有过错呢？若说过错，自然是那些守卫的错了。"

淳翌压住火气，轻声道："难得皇后深明大义，守卫也无错，是朕命他们不许靠近，违令者罚，而湄婕妤更无错，也是朕命她陪朕去芙蓉汀渡舟采莲的。"他转而又朝大家说道："只是一件小意外而已，你们莫要念念不忘，各自回去安歇，莫要白白地辜负了明月山庄的清凉景致。朕是让你们陪朕来避暑山庄陶情性情的，而不是当朕的太上皇的。"

一句太上皇将大家都吓住了，一时间谁也不敢再语。

我原本想自身请罪，又怕这样一来，白白地辜负了淳翌的一片心意，他为了我，不惜与诸位大臣和嫔妃对抗，若我再请罪，他所做的就真的是辜负了。于是低眉不敢吱声，只盼着此事快快过去，还表面一个平静。

淳翌对着站在一旁的大臣和嫔妃问道："各位爱卿和爱妃还有何事？若无事，朕便要歇息了。"

"臣（臣妾）告退。"

我想要留住问候淳翌，此刻又不敢滞留，只好转身同他们出去。

"陵亲王和湄婕妤留下，朕有话要问。"淳翌唤住了我和淳祯。

其余的人只停留片刻，各自朝门外走去，直至脚步声杳。

静，静得仿佛可以听到彼此的呼吸。

我有种莫名的惶恐，想起第一次与淳祯在上林苑邂逅，误将他当作淳翌，后来又有了雪夜咏梅，再有了这次夏夜赏荷之事，更重要的是在我落湖之时，是他救了我，并一路将我抱至月央宫，尽管当时纷乱一片，可是有心人未必不会记得。

我心中虽未藏下什么，只当他是我身处后宫时的一位朋友，比他人要亲切些，毕竟他有恩于我，救我几次，对我尚有几分情意，但不能保证他人不多想。

淳翌朝淳祯微笑："谢过皇兄，方才在众臣和众妃面前维护朕和湄卿。"

淳祯谦和地笑道："皇上多礼了，这是臣该做的。再者臣认为皇上与自己心爱的妃子游湖采莲，是件赏心悦目的喜事，至于意外，谁也不能预料，所以要怪罪于人，实在是不合常理，如此不合常理之事，像皇上这等明君是不会照做的。"

淳翌爽朗笑道："皇兄谬赞了，朕只觉得在众多兄弟中，朕与皇兄最为亲近，果真是一胞同生的孪生兄弟啊。"他们握住彼此的手，脸上露出真挚的微笑。

看到这样的场面，我才放下心中悬起的石块，原来方才我还错过了淳祯为我辩护的场面。想到他如此待我，心中不由得感激起来。碍于淳翌在此，我又不便多说什么，只对他施礼道："臣妾谢过王爷。"

他忙迎我："湄婕好客气了，本王是随性之人，所以听到你们泛舟采莲，觉得是人生快事，赞同至极。"他此话不知是否暗藏别意，当夜本是他想与我泛舟湖上，借着明月采莲，我拒绝于他，而次日却与淳翌品酒游湖……

"好了，臣不打扰皇上和湄婕好了，先行告退，祝皇上和湄婕好早日康复，才不辜负这明月山庄的清凉景致。"他饶有兴趣地说。

淳翌面带笑意："皇兄，朕看你是等不及要去欣赏山庄的明月佳景了吧。"

淳祯笑道："哈哈，正是，只是臣更羡慕皇上与湄婕好这样'只羡鸳鸯不羡仙'的神仙眷侣。"他边说边施礼："告退了。"

淳祯只留给我一个熟悉翩然的背影，让我一时跌入一片莫名的茫然，久久不能醒转。

"湄儿。"淳翌轻唤我。

"嗯。"我回过神，给了他一个温柔的微笑，希望这个微笑可以慰藉他对我的情意。只是我知道，我所做的，远远不及他。在我的心里，一直纠结着一件事，就是我到底爱不爱他。我告诉自己，我是爱的。只是为何不会刻骨，不会铭心，为何没有那般撕裂的痛与揪心的疼？若说不爱，又为何会心心念念地牵挂，会在乎他的感觉？

又是烛影摇红，今夜的明月山庄，是否会给我和淳翌一个美丽而悠长的梦呢？

江山尽落棋局中

烛影摇红，燃烧的焰火仿佛一朵朵怒放的牡丹，这种典雅蕴藉的辉光，让人唇齿粲然。一枝青藤漫过朱墙探入窗扉，带着月光的润泽，鲜活了我的遐想。

淳翌拥着我立于窗前，我偎依在他的怀里，他搂紧我的腰身，窗前就是明月，飘荡着浓郁的杨柳。这样的场景，如同淳祯所说，是一幅画，画的名字叫只羡鸳鸯不羡仙。我有种陶醉的满足，都说失而复得的人和事更让人珍惜，淳翌这次历险，让我觉得安稳地相守在一起才是真正的幸福。

淳翌在我耳畔温柔低语："湄儿，这样温情脉脉的时刻，适合红袖添香夜读书，沉浸在盈盈的书香与姹紫嫣红的故事中，不愿醒来。"我总是可以在淳翌身上感受到两种不同的味道，他面对我时，永远都是温柔与诗意的，而另一面的他，身上隐现出帝王凛凛的霸气与风骨。我不知道他早朝时会是何种模样，但我能感受到那种君临天下的威严。

我抬眼对他柔笑："皇上，那臣妾为您添香，您来读书，好吗？"

他微笑："好是好，只是朕还积压了一些奏章，才让小玄子取来，就被那些人给搅乱了。此刻朕只想与你静静地在一起，不想为政事烦心。"

我心想他身体还未曾恢复过来，又费精力去批阅奏章，定然伤身子。又想到他因为想与我缠绵相处，而耽搁政事，也于心不安。若此事被他人得知，又要生出误解，我这个红颜祸国的罪名是扣定了。思索一番，方盈盈笑道："皇上，要不臣妾就为您添香沏茶，您安心批阅奏章，政事忙完了，我们再红烛夜话，如何？"

淳翌深深地吸口气，舒畅道："好，有湄儿陪朕，也不觉得劳累了。"

一堆明黄的奏章层叠在案上，每一本上面都镶着赤金的天龙。我只坐在一旁为他轻摇团扇，沏茶添香，奏章上的字我一个也不去看。

我见淳翌的表情时而欣喜，时而皱眉，挥笔点墨，果断自如，很有君王风范。想他登基不久，举国上下，同心同德，将大齐江山治理得安稳太平，先皇的基业在他的手上一定会发扬得更好。自古朝代更迭，山水人文逶迤而来，历史永远都只是一种存在，一代一代的人只会追寻着时间的步履演绎更多的精彩。

"唉。"淳翌一声轻叹唤醒了我沉浸的思绪。

轻问："皇上，为何事叹息？"

"长翼侯上书说大燕有余孽残党在策谋复国大计，近日来已经暗波汹涌。"淳翌深深皱眉，俊朗的剑眉皱在一起，额上隐现深深浅浅的纹路。

我脑中突然一片空白，转而又恢复思想，幽幽道："自古争夺江山都是如此，成者为王，败者为寇，许多朝代已经被吞没几千年，他们的后代依旧做着复国的美梦。大燕朝被灭不久，那些余党想要复国是难免的，只是余党终究是余党，如今我大齐国人心统一，风调雨顺，国泰民安，他们想要颠覆河山已是不能，皇上安心治理国家就好。"

淳翌用赞赏的眼光看着我："想不到湄卿有如此深刻的思想，对于朝政看法独到，观点鲜明，令朕钦佩。"

我露出羞涩的表情："皇上笑话臣妾了，臣妾不过是随意发表看法，再者政事本不是后宫嫔妃所能干涉的。"

"你并没有干涉，朕只是想听听你的见解而已。"

我淡笑："臣妾也没有更好的见解，得人心者得天下，像皇上这样的仁君，爱护百姓，江山定然会稳固的。至于大燕的余党，皇上只需暗地里派一支军队对他们加以压制，降者归我大齐所用，顽固不化的人只能采取强硬的措施。所谓斩草除根，大概就是如此了，免得春风拂过，萌发更多欣欣然的生命。"说出这些话，我心中都暗自吃惊，原来我内心深处还有着蠢蠢欲动的意念，这种意念带着一种锋锐的力量，可以穿透历史，引出无边的张力。

淳翌用别样的眼光看着我，许久，才说出一句话："湄卿，你真不像一个农家女子。"

我心中大叹，脸上却维持着笑意："皇上说笑了，臣妾出身于金陵城外的农家小院，之前也跟皇上提及过的，不敢欺瞒皇上。"

淳翌笑道："呵呵，你莫怕，朕并无不信，朕只是觉得你骨子里流露出的高雅气质与一种凛然的魄力不像普通的农家女子。虽然外表柔弱，可是朕能看到你骨子里的那种坚韧不拔的气度。而朕，也是被你这天然的风韵所深深吸引。"

我假意恼道："皇上再取笑臣妾，臣妾只好不再言语了。"

他笑道："好，好，湄卿不可不言，朕平日里总与那些大臣商议国事，他们的策略总是太古板，还有一些话在朕面前不肯直言，今日难得与湄儿论政事，觉得想法新奇，倒引发了朕的兴趣，也希望可以给我带来一些灵机。"

我谦和道："臣妾惶恐，臣妾只希望皇上将此事作为寻常之事跟臣妾一起探讨，这样话题可以轻松些，皇上一听而过，不必当真，若真能带给皇上什么灵机，倒是臣妾的福分了。"

淳翌点头："那朕与你下棋论政事如何？"

"下棋？"我惊讶问道。

"是的，在棋盘里最可以见分晓，成败都在一念之间，而且可以看清天下的布局，万里河山尽在棋盘里。"他朗朗而言。

万里河山尽在棋盘里，我思索淳翌的这句话，想起我与舞妃对弈，她的棋局尽现的是她一生的布局还是对后宫的布局呢？原来下棋争论的真的不只是黑白棋子的输赢，而是整个人生乃至天下的输赢。这需要多么宽广的胸襟与深刻的谋略才能掌握自如，起落有数。

"湄儿。"淳翌唤道。

我回过神，看着他："好，那就对着棋盘来闲聊，只是皇上莫要当真。其实论棋中高手，舞妃当为第一，臣妾与她对弈过几次，输得惨烈，而且了无痕迹。"

"舞妃？"他一脸的疑惑。

"是的，舞妃娘娘，怎么？"

他沉思一会儿，说道："朕记得似乎跟她下过几局，并非你说的为第一高手，她的棋艺虽不错，只是布局还单薄了些，不过朕也记不得那许多了。"

我甚觉惊讶，我与舞妃对弈时，总是在不经意的时候输掉，而且让我哑然失语。我连输在哪儿都不明白，那么不着痕迹，确实是第一次遇到。都说下棋也要针对不同的人采取不同的策略，难道在棋子上，她是我的敌手，我注定要败于她？又或者是其他的，她在淳翌面前不愿显山露水？我有些不明白。

朝淳翌淡笑："皇上，臣妾与您对弈一局，只是臣妾的棋艺真的很差，就只当闲聊了。"

他摇手笑道："无妨，朕又不是与你争天下，只是想从棋中看看天下的布局，让朕好好看清楚大齐的江山。"

"好，臣妾也想跟皇上学习布局，更想一览我大齐的锦绣江山，见识皇上的霸气威信。"我爽朗答道。

淳翌哈哈大笑："湄卿说话这般好听，让朕都有些迷醉。"

烛光熠熠，仿佛在诉说衷肠，明月朗朗，似乎在照彻古今。

桌案上，一副泾渭分明的线路，只待我与淳翌一步步走完。

"你执白，朕执黑。"他手握黑子。

"好，明明朗朗，好不清楚。"我笑道。

他选一个偏角的位置落子，笑言："这一处为关外，当年先皇打着大齐的国号破韶关，战承陵，过浥水，兵临紫燕城下，只用短短的时间，便一举歼灭大燕国，将南国的富庶土地踏于脚下。"

他频频下子，我随着他的黑子步步紧随。

他镇静道："如今大齐国已占据天下，这里分布的不过是大燕王朝一些散落的余党。"我的白子落下，被黑子强大的阵势团团围住。

我惊叹："果然强悍。"

他自信地笑道："其实这些残子，可食也可不食，他们早已失去了攻战的能力。"

我寻一条出路，突破，笑道："皇上，不可掉以轻心，要知道，强弩之末也会有蓄势待发之时，还是谨慎些好。"

他爽朗笑道："呵呵，好，朕记下了。其实这些都是小问题，朕有信心除去大燕余党，朕要开辟一个辉煌的盛世，让大齐子民富庶安康。那个时候，谁还会去留恋一个破灭的王朝？再者大燕哪里还有皇室血脉留存？"

我赞叹道："说得极对。"

他指着棋盘："湄卿，你看，朕忧心的是这一处边角，关外的晋阳王手握几十万雄兵，早已觊觎我大齐的万里疆土。"

我将白子齐齐排列，仿佛很有阵势，轻语道："皇上，如果是你，你要先在哪里防备？"

他一脸的镇定："进关只有一道路口，就是这道城门，叫镇天门，只需重兵把守，晋阳王也就无可奈何了。"

我微笑："总之谨慎些好，当年……"我本想说当年先皇也是这样一举突破关口，挥兵南下，一统河山的，想想又觉不妥，终究忍下。

他似乎明白我的话中之意，也不理会，继而又连连落子，笑道："其余几处只是小的部落，不够强势，想要与朕争夺，只怕是以卵击石。"

我看着他一脸的镇定与霸气，打心底欣赏，微笑道："皇上，天下已定，江山统一，臣妾输了，输得心服口服，而且明明白白。"

他放下最后一子，将我封杀得严严实实，笑道："朕的爱妃太可爱了，朕有江山，有美人，此生足矣。"

许久，我才低低问道："皇上，若有一日，江山与美人只得其一，你该如何？"

他自负地说道："不会有那一日，朕不许。"

我倔强地问："臣妾只是说如果。"

他沉默一会儿，握着我的手，表情坚定，诚恳地对我说："记住，朕可输天下，却不能输了你；朕可负天下，却不会负了你。"

我无语。感动与疼痛在心中交集，望着他，只是静静地望着他，无论将来命运如何，我只想珍惜现在。

珍惜现在。

半怜荷花半怜卿

　　转眼来明月山庄已近一月，这一月，除了先前几日发生坠湖之事，后面一切都算平稳。我没有受到责罚，而是与淳翌一同调养身子，品尝山庄的山珍野味。闲暇时，赏遍明月山庄的风光，这里与紫金城的建筑相同，可景致却是不同，仔细品味，山水人文气息魅力无穷。

　　我在山庄过得很安稳，那个梦再也没有侵扰，只是夜里偶尔会心惊，也是因为触及紫金城的事才会如此，仿佛我与紫金城有过什么纠缠，不然也不至于噩梦缠绕不休。心魔，难道换了一个住处，心魔就消失？世事藏玄机，如楚玉所说，是难用常理诠释清楚的。

　　楚玉，这位入不了仙乡恐要成魔的男子，身上带着太多的迷幻，亦真亦假，让我难以分辨。仿佛他本不是红尘中人，只是误入尘寰，才落得那般惶惶难定。我在遥远的明月山庄祝福他，希望他可以挣脱邪魔，成就正果。若是一入魔境，六道轮回，只怕再也无法超脱。

今生再相逢已不知是何日，且当他云水往事，走过无痕。

酷暑时节，往年七月时都觉得燥热不安，今年处于明月山庄，无一丝闷热之感，山上绿荫葱茏，清泉流淌，雪藕生凉，想来随着帝王也有这点好，可以吃尽天下人吃不到的，享受天下人不能享受的。只是人生的追求，若只为物欲，就太过无趣了。

再过半月就是皇上的寿辰，早在来明月山庄时大家就开始准备，后来因为坠湖事件耽搁了时日。这些我本不知，都是谢容华传递给我的消息。淳翌下旨一切从简，到明月山庄本为静心，实不想太过喧闹，反而失去了真意。

我想着该为淳翌准备何种礼物，该有的，他都有，天下河山都属他，还有什么是他不能拥有的呢？聪明如我，也想不出他究竟需要什么。

仿佛每个人都在忙碌，却不知她们都在忙碌些什么，也许都在为淳翌的寿辰做着准备。

这日，我才用过早膳，见舞妃携谢容华笑意盈盈地走来，旁边随着一位妙龄女子，一袭翠裳，淡淡雪妆，与谢容华的风骨有些相似，清新雅致，曼妙动人。

我一打量，就约莫猜着了几分，这女子应该就是顾婉仪了。

她初见我，带着腼腆之意，对我行礼："湄婕妤吉祥。"

我忙迎道："顾妹妹见外了，以后你就同疏桐妹妹一样，不必施礼，都是自家姐妹，莫要生分了才是。"

她朝我微笑，眼神里流露出自然的欣喜："多谢湄姐姐，我比疏桐姐姐才小了三日，以后你们都是我的姐姐了。"

梅韵堂，大家围坐在一起喝茶吃点心。

我命秋榾特意做了一碟芙蓉饼，香糯可口，谢容华和顾婉仪特别爱吃，直赞味道好。

顾婉仪边吃边看着我笑："湄姐姐，未曾见你时，心里藏着许多话想要说，可是真见着你了，却不知该说些什么。"

我温婉一笑："顾妹妹随意就好，有什么想说的，尽管道来。"

她傻傻地笑道："还真说不出呢，姐姐在我心里宛若仙人，有种不可触及的美，缥缈不可捉摸，却又亲切随和。"

我轻笑："不可触及？我只是一个平凡的女子，比所有的人都平凡，妹妹与我相处久了就会知道，我无一处好。"我也不明白自己为何在她面前说这些，我自认平凡，这是我一直以来的自我感觉，至于我无一处好，却只是随意说说，我好不好，自己都不明白。

谢容华端起一盏茶喝下，笑道："你们之间也莫要客气了，至于顾妹妹要认湄姐姐为仙人，湄姐姐就接受。莫说顾妹妹，我也一直觉得湄姐姐不落流俗，不然为何姐姐一进宫我就与你投缘呢。湄姐姐本就不是寻常女子，相信后宫里没谁不这么认为，大家有缘相聚，彼此欣赏，彼此珍惜，才是最重要的。"

舞妃笑道："你看你们都像孩子似的，尽说这些话。"

我微笑："没事，我很喜欢疏桐妹妹和顾妹妹这样天真烂漫、至真淳朴的个性，让人见了觉得亲切。"

大家欢快地聚在一起吃完，谢容华提议去芙蓉汀赏荷。

我惊恐道："芙蓉汀？还去芙蓉汀啊？"

谢容华朗声笑道："为何不去，那处的莲荷开得最好，正值夏日，若不去赏荷，恐要错过花期。姐姐，难得今日大家都在，就一块去吧。"

我笑道："好，就去吧，还记得那日说喜欢争寻并蒂争先采，只见花丛不见人，现在想来真是一幅曼妙无边的图景。"

舞妃摘一粒葡萄吃着，笑道："只怕湄妹妹不敢采并蒂了。"

我装作一副气恼的样子："雪姐姐还取笑我，都懊恼死了。"

舞妃笑着安慰："好了好了，这会儿就去，我采到了并蒂也给妹妹你。"

一行人浩浩荡荡朝芙蓉汀走去，路上绿荫阵阵，清风徐徐，俨然没有溽暑的燥热之感。明月山庄不论是白日还是黑夜，都给人一种清新明朗的感觉，仿佛穿行在这里的任何一个角落，都可以体味到其间凉意幽幽的美妙。

亭台楼阁，小桥水榭，庭院轩宇，皇宫里尽是这样的建筑，欢喜之余又不免感叹，仿佛穿来穿去，永远穿不过这道高墙，穿不过那赤龙的臂弯。

芙蓉汀就在眼前，我们携手漫步，远远地已闻到淡雅的荷香，带着绝俗的幽韵，令人迷醉。

正聊着，忽听到那边传来严厉的呵斥声："你这小贱人还敢顶嘴，翅膀长硬了啊！"

舞妃压低着嗓子说："是云妃的声音，不知在训斥哪个宫女。"

谢容华轻声道："不管她训斥谁，我们玩我们的，总不能为了她而绕路。"

那边又喊道："若真姑姑，给我掌她的嘴。"接着，一声声清脆的巴掌声响亮地传来，只一会儿，便打了十多下。

我心想这云妃也太骄横了些，大热天的在这里赏景，何苦坏了兴致，纵然宫女做错了什么，也没必要在外面这样严厉教训，真是大煞风景。

我淡笑："我们过去吧，就当见不着。"

走至身边，见云妃一脸的怒气，看到我们走来，脸上乍现惊讶的表情，转而又添几许傲慢。那跪地的宫女，脸上被打得红通通的，指痕犹见。

此时的云妃嗓音更大了，呵斥道："若真姑姑，本宫没让你停下，继续掌嘴。"

那若真年纪与秋棵相似，只是脸上凶蛮多了，看来有其主必有其仆，她没有手下留情，扬起手就一巴掌接一巴掌打下去，那跪地宫女也不哭，只咬紧牙受着。

我心感疼痛，忍不住要上前制止，舞妃拉着我的衣襟，示意我不要过去。我极力忍耐，不想与云妃发生正面冲突。岂知云妃也不唤住那若真姑姑，就这样一直打下去，小宫女怎生受得了？

我上前盈盈一笑："云妃娘娘，也不知这宫女犯了何罪，惹得娘娘生这么大的气，这大热的天，打人事小，气坏了身子事大啊。"

云妃一脸的不屑，扬着嘴角冷笑："有劳湄妹妹关心，我教训自家宫女好像还不需要经过谁的允许，你们放着那么美的风景不去观赏，难道是我这边独好？"

谢容华过来搭话道："云妃娘娘您误会了，湄姐姐是希望娘娘莫生气，大家一起观赏风景，不要辜负了这一池绽放的莲荷。"

云妃冷冷地瞟过谢容华一眼："谢容华几时也学得这般伶牙俐齿了，风景摆在那儿，又没人夺走，若说辜负，好像是你们在此辜负吧。"

谢容华欲要再说什么，我拉住她的衣襟，给她使了个眼色。

我知道此时若我再与云妃争执，只怕这小宫女更要遭难，莫若遂她的意，反而更好解脱。我只对她微笑："那娘娘慢慢训她，我们先告辞了。"

才走几步，听到云妃喊道："若真姑姑，先停手，回去再教训这小贱人。"

我心中暗笑，脸上依旧平静，对于云妃的做法，我也猜测到几分。初来时，她本想拉拢我，后见我跟舞妃走得甚近，自知我是不可能成为她的心腹，便生了嫉恨之心。后因下毒事件发生，兰昭容又死，她被吓唬过，又病了一场，沉寂多时。这次好不容易恢复过来到明月山庄，就只等着挑我的刺了。我害淳翌落水又没受到责罚，这万千的理由积在一起，只怕她现在看到我就只有怨恨了。

走了一会儿，舞妃才启齿道："太骄横了。"

我微微一笑："骄横有骄横的资本，只是强极则弱，弱极则强，凡事都会有因果的。"

一直沉默的顾婉仪用一种欣赏的目光看着我："湄姐姐了解云妃的心性，若是再去与她争执，只怕那宫女今日要当着我们的面被打死，还是离她远点，让她独自心里生闷气，我们又省心。"

顾婉仪竟猜着我的心思，我对她微笑："妹妹聪慧得很，我不想害人害己，倒不如自己清心，让心里烦闷的人自己独自去烦闷，与我又何干。"

谢容华笑道："就是，凡事会有因果的，与我们何干。"

看着满湖摇曳生姿的莲荷，我们只沿着河畔观赏，偶尔采摘一两朵倚栏的荷枝，只为折回去插瓶里，聊寄闲情。

舞妃步履轻盈，走至我身边，轻声说："妹妹，皇上的寿辰就快要到了，你有做何准备吗？"

我闻着手上那朵粉荷的幽香，淡淡一笑："没有呢，我实在没什么好东西可送的，姐姐呢？"

她淡笑："我也没有，该有的他都有，我有的，也已经不是他想要的。"她神情落寞，手上那朵白莲却绽放得异常鲜妍。

我突然想起了她说的话，要在最灿烂的时刻死去，心中竟生出一种叹惋。看上去如此娇柔的女子，却有着决绝的情怀，在最灿烂的时候死去，不再回头。

对着她，我只是柔软地一笑，她说的，我明白，她有的，已经未必是淳翌想要的。而我有的，又是淳翌想要的吗？

一湖的莲荷，低眉垂袖，各自怀着对夏日的心事，而我们四个后宫女子，心里都只怀着淳翌吗？看着她们脸上夺人的光彩，心想美好的年华，真要如同这些莲荷一样，在该落的时候落去吗？

还有我，我也一样吗？

梅兰竹菊贺寿辰

　　该来的繁华终究还是要来，尽管我不是个爱喧闹的人，每当在喧闹的场景里我都会有一种落寞的感觉，于千万人中的寂寞才是真的寂寞。这一切都是天性，我天性喜爱安静，可是又似乎总是会莫名其妙地陷进热闹的场合。

　　在我与红笺流落街头的时候，只想着要寻一处小府邸做个普通的小丫鬟，最后却落入烟花巷，做了迷月渡的歌伎，日夜欢歌，喧闹至极。当我想要遇见一个平凡的男子，嫁一户寻常的农家，过最平淡的生活，偏生遇上了淳翌，开始我辉煌的后宫生活。都说后宫有种难挨的寂寞，于我来说，却觉得后宫有太多的争斗，仿佛安宁永远都与这里擦肩无缘。

　　这个七月似乎特别漫长，直到淳翌生辰来的时候还没过完，我们还是停留在七月这个如火的季节，淳翌似乎就是那枚如火的太阳，用他的光亮照耀着整个大地，照耀着天下的芸芸众生，他是天之骄子。

乾清宫大殿外面宽敞的场地，早已布置得锦绣夺目，那赤金的龙，有雕刻的，有描绘的，有刺绣的，镶嵌在桌椅上，镶嵌在许多御用的饰物上，明晃晃的金亮，显示出皇宫极致的气派。

尽管淳翌说一切从简，可是这个简还是很奢华。我几乎要忘了，淳翌的生辰也就是淳祯的生辰，因为在明月山庄，所以淳祯也没有回自己的陵亲王府，而是与淳翌一同庆祝，这样场面就显得更加热闹。

这日醒来的时候，天色微曚，却已有流莺催早。月央宫的人忙忙碌碌，为我准备着去参加皇上的寿宴。

坐在镜前，红笺为我梳妆，轻轻问道："小姐，还梳随云髻吗？"

"是，我爱随云髻，流转自然，没有束缚。"我答道。

一旁的烟屏在整理衣物："小姐，您要穿哪件裙装？"

我没有思索，直接回道："那袭浅绿色的薄纱宫裙，绣着白莲花的。"因为是皇上的寿辰，我本该穿亮一些的颜色，只是夏日里我从不穿红色，绿色的莲花裙装，看上去素净，又不夺目，倒也十分清新。今日我是不想夺人光彩，上有皇后、云妃、舞妃她们，我还是安静些为好。

简约又精细地打扮一番，我立在镜前，举手旋转了一圈，觉得自己就像一朵亭亭玉立的莲荷，有着令人不敢逼视的风雅。

秋榉用赞赏的目光打量着我："娘娘太美了，是那种飘然若仙的美，也许只有娘娘身上才会有这样的风骨。"

我微笑："不，若说飘然若仙，我不及舞妃娘娘。"

"可是舞妃娘娘没有小姐身上这种高雅的气度。"烟屏脱口而出。

我看了她一眼："小丫头，以后不许这么说话了。"

她知道犯了口忌，低头道："是，奴婢记住了。"

"没事。"我莞尔一笑。其实我并不喜欢她们在我面前称奴婢，尤其是红笺，我与她情同姐妹，奴婢一词，总是让我难以接受。

红笺看着我笑道："小姐，说真的，这后宫中的女子真的无人能及您，您或许不是最美的，却是最有韵味的。您把她们的优点集于一身，不是那种单调的美，融合了许多许多的味道，高贵典雅，飘逸若仙，冷傲清绝，就像一个公主。"

我笑道："你这丫头，是几时学得这么嘴碎的，这么多好听的词也不知是哪里学来的。"

她调皮地眨着眼睛："自然是从她们那里学来的，一人说一种，我全记下就有许多种了。"

秋棹笑着对我说："娘娘，轿子早已在宫门外备好，几时出发？"

我看一眼窗外，日光已斜斜地照射在枝头，回道："差不多到了该走的时辰了。"

淳翌的生辰是白日安排看一些演出，晚上是单纯的酒宴。

一路上好生热闹，前前后后都有车轿朝同一个方向走去，各宫娘娘都赶去参加寿宴。我没有备礼物，只带了我心爱的琴，我想我能给的，或者是淳翌和淳祯想要的，也就是这琴心了。琴音可以同享，心，我只有一颗。

我到那儿的时候，那些该来的人都来了。两位主角，淳翌和淳祯，若不是淳翌着皇袍戴皇冠，真的分辨不出他们谁是谁。当日我见着淳祯也误认作淳翌，太像了。

淳翌坐在龙椅上，淳祯坐于一侧，都是那么俊朗逼人，夺去了所有男子的光彩。

我目光扫过皇后，高贵的牡丹髻，戴凤冠，着浅红色的云锦宫装，高雅娴静。她朝我点头微笑，内敛而有风度。

云妃梳着她高傲的凌虚髻，戴七宝珍珠冠，一袭藕荷色的宫裙，那气势亦是无人能及。

另一旁的舞妃戴着莲花冠，身上披着一些精美的银饰，一袭淡粉纱裙，有些像南疆女子的装扮，想来她是特意如此，当初她也是以别具一格的气质吸引淳翌的。

那旁谢容华和顾婉仪坐一起，装束相似，秀丽温婉，如同姐妹一般。其余的嫔妃都极力地将自己打扮得鲜亮夺目，在这不寻常的日子里，希望自己可以有着不寻常的收获。

王公大臣们陆陆续续地献上精心准备的礼品，只看了几场演出，皇上便命他们先行告退，后面就是皇上的家宴，只留几位亲王，还有嫔妃们。

大家随即步入乾清宫，宫内宽敞而清凉，每个人都饮了些酒，有些醉意。淳翌准许嫔妃们先到内阁休息，待到夜宴开始再出来。

我也随着进偏殿去歇息了，因为多饮了几盏，竟有些昏昏沉沉，醒来的时候夜幕低垂，一轮朦胧的弯月已悄然悬挂在枝头上。

夜宴开始了，丝竹阵阵，淳翌坐在龙椅上，脸上微红，看得出也多饮了几盏，但是很欣喜。陵亲王淳祯也坐在那儿，神态清逸，仿佛他的身上永远都有一种与世不争的超脱，他是温润的男子。

嫔妃相继送上自己备好的精致礼品。皇后提议道："这样吧，今晚各位妹妹都献上自己的才艺，歌舞曲律什么都可以，本宫每人赏一串东海天然紫水晶的珠儿以示心意。"

接着她盈盈一笑说道："我没有什么才艺，就为皇上和王爷写几个字吧。"

说完，她蘸墨挥笔，写下"寿比南山，福如东海"八个大字，她落笔稳健，写完后大家不由得惊叹。我心想皇后平日体弱多病，可是这几个字却极见骨力，若不是亲眼看她写下，我真不相信这字是她所能写的。

接着是云妃，云妃和许贵嫔合奏一曲《明月欢》，也算是惊艳。

随后是容妃画一幅松鹤图，萧贵人填一首《满江红》的词，江常在弹一曲琵琶《江流水》，看过之后，才知道她们各个才艺不凡，平日里都是深藏不露。

午间歇息的时候，我已和舞妃、谢容华，还有顾婉仪商量过了，回头筵

第四卷·落英纷洒·351·

席上，我弹琴，赋《梅兰竹菊》，舞妃跳舞，谢容华画画，顾婉仪歌声好，让她来唱。这样子会热闹许多。

轮到我的时候，我上前对淳翌盈盈一笑："皇上，臣妾和舞妃娘娘，还有谢容华、顾婉仪四人合奏《梅兰竹菊》，还望皇上和王爷会喜欢。"

淳翌笑道："好，朕要好好欣赏四位爱妃的风采。"

我盈盈而坐，一手抱琴，一手抚弦，只轻拨一下，仿佛挑动心扉。冷冷清音，似水流淌，瞬间如碧海潮生，珠倾玉坠，舒缓地落下，漫天的杏花飞舞。

只听到有婉转的歌喉吟唱："庭轩敧凤竹，岁月老虬枝。经雪花初放，折来酬远思……风姿幽谷静，芳馥隔云深。无有求人意，谁言寂寞心……小径通幽处，姿仪月色笼。虚怀垂玉露，高节自清风……风霜日暮侵，蕊冷并香沉。未遇佳时令，常携淡泊心……"顾婉仪的歌喉玉润舒心，似落英飞渡，红云沾梦，远胜我平日的吟唱。只是韵味不同，她比我清润婉转，而我比她深沉碎落些。

谢容华双手挥洒着笔墨，四匹白绢同时沾上不同的色彩，红梅、幽兰、翠竹、黄菊，栩栩如生，平日里见过谢容华作画，却从未见过这等气势，可以双手同时描绘，像舞蹈一样的姿势，夺尽众人眼目。

舞妃却似一只翩然展翅的蝴蝶，流转的水袖似风中飞舞的烟柳云霞，头上的珠环与身上的银饰叮叮当当地脆响。我想起了那日我与她共论庄周梦蝶，而此时的她，就像那只远古的蝴蝶，破茧而出，穿过多风多雨的岁月，就这样翩然地飞进皇宫，为她的生命做出最绝美的绽放。她灿烂过了，我感觉得到，淳翌的目光落在她身上，有那么一瞬间不肯醒转。而舞妃一直望着淳翌，似乎想要释放自己所有的激情。

我的弦音越来越轻，我希望在这样的时刻，我可以悄然地隐退，渐渐地淡去，淡到无梦无痴，而把繁华留给舞妃、谢容华和顾婉仪她们。我感觉到自己的思想有些空渺，不知道浮游在何处，有种难以言喻的落寞。我想起填的几首梅兰竹菊，都是表达心性淡泊的句子，淡泊心，淡泊心……

　　正当我思绪迷离之时，却闻得一声玉笛清扬而起，似白云出岫，自空山漫起，吹落了满天的飞花，一瓣一瓣的芬芳落在我的发梢，落在我的衣袖上，落在我的指端。

　　我缓缓地抬眼望去……

琴笛合奏似天籁

　　当我抬头的时候，已见淳祯横吹玉笛，立于庭中，衣袂如风，悠悠笛音舒缓有度，直抵人心。我在他的曲调里，感受着傲梅、逸兰、清竹、淡菊的各种姿态。那一刻，我终于明白，什么叫曲中寻知音，他可以用他的玉笛将我四段心情演奏得淋漓尽致。

　　我手上琴弦又渐渐地有了力度，我沉浸在梅兰竹菊清幽淡远的意境里，一手将琴托起，一手似流水般地泠泠弹奏，仿佛坠落云间雾海，幽谷仙源。没有任何的人、任何的事可以侵扰我的思绪，可以阻断我的琴音。

　　当一切音律都戛然而止，所有的人都屏住呼吸，仿佛沉醉在仙乐中无法醒来。

　　淳翌从龙椅上站起，凝眸看着我，款款走来，伸手将我扶起，温柔地贴着我的耳畔: "湄儿,你还有多少美丽是朕不曾触及的?"

我惊愕,转而盈盈微笑: "皇上,臣妾今日有些醉了,醉中弹曲,自然与平日有所不同。"

他眼眸深邃,仿佛浸着幽幽碧泉,看似清澈澄净,却深不触底,对我含笑: "湄卿,你的四段心情,朕都知。"

我心慌乱,不知淳翌想要告诉我什么,其实只是四时之境,聊寄情肠。而今夜,淳祯与我琴笛合奏,似水月交融,淳翌会做何感想?我说过,要将繁华交付舞妃她们,可是最后,我却夺尽了她们的光彩,我仿佛看到舞妃那哀怨的眼目,朝我斜斜地看来,她的情愫,她的蝴蝶,在还未灿烂的时候就死去了吗?

我不知这一切是如何发生的,也不知每个人心里都在想些什么。

只听到一声声清脆的掌声响起,随后是盈盈的笑声: "好,好,湄婕妤和陵亲王二人的琴笛真是珠联璧合,天衣无缝,我想在场的人无一不被他们折服、倾倒。"

淳翌微微朝云妃蹙眉,欲要说什么,还是未肯启齿。

坐在云妃身旁的许贵嫔讪讪笑道: "是啊,恍若天外之音,这还是臣妾有生以来,第一次听到这么好的乐曲。"

在场的有人沉默,有人点头赞同,有人微笑,亦有人冷眼。

她们话中之意我明白,无可争执,不想争执,只觉得她们是愚蠢的女人。陵亲王非一般的王爷,可以说江山本是他的,今日他与淳翌同寿,意味着他们江山同坐,万福齐天。而这些女子只当是单纯地羞辱我,实则也羞辱了皇上和陵亲王,丢了皇家颜面。

我只冷笑,不吱声,由着她们去,干脆让那些平日里极力按捺住情绪的人都显现出来,我倒也想看看究竟有多少人对我嫉恨与不满。可惜,她们要么是心有城府,要么就是过于软弱,筵席上一片悄寂。

皇后缓缓起身,一脸的随和,温婉笑道: "今日姐妹们表现得都非常好,本宫见着心里非常高兴,替皇上高兴,替大齐高兴。"

　　淳翌谁也不理睬，只是看着我，柔声问道："湄儿，累了吗？到朕这边来饮酒。"

　　他携我的手往席位走去，我缓缓随着他，拒绝已是不能，莫如就顺了意。淳翌举起酒杯，朝淳祯笑道："来，皇兄，为你的精彩干杯。"

　　淳祯举杯亦笑："皇上，臣不过是雕虫小技，献丑而已。"说着一饮而尽。

　　淳翌拉着我手，笑语："湄儿，朕也要与你干杯。"

　　我举杯："好，臣妾祝皇上万岁万福。"

　　"呵呵，万岁万福。"他抬眉笑道，"好，朕万岁万福，朕的福也与你相关。"

　　他起身，唤道："拿笔墨来。"

　　立于案前，他点墨挥笔，方才的梅兰竹菊四诗已洋洋洒洒地铺现于宣纸上，似天马行空的豪放，游龙戏凤的婉转。

　　他对着淳祯问道："皇兄，你看看朕有没有听错，这些句子可都对了？"

　　淳祯谦和道："臣不敢，还是问湄婕妤好，诗出于她手，她明白。"

　　我朝淳翌盈盈一笑："皇上是臣妾的知音，字字句句都写入臣妾心中。臣妾斗胆，想向皇上要了这几幅字，装裱好了，挂于臣妾暖阁，春夏秋冬，梅兰竹菊皆入画境。"

　　淳翌圣颜和悦，欣喜道："好，自然是好，几幅字能得美人一笑，朕开心。"

　　我且不顾其他人的感受，也不顾陵亲王的想法，此刻让淳翌开心才是我要做的。我不能因为他们任何一人而冷落了淳翌，尽管，我也不想伤了淳祯。世间之事，得其一易，两者兼备，难矣。

　　仿佛看到淳祯的眼神流露出淡淡的失落，就如同这夏日朗月里那一抹清冷的寒光，有那么一个瞬间，可以将人冰冷。他举起酒杯，朝淳翌笑道："皇弟艳福不浅，得湄婕妤这般绝色佳人，才高出众，且对皇弟温柔有情，臣祝福你们。"说完仰头将杯中的酒一饮而尽。

淳翌爽朗笑道:"好,朕干了。"

我留意到淳翌一杯接一杯已经饮下不少,再喝定要醉了,于是柔声低语:"皇上,饮慢点,你身子才大好,不宜多饮。"

他搂过我的腰身,笑道:"朕没事,朕今日高兴,多饮几盏,无妨。"

我略扫了一眼筵席上的嫔妃,仿佛都在自斟自饮,也有几人围坐一起,嬉笑行酒令,这样的夜宴,不知道是一种真的尽欢,还是都在买醉。

舞妃也喝多了,与谢容华,还有顾婉仪一杯碰一杯,我看在眼里,疼在心里,不知她是否会怨我。此时,我宁愿放下淳翌,与谢容华她们一起自在痛饮,而不要纠结于淳翌与淳祯之间,伤了谁都不是我本意。

我感觉自己也有些醉了,娇态盈盈,如弱柳拂风。皇后见嫔妃们都喝多了,命她们先行告退回宫休息。淳翌抓住我的手不放,我明白,他此时需要的是我,待到有一天,他遇见更让他心动的女子,只怕那时再也不肯握我这双手了。既然这么明白,我也不必担心,骄傲如我,又有什么不能接受的。

他醉了,拦腰将我一抱,我全身柔软无力,想要挣脱,他抱得更紧。他朝淳祯笑道:"皇兄,湄卿醉了,朕先行送她回宫。"

淳祯依旧保持着谦和的笑容:"好,皇上请,臣也该告退了。"

我被淳翌抱着往殿外去,那般无力地看着淳祯,我给了他一个清淡的微笑,这微笑里夹杂着我心中万千的滋味,究竟是什么,连我自己也说不明白。

只这一个眼神,我不再看他,而是本能地搂着淳翌的颈项,把头深深地埋进他的怀里,感受着他因醉酒而略微摇晃的步履,在夜色里行走。

我仿佛看到朵朵莲荷都在悄然绽放,又在月光下悄然低眉,寂寞于她们,似乎总是这样如影随形。今晚的明月山庄,唯一不落寞的,大概就只有淳翌了,而我,尽管有他,心中也只是落寞。到如今,我才发觉,自己不是一个纯粹的女子,没有纯粹的爱,没有纯粹的恨。我会想起许多许多的事,也会忘记许多许多的事。

月央宫，他将我抱回了月央宫，珠钗落地，衣衫散漫，我一丝力气也没有。

他微微地喘着气，笑道："朕真是喝多了，走这点路都觉得累。"

我疼惜地看着他："皇上还说一点路呢，从乾清宫过来好长的一段路，臣妾都在您的怀里睡着了。"

他抚摸我疲惫的脸，柔声道："你哪儿睡着了，朕感觉到你在朕里的怀里想了许多许多。"

我低眉："臣妾什么都没想，只是感受着一路的莲开，那种感觉很微妙，我仿佛听得到它们在窃窃私语，诉说衷肠。"

淳翌握紧我的手："湄儿，都说红颜倾国倾城，这话自认识你后，朕才明白。朕总是有种感觉，朕的今生被你扣住了，因因果果不知是何时种下，愈要放下，却愈是不能。"

我心中叹息，原来淳翌一直被一种莫名的感觉扣住，对于我的爱，或许也让他生累，他也曾想要放下，其实，爱一个人，就是累了自己。我偎依在他的怀里，低低地说："臣妾要皇上宠着，臣妾不想皇上放下。"说这话我是真心的，我依恋他，可是这并不意味着我爱他，我不能没有他，不知从何时起，我成了矛盾的结合体。

"朕答应你，朕宠你，不丢了你。"他搂紧我的腰身，那一点一滴的温度透过罗裳慢慢地浸润到我的体内。

我突然想落泪，一种悲喜夹杂的感觉在心间涌动。

沉默了一会儿，淳翌说道："对了，湄儿，你今日那《梅兰竹菊》，朕很是喜爱。当日在上林苑初见，朕听你吟咏过梅，后来一直想找机会，让你续完后面兰竹菊，这次倒真圆了朕的心愿。"

我含笑："不过是臣妾一时兴起，本该为皇上题几首诗的，可是臣妾还是任性了，寄寓了自己的心事。"

"朕喜欢，这样朕才能明白湄儿心中所想，朕不愿意你缥缈难捉摸。"

缥缈难捉摸，这话不是顾婉仪说的吗？难道我真的给人这样一种感觉吗？的确是，忽冷忽暖，似近似远，总是与淳翌保持着一段距离，又似乎没有丝毫的界线。

"湄儿。"他唤我。

我对他微笑："皇上，臣妾在皇上面前是剔透纯一的，臣妾只希望皇上用平常心待我，平常地宠我、爱我，这样臣妾才安心。"

他诚然："朕都依你，朕明白，只是朕身为帝王，有帝王的无奈，朕只能让你做千百嫔妃中的一个，但是朕可以保证，你是朕心中最珍贵的一个。"

我轻叹："臣妾何其有幸，得皇上如此真心。只是臣妾更愿意皇上在爱湄儿的时候，也爱其他的姐妹，臣妾愿意看到后宫祥和，皇上无忧，这样我们才能永久地在一起。"

他凝神："是因果，是因果扣住你我的今生。朕答应你，会善待她们，你莫要挂心。"

我含笑点头："臣妾只安心做你的湄婕妤。"

他笑："不，朕要你做朕的湄昭仪。"

我用手捂住他的唇："皇上，爱我，就依我。身份并不能给臣妾什么，在后宫更是负累，臣妾只要您的爱，其余的，都是累。"

他蹙眉，轻轻点头："嗯，那朕就给你爱。"他深情地看着我："湄儿，今日你我都累了，宽衣睡吧，朕用臂弯搂着你。"

我娇羞地低头："嗯。"

清风吹拂帷帐，我看到莹莹的月光梦境一般地流淌，诉说着今夜的诗情。庭院中杨柳烟浓，红莲应景，我仿佛是那个疾驰在前世的女子，踏着朗朗月光，翻越万里重山，涉过浩瀚流水，只为来到他的身边，做这紫金城里独一无二的女子。